毫素寄情往事新

——陆穗峰自选文集

陆穗峰 著

浙江工商大学出版社

序 言

　　有不少老同志退休后，往往会撰写回忆录或其他性质的文稿，如散文、诗歌等，甚至结集出版。也许有"退思"之意，也许还能将本人的经验等传授给后来人。

　　陆穗峰同志给我寄来自选文集书稿，并要我为之作序。虽然有时候我也爱写点"文章"等，但与文学或散文不搭界！更不知怎么为老朋友的文集作序。但是人家已经将书稿寄来了，而且还在电话里恳求再三，在这样的情形之下，我只好勉为其难，写下如下文字，聊以充数。

　　说到写文章，我以为老陆不仅擅长散文或诗歌之类，他在业务工作总结、报告等日常工作上"公文"，或称为"应用文"之类的写作上，更有独到之处。我与老陆相知、相识的三十来年，特别是在2003年后的若干年里，我们共同参与研究"绿色农业"的理念、原则和目标等基本问题，并力图将上述研究成果放到农业生产第一线去验证其可行性。陆穗峰同志虽然是我们这支队伍中的"小老弟"，但他以农业大学毕业生的功底和热情，为上述研究工作和"示范区建设"工作提出了大量意见、建议和方案等，是我们这支队伍中最活跃的研究者之一。就是说他写了许多文章，我往往成为上述文章的第一个读者。由此感到老陆在文字组织能力方面很有功底！不仅文字质量可嘉，而且速度惊人！至此，我恍然大悟：原来老陆的那些文字功底的练成，不是一朝一夕之功，只要看一看他公开出版的《会议文书讲座》就能明白一二。

说到写作方面，我与其交往过程，也纯系偶然。在中国绿色食品协会创立前，我仅仅知道他是中粮集团的"绿办主任"，交往不多。1996年，中国绿色食品协会成立，我被推举为中国绿色食品协会副会长兼秘书长，第二届又被推举为常务副会长，而老陆则一直担任协会的副秘书长，他是在这个岗位上工作时间最长的副秘书长，是我业务工作上的搭档。我与老陆不仅在业务上交流、沟通、切磋机会甚多，而且在业务之外的事情上，包括写点业务之外的文章等方面，也有过沟通和交流，有许多共同语言。在我的那两本文集——《流年索影》和《菊黄柿子红》出版前，有一些文章和诗歌，都曾与老陆等同志交流过。而老陆的文集中的许多文稿，我也曾读到过，有的还切磋过，如《我也在补课》一文，其最早版本的面貌，我至今仍记忆犹新：如与江西省原副省长张逢雨同志谈及"补课"为"补过"之误等，我都是亲历者之一。又如《职业　事业　岗位　舞台》和《关于非权力性影响力》等文稿，则是他的心得体会或经验之谈。他不仅在协会秘书处工作上身体力行，而且以各种方式与处里的年轻人做过沟通与交流，许多文章也在秘书处编发的某内部刊物上刊登过。因此，老陆的上述文章及其所传达的思想，以及他的工作态度等在协会秘书处的年轻朋友中留下极好的印象！

我与老陆一样出身贫苦农家，虽然比他年长几岁，但对于他的苦难童年和求学之路之"崎岖"等，我感同身受！他在工作上勤奋、刻苦，以事业为重等特质，与他的个人经历不无关系，即他懂得感恩，懂得要以优异的工作成绩去感谢对他有养育与培养之恩的人和组织。

我觉得，若将老陆的自选文集中前五辑略加编排，便是一部自传或回忆录。但我发现在这本文集中，他参加工作后的经历有点"奇特"，或者说他遗漏了一个重要环节：

我曾与他一道多次到过河南，或调查研究，或开会。他早就知道我是河南人；他曾跟我谈到他们家的先祖也是河南人（陈国人），而我老家淮阳，据说是陈国的都城。打开河南的话题时，他也曾说到，息县是古代息国的都城。他是1968年秋下放到息县，直到1973年5月才调回北京，分配到北京西郊的一家公司工作。就是说他在河南息县待了将近五年时间！

更为耐人寻味的是：在外运公司盘桓十三年后，陆穗峰同志又回到了中粮总公司（今"中粮集团"）工作，而他写这一段经历时，用了"回归故里"那样一个温馨字眼。他"回归"之后的工作状况及其取得的成就等，我直接或间接地知道得相当多了。如上述提到的《我也在补课》，是他又一层面的"回归"。即作为一名农业大学毕业生，参与到"绿色食品"和"绿色农业"事业中来，他曾用"如鱼得水"来形容当时的心境，欣喜之情溢于言表。

不过，老陆同志获得上述"补课"机会，完全出于偶然。这又堪称奇特：有道是"人在江湖，身不由己"，在将近五十岁时，他被调到中粮总公司的企业管理部门，负责企业自有"车、船、库"等资产的管理工作，这对他来说是一个陌生而不太情愿去的岗位；因此，不久之后他申请"离开"，经公司领导批准，老陆调到商标管理部门工作。在由计划经济向市场经济体制转变过程中，特别是在总公司经营管理体制发生急剧变化的年代，在商标权属关系及使用管理工作中，出现了诸多矛盾和纷争。于是作为负责企业商标管理工作的中层干部，成了矛盾与纷争的中心，老陆同志被逼到了"风口浪尖"上！经过几年的努力工作，解决了许多矛盾与纷争，受到外经贸部和国家商标局的肯定。老陆在《中华商标》上刊登的《难以割舍的事业》，对这段时间的工作做过详细的介绍。正当老陆在风口浪尖上努力开展商标管理工作的时候，我国第一个产品质量证明商标——"绿色食品"的注册成功，使老陆由商标工作者转而成为"绿色食品"工作的积极分子！这又是一段奇缘："绿色食品"的图形与文字，能成为注册商标，这得益于当年在商标局工作的杨叶璇的力挺！而"绿色食品"作为商标注册成功之后，在第一时间内,杨叶璇同志在电话里对陆穗峰做了特别"提醒"——要老陆关注这件事。由此,陆穗峰同志很快就成为绿色食品事业的开拓团队成员之一。几年之后,中国绿色食品协会成立,杨叶璇同志被推举为协会的常务理事,这是理所当然之事;因此,她是少数既是绿色食品协会会员又是商标协会会员的"跨界会员"之一。而陆穗峰同志当年也是中华商标协会的会员,由于中粮集团积极开展绿色食品的宣传与开发工作,得到绿色食品界的赞扬和肯定,故在中国绿色食品协会成立时,中粮集团成为副会长单位,而陆穗峰同志则像杨叶璇同志一样早就是商标协会会员,故也成了"跨界会员"。

这本文集的内容,作者虽在自序中就编排情况及各辑的大致内容做了简单介绍,事实上已经起到导读作用。但我在这里只想说这样几点,供读者参考:

《耄耋寄情往事新——陆穗峰自选文集》前五辑,应当说是回忆录性质的,也有属于随笔性质的,字里行间充满着对父母、兄嫂的深情,以及对家乡深深的爱,许多文章里充满着童真和童趣。其中写到与几位老师的情谊,确实感人至深。而"崎岖求学路"所写的,是"按部就班"地从小学读到大学毕业的年轻人所无法想象或不能理解的。即使当年所谓的"三门干部"也有所不同!有道是"经历就是财富",而陆穗峰同志几度失学和在家务农,以及当代课教师等经历,确实弥足珍贵。这部文集中内容的可读性也在于他的经历之奇特。再如,他小小年纪就在黄浦江上"漂泊"四天四夜,这又是奇特的经历。而文集中称为"习作"的那些文稿,我以为有些是散文性质的,很有情趣,甚至有浓浓的乡愁意味,对于同样久居他乡的人来说,很值得一读;而有些是议论文或时政性质的,尽管可能"仁者见仁,智者见智",但总可以窥见其思想观点之一斑。

综观全书,诸多文章的字里行间、事事处处隐约透出老陆在工作上热情奔放又勤奋好学,对事业执着并勤于思考,善于总结、归纳又勤于动笔的习惯。凡此种种，均深得周围同事赞许，甚至被不少年轻朋友仿效。我相信，凡与陆穗峰同志共过事的同志，无论是在协会秘书处的，还是中粮集团的都与我有同感！

葛译书

2019 年 5 月 2 日

自　序

　　早在很多年前，我的一些文稿就在报刊上发表过，也有些文稿仍束之高阁。而将已经发表过或尚未发表过的文稿编辑成册并正式出版，则是近年来才有的想法。其中的缘由，说来话长。

　　当我接近退休年龄的时候，对"退休后做点什么"已经有所盘算。也许是我的一位学中文的年轻同事觉察到我的上述"动向"，所以他跟我谈到：他的一个同学在某出版社工作，结识了著名的老编辑张中行先生，所以获得了张中行先生的一些著作。而我的那位同事则将张老先生的一些著作转赠给了我，其中印象最深的有《负暄琐话》等，一经翻阅，便爱不释手！此后不久，我的那位同事又建议我读些季羡林先生的散文。于是乎我专门到书店去买了《季羡林散文选编》（共四册），还有《漫谈人生》。其中对《牛棚杂书》和《牛棚杂序自序》等文章印象极为深刻。

　　张中行先生在他的文集中，多次说到他喜欢"涂涂抹抹"；而季老先生多次称他喜欢"舞文弄墨"或"舞笔弄墨"。这当然都是他们的自谦之词，而从某种意义上讲，我本人也有以上所称的"涂涂抹抹"的习惯和爱好。正因为如此，我也积累了不少文稿，包括尚未发表过的。

　　在我的学生时代，对于语文课中的作文比较有兴趣，有些作文（包括命题作文）还得到语文老师的肯定和勉励！所以儿时的我，一是希望长大后能开着拖拉机耕田。二是向往当个作家。不幸的是，初中刚读满一个学期，因家里实在贫困，不得已"回乡务农"——当了一名"小社员"。起初，我干农活的质量或技巧远不如村里的小伙伴，故被称为"白脚梗"，曾因此受到奚落。在小伙伴中，上过小学或识点字的人很少，我在他们中反而成了另类。因此，在失学的将近两年半时间里，我感到相当孤独，甚至有一点"孤愤"。于是，在参加农业社（队）里的劳动之余，我想到了自学，并制订了一个自学计划，尽可能地找些书本包括学校里发的教材，以及能找到的少数报刊来读。其中一个自学内容就是练习写作。就是在这样的境遇中，我开始在纸上"涂涂抹抹"——练练笔头，记得当时涉及两方面的内容。

一是关于当年"农业社"里的生产与管理，以及当年实行"粮食统购统销"政策方面出现的问题，最突出的问题是社员实际分到的口粮不足。我就把这些我所看到的或乡亲们反映的情况和意见写了出来，并以"投稿"或"读者来信"形式，寄给嘉兴地区《嘉兴大众》报社。

二是将本村（社）、本队社员的劳动热情、干劲，以及农事进度等，写成（通讯）广播稿，寄往县里的有线广播站，还有一些对广播站工作的意见和建议等。

尽管以上（包括寄给嘉兴的）稿子等，有些是石沉大海，有些被退回了，但是在运用文字或表情达意方面总是得到了某些锻炼。如为写好这类稿子，我还专门买过《怎样当好通讯员》那样的书籍来读，收益不少。记得有一次县里广播站广播了我写的一条"消息"（短文）。还有我写给广播站的一份建议，曾得到广播站回信，是农业社一位姓屠的会计特地送到我家里来的。当时我母亲也在场，虽然她不知道我写了什么，我也不记得那位会计跟我母亲说了什么，但记得母亲当时很高兴。

到了1958年5月，我结束了两年多时间的失学生活，重新踏进学校大门。两年后，我又被保送到农业大学去继续读书，在预科班阶段还有语文课，我的作文成绩得到语文老师的肯定和鼓励。那时，我已经知道记日记对提高写作能力的积极意义，所以从大学一年级开始，我一直坚持写日记。参加工作后我仍坚持写日记，一直到"专案组"将我的日记本和其他笔记本"抄"走，我记日记的习惯才中断！在"文化大革命"的特殊年代中，我也主动或被动地写过许多"文章"，包括批判别人或批判自己的，甚至违心地检讨自己等；但对于提高自己的文字运用能力，总还是有点益处的。

结束了"五七干校"五年的"锻炼"后，我被调到另一家企业工作，虽无奈，内心里感到屈辱，也相当悲愤。但在工作上，总算凭良心干活。起码要对得起国家每月发给的那"560大毛"（工资）。以上说法当然有消极成分，但我很快熟悉和适应了新的岗位和新的工作，而且还利用自己文字运用能力的优势，针对公司业务发展的需要，发起组织了业务培训班，并为培训班编写了教材等；再后来，我还在业内报纸上发表了业务性的文章。

以上是1985年10月之前的情形，此后，我有幸重新回到了中粮总公司工作。这是我的"职场生涯"中最难忘或称得上"辉煌"的阶段，故这本文集中的大多数文稿是这个阶段形成的。

以上文稿，内容很杂，涉及面甚广。有些可以说是议论文或带有时评性质，有些是回忆录性质的，但更多的则是随心所欲写出来的，很难将其归为"散文"，当然像《月下西瓜田》和《陌生的故乡，旧时的桥》等，写作时想到了散文技法，也有朋友说有点"像散文"。即使是这样，这本书仍不敢用"散文集"那样的名称，故称为"自选文集"。

最后想说，以上文稿，不可能按写作时间次序先后编列，故根据朋友建议，按文稿性质分别安排在六个部分之中，因此有必要向读者做个简单介绍：

第一辑　父母。记述一个寒门学子的家庭背景，以及父母对本人成长和性格形成的影响。

第二辑　童年。记述儿时经历，以及这种经历对本人性格形成的影响。

第三辑　**崎岖求学路**。记述我不同寻常的失学、复学的奇特经历。

第四辑　**难忘师生情**。记述几位对我影响最大、印象最深的老师。

第五辑　**职业生涯**。记述本人作为农业大学毕业生而长期处于"学非所用"状态，只是到了职业生涯的最后十年，在"不经意间"闯进了当时刚刚兴起的绿色食品领域，才算做了点与我所学专业沾点边的事，我称其为"补课"。

第六辑　**习作选编**。主要收录一些在报刊上发表过的文稿，有些是没有发表过的，但曾与同好交流过。

以上各点，仅供各位读者翻阅时参考。

2019 年 5 月 1 日

目　录

第三辑 崎岖求学路

第四辑 难忘师生情

第五辑 职业生涯

第六辑　习作选辑

第一辑／父　母

回忆父亲

我生在贫寒的农家，儿时，我家相当贫穷，甚至说得上悲惨。父亲虽在壮年，但贫病交加，因此过早地离开了我们。那时的我家，上有八十岁的老祖母，下有未满周岁的长侄女，全靠母亲和两位兄长支撑着这个满是债务、几近破产的十口之家。正如我的长兄后来回忆时所说的，"像一条破漏的船，随时都有沉没的危险。"饥寒交迫，不足以形容生活的困苦！

父亲去世时，我刚满十周岁。有关父亲的经历、举止和言谈等，在我的脑海里留存下来的记忆，已经非常稀少和零碎，而且有些只是母亲和兄长们转述的，很难组织成系统的文章，只能记述如下点滴记忆。

父亲行二，名关和，也称"关和尚"。也许像北方人生个儿子叫"铁蛋"或"石头"那样，是家长的主观意愿——好养活。

下面记述的是依稀留在我记忆中的点滴。

寒夜客来茶当酒

曾有人送我一盒从台湾带来的茶叶，包装很精致，上面有煮茶的画面，并配有"寒夜客来茶当酒"等字句，突然使我想起父亲的书签上有过这样的诗句。

　　关于我父亲，留存在我记忆中的只是点滴或片断，但对于他书中留下的那枚书签的记忆则相当清晰。

　　"书签"是将纸折叠为长条形，上部折装饰性的"帽"，"寒夜客来茶当酒"就写在书签上，是父亲的笔迹。我见到那枚书签时，父亲已经去世。那时我才十　二岁，不知道那诗句的出处，也不知道诗的全貌，更不明白诗句的意境，却能回想起当年"寒夜客来"的那一幕：

　　大约在父亲去世前一年的一个雨夜，家里来了一位客人。他进屋后，在昏暗的油灯下与父亲相对而坐，桌上有无茶具我已不记得了，但来人对我父亲说的一句话，我至今记忆犹新："关和兄，这'两杯酒'我同时喝下去，实在有点支撑不住了！……"

　　来客我们称冯大先生，是父亲在私塾读书时的同学，是要好的朋友。也许在家里排行老大，故人们称其为"冯大先生"，晚辈们也称其为"大先生"。使冯先生支撑不住的"两杯酒"其实不是真酒，而是冯先生的岳母和一个儿子在同一天去世了！冯大先生此来，一是来报丧，二是来向我父亲寻求经济支持的。那时我们家也是一贫如洗，好像还欠着冯家的债。我父亲当时如何应对或表态，我已完全没有记忆。但有一点记得：父亲答应帮助他"支撑"眼前的危局。大先生便告辞了。

　　那时，我刚刚上小学，而对那个场景和大先生的话记得那样清晰，也许与此后母亲和长兄经常谈起有关，也许与我将那个场景与父亲书签上的那句话联系在一起有关。

　　父亲留下不少藏书和平时读的书，除四书五经、《三字经》《百家姓》和《千字文》外，记得还有《万事不求人》《田经乐》等。不过父亲在世时，只是教我背过《百家姓》和《千字文》，别的书是不碰的。而且，所谓"背"，只是父亲念一句，我跟着"唱"一句，字是不认得的。上小学后，读的是学堂书，没有读父亲留下来的书。稍大一点时，曾翻阅过，但读不懂。也见过别的书签，其中印象深刻的有"屋漏偏遭连夜雨""行船又遇顶头风"等。当时，我们不知道这些字句的出处，但望文生义，觉得多是倒霉和不幸的意思。

父亲晚年贫病交加，而这些文字在父亲的书签中出现，正是父亲晚年遭遇和心境的写照。

后来，我到外面求学、谋生，家里住房也翻造过，回家的机会不多，再也没有见过父亲留下来的那些书。很多年之后，我想找那些书时，母亲告诉我，是大先生借去了。又过了很多年，当我懂得这些书的意义和价值时，母亲已经去世，那位大先生也已经不在人世了。我曾问过冯家长子——我的校友照宝，他说"文革"期间"扫四旧"时，家里所有的书籍都被抄走了，或自己动手烧掉了。大概我父亲那些书，也不能幸免！我感到很无奈，最为遗憾的是，在那些书里，还有父亲自己书写的那些书签。

在得到那个茶叶盒后，我问一位同学，那诗句的出处和含义。他说这是《寒夜》里的，与我上文所说的意境完全不同。不过，当年两位父辈人在寒夜相对而坐的场景，永远留在我的记忆里，这也是留在我的记忆里有关父亲最清晰的记忆之一。

2012 年 5 月 16 日

由"代笔"一语引发的笑话

在旧社会，土地是可买卖（或称有价转让）的，"代笔"就是替人家书写相关的契约等。我父亲是个读过书的人，在我的记忆里，"代笔"那样的活经常有。"代笔"二字，相当普通，含义也相当明白，但在儿时，我根本不知道"代笔"为何物。再加上家乡话中的"代"，我听成"gai"的音，而"笔"与"壁"同音。由此，我将"代笔"听成"gai壁"，即紧紧依靠墙壁站着的姿态。所以听我父亲在一个场合用"代笔"表示他的身份时，我在旁边笑了起来，由此引出了一个可笑的"故事"：

　　那是 1947 年前后，我们村尚未解放。本村陈某家田地比较多，有意将一块水田出让，我们本家一位叔叔想种那块田。于是，需要"写纸"，履行一下转让手续。这样的事在当时也算是寻常之事，但对于事主双方，都算是件大事。出让土地者称为"脱田"方，受让者称为"种田"方。口说无凭，必定要签订契约，形成文书，规定出让、受让双方的权利义务、转让年限、经费等。用今天的话来说，是一份详细的协议或合同。最后不仅需要双方签字、画押，还要到场的"中人"和"见证人"等证人签字，最后是"代笔"签名。

　　起草或签订此类文书，在家乡话中称为"写纸"。当然这纸有两份，就像合同一样，双方各执一份。这是我长大后才知道的，至于当时有无副本，我就不清楚了。

　　以上说的两家，都是本村人，又有我们本家人，当然是请我父亲去写这份"纸"。但父亲临走时再三叮嘱："不要到东面的叔叔家去！"

　　后来才知道，父亲不让我去，是有个说法的：像我这样身份的孩子到这种场合去，称为"望酒壶"，意思是给人家"看管酒壶"，有点北方人说的"蹭饭"的意思。因此，如果我去"写纸"的现场便会给父亲丢面子。但是，从我家老屋到那叔叔家，才十几步路，我哪能憋得住，最终还是溜了过去——从后门进去，到"写纸"现场看热闹。

　　这是我第一次看到父亲"写纸"的场面，也是最后一次。我溜进去后，在靠墙边一个地方站着，是名副其实的"gai 壁"。此时，大人们正围着一张八仙桌坐着，我父亲正拿着一张纸在念，念到最后才听到"代笔"二字和我父亲的大名。此时，我真的笑出了声来。因此被坐在桌子旁的人发现了，我父亲见到我在这个场合出现，当然很生气。他瞪了我一眼。他说了我什么，有没有骂我，我不记得了。

　　不过，在这样的场面，而且还有很喜欢我的姓方的保长为我打了圆场，方保长在这个场合是最高行政长官，看在保长面子上，父亲也就没有再发火，也没有把我轰走。当各方都签字画押之后，最后程序是酒菜上桌，开席，家乡话叫"吃酒"。方保长拉着我坐在他旁边，问我喜欢吃什么。我说要吃"面"，其实是一种制作很讲究的"粉皮"，平时很少见到，其他吃的是什么，都不记得了。

记得第二天，那位叔叔家送给我们家一壶酒和一碗菜，算是给代笔人的"酬谢"。七十多年过去了，所记得的情形那么依稀，但仍感到这个经历很有趣。

过了几年，解放军来了。1950年下半年，"土地改革"开始了，村里的土地平均分给了农民。那"田纸"（地契）等，都是在乡里召开群众大会时，被当众烧掉了。那时我父亲刚刚过世。

"两亩水田，一只鸡钱"

"写纸"又使我想起了父亲的一段悲惨经历。

当年，我们家有弟兄四个和一个妹妹，而田地少，父亲想多种点田地，以便让我们弟兄四人有个安身立命之所——这是那个年代的父亲们都有的情理之中的打算。某年我们家种了陈某家的两亩多水田，据说"纸"上写的是以"元"计价的，期限为二十年。我们家也是按纸上规定付租金，但付的是银圆。

当时的陈某不务正业，在某人手下当差。所以，我父亲估计"到期"后，肯定做成"脱绝"。那时正是解放战争时期，我们那个地方是国民党军队占领着的，但解放军已经在江北那边，活动情形也时而会传到江南来，当地人仍称共产党的军队为"新四军"或"八路军"。陈某在一个地方武装队伍中服役，那时他穿制服回到村里，我记得他的服装与国民党军人的制服不同。但老百姓见了穿制服的都害怕。再说，那年月兵荒马乱，物价飞涨，货币制度也混乱了，记得当年还有什么"关金券"和"金圆券"在市面上流通。

我们村里有个姓屠的，曾当过保长，家境不错，看上了陈某

"脱"给我家的那块地。于是，屠某就怂恿陈某提前"赎回"那块地，然后再"脱"给他。这里更要命的一招是屠某想出来的，即利用当年那张"田纸"（契约）上租金以"元"（银圆）计价的漏洞，以一只老母鸡的价钱，将那块田赎回。

我父亲当然不能接受这个条件！但那时我的父亲贫病交加，无权无势，而陈某是穿着制服回来的，他背后还有比屠家更有权势的人，故有恃无恐，再加上有屠某在背后出主意，所以几次三番找我父亲麻烦，逼我父亲就范。据我的一位堂姐说，有一次差点将我父亲推倒。

胳膊拧不过大腿。出于无奈，我父亲只得在那"纸"上签了字。由此，我们家失去了两亩多的水田。对于我的父亲来说，那是致命的一击：不仅失去了土地，而且使他遭受了难以忍受的屈辱。这对他本来已经病弱的身体，无疑是雪上加霜！

我父亲虽然活到解放军解放我们家乡、建立了人民政权的时候，但没有赶上"土地改革"就病逝了。那年他43岁。

"红眉毛、绿眼睛"

在我的记忆中，父亲常常用"红眉毛、绿眼睛"来表示他鄙视和憎恶的人，这也是他对当时社会现实的不满和对某些人（和事）的憎恶之情的宣泄，更是对我们为人处世的一种教导。

父亲使用"红眉毛、绿眼睛"这样的词描述那些人的时候，正值解放军将要南下解放江南的前夜，县城由国民党军队把守着。那些国民党军队的残兵败将，还时常到乡下来骚扰、抢东西等，社会上很混乱，还有收苛捐杂税和"抽壮丁""收壮丁米"等，老百姓生活困苦，民不聊生。而那些被我父亲形容为"红眉毛、绿眼睛"的人物则纷纷登场，有些人是为混碗饭吃，有些人则为非作歹。

此时，我的父亲头脑非常清楚，他说："我宁可在家喝粥、挨饿，也不去跟那些'红眉毛、绿眼睛'的人物混在一起。"

那年月，也正是"二亩水田，一只鸡钱"的时代，是所谓"黎明前的黑暗"阶段。下面是父亲拒绝与那些"红眉毛、绿眼睛"的人物为伍的典型事例。

婉拒保长

日本兵退出我的家乡后到解放军来到我的家乡前这期间，县里有国民政府，以下有乡、镇、保、甲，人事都由国民党掌控。《代笔》一文中的方保长，就是那个时期的保长。他的家境不错，有自己家田产，还有两个老婆，但只有女儿没有儿子；记得他们家的大女儿大约比我大两岁。方保长见我们家有四个儿子，当然很羡慕。而我们家境贫寒，几乎到了无力抚养众多子女的境地，方保长曾想从我们家里领养一个做他们的儿子，而且看上了最小的我，他很喜欢我。正因为如此，在"写纸"那场合我父亲快要发火的时刻，方保长出来打圆场，并拉我坐在他身边，给我碗里夹吃的东西。

听我母亲说，方保长曾想把"保长"这差使交给我父亲，但被父亲婉言谢绝了。据说，方保长曾多次跟我父亲谈过（大意是）："你能写、会算（指打算盘或记账、"写纸"之类），人缘也好，当保长很合适，你们家境不富裕，当了保长，许多捐税杂费可以减免，这不是很好吗？虽说你腿脚不方便（我父亲有足疾，脚跛），但保长你当，跑腿的事，可以叫你们家老大干。"

方保长与父亲关系不错，要我父亲出来当保长，一是出于同情，二是方保长本人不识字，还有一个说不出口的理由——他看上了我。

但是，对于这两件事，我父亲始终没有答应。父亲心里怎么想的，连我母亲也不清楚。比如说，将我三哥和我"送给"人家当儿子，是我们家"计划"当中的事。事实上我三哥曾被送给人家当儿子，我也曾被送到平湖城里某个家庭。那人家是我姨夫的朋友，记得姨夫摇了一只船送我去他们家，说是给人家看看，据说没有被"看中"，当天就被原船"退回"。

但父亲为何拒绝方家，母亲也没有提起过。

呵斥舅舅

这也是听母亲讲的故事。

与上文的时代背景差不多，有一天晚上，我的舅舅到我家，对父亲说，他已经报名参加了国民党，也许舅舅是当好事或喜事向我父亲报告的。谁知我父亲一听，勃然大怒："快去退了！不要跟那批'红眉毛、绿眼睛'的人混在一起。"此时，父亲又一次使用"红眉毛、绿眼睛"这些词，来形容他所不屑一顾的人。

我的舅舅，名金其，比我母亲小，我辈称其为"小娘舅"。我父亲把他当作自家的小弟弟，当然，舅舅也把姐夫当作兄长。所以他才将上面所说的那件"大事"向我们家报告。舅舅也真听话，第二天就去找村里的一位在国民党党部任职的人，说要求退出。用舅舅当时的说法，要求将他的名字从国民党党员名单上"勾掉"！

有个外号叫"胡子"的人，本名杏福（也称"胡子杏福"），其姓氏我不记得了。他同意将我舅舅的名字从名单上"勾掉"，这就意味着舅舅已经"退出国民党"。我舅舅没有读过书，不认得字，"胡子"说已经把他的名字"勾掉"了，我舅舅便信以为真。

三十年后，"文化大革命"时清理阶级队伍，要清理国民党的残渣余孽。专案人员在某份"国民党党员名册"中，查到了我舅舅的名字。这在当时，是件不得了的事。

我母亲讲："人家说你舅舅不老实交代，他被绑在电线杆上，在太阳底下晒了很长时间。"还好，舅舅也没有什么问题，后来也就放了。

"水架"与世界

小时候，我家厨房的灶头旁边，有个叫"水架"的排水设施。由于"水架"与家乡方言中"世界"的语音相近。而在我父亲的言谈中，特别是在对人对事的言论中，以"世界上有些人"为开头议论的相当多，让我印象非常深刻。但我当时不解其意，曾经很困惑。

先说我家的那个水架。在我家老屋的灶边，即在靠墙根位置有一个用砖砌成的尺把高的台子，中间是漏斗状的大口子，底部有管子通往墙外的阴沟，厨房里的废水，可以直接倒进漏斗状的口子，排到屋外，相当于如今的排水设施——下水道。平常"漏斗"上有一盖板，盖板上可以摆放其他炊具或水盆等。

对于这个水架，我们再熟悉不过了。但在儿时，我还不认得字，外面的事更知之甚少。对我来说，"世界"一词像"代笔"一词一样新鲜，只是不明白"水架"上根本站不了人，怎么我父亲说"水架"上有人，而且还有不少人。除了误解，倒也没有发生什么笑话，反正大人们说事，小孩子听不懂是常有的。

后来，家里的墙上贴了一张年画之类的东西，好像是宣传第二次世界大战故事的，记得那画里有被击落的飞机和着火的战舰等，此时，我对"世界"一词的含义还有点懵懂，但已经知道"世界"与厨房中的那个"水架"不是一回事。那时，好像父亲还对这张画说过些什么，说"二战"时，打下敌人飞机有多少多少架。这时，我才知道飞机是以"架"论的。

有关父亲的言谈举止，给我印象最深的是父亲与我母亲及与我的兄长的谈话中，或者与来客的闲谈中，他常常用"世界上"这个词，如"世界上有些人"如何。那时我不懂，也不明白他说的"那些人"是谁，或是有什么背景。但有一个印象是明确的——

在父亲口中的"那些人"，往往是他所鄙视的，评价是负面的。

又如，他说有些人很聪明，他用的家乡话"乖"字，与形容小孩子聪明是同一个词。他说："人不要太乖了。"但世界上有些人"太乖"，意思是为人处世太精明，总是做出损人利己的事来，结局往往不好。

父亲曾在我母亲跟前讲过四个人的例子：当年被认为"最乖"的那位姓王的朋友，新中国成立初期就被人民政府处决了；被认为"很乖"的沈某，新中国成立后的处境也很不妙。他说，他自己是四个人当中最笨的，他却最太平。当然他也谈到过《寒夜客来茶当酒》一文中的冯大先生，是他的同学或朋友中比较"笨"的，但新中国成立后他也像我父亲一样过得很太平。

父亲还常常说起，"人不要做出贻害小辈的事"，但"世界上有些人"就是不注意这些。上面所称的"聪明人"，当时显得很乖，但损人利己，最终还是"祸及子孙"。比如，上面所说的王某和沈某，我都是认识的，或者在我家里见过。就说那位王某，曾经很是风光，但新中国成立后不久便被人民政府处决了！他的晚辈能抬得起头来吗？这就是害了小辈和家人。

多年过去了，特别是到了"文化大革命"之后，作为晚辈的我们才真正领悟到：父亲以"世界上那些人"为题材的议论，正是宣扬他的世界观和人生观，也在强调他的为人处世之道。他对我们的言传身教，是何等的珍贵。

风烛残年

我父亲病逝时只有四十多岁，用今天的标准说还只是中年人或壮年；但在那个年代，父亲贫病交加，却已经是风烛残年。一是原来脚上的老毛病，二是得了"肺结核"（听母亲讲是"石病"），是致命的病。那时据说已经有了青霉素之类的西药，但我们家哪有钱使用这种药，我父亲当然也清楚。

在父亲的那段晚年生活中，他也曾为几件事高兴过。

一是父亲在有了四个儿子后，又得了个女儿，他当然特别高兴。记得当时我妹妹长到三四岁时，父亲多次对我伯父家的小女儿（我们的堂姐姐）说，你要好好帮我们照看这个小妹妹，将来你出嫁时，我们送一只大皮箱做你的嫁妆！其实，我的那堂姐只比我家小妹大六岁，又怎么谈得上照料？我父亲这样说，只是出于他晚年得女的喜悦心情和对晚年生活的美好憧憬。

二是我进入小学堂读书前，父亲常要我背《千字文》和《百家姓》等，我不努力，也不认真，父亲似乎很无奈。但有一天，我父亲斜躺（靠）在床上，母亲坐在床边做针线活，我坐在母亲身边，父亲抓起我小手看了看，说我的手指头很粗壮，一定能长得很强壮。然后他对母亲说："看来，我教不了他，还得送他到学堂里去读书。"我听到这话很高兴，表示我很想上学堂里去读书。当时，大哥和二哥已经长大了，三哥身体不太好。那时附近也没有学堂，所以父亲的计划一直没有实现。后来，我真的到小学校里报了名，领了书回来，他仍躺在床上，我把两本书交给父亲看。他接过书一看便说，你把算术书退给老师，打算盘我教就行！也许父亲认为算术只是打算盘。

此时的父亲，身体每况愈下，对于我的读书上学和成绩等，已经没有精力顾及了。

家乡解放之后，从政治上讲社会已经相当平静，父亲眼里的那些"红眉毛、绿眼睛"式的人物已经有所收敛，有的已经被人民政府"收作"了。我们家的物质生活当然仍相当困苦，父亲已经病入膏肓。

不过在解放军来到平湖并在村子里驻扎半年后，我大哥的大女儿出生了，父亲见到了他的孙女，就是说他是抱过孙女的人了。

另外，他脚上的毛病逐渐好转了，有些疮口开始结痂了。记得有一天傍晚，父亲从我们家老屋往南走到伯父家西南角上一个水池边洗脚。此时，父亲跟我的大堂嫂（我们称"老嫂嫂"）说，他的脚快好了。当时父亲显得很高兴。

但没过几天父亲就去世了，等到我们弟兄四人都赶到他的床前，父亲已经快断气了。但我大哥当天按父亲的意见到城里办事，所以，大哥赶回父亲床前时，已经晚了，算不得"送终"。

此后的很长时间里，我的堂嫂经常提起与我父亲在水池边交谈的情景，描述他老人家那"很高兴"的样子。这也许是所谓的"回光返照"，但"很高兴"是父亲留在我们心中的最后的形象！

风范长存

母亲用严肃的口吻讲父亲的若干"不"字，对我们后辈来说这就是风范。

不攀"过房亲"

父亲虽穷，但人穷志不短。始终秉持"雨天不爬高坡，穷人别攀高亲"的原则，特别是不攀"过房亲"。

在当年的社会上攀"过房亲"（北方称"认干亲"）的现象相当普遍，可以说比比皆是。大体上可以分为两类：

一类是正规的，双方正式约定结为干亲，要选定吉日良辰，按某种程序，举行某种仪式，甚至要举办酒席，宴请宾朋，就像旧式婚姻中拜堂成亲那样，也算是"昭告天下"——某某已经成我家继子，并赐以孩子一新的名字，最严格的还要改为"寄爹"的姓氏，"过房亲"才算成立。

至于仪式，我所见到的是这样的：家长将孩子抱到"寄爹"家里，家门外摆一架大扶梯，下面着地，上面搭到屋檐，将孩子从梯子中间格子里"传"进去，由"寄爹"或"寄妈"接过去，大概是"一步登天"之意。

另一类，那就"约约乎"了，有的只是口头上叫叫，热闹热闹，套套近乎而已。乡间有将其称为"料子亲"者。"料子"是农家浇粪用的带长柄的勺子，用料子往庄稼地里勤浇粪水，苗子长得很旺；一旦不去浇了，也就荒芜了，甚至根本不来往了。

那种"料子亲"，攀与被攀也是"周瑜打黄盖——一个愿打一个愿挨"。人们看重或关注的不是亲情，而是另有所图，是以儿童（当然不仅仅是儿童）为媒介交结权贵，完全是趋炎附势的行为。很多年前有部电影《舞台姐妹》，其中某女主角也认上海一位阔太太为干娘。这是成年人认干亲，当然也没有"钻扶梯"之类的仪式，只是认或被认一方总得出点血，那位女演员认这位阔太太为干娘，有其政治上或经济上的盘算，明显是趋炎附势——想在上海找个政治上的靠山。

父亲对于"料子亲"现象看得很透，对于那些趋炎附势之类的行为深恶痛绝。我们家虽穷，但始终秉持"雨天不爬高坡，穷人别攀高亲"的原则，绝无趋炎附势之想。所以，我们兄妹五人，没有攀过一门过房亲，连一个寄爹、寄妈也不曾有过。听母亲讲，不攀过房亲，是父亲立的规矩。

此外，父亲对于那些趋炎附势而去攀过房亲现象，常嗤之以鼻。如有人今天当上了保长或乡长，明天就有人来认干亲，但如果那个什么长下台了，干亲也就"干"了。父亲常常用此类新闻来表达他的观点，也不断增强了我们家决不认干亲的决心和意志。

当然，对于攀过房，父亲也不是一概拒绝。因为按迷信的说法，人家生了孩子，感觉自家"福分浅"，怕养不大，所以得找有福人家寄养。因此，我们父亲母亲曾接收过两门过房亲，不过都是原来的亲眷，一个是我表兄辈的人，另一个是表姐——我们姑奶奶的孙女，仅此而已。

不抽烟、不赌博

父亲不抽纸烟，也不抽水烟。不过家里有一个水烟袋，铜质的，平时擦洗得很亮，来了会吸烟的客人，就拿这个水烟袋款待客人。

那时，我的两个已经成年的哥哥，也不吸烟，也许是守父亲定的规矩。当年，乡间打牌九、搓麻将等也相当盛行，还有些是带有赌博性质的，但我父亲从来不接触这些行当，也不许我哥哥他们参与。

不许镶金牙

镶金牙，家乡话叫"装金牙子"。就是在本来很好的牙齿外面包一层薄薄的镀金的金属膜，有银色的，也有金色的。这种事曾经很流行，装金牙的年轻人很多，许多爱美的或赶时髦的青年人，都以嘴里有颗金牙为美，但我父亲不许我们兄弟装金牙。

那时的县城里，有许多镶金牙的店，专门给爱美的青年男女镶金牙或银牙，还有的在金牙中嵌上一点绿色金属，称为"嵌宝"。我至今还记得与此相关的"术语"，如"踏""咬印""装"等，比如"踏"这个词，本意是"打磨"，如将牙缝磨大、牙面磨平等。因当年县城里白天是没有电力供应的，牙医缺少给装金者"打磨"所用机器的动力，只能用脚踏来代替电力，所以人们称此程序为"踏"。"咬印"即做个牙齿的模型。

那时，我已经有两位嫂子，她们在娘家时就镶有金牙，父亲也不好说什么，我的三哥长大后爱美，或是为赶时髦，曾装过一颗金牙，不过那时我父亲已经去世多年了。在我们兄妹五人中，只有三哥没有遵守父亲遗训。

不写"离婚纸"

此前我曾读到过一本《太上感应篇直讲》的书，其中有"不写离婚纸"这样一条，脑海里突然冒出父亲的一段往事。

父亲替人家写过许许多多的"纸"，但从不写"离婚纸"或"赖婚纸"。他认为写此类文书，就会拆散一个家庭，所以他不肯写。

记得有一天，我有位堂姐的婆母来我家里找我父亲，说是要为她的女儿写张"离婚纸"。这里所说的堂姐，我们叫她"小阿姐"，她有位小姑子，只是已订婚，但还没有过门，想反悔，据称是另有相好，于是就想退婚。按家乡人的说法，这种情形称为"赖婚"，而非"离婚"。所以这种文书，就是"赖婚纸"，如果是男方毁约，就要写旧戏中所称的"休书"。父亲按照他的做人原则，不替任何人写"赖婚纸"，所以坚决拒绝了。

那位"小阿姐"是我伯父的二女儿，她出嫁后，与我们家来往密切。我小时候常去他们家，父亲当然也去过。小阿姐的婆母，是我伯父的亲家，当然也是我父亲的亲家，是近亲。但我父亲不给那位亲家母一点面子。由此可见，父亲的做人底线远高于一般所说的亲情或面子，亲家再有意见，不能写的就是不写！

回忆母亲

　　记得上小学时，就在语文课上读过朱总司令的《母亲的回忆》一文，印象极为深刻，而且，自那时起我就想写些关于我母亲的文章，因为我的母亲太伟大了，要写的事情太多，但一直没有写成。

　　常言道，母爱是世上最伟大的爱。从这个意义上讲，每一位母亲都是伟大的。而我的母亲，就是伟大母亲群体中的普通一员，但母亲在我的心目中，形象相当高大。在我的回忆录类文稿中，涉及我母亲的内容已经很多，几乎每一篇都有母亲的影子，但还没有专门写母亲的。母亲的一生，经历过太多事。未出阁时，外公家境比我父亲这边好，母亲应当是很幸福的；成为我们的母亲后，她经历了诸多磨难和坎坷。我大哥他们为她过六十岁生日，相当风光。总之，母亲到了晚年，儿孙满堂，很幸福，在物质和精神上都感到很满足。七十岁前后，为帮我们照料孩子——母亲最小的孙女香香，曾在北京住了将近两年。这样的老太太，在我们村里也是绝无仅有的。在八十八岁时，母亲平静、安详地

母亲半身照

离世,应当说寿终正寝。我们按乡间习俗和火化仪式相结合的方式,为她举办葬礼,将她安葬在我家的自留地里,入土为安。而送葬的队伍之庞大,场面之隆重,在村庄里是少见的,对于一位乡间老太太来说,确实相当体面。

泪别母亲

1992年初春的一个早晨,我们坐在公司的通勤车上,车子经过西长安街向东行驶时,车载音响设备里响起了这样的歌:"在那遥远的小山村,小呀小山村,我那亲爱的妈妈已白发鬓鬓,过去的时光难忘怀……"

当听到"白发鬓鬓"这一句时,我的眼泪就止不住地流下来了。

我长年在北京工作,一两年才能回去看望她老人家一次;而年迈的母亲住在老家,常常卧病在床。所以,听到"妈妈"和"白发鬓鬓"时,我不禁伤心落泪。

同年4月11日,有侄子打来电话告诉我,娘娘已经于昨天(10日,农历三月初八)去世,问我回不回去。当时我心情悲痛,但没有办法马上答复回不回去的问题。因为这天上午我要出席一个"供应港澳三趟快车30周年大会"的筹备工作会议,当时我已经不在公司运输部,而是被借调到这个筹备机构工作。经相关领导批准,同意放我几天假——让我回乡奔丧。于是立即订飞机票,并告诉那位侄子。

4月12日上午,飞抵杭州笕桥机场,有侄子到机场接我回家,下午赶到母亲灵前。

一路上,即使是在机场见到两位接我的侄子时,我也一直忍着悲痛,没有哭,也没有流泪。但一进家门,首先见到我的大姨妈,我叫了一声"娘姨","哇"的一声,没有走到母亲灵前,就号啕大哭起来,然后跪拜母亲。娘姨见状,也大哭起来。

此时，家人都在为母亲守灵，屋里点着香烛，烧着黄纸、锡箔等，灵堂内香烟缭绕。我在母亲的床前跪拜，起身后，我也不管有无禁忌，擅自揭开盖在母亲脸面上的头巾，拿掉放在她胸前的镰刀等铁器，瞻仰母亲遗容。此时，只见母亲脸色依然有点红润，神态相当安详，就像她刚刚入睡一般。

此时，离母亲停止呼吸已经三天了，超过48小时，她仍然保持着这样的肤色和神态。这非常神奇。也许母亲在等我回来再见一面，可能她不想让我见她时感到害怕，也许不想让我过分悲伤。当时我曾想起《红楼梦》对贾老太太去世后神态和脸色的描述。总之，这是母亲的福分，也是我们全体晚辈的福分。

据我二嫂讲，母亲去世前精神不错，在吃了一碗二嫂蒸的鸡蛋羹之后，说她想躺下来休息一会儿。我二嫂扶她躺下后，就到地头弄点喂兔子的草料。等我二嫂回到母亲床前叫她时，母亲没有答应，只是安静地躺在那里。摸摸母亲的胸口，母亲的心脏已经停止了跳动，只是还有点温热，就像睡着了那样。二嫂这才慌张起来，到地头把家里人都叫了回来。

4月13日上午，按家乡习俗，我们将母亲移到二哥的堂屋，举行入殓仪式，亲人跪拜于灵前，然后给母亲梳头、穿寿衣。为母亲梳理头发，也是一种仪式，都由女眷来完成，我只记得我姨妈握着母亲平日使用的梳子，一边哭，一边仔细地轻轻地为我母亲梳理了好久，很认真。此时，母亲面色和神态仍和昨天我回来时差不多，但我哭得特别伤心，甚至号啕大哭。

入殓完毕后，我们分乘两个较大的用挂桨机驱动的农船，护送母亲遗体到高桥殡仪馆火化。领到骨灰后，我们仍原船返回。母亲的骨灰被安置在一个水泥制骨灰盒里，这是殡仪馆提供的。母亲的骨灰盒上船后，我大嫂的手一直按着骨灰盒上面，但船只刚刚起航，大嫂突然说："不对！这盒子怎么不热？母亲的骨灰在里面吗？"说要打开看看。我与大哥等坐骨灰盒旁边的人都去摸了摸骨灰盒，结果发现，盖子上虽然不热，但靠近底部有点热，说明母亲的骨灰确实在里面。虚惊一场！船上恢复了平静，除了有开路意义的唢呐声，几乎没有人说话。而我正在为大嫂的上述举动感动，足见我的长嫂对母亲的一往情深。

两条船先后抵达陆家老宅基的河边，我们护送母亲的骨灰盒前往早就选好的墓地安葬。送葬队伍出发时，大约是下午三点。那天参加送葬的人很多，队伍相当长，我们子女护送母亲的骨灰盒到达墓地时，送葬队伍的队尾还没有离开我家老宅基，而从老宅基到墓地约有 300 米。

当天风和日丽，是个久违了的大晴天。据说，此前的天气，一直阴雨连绵，而到了母亲出殡之日，则红日高照，这又是一个吉兆。

姨妈哭声里的隐情

母亲走了，大姨妈就是我最重要的长辈了！在返回北京以前，我去姨妈家待了一天，陪陪姨妈，想借此散散心，也为让姨妈宽宽心。

以前往往是我跟母亲一道去，这次是两个侄子陪着我去的。那天，大姨夫也在家，他出席了母亲的葬礼，而且还是"念经"班子的成员。为我母亲念经，也许是佛教上所称的"超度"。当时姨夫已经相当苍老，论岁数，并不比姨妈大，但因脚上有病，步履蹒跚。

其实，这位姨夫是姨妈的第二任丈夫，姨妈家的一对儿女，也不是姨妈亲生的。当然不知底细的人，根本看不出来。陪我去的两个侄子也许和我其他的侄子、侄女一样都不知道这里的隐情。他们更不知道"娘姨婆婆"在灵堂里哭得如此伤心，甚至号啕大哭了许多次的缘由，当然我也只知其大概。

姨妈原本嫁给了我们村里的屠家，她家距我家不足百米，那时，姨妈与姨夫过得很和睦。他们也常来我们家，我母亲孩子多，姨妈常来帮助母亲照料。物质方面常接济我们，我上学的书包是姨妈给我做的，我穿的雨鞋也是姨妈给的。姨妈房间里有许多她用过的护肤品，如雅霜、雪花膏或"白熊脂"等，那些白色的或黑色的瓶子，我曾拿来玩过。

但后来，姨妈的家庭发生了很大的变故，用今天的话来说是有"第三者"插足了。姨妈的处境变得相当悲惨。而这位第三者，正是我奶奶的亲妹妹的小女儿，即我父亲的表妹！

此时，我父亲已经贫病交加，我奶奶也已年老体弱，姨妈家里发生了这样的变故，我母亲不得不面对如此复杂的局面，卷进了这个矛盾与纷争的"旋涡"。我母亲要担负起全家生活的重担，又要设法维护我姨妈的利益，而且还不能与我们的姑奶奶及其全家搞得太僵。

那时解放军还没有过江，社会上相当混乱，所以母亲处境之难，不是亲历者无论如何也想象不出来。所以在我母亲的灵前，姨妈联想到她们老姐妹艰难的前半生和不幸遭遇，只能通过大哭和泪水宣泄出来。

母亲很不容易

母亲姓徐，名其珍，姨妈名仁金，外祖父家在我家东南方约二里的横溇浜村。由于我大舅舅过继给了外祖父的长兄，故我母亲在外祖父家是长女，姨妈比我母亲小许多。母亲不仅养成了农家女子所应有的才干，而且养成了长子般的行事风格和气度。

但嫁给我的父亲之后，其地位远不如在娘家那样。由于我们家的特殊情形，需要母亲"以嫡为庶"和"以长为幼"的身份去处理许多伦理上或风俗上需要她去做或不得不做的事情。更让母亲为难的是，本村有两家"至亲"，即我奶奶的亲妹妹的婆家——张家，和我姨妈的婆家——屠家。这两家本应相安无事，但后来发生了变故，有了错综复杂的矛盾与纷争。将我母亲推到那场争斗的旋涡之中，遇到了诸多我母亲无法回避的矛盾。而这件事正好发生在我父亲贫病交加的晚年，他已经无力处理上述矛盾和纷争，而我的奶奶也已经体弱多病。此时，我母亲不仅需要照料我奶奶和我父亲，还要担心我姨妈的安危。因此，母亲在那个艰难岁月中所遭遇的物质生活上的困苦和精神上的打击，后辈人难以想象。但母亲都坦然处之，苦水往肚子里咽。凡此种种，岂止"含辛茹苦"四字所能形容的。

现在想来，我只是觉得母亲那时很不容易，至于当年她是怎么想的和怎么熬过来的，我不得而知；所知道的一些，也只是听说来的，当然也有我自己看到和听到的。

要说母亲的不容易，除了家贫、子女多和我父亲有病，还有我们家的老亲多，更难办的是老姑奶奶家与姨妈家的那些事儿！

以下就从我家的一般的"老亲"说起。

我家的老亲

京剧《红灯记》里的李铁梅有句唱词："我家的表叔数不清。"李奶奶则说："我们家的老姑奶奶多，所以你表叔就多呗。"李奶奶口中的"表叔"，是指革命者或地下党员等。而我们陆家的老亲多，新亲更多。老亲是指我们家长辈的亲戚，而我嫂子的娘家等，则是"新亲"，我四位堂姐的婆家，也属于新亲。

无论老亲或新亲，凡有"事"或过"节"，都需要母亲做礼尚往来方面的安排，"事"指红白喜事，"节"指每年的清明节等，都得"点到""礼到"，不能有疏漏。如果没有很强的综合平衡能力，就不能把各方面的关系摆平。母亲在这个方面做得相当周到，可以说是天衣无缝，即是爱挑理者，也说不出闲话来，这确实让晚辈们佩服。

下面是我所知道并去过的那些老亲。

陶家宅基

我的祖父出生于一个叫陶家宅基的村子，本姓陶，是我们陆家的入赘女婿，改姓陆，取名顺福，于是子孙后代都姓我奶奶的姓。陶家宅基在我们村子的西南方约五里的地方，那是我祖父的娘家。

祖父兄弟五人，祖父的上一辈人有多少支，我也不知道。总之陶家的规模比我们陆家要大得多。对于我的父辈来说陶家是至亲，相当于外公家。一次我跟伯父去陶家，遇到熟人问起，伯父就说是"到外公家去"。

到了我们这一代人，与陶家人来往，已经不那么频密，但有了婚丧嫁娶等大事，都必须礼尚往来，缺一不可。

横溇浜

听母亲说，她出嫁到我们陆家来的前一年，母亲的生母（我的亲外婆）就去世了，外公很快就续弦——娶了我的后外婆，不久就生了我的小娘姨（小姨妈），她比我大哥还小一岁，与我大嫂同年。但我母亲在处理与我后外婆以及我小娘姨的关系方面，可以说是天衣无缝，一点也看不出亲疏远近。

母亲从来没有讲起这里的秘密。我是上大学一年级时才知道的，那时我后外婆来我家，母亲还一本正经地称呼后外婆为"姆妈"（妈妈）。关于外公家那个村子，是我儿时的乐土，在"童年故事"里有文章专门记述。

东方塘

除了外公外婆家，我们还有两个舅舅。所以我母亲要办的"事"就比别人的母亲复杂得多。

长大后我才知道，我父亲与母亲结婚前，曾与东方塘张家姑娘张小宝订过婚，但还没有迎娶，张家姑娘就因病去世了，于是娶了我母亲。

按家乡习俗，既然已经"定亲"，人死了也是我们陆家的人了，视为原配，而我母亲来到我们家与父亲结婚，只能算"继配"。不仅在家祭祀有张氏的份，清明节还要去扫墓。

过年过节，我母亲必须像回娘家一样去张家探望，礼节与回真正的外公家一样隆重。张家人及张家村上的人都称我母亲为"小宝"，晚辈人则称我母亲为"小宝阿姆"，我母亲也是应答自然。

有些节日（如新年）里，我母亲还得先去东方塘张家拜年。东方塘离平湖城很近，到我记事的时候，张家有舅舅、舅妈、表姐和表弟等，没有见过那边的外公外婆，所以我们只说是"东方塘舅舅家"。

我们家与东方塘的舅舅、舅妈们很亲热，看不出亲疏。东方塘的舅舅也常到我们家来，印象最深的一次是，解放军进驻平湖城的当天傍晚，舅舅来到我家，告诉我们解放军已经到平湖了。

这家舅舅只有一个儿子，名海根，与我同岁，曾在县城里读书，十一二岁时病死了。我们家自然要去奔丧、吊唁，那时，我那位舅舅也已经去世了，舅妈很伤心。大约是做"五七"时，是我代表母亲去的，按规矩那天晚上需要在舅妈家过夜。我睡在舅妈的床上，舅妈伤心地搂着我，说："舅妈命不好。其实我像你母亲一样，也生过四个儿子，可现在一个也没有了。"从这些话里，足见舅妈与我母亲关系亲似姐妹。

老娘浜

老娘浜的大姨是东方塘舅舅的姐姐或妹妹，当然视为我母亲的亲姐妹，我没有见过那位大姨。我只跟母亲去过大姨家一次，那是大姨家名叫凤金的表姐出嫁，我跟母亲去喝喜酒。老娘浜在东方塘的东边，那时我还很小，便觉得很远——要过一条很宽的河，在那边过了一夜才回来的。

表姐出嫁后，曾与表姐夫一道来到我们家，这大概是一种礼节，叫"请新客"。从血缘关系上讲，以上那些亲戚都是"八竿子打不着"的，但我母亲该做的都做了，旁人根本挑不出什么毛病来。

母亲从来不在我们面前说上述亲戚的底细，而且从母亲对他们家人的称呼或亲密程度上讲，根本看不出什么破绽。大哥他们也许知道其中的某些奥秘，但他们也从未说破。

我到了七八岁后，在观看村里人家的婚礼时，见到所谓"迎花烛"活动，即一对青年，各手持点着花烛的"蜡扦"，缓缓前行，一对新人跟在他们后面缓缓前行，接受来宾的祝贺和嬉闹，这是乡间婚礼上最热闹的时刻。但此时我发现，我家大哥和二哥，是不能参与其中的，说是只有父母双全的人才能参与。我想：我们的父母明明都健在，为什么不能参加？

直到我父亲去世后不久，将东方塘张氏遗骨移来，举办了与我父亲的"合葬"仪式时，我才真正明白事情的缘由。

苏家浜

在我们家的亲戚中，还有一家在离我们家两里多地一个叫苏家浜的村子里。我没有见过舅舅，只见过舅妈和他们的一个女儿，后来这家亲戚招了一位上门女婿。办喜事时我跟着母亲去喝喜酒，我不知道为什么还有这么一个舅妈家，我问过大哥，他也不清楚，隐隐约约地知道，好像与东方塘张家有点关系，可是这个舅舅却不姓张。不过，母亲把这个舅妈家的事处理得与别处的舅妈家一样，可以说一碗水端平，分不出亲疏。

记得小时候，我与妹妹常去苏家浜。舅妈家门口有一条河，我曾在一只木脚桶里玩耍，木脚桶是可以当小船用的，往往用来摘河里的菱角或捉鱼，但它是圆形的，我不懂划木脚桶的窍门，结果掉进河里，成了落汤鸡。舅妈给我换上一身小衣服，这自然又是一个笑话。

母亲与这位舅妈及表姐的关系很好，也常有来往，这位舅妈和表姐也常来我家。记得我在杭州上学时，母亲到杭州"烧香"，约了苏家浜舅妈一道去。我到了北京工作后，有次回家探亲时（大约是1969年），知道母亲还常到苏家浜舅妈家去。可见母亲与那位舅妈亲如姐妹。

陈家汇

我们有一位姑妈，住在离我们家不远一个叫作陈家汇的自然村。等到长大后，才知道我们的亲姑妈名叫阿娟，早就去世了，也没有留下子女，而这个姑妈是继配。这位姑妈生的孩子，最小的与我三哥同岁。小时候过新年时，我们还要去拜年，姑妈给我压岁钱和他们家小狗追我等情节，仍记忆犹新。在《我怕狗》那篇文章中，我也提到了我在姑妈家被她家的狗吓着的事。

对于这样一门亲戚，我母亲在与他们家交往中，根本看不清"嫡"与"庶"之分，很长时间里，我们根本不知道这个姑妈不是亲的，我们家与他们的来往也相当密切，在我奶奶和伯父去世之后许多年，仍有往来。

胡家小木桥

我家有位"公公"，即我祖母的小弟，他的夫人我们称为"婆婆"。公公没有后嗣，早年我父亲曾过继给这位公公，所以这位婆婆就是我们的祖母，但我们一直叫她婆婆。

婆婆家姓胡，她出生于我家西北方向大约四里地的一个叫胡家小木桥的村子里。因此，这个村子里的胡家，就是我们的老亲。婆婆在世时，是我们家重要的老亲。婆婆的娘家，就视为我父亲的外祖母家。而这一门老亲又分为三支，即婆婆的哥哥、弟弟和妹妹。因此，我们家就有两位我们称为"娘舅公公"和一位"娘姨婆婆"的亲戚：一家在桥北，一家在桥南，还有一位嫁往门家桥村。在我记忆中，母亲与胡家的关系很好，来往频密，我们晚辈也经常上胡家的门。胡家有一位娘舅公公家的儿子，与我母亲同辈，我辈应当叫他"表叔"，但那位表叔叫我母亲为"寄妈"，叫我父亲为"寄爹"，而我辈仍称他叔叔。

本村的两门近亲

张家头——姑奶奶家

我们家在本村上还有两门老亲——张家和屠家。从亲戚角度讲，应当称其为近亲：一是我们的姑奶奶家，二是我们的姨妈家。本来应当列在上一节——"我家的老亲"之内，但其中有些事，比一般老亲关系要复杂得多，特别是我大姨妈的家庭变故后，所涉及的人物关系错综复杂，过程也比较长，不仅涉及张家和我姨妈家，而且还要涉及蒋家。说我母亲一生不容易，主要是来自本村的这两门亲戚错综复杂的关系有关，故单列此节。

姑奶奶，家乡话称"嬷嬷婆婆"或"阿嬷婆婆"，她是我父亲的亲姑妈，住在本村北部，那边是本村张姓人家的聚居地，故称为"张家头"，就在我们家的北面两三百米的地方。当时那里住着五六户张姓人家，我们的姑奶奶家有一座较大而且结构复杂的房子，在一条称为姚家浜的小河畔东边，屋后不远有一座小木桥（只有一块木板），叫作"河桥"。过船时需将桥板"抬"起来。门前有菜园，菜园南面有我们陆家的老坟，但不知是哪一代人的。再往东南面不远，就是村里屠家的地盘了。我的姨妈就住在屠姓人家的中心地带，离张家约有百米距离。

姑奶奶育有若干儿子和一个女儿，我认识其中两位：一是天顺，二是天和。姑奶奶的女儿最小，人称"张家妹妹"，不知其大名；她有一个女儿，即姑奶奶的外孙女，比我大两岁。姑奶奶有一个孙子，叫二官或二观，孙子媳妇曾在城里的织袜厂工作，这在村里比较少见，说明他们的家境不错。

以上大约是1948—1949年春天之前的"实况"，再早的事情，我已经没有什么记忆了，即使知道一星半点，也是听人说的。但有一点记得很清楚：我母亲与我们的姑奶奶互不来往，也互不搭理！我的奶奶就住在我们家里，经常生病，主要由我母亲照料。我的伯父经常来看望，记得奶奶有一次生病，伯父到城里买来一小坛糟蛋，送来给奶奶吃。但我从来没有见过姑奶奶到我家来过，即使重要节日或奶奶生病，姑奶奶也不登我家的门，当然她会到伯伯家去的。

后来我问过大哥：伯伯家与我们的老屋只隔一条小小的水沟，为什么姑奶奶从不到我们家来？大哥对我说："还不是因为'娘姨家的事'。"

这"娘姨家的事"，说来话长，也相当复杂。大哥长我14岁，阅历当然比我广得多，见识也比我多得多。

于是根据母亲、大哥等亲口讲述的以及我自己见过和听到的，将我们家的这两门亲戚关系，和我母亲被"夹在"其中的困境，整理成如下几节。

天顺办事"逆天理"

天顺，小名阿天，我辈称"天伯伯"。在家乡方言中"顺"与"仁"同音，用在人名中，也互"通"的。我不知道他的户口登记表上用的是"仁"还是"顺"。但这位名为"天顺"或"天仁"的人，做起事来，却有点不顺天理，甚至是不仁不义，为我父亲所鄙视。

他们家的故事很多，"营业范围"很广，家里本来是有点田产的，房子也不少。开过茶馆，贩过耕牛，摆"汤锅"卖牛肉等。听说他好赌，因赌输了拆掉房子、卖掉家产的事也有传闻，甚至把他的大儿子（二官）作为"壮丁"卖给了国民党军队，二官再也没有回来。他家的小儿子福荣，给人家做了儿子或成了"上门女婿"，不久就死了。

这位天伯伯还将他小儿子那个家的房产也拆了、卖了，可见其为人之一斑！至于其他一些逆天理人伦的事，即使他不是主谋，也大都与他有关。

"痴子保和"的悲惨遭遇

大约是 1952 年初夏，我"奉母亲之命"，带着给人做"挪周"（北方称抓周）的礼物，代表母亲，跟"天妈妈"乘轮船到黄姑乡蒋家浜村，为那位我从未见过的外甥女祝贺周岁生日。这是我第一次坐轮船到虎啸桥的蒋家。除了表姐和姐夫外，我谁也不认识。奇怪的是，蒋家有位十四五岁的男孩，一见面，表姐杏珍让他叫我"娘舅"。他的嘴倒也真甜，"娘舅"叫得很亲热！我感到有点奇怪，也感到有点难为情。

回来后，被那位比我大的人叫"娘舅"之事，我问过母亲，也听大哥他们讲过一些，于是，我逐渐明白我们家为什么会有这么一门亲眷。

说来话长，杏珍是天伯伯的长女，不知什么时候开始，他叫我父母为"寄爹""寄妈"。这是父母唯一的"干女儿"，尽管我父亲不喜欢这一套，但她是我姑奶奶的孙女，叫"寄妈"不是亲上加亲吗？

杏珍先是嫁给一个叫"保和"的人，家在平湖城北。那人很热情，口齿有点"叼"（口吃），因而说话更显得风趣。记得他当年常来我家，他与我大哥岁数差不多，与张家的关系大概也不错。那时我还小，印象不深，据母亲讲，他总寄妈长寄妈短地叫着，还非常喜欢我。

后来，天伯伯遇到一位叫蒋怀仁的人，两人成了好朋友，一道做贩牛生意，即到钱塘江的南岸（我们称那边为"上八府"）去采购耕牛，运回平湖一带出售。干这行生意的人，都是有点本事或有点胆量的。蒋怀仁是平湖县东部三十里黄姑人，家住虎啸桥东北面的蒋家浜。那时他常来张家，一来二去，看上了杏珍，或者张家有什么"想法"，或者两者兼而有之。最终，张家设法"休"了保和，将杏珍"改嫁"给了蒋怀仁！

作为"干娘"，我母亲也没有办法，只好认了这门"新亲"。这样那位蒋怀仁也常来我们家，也热情地叫我母亲为"寄妈"。此后不久，杏珍姐还为蒋家生了女儿，才有本文开头的"做挪周"之事。

后来，从母亲口中得知，我的姓蒋的"干姐夫"，其实与我母亲同岁，估计与天伯伯和天妈妈的岁数也差不多。可见这门亲事背后肯定有蹊跷。但蒋家的儿子不管多大了，都该叫我"娘舅"；而这位蒋怀仁，也不管岁数有多大，到我们家来时，我母亲叫他"怀仁官"（称呼女婿加上官字），我们弟兄叫他"怀仁哥"。

很多年之后，大哥跟我讲起，蒋怀仁早有妻室，前妻是被休的，还是已经去世，不清楚。但大哥讲到保和时，说出一段令人震惊的事：

张家欲把杏珍许配给蒋家，但杏珍与保和是结发夫妻，明媒正娶的，不是想休就能休。于是，张家（或与蒋怀仁）买通了什么人，或设了个什么圈套，把保和抓走了，也许是像抓壮丁那样，或者是被"拉伕"（被强征的"苦力"）走的，总之是失踪了，找不到了，为杏珍姐改嫁到蒋家"创造"了条件。具体情节大哥也不很清楚。

新中国成立后，保和"自由"了，大哥曾在城里或别的什么地方遇见过他，好像还到我们家里来过。他"失踪"那段时间的遭遇，有没有跟我大哥讲过，已经不记得了。但对张家在这件事上的缺德或恶毒行径，保和一直愤愤不平，耿耿于怀。他以诅咒的口气说："他们张家太缺德！一定会遭报应，你看着吧，他们家的'收梢'一定好不了！"

"收梢"的意思就是结局。保和的预测相当准，比算命先生还"神"。

在保和与我大哥再次相遇并提及那些话的六十年之后，张家的天顺一脉已绝后，他们的儿子二官，"卖壮丁"出去，生死不明，连副遗骨都没有找到。曾有人向回来探亲的去台老兵打听过，也杳无音信，二官肯定是不在人世了！儿媳妇也老早就改嫁了。二官的儿子水生也不成器，在村里没有成过家，当然无后。晚年，大约六十来岁时，与外村一名寡妇结为夫妻，成了人家的赘婿，没有几年就去世了。

后话：

1991年我曾在家乡见过水生一次，就是我写《陌生的故乡，旧时的桥》的那次回乡探亲时在村里遇到的，也是我最后一次见到他。我在《为去台老兵作传》中，也曾提到那次相遇。

十多年之后，我曾路过水生在村里的住处，三间破旧的小平房，好几年没有人居住了，在高楼林立的村子里，那几间小破房子显得特别寒酸，使人想到了"沧桑"一词。但此时，水生已经去世了。

"抢亲"与小钢炮

2016年春，我回老家探亲并上坟扫墓，在小区内邂逅表兄张火荣。好久没有见面了，我们站在路边交谈片刻。他不无感慨地对我说："我的母亲是被抢到张家的，我生在潘家，而成长在仲家。"进而，他以愤愤不平的口吻说："张家已经没有人了！"意思是张家"无后"了。

听到他说出此番话语，我很吃惊。这不正好印证了保和跟我大哥说的那段话吗？或者可以这么说，"张家已经没有人了"这句话正好为保和六十年前跟我大哥所说的张家的"收梢"做了脚注。

我与火荣是表兄弟，自幼就很熟悉，曾在同一小学读过书。

但此次火荣主动对我提起他父亲"抢亲"等往事，我确实想不到，也有违"子不言父过"的老理。而且，他也从来没有跟我谈起过此事。更让我感到吃惊的是，当时火荣的口气和神情，明显地流露了深藏在他心底的愤恨或哀怨之情！话音里包含着对他父亲及老张家为人处世的谴责！甚至用"绝后"那样的重话来形容老张家的结局。

告别火荣后我想，火荣不一定遇到过获得自由后的保和，他也没有提起过保和其人其事，就是说，火荣心中的"块垒"，只是标题中的"抢亲"。在老辈人的记忆中，我们这个小小村子里，"抢亲"的事件有过三宗，最出名或离奇的，最容易成为谈资的是发生在张家头张天和家的抢亲。因为，在他们拜堂时，桌子上还摆着一门"小钢炮"！

事情还得从一名叫"仲八姥"的女子说起：

仲八姥家住名叫独圩头的自然村，村子四面环水，只有一座小桥通往外界，故称"独圩"村。那个村庄在张家所在的自然村（三家村）之北，距离张家所在的自然村有一里多路，两个村子同属一个行政村（旧时称"保"）。

仲八姥，也许在他们家或家族排行老八，故名"八姥"。儿时我去过他们家，没有感到他们兄妹有这么多。也许是因为在家里她最小，脾气有点倔强，生性刚烈。但我不认识她的父母或兄弟，听长辈人说，她家里曾将她许配给东村某家，她不从，故待字闺中。

抢亲前的张天和，曾在一个叫潘家头的村子里当过赘婿。但为什么后来要"抢"仲家女为妻，是潘家女儿去了，是闹矛盾了，还是被人家"休"了，我不得而知。

抢亲当天的情况及过程，我只是听说的。

张家借用某股武装部队的势力，将仲八姥"掳"到张家。仲家和独圩村的人们，见有武装人员出场，当然也不敢争执或反抗。到了张家屋里，强行让仲八姥与张天和拜堂成亲。据称仲八姥是想反抗的，但"堂"上摆着一门小钢炮（也许是迫击炮），谁敢反抗？拜完堂，张家的抢亲"大功告成"了，进了洞房，仲八姥还将马桶扔到了新床上。不过，她就算再刚烈，也不得不就范。多年后，听张火荣说，他母亲是被抢到张家的，但他出生在潘家，以后，又搬到仲家！但仲八姥与张天和生养的两个儿子和一个女儿都姓张，不姓仲，老大就是上文提到的火荣。

由此可见，这档子抢亲非同寻常，更显出张家的霸道，从而可以想象仲家的屈辱和悲惨。

张家的姑奶奶与我的奶奶是亲姐妹，由于我祖父是上门女婿，因而张天顺和张天和等称我奶奶为舅妈，与我的父辈是表兄弟。张天和到了独圩头村居住后，与我们家的往来照常。记得我小时候也去过独圩头村。

但有一点很特别，就是这位我们称"天和婶妈"的仲八姥，从来不登张家的门，也没有登过我们家的门。

据说在拜堂的当天，她就发过誓，不再登张家的门，绝不喝姚家浜的水。姚家浜是张家旁边的那条小河。足见仲八姥对抢亲一事恨之入骨。

到了 1957 年，天和婶妈大概已经年过半百了吧，但她仍信守誓言。那时，整个行政村已经合并为一个高级社，劳动力也已经是集中统一调配了。那年春天，社里统一挖河泥（积肥），独圩头村的劳力也被调到姚家浜来挖河泥。天和婶妈听从社里的派遣，也到姚家浜河边来干活。午饭时分，宣布歇工后，各自回家吃中饭。此时，张家人有意留仲八姥到张家吃午饭，但她毅然决然地走了，甚至头也不回。践行了她"不登张家门，不喝姚家浜的水"的誓言，足见其性子之刚烈。

现在想来，从火荣属虎来推算，他出生于 1938 年，那么抢亲的事，已经过去了二十几年。天和婶妈与天和叔已经过了二十多年了。但对于被抢亲的事，她仍耿耿于怀。那天中午她头也不回地走开等情节，是我看到的，而不是听来的。

天和婶妈去世后，天和叔来我家报丧，在我的伯父家人里讲起，仲八姥可能是"吞金"而死的。因为在清理她的遗物时，发现少了一枚戒指，找了好久，怎么也没有找着。所以，他用"怨命"一词形容仲八姥的死，意思是"吞金自杀"。他们议论此事时，我也在现场。

她为什么还要"怨命"？天和叔没有讲，我也没有听人讲起过，也许永远是个谜！

张家茶馆里的枪声

三家村，也许原住民只有三家或是三个姓氏的人家，但当我记事的时候，除了陆、陈、张三姓外，还有屠、姚、徐等姓氏。但不知什么时候，从什么地方来了个"蒋先生"。

"蒋先生"叫蒋元泰，何方人氏？何许人也？我们不得而知。他娶了天顺的妹妹，人称"张家妹妹"，即我姑奶奶的小女儿，听长辈讲她原先曾许配过人，或出嫁过，但后来怎么又嫁给了蒋先生，也不得而知。但她与蒋先生结婚后，就住在张家，并生了个女儿。但蒋先生又不算张家的入赘女婿，因为他们的女儿姓蒋。再后来，蒋元泰被不明身份的人枪杀，形成血案，成了本村最为骇人听闻的"故事"。

话说有一天，在张天顺家的茶馆里，有不少人在那里喝茶、聊天，那位蒋先生也在其中。突然，从门外走进几个陌生人，其中有一个人，右手握着手枪，左手抓住蒋先生的衣领，明知故问："蒋先生在吗？"蒋某说："嗯？……他不在！……"

来人见蒋某的神色不对，身子已经有点瘫软，或者想往桌子底下钻。即使握有手枪的人真不认识蒋某，看到这副神色，也知道他就是蒋某人，就在此时，一声枪响！蒋某就倒下去了，躺在血泊之中。

此事大约发生在 1946 年或 1947 年，故事的背景和当事双方情况，村里人都不清楚，我也没有听说过，或人家讲了我也听不懂。我也没有听父亲讲起过此事，但蒋某及其对立面，也许就是我父亲心目中"红眉毛、绿眼睛"的那类人。后来我问过大哥，他说可能是他们同伙之间有矛盾，是一种"火并"行为。

"荒白场"轶事

蒋元泰被枪杀后，葬在本村一个叫"荒白场"的河边。那是一片很大的所谓"岗地"（旱地），也是一片荒地，就在本村南部的东头。那上面有竹林和树丛，在东面的竹林中，还有一些简易的墓。听我二哥讲，他小时候原先那个地方还有房子，当然房子已经空了，也进到房子里去过。就是说那边曾有人家居住和耕种，不知何故，成了"荒宅基"，并有块白场，故称"荒白场"，或称"荒宅基"。

当然蒋元泰的墓（亭子）修得比较讲究，白墙黛瓦，比穷苦人家的"柴包棺材"体面得多。

儿时我们常去荒白场玩耍，也曾在那边的河道里游水，对那些棺材和亭子，无论新旧都不害怕，甚至会到亭子上偷张瓦片来玩玩。

那个亭子西南面有一片竹林，也是蒋家的，当然也算是张家的，后来这个地方又成了屠家的。

我弄不明白其中的缘由。但对后来发生的"伐木风波"则记忆犹新。张家妹妹嫁给了屠家的屠金胜，即我们的姨夫。那么这块白场又成了屠家的产业；而那片竹林的西边的地面，则是我们陆氏同宗——叔伯家的产业，同样有竹林或树木等。但由于边界划得不太清楚，两家对边界上的一棵较大而且好像是比较名贵的树木的归属，产生了分歧，屠家说是屠家地上长出来的，一定要砍走。其时，陆家男主人已经去世，儿子还未成年，当然争执不过屠家人，结果那树便被屠家伐走了。那个场面我是看到了的。事后，有人对我的那位同宗哥哥说："你应当死死地抱住那树的树干，那么，屠家人就不敢从你身上锯了！"

其实那人也是马后炮，再说，当时屠家有些势力，我们那位同宗哥哥是没有了父亲的半大小子，怎么敌得过屠家？

姨妈家的事

那么，原先蒋家的地方——蒋元泰的墓地，怎么又成了屠家的地盘？那得从蒋元泰死后，张氏改嫁到了屠家的事说起。

上述小标题中娘姨家的事，出自我大哥之口。此后，我把儿时见到、听到的一些事情，并把母亲和大哥他们对我讲起的事情，串起来，理出了一个头绪。

我的大姨妈嫁给了屠家，与我们同住一个村子，曾有一个美满的小家庭。

姨夫姓屠，名金胜，是独生子。屠金胜有位叔父叫"阿仁"，外号"白胡子"。屠金胜老早就过继给了阿仁，所以姨妈他们与"白胡子"生活在一起，住在同一幢房子里，姨妈叫他叔叔。屠金胜的生父阿银，只有一个女儿，住在东面的一幢房子里。

屠金胜为何会这样早就过继给叔父，不得而知。但是，不管怎么说，金胜是屠家的独苗，而且，自家有房产和田产，受到长辈宠爱是可以想见的。在我印象中，早先的姨夫与姨妈的关系很和睦，生活条件也相当好。由于我们两家距离很近，姨妈他们常来我家。姨妈当时还没有自己的孩子，很喜欢我们兄妹，把我们当成自己的孩子一样，还常来帮助母亲料理家务，或帮做针线活等。姨夫跟我父亲的关系也相当好。

我们家兄妹五人，家里负担重，家里总想"送"掉一两个孩子，以便减轻生活的压力。作为老四的我，当然也在送掉的"备选"名单中。记得有一次，姨夫用一只田庄船，把我送到平湖城里，到望云桥堍上岸，进入一座房子里，意思是让主人"看看"，但他们没"相中"，便"原船退回"我家。临别时那家主人还客气地送给我一支"卷子糖"，这种糖现在市面还能见到，里面由许多片圆圆的糖叠成，吃起来甜中带酸。那时，乡下孩子谁也没有尝过。这个过程总共也就一个上午的工夫，那时我还很小，不知是喜还是悲。但那个卷子糖的味道一直没有忘记。

儿时的我，常到姨妈家里去，记得在姨妈的屋里，有许多她用过的化妆品的旧瓶子，有白的，上有白熊图形，也有黑的，上有"麻点"，很特别，我曾要来玩过。我上学后的第一个书包，也是姨妈用她织的布给我做的，我穿的一双胶鞋，也是姨妈穿旧了送的。

第三者

不久之后，姨妈家发生了重大变故，用现在的话来说，是出现了第三者。

蒋元泰被枪杀后的某一年，张氏嫁给了我姨夫，那位称为"宝宝"的女孩也一道被带到了姨妈家，家乡土话叫作"拖油瓶"，她们和姨妈住在同一幢房子里。

自从屠金胜娶了张家妹妹，对我姨妈的态度就变了。我姨妈被推向苦难的深渊，几乎陷入灭顶之灾。而且也在我母亲与张家姑奶奶之间打入了一根"楔子"。就是说，此事使母亲陷入了"进退维谷"的境地。

后来，我们才知道，表面上，第三者是我姑奶奶的女儿张氏，而背后的"操盘手"则是我姑奶奶的儿媳妇、我父亲的表嫂、张天顺之妻，上文提到过的"天妈妈"。

自从张氏到来之后，我姨妈经常遭到姨夫的打骂，大有将我姨妈赶出去的架势。我外公和舅舅都是平头百姓，对于姨妈的悲惨遭遇也无能为力，我父亲也是如此。

姨妈家房子，好像是当地常见的三开间：中间的一大间，称为"前头屋"，相当于北方人说的"堂屋"，具有客厅和起坐间等功能；西厢房分隔成南北两间，南面作为叔父阿仁的卧室，北边那间做姨妈家的厨房；东厢房同样分成两间，记得姨妈与姨夫住靠南面的一间，按家乡习俗，东南面这一间，是家庭成员中地位最高的人住的。靠北的一间，没有人住。而张氏来了之后，好像就住进靠北面的那间。

随着张氏的出现，这个本来平静和睦的小家庭就不再平静了。有件事我记得非常清楚：某天，我姨妈挨了打，被打倒在地，听说是剥光衣裳打的，姨妈几乎动弹不得。记得我当时赶到姨妈家去看，姨妈躺在堂屋里，上面盖了些衣服或麻袋之类的，一动也不动。是不是他们想把姨妈赶出屠家的门，我不知道，当然也不懂。此事后来怎么了结，我也不记得了。

姨妈生活在这样的环境中，被毒打过多少次，我母亲也没有跟我讲起过，反正是用"水深火热"来形容。我记得为姨妈被毒打一事，母亲与屠金胜的妈妈即姨妈的婆婆交涉过——但无效。母亲对这位我们称为"银妈妈"的人很有意见。直到姨妈离开屠家之后，母亲与那位银妈妈相遇时，才会"叫应"（打招呼），这是后话。

牌位署名之争

姨妈在那样的环境中生活，当然度日如年。但没有多久，解放军来到我们的家乡，有一支部队进驻了我们村。

随着新政权的建立，屠金胜被捕。被捕的主要原因我不清楚，当然不仅仅是因为毒打我姨妈，也肯定不是因为他娶了张氏，总之不久就被人民政府枪决了。

屠金胜被枪决的原因，村里人有过议论，我当时是听不懂的，但是"罪该万死"，还是"罪不当死"，在民间存在不同看法。

屠金胜被枪决的"法场"，在县城南面称作"铜钿汇"的地方，离我们村子不太远。屠家人去收尸，将尸体弄回家来。按家乡风俗，死在外面的人（尸体），不能从屋子正门抬进来。于是，就在姨妈家前门口的廊下与姨妈房间之间的墙壁上，凿开一个洞，将尸体放在一块门板上从洞口传递进去，再放在床上，就像他是死在自己的床上一样。然后按当地规矩穿衣入殓，装进棺材。同时，请和尚为其念经、烧衣服、烧纸等，就像自然死亡的人家的治丧过程一样。以上"凿壁洞"等都为我亲眼所见，但我所看到的事情中，最令人难忘的一幕是张氏哭着闹着要在屠金胜的纸牌位上加她的名字。

屠金胜的尸体入殓完毕后，送葬前还有一个仪式——棺材停在堂屋中央，由和尚为其念经；和尚念完经，要做一个纸牌位供在棺材前头，意思这台"经"是某某人给死者"念"的，或者说明谁是主要送葬者。据我所知，这个时候它还不是真正的牌位，因为真正的牌位是木制的。当时纸牌位上只写了我姨妈"徐氏"，因为屠金胜没有子女，只能写上我姨妈的名字。用现在的话来说，表明我姨妈是"第一继承人"。此时，张氏听和尚读那上面的字时，没有听到她的名字，觉得有点不妙，就大哭大叫起来，记得她是这样说的："师父，你给我在那上面上个名字吧，要是不上，我今后怎么办呀？"

我不记得我姨妈当时是什么反应，也不知道屠家长辈是什么反应。总之，老和尚在那上面加了"张氏"之后，此事总算平息了。

现在想来张氏也够聪明的：如果这个牌位上没有张氏的名字，那她今后住哪里？屠家的财产等，她能否继承？

丧事办完之后，不知张氏母女在屠家住了多久。但最终还是搬出了屠家，回到了张家。

后话：

张氏离开之后，我姨妈的生活相对安定，也比较舒心了。她原想领养个孩子，在屠家的房子里生活下去。起初，从县城里领养过一个女孩，七八岁，说是孩子家里人的意见不统一，不久就被领回去了。姨妈也想从我们家领养一个男孩，有人建议将我的三哥给姨妈当儿子，但不知什么原因，没有实行。

姨妈在屠家的生活还算平静，成为社员后与生产队里的人相处很融洽，与她婆婆家里人相处，也没有听说有什么矛盾。但是，"寡妇门前是非多"，如此生活下去，也不是长久之计。几年后，姨妈悄悄地离开了屠家，"远走"他乡，离开了那个被她称为"石屑窟"的伤心之地，改嫁给了丧偶的孙姓男子（即上文提到的会"念经"的那位姨夫），重新组建了家庭，孙家的一儿一女，对她很好，姨妈也视孙家子女如己出。姨妈到我们家或舅舅家，总带着那两个孩子，不知底细的人，还真以为两个孩子是她亲生的。就是说，姨妈的晚年生活是美满、幸福的。

母亲释怀

姨妈远嫁他乡之后，张、蒋、屠三家的故事便宣告结束了。我母亲心中的芥蒂和相关恩怨情仇也逐渐淡化，特别是母亲与姑奶奶的隔阂也慢慢消除。这里面有一个相当重要的因素是——我母亲最终明白，"鸠占鹊巢"这出闹剧的幕后指挥，不是我的姑奶奶，而是姑奶奶的儿媳妇，也就是张氏的嫂嫂，即我们所称的"天妈妈"。

天妈妈早年曾嫁给"田央里"某家。不知什么缘由，后来又成了张天顺之妻。此人在村里的口碑不佳，品德也多被诟病。村里有人说，她的小姑子在家庭问题上出现过诸多故事，如张氏有过三个丈夫，两个都是被枪毙的，就是被这位嫂子带坏的。这里有一件我姑奶奶在我伯父家亲口讲过的事。

娶了张氏后，有一天晚上，屠金胜来到张家，天下着雨，屠金胜认为该回家了，但天妈妈想留屠金胜在她家过夜，就以屠金胜正在"发寒热"为由，要他等第二天天亮再走。其实从张家到屠家，最多五分钟路程。而这个动议里面是有文章的。

那时张二官"卖壮丁"出去已经多时，且杳无音信，家里人估计他已经死了。而张二官的妻子二宝带着儿子水生住在张家，形同守寡。让屠金胜在此"过夜"，天妈妈就是要将屠金胜与二宝"撮合"在一起。

姑奶奶讲上述情形时，我在场，但那天晚上屠金胜到底有没有住下，姑奶奶怎么说的，我已不记得。

现在想来，作为一位母亲，在儿子生死不明的情况下，给儿媳妇做如上安排可谓下作至极！她是要将自己的儿媳妇嫁给屠家做三房，还是另有企图，外人当然不会知道。但无论如何，都是一个母亲或婆婆所不该做的。

姑奶奶当年与我母亲不来往，姑奶奶在伯父家讲这些话，母亲不可能当场听到，但最终也肯定会知道的。这也是使母亲逐渐"释怀"的一个因素。

母亲的两位婆婆

我的母亲有两位婆婆：一位是我父亲的妈妈，即我的亲祖母，我们称"娘娘"；另一位是我父亲的婶母，我们称"婆婆"（按北方人习惯也应称奶奶）。

由于父亲的叔父没有后嗣，就将我父亲过继（阴继）给了公公，但公公很早就去世了，我们都没有见过。伯父与我父亲分家后，婆婆应当归我们家赡养，奶奶住在我们家，而婆婆就住在伯父家。由此，对于我们家和我母亲来说，需要处理的事情或问题就多了一层——我母亲除赡养和照料我的奶奶外，还要照料我的婆婆。

我奶奶晚年体弱多病，全靠我母亲照料。记得我奶奶晚年曾摔倒过一次，头部撞到了一个装有碗的篮子，额头上被碎碗划出一个大口子，鲜血直流，母亲急中生智，从盛有石灰的坛子里抓起一把石灰粉，往奶奶伤口上一捂！血是止住了，奶奶的伤口倒也没有发炎或化脓，但血液与石灰黏结成一个很大的疤，足有鸡蛋那么大。等到奶奶感到好点，不再痛之后，母亲就用剪刀慢慢地、轻轻地、一点一点地，将那个疤剪下来，每天剪一点，越剪越小，不知剪了多少天才弄好。母亲侍候奶奶的其他细节，我都不记得了。奶奶是82岁去世的，那时，我父亲已经走了两年了。

我们的婆婆（即胡氏奶奶），住在我伯父家里，但我的伯母大约1947年就去世了。在婆婆的身体很好的时候，不用我母亲照料，但婆婆晚年体弱多病而且长期卧床，照料婆婆的重担主要靠我母亲和一位堂嫂承担。那时，正是1960年夏天，生活相当困难，婆婆的病越来越重，瘫痪在床。我母亲和那位堂嫂不仅要参加生产队里的集体劳动，还要照料卧病在床的婆婆，天气又很热，其艰难程度，不是身临其境者是很难想象的。如婆婆身上生了褥疮，给老人家翻身、擦洗身体等，都是我母亲和那位堂嫂做的。

记得那是暑假期间，我到婆婆房里探望，见过母亲和那位堂嫂服侍婆婆的情形。那时她老人家已经不能坐起来了，但脑子还很清醒，她得知我因参加生产队里"双抢"劳动而中暑的事后，很心痛，就对我母亲说："不要叫小龙再下地干活了，他做不惯的！"母亲听了婆婆的话，再也不让我参加队里"双抢"劳动。

到我的暑假快结束时，婆婆病故。婆婆在世时，母亲称婆婆为婶妈；婆婆去世后，按照过继的规矩（或当年承诺），母亲在婆婆灵前"哭丧"时，改称"姆妈"（妈妈），而不再称婶妈。这在我的记忆中留下极深的印象。

记得举行婆婆的葬礼时，婆婆的娘家——胡氏三家都有人到场，他们是主要的来宾。在胡家的送葬队伍中，一位我们称为"小娘舅公公"的（好像是婆婆的小弟弟），其年龄与我辈中的长兄差不多，比母亲小得多，但母亲同样以晚辈的身份认真接待，这又在我的脑子里留下了深刻的印象。

以上，足见母亲在伦理观念和为人处世方面的过人之处，也是我非常佩服母亲的地方。因此，我在相关的文章中，多次说我的母亲不容易。

"文武双全"的母亲

在我母亲生活的年代，甚至在我小的时候，家乡还处于传统的农耕时代，村里人过着自给自足的"日出而作，日落而息"的生活。我母亲从田野到家里，从牛棚羊棚到厨房（灶边），可以说是全能，没有她不会的，别人不会的她也会，甚至有些男子的"专利"活，譬如撑船、摇船、游水，母亲都会——撑船、摇船我见过，游水只是听说的。

母亲养育孩子很有经验，村里人家孩子病了，会抱来让母亲看看，只要母亲在孩子身上或后背心一摸，就知道出了什么问题。下面讲一些母亲的"拿手活计"。

从蚕纸到绵绸

我的故乡是浙北的桑蚕之乡，与茅盾笔下《春蚕》中的故乡相距不远。母亲只要买一张蚕纸（蚕宝宝产的卵块），就能把它们孵出比小蚂蚁还小的蚕宝宝，她甚至把蚕纸贴在她的胸口保温，就是为了让蚕宝宝早点出来。蚕宝宝出壳后，母亲采来桑叶，切得很细、很碎。喂小蚕宝宝的桑叶是有讲究的：要用叫作"火桑"的桑叶来喂，而且切桑叶的砧板也是特殊的，不是木板，而是用稻草芯（穗茎）做的，至于这种砧板是怎么做出来的，我的笔力已经无法描述了。

总之，茅盾先生在《春蚕》中写的活计，我母亲都会做，而且做得很好。如果茅盾先生当年到我们家体验生活，看到我母亲养蚕的全过程，他那本小说肯定要比现在写的还生动得多！

蚕宝宝长大了，要上"山"做茧，然后上丝车缫成丝。缫丝（家乡话称"做丝"）是"技术活"，我母亲全会。

缫丝是家里的重大农事活动。要置上"行灶"（可以移动的用陶器的缸改成的可以烧火的灶），排好丝车，行灶里点着柴火，等锅里的水煮沸后，把蚕茧放到水里，用专用工具搅动，捞出丝头，缠到丝车发片上，发片就像小小纺车上轮子状的设备，一转动，蚕丝就缠到发片上了。

我母亲一个人操作丝车，手脚并用，只需有人往行灶里添点柴火即可。每当这个时候，我们小孩子都很高兴，我们可以往锅里放个鸡蛋，或从水沟里摸只螃蟹放到水里煮，熟了就捞出来吃。记得那时，吃鸡蛋的机会不多，但做丝的日子，孩子们都可以吃鸡蛋，所以印象特别深。

刚缫出来的蚕丝叫生丝，可以织成绢，然后用土法染色，最后做成衣裤穿在我们身上，我母亲一人可完成全部工序。

土法染色很有意思：母亲摘来一些乌桕树叶，在水缸里揉碎、捣烂，捞去残渣，留下黑色汁液，把丝绢放进缸里浸泡、染色，过一阵子，把丝织物取出来，一层层地抹上稻田里挖来的烂黑泥，然后卷起来，埋进稻田里的烂泥中，一夜之后取出来漂洗干净就行了。

母亲还要把沉到缫丝锅底的茧和蚕蛹捞上来，蚕蛹是我们的美味，而那些残存的蚕茧，则放到一个坛子里"沤"上很长一段时间，残存的茧丝已经变得非常柔软，残存的蚕蛹已经化为乌有。此时坛子里蚕丝都已经非常臭。母亲要反复漂洗后，把它们铺在一只倒扣的铁锅底部，把它晾晒。锅我们叫"镬子"，倒扣过来就称"镬�底"，所以，用上述方法制作出来的蚕丝，称为"镬�底"。把它们撕开、捧松，就是非常柔软的丝绵，也可以织成绵绸，我曾穿过母亲给我做的绵绸裤子，但这个工艺过程，我已经不记得了。

从"棉籽"到棉衣、棉鞋

我的家乡是水稻产区，原先很少有人种棉花，纺纱织布是家家户户都有的必修课，但原先用的棉花是买来的。到了实行棉布按"布票"定量供应的时代，我母亲也种一些棉花。只要有一把棉花种子，母亲就能种出棉花，纺成棉纱，织成布，然后土法染色，给我们做成衣裳。所有工序不出家门，都由母亲一个人完成。

说到织布，最难的是"经布"和"接机头"，尤其是那些需要织化纹布的经布和接机头，一般农妇很少能胜任，但我母亲全会，还常常被人家请去帮忙。

我们穿着母亲给我们做的衣服，穿破的旧衣裳，还能纳成鞋底子，做成鞋子，连"绱鞋"都是母亲自己干的。

我小时候穿鞋很费，在小学五六年级时，最多的一年穿破了8双布鞋，所以我的鞋前部总要包上皮，后跟要另外钉上胶皮的"掌"。我记得母亲做的鞋是"弯底"，即两只鞋子是分左右的，工艺比较复杂，一般农家做鞋都没有那么讲究。

我大学毕业分配工作后，离开老家要到北京报到前，母亲说："我老了，做不动了，以后你就自己买鞋穿吧。"就这样，我不再让母亲给我做鞋子。到了1968年下放到河南，在五七干校劳动，我又要母亲给我做了双棉鞋。不久，二哥给我寄来一双很厚实的棉鞋，后跟上还钉着"掌"，就跟小时候穿的一样。

从湖羊到"头绳衫"

我们家乡是湖羊产地，我母亲是养湖羊的高手。湖羊是绵羊的一个品系，毛的质量不如北方的或草原上的绵羊。但湖羊适合"舍饲"，即整年关在羊圈里，开春后也可以用绳子拴在野外放养。我母亲不仅有丰富的养羊经验，还会给羊接生。有一次我家一头母羊难产，小羊羔后腿先生出来，这样的难题母亲竟然也能解决。

我们家养羊，除了积肥、卖活羊外，还为了"穿"：将羊毛剪下来洗净，纺成毛线，染色后给我们织成毛衣、帽子。当年，家乡人称毛线为"头绳"，毛衣为"头绳衫"，将从市场上买来的真正的绵羊毛纺成的毛线称为"客头绳"，像这样的产品，农家是买不起的，有件自家的湖羊毛织成的"头绳衫"，也很稀罕了。我有件母亲用湖羊毛纺成线，由妹妹给我织的"头绳衫"，来到北京工作之后，还穿了许多年。

从蚕豆到酱油

家乡出产蚕豆，我母亲会将自家田里生产的蚕豆煮熟、剥壳，做成坯子（黄子），让其发霉——长"毛"，然后晒干，放到酱缸里做出黄酱，还能从黄酱里面过滤出酱油来。在很早以前我们那边的黄酱和酱油都是自家做的，从市场买来的酱油，称为"客酱油"，经济条件不济者，很少享用"客酱油"。

我母亲还有一个做黄酱和酱油的"特别配方"：在做酱坯子时，和进一些面粉，那样的黄酱和酱油就特别鲜美。这也是我家的黄酱与酱油比别家的味道鲜美的原因。

多少年之后，在我学到"蛋白质"和"氨基酸"等有机化学知识才知道，蚕豆中的蛋白质含量不如大豆高，用蚕豆做酱，品质不如用大豆制作的。而我母亲在蚕豆做的酱坯子里加上面粉，等于增加了蛋白质，蛋白质在发酵过程中转化成氨基酸，黄酱和酱油的品质就提高了，所以我们家的黄酱和酱油比别家的好吃。

20世纪90年代初的一天，我以商标管理者的身份到深圳沙头角查水货。陪同我一道前往的业务人员，在一堆即将出关的酱油箱子里抽出一瓶，握在手里使劲一摇，瓶颈处几乎看不到气泡。他说这是"水货"，是假的，配制的。

我问何以见得。他很有把握地说：正牌酱油中的氨基酸含量有一定要求，所以一摇氨基酸就会形成气泡，而且久久不会消散。此时，我又想起了母亲，她虽然不懂"蛋白质"或"氨基酸"等化学知识，但母亲做酱时加上点面粉的方法，是极为高明的。

酒酿糟

母亲是做酒酿糟的高手。当时我还不认识"酿"字，一直以为母亲做的是"酒娘糟"。

可以说，家乡家家户户都会做酒酿糟，但我记得母亲做的酒酿糟最好吃。我想母亲的酒酿糟做得好，是因为母亲的酒药做得好，还有就是酿制时酒甏的温度掌握得好。

酒药的主要制作原料是一种称作"酒药花"的植物，它呈粉红色，花穗很漂亮，也很柔软，有点像短短的猫尾巴。在它的花盛开的时候，将花摘来做酒药。我不知道其他配料，只记得是与一种白色的粉揉搓在一起，其他配料和过程我一无所知。

我对母亲做酒酿糟的诀窍印象特别深刻：冬天酿酒，母亲在酒甏上摆着灌满热水的坛子。后来，我在学校学了微生物学课程，才知道母亲很懂得掌握或控制发酵的温度，所以母亲酿的酒酿糟不仅酒酿很甜，而且过滤出来的甜酒也很甜。

酒酿糟太甜也差点"出事"：大约是我大哥结婚前举行定亲礼（担盘）时，家里宴请宾客，母亲准备了许多酒酿糟和甜酒。午饭时，某些亲戚就哄我喝甜酒，我觉得一点也不辣，就大口大口地喝，客人们觉得好玩，也不制止我，母亲也顾不上我，所以我喝多了，很快就睡着了。他们把我抱到床上的时候，我已经什么都不晓得了。

我醒来时太阳已经西斜了，还觉得有点头晕。也许是这个原因，后来我一沾酒，即使酒精度低的甜酒也会脸红。

接　生

我母亲不仅能将厨房里的食物种出来、做出来，还会做别人不敢或不会做的事情，如为产妇接生。

据母亲说，我们兄妹五人都是她自己接生的。我的侄女侄子辈中，凡 1958 年公社化以前出生的，也都是我母亲接生的。许多复杂的事情，村里乡亲有不会的，都来请教她。连邻家小孩儿有个头痛脑热的，也会抱来问我母亲，问是什么病，该怎么办。总之，如果搞个农家技能比赛，我母亲肯定是全能冠军。

后来，我见的世面多了，也知道了"农耕文明"和"自给自足的小农经济"的社会形态等概念，在回忆儿时在家乡农村的生活时，对母亲的敬意亦油然而生。现在想来，我母亲完全称得上"全能农妇"，而且母亲本事之大，超乎想象。

想当年，母亲那些能耐和绝活，在村里，是极少有人能超过她的。如今，我们那个小村庄已经被"化"进了城市之中。母亲那些能耐或绝活许多已经用不着了，或者没有人会做，失传了。但我母亲那种全能的形象，永远留在我们的心里。

母亲总是笑嘻嘻

儿时见到母亲的那次特别的超出"常规"的痛哭属于特例，在我们的印象中，母亲性格相当坚强，对我们这些孩子充满着关爱。

比如，我长年在外求学和谋生，只有在有限的几次放假或休探亲假时，才有机会回去与母亲团聚数日。相隔最久的一次是在"文革"期间，相隔两年多时间后，我才再次回到母亲身边。但每次相聚和离别，我母亲从来没有因离别流过眼泪。

当我要离开老家到北京去工作的时候，我的姨妈有点舍不得我走。我母亲却很开通，说上面"抽"他去，就让他走吧。与母亲告别时，母亲就像我要去杭州上学时那样，笑嘻嘻的。我要上北京了，母亲也是笑嘻嘻的。

几年后的一个盛夏，我带着新婚妻子在家里住了个把月。刚回到家里时由于旅途劳顿，加上天气闷热，在昏暗的灯光下，二嫂刚看到我时觉得我有点苍老。后来，二嫂跟我说："当时，我眼泪差点流出来了。"但我母亲倒没有这样。

我们的假期要结束了，就要返回河南的五七干校了，母亲送我们到村子南面的小轮船码头（停靠站），一路上都是笑嘻嘻的。

那次正好赶上有台风过境，平湖到上海的轮船停航，那天下午我们又回到家里，多住了一天，母亲仍是笑嘻嘻的。

后来有一次母亲跟我讲起：她老人家从船码头回来的路上，有人问她："你小儿子走了，你怎么若无其事？"母亲只是淡淡地一笑："早就惯常了。"

1961年春节正值我的寒假，我们兄妹五人到县城里拍了一张合影，也是我们兄妹第一次合影。照片取回来给母亲看，她戴起老花镜端详了一番，很开心地笑了。她说我妹妹的"公架蛮好格！""公架"是家乡话，大概是指人的外在形象（"长相"或"卖相"）。我以前没有听母亲称赞过谁，也许这是妹妹第一次拍照，或者是母亲第一次从照片上审视我的妹妹的相貌，所以看得很仔细。这也许是母亲第一次这样称赞她唯一的女儿。

1961年春节时兄妹五人合照

1969 年夏天，我们借探亲假和婚假回老家探亲。我们到家的第二天，母亲请来了不少至亲，到我家的老宅子来吃顿午饭，算是为我们办喜事，或者说是喝喜酒。那天上午，母亲在灶边烧火，由我和两位嫂子炒菜和做饭，就像过节那样。那天天气很热，灶边就更热了；见到母亲满脸是汗，我就问母亲"累不累"。她老人家笑了，笑得相当灿烂，并说："一点不累，我很开心！"

婚假结束了，我们要离开老家回河南的五七干校去了。我们在家里个把月下来，走走亲戚，还到杭州转了转，带的钱花得差不多了，回河南的盘缠恐怕不够了。此时，我不好意思再跟大哥他们要钱了，于是只好跟母亲实话实说："我们要走了，但钞票不够了，你能不能给点我们？"

母亲什么也没有说，只是爽朗地笑出了声来，从笑容中，我感觉母亲好像很开心，我不知道母亲心里怎么想的，大概是她很自豪，还有能力拿出点儿钱给小儿子花。然后，母亲回到房间里拿出了几十元钱给了我。她还是什么也不说，只是笑眯眯的，显得很高兴。

1976 年夏天，我随一个由部里牵头组织的"清仓查库小组"到上海工作三个月。某个星期天，我乘汽车回平湖老家看望母亲和家人。快近中午时，我进入村子，我先到在村子最东头的大哥处歇歇脚，大概是小孩子腿脚灵便，很快就到娘娘处报信。其实我早就写信说某个星期天我要回家的。母亲的住处在我大哥家的西边不远处，走三五分钟即到。当我站在大哥家的屋子西边张望时，母亲正好过来了。母亲穿着一件白底带蓝色格子的府绸上衣，下身穿黑色长裤，手里撑着一把黑色遮阳伞，正往东走。母亲遇到正在田间劳作的乡亲，他们当中有人老远就对我母亲说："你北京的儿子来看你来了！"此时，母亲笑得合不拢嘴。应当说，她此时是很得意的。但她故意掩饰内心的喜悦，反而对乡亲们说："他是想吃西瓜了才回来的。"

此时母亲已经七十二岁，她是半年前从北京回到老家的。在上海清仓期间，我一共回去三次，那时母亲身体还相当硬朗，而且精神很好，也是母亲晚年时身体和精神状态最好的一段时光。

母亲的笑声和笑容，永远留存在我们的记忆中。

母亲与儿孙辈

在我的记忆中，母亲在我们面前，或者说在见到我们兄妹或她的孙辈时，往往是笑逐颜开的。在许多场合，她都只是笑而不言，但从表情上还是能领悟到母亲内心的意思或情感，印象最深刻的有这样几次。

某次，我与母亲在三哥家里，正好三嫂的某位亲戚在场。那年我在农校念书，我三嫂家的这位亲戚没有见过我。于是母亲就向她介绍："这是我最小的儿子，刚十八岁，就长这么高了！"母亲的言谈举止中毫不掩饰得意的神色。那位亲戚看了看我，夸我长得很好（大概是指身体健壮），当然有客气或恭维的成分。但母亲听了很得意，爽朗地笑了起来。

对于她的孙辈人，我母亲就更掩饰不住疼爱之情了，也许是所谓的"隔辈亲"。有两件事我印象极为深刻。

有一次我回家探亲，母亲对我说："你三哥的儿子火林上学读书不认真。"就在我到家的前几天，孩子逃学，被我三哥发现了，在我们家南面的渠道边打了他一顿，正好被母亲发现了。老人家心疼孙子，就把那个孙子接回家来，给他洗脸，

母亲抱曾孙兵彬

弄吃的，还给他买了副手套。在对我讲这些事情时母亲哭了。

母亲还把这件事告诉了我二哥。当三哥来看我时，二哥还正式提到此事，并批评了我三哥，他说："他们家上一代没有男孩，如今他们有了四个孙子，他们的娘娘（我三嫂的母亲）稀奇（稀罕）得很，也格外心疼！你要是打了他们，会伤老人心的，以后不能再打了。"

母亲到北京来为我们带香香的时候，她最放心不下的是小孙子——宝龙。由于宝龙小时候脾气有点犟，所以我看见过宝龙挨他父亲的打。母亲在北京将近两年，不知多少次叮嘱：写信告诉你大哥，不许他打宝龙！母亲在北京住不到两年就要走，怕宝龙挨打是主要因素，足见母亲是如此疼爱孙辈。由于母亲的十五个孙子（女）分住两地，使她两头不能兼顾。

记得在母亲从北京回到老家半年之后，我第一次探亲回家看望母亲。她一见到我就问："我走了以后，香香找我了吗？"我说："那天您走了之后，她从外面回来，一进屋就到处找娘娘。"说到此时，母亲的眼泪就流了下来，她说："我真舍不得香香，我真不应该放下她自己回来呀！"母亲为此哭了很久。

为解母亲思念之情，在母亲的有生之年，我们曾两次带香香回老家，看望她年迈多病的娘娘！

母亲的心态

母亲的前半生生活在兵荒马乱中。新中国成立不久，我父亲就去世了，那时我们兄妹五人中有三个尚未成年；再加上三年困难时期等原因，从食物或营养的角度讲，母亲是苦了大半辈子！

等到实现了基本温饱的年代，即粮食不再限量或凭票供应的时候，母亲已经老了，也吃不多了。但母亲活到八十多岁，与本村同时代的人相比，算是长寿的了。现在想来，这与母亲安贫乐道、豁达的心态有关。

在饥寒交迫的年代，母亲的心态是平静的，再说那个年代，谁家都这样，村里的乡亲都为一日三餐发愁。在忍饥挨饿的时候，她要为家里这么多张嘴操心，但同时又为有这么多的子女而高兴，心理上很满足。对子女，特别对孙辈人，她总是以欣赏的心态来对待，总觉得她的子孙比别人家的好。家乡话中有"癞痢头团自道好"之说，相当于北方农村里所说的"孩子是自家的好，庄稼是人家的好"。这当然有人们心理方面的原因，对自家的孩子总是格外偏爱。从母亲的一些举动或言语中体察到，我母亲总觉得她自己的孩子，无论是子女或孙辈，都比人家的好，所以她非常满足。

也许正是这种心态或心理因素，即使在物质生活极其艰难困苦的时候，母亲在心理上或者说在精神上，仍感到自己是富有的，很满足的，甚至是很自豪的。这就是她虽然吃得很苦但又能健康长寿的心理条件。这里略举几例：

收成论

我母亲曾不止一次提到村里各个家庭的子女数目，如生过几胎，最终成活下来的有几个，她把这种比例称为"收成"。母亲有过六个儿子和一个女儿，虽然有两个儿子夭折了，但在那个年代，夭折是常见的。有的母亲生八九个孩子，所以孩子名字叫"八佬""阿九"的不少，真正活下来的往往没有那么多，甚至平均不到半数；再如，有些人的名字中甚至带有"赔""还""补"等字，都是他们的哥哥或姐姐夭折的证据。

比如我有位舅妈生过四个儿子和若干个女儿，但老天爷只给我的那位舅妈留下两个女儿。所以，母亲认为自己的"收成"比村里的一般家庭都好。

再如，我伯父家长大成人的子女有六个，但只有两个是儿子，故我母亲仍感到比我大妈"命好"。总之，我母亲比来比去，从子女"收成"上讲，总认为她是最幸运的。

又如，村里有一家庭曾有四子一女，但那位父亲迷信，请算命先生一测，说那女孩"克父"，于是硬把这个女孩送给了人家。后来，那个女孩夭折了。但我们家有个小妹妹，我母亲当然感到幸福。在村子里也有些夫妇一个孩子也没有生，或只有女儿没有儿子的。所以，在子女问题上，我母亲是富有的，也是心满意足的。

命苦而长寿

我母亲也像当年的老人一样，相信命运，也相信算命先生的话。比如上文所说的我的大妈，很早就去世了，当时我两位堂姐姐都还很小。在这位大妈去世若干年后，母亲在一些场合说起：算命先生曾说我的那位大妈"有福无寿"；而我母亲呢，正好相反，"命苦但长寿"。所以我母亲可谓是"安贫乐道"者。

欣赏子女

我母亲对于子女总是从欣赏的角度来审视，总觉得自家的子女比别人家的好，自家的孩子乖。在家乡这个"乖"字不仅表示听话，在许多情况下还有"聪明、伶俐"等意思。我们从来没有发现过母亲埋怨自己的子女不如别人家的。也许这也是母亲的思维习惯。

记得1961年春节（即寒假期间），我约住在城里的一位戴着近视眼镜的大学同学到我家来玩。送走那位同学之后，母亲戴上老花镜，"端详"起我来，说我的眉宇比我的那位同学宽，"相道"很好。也许是因为我的同学高度近视，看上去有点"木"，所以母亲才这样欣赏自己儿子。

那时正值三年困难时期，家里的一日三餐现在说起来"很惨"：平时舍不得煮米饭，而是将胡萝卜叶子等熬成菜汤，然后在汤里撒上一点米粉，搅成糊状，稠乎乎的当粥喝。省下点米来，等年三十或大年初一煮一顿真正意义上的"饭"吃。那时正值隆冬，可谓饥寒交迫。但就是在这样艰难困苦的时刻，母亲还是很乐观，还有心思欣赏儿子的长相。

在母亲面前的我

小时候，遇到伤心事或受了委屈，或者被同伴欺负了，在外人面前我从不流泪，但见到母亲，就会流泪，甚至会哭出声来。长大以后，即使遇到再伤心的事，不到万不得已，我是不会当着母亲的面流泪的。

在我的记忆中，稍微大一点以后，背着母亲流泪，曾有过两次。

第一次为母亲流泪，是在梦中。我是母亲最小的儿子，用北方话说我是她的"老儿子"，她疼我、爱我甚于对我妹妹。我小时候，一直认为母亲高大、健壮，面目清秀，说话声音很洪亮。但有一个晚上，我做了个梦，好像是我站在母亲的身边，发现母亲的身高比我还矮了。啊！母亲怎么会变得比我矮了？！于是，我放声大哭，哭醒了。天亮后，我专门打量一下母亲，发现母亲确实比我矮。此刻，我才明白：是我已经长高了。我也不记得有没有问起母亲是否听到我的哭声。

此事，虽然像是笑话，但说明母亲在我心目中是高大和强壮的。从那时起在我的潜意识中，已经有了做儿子应爱护母亲的意识。

第二次为母亲流泪，是在田头。大约是1959年春夏之交，那时我在农校读书，有一天下午我们在平湖县城里开会，结束后同学们都直接回学校，我却绕道回家，想去看看母亲。

到了家里，得知母亲正在我家西面一块自留地里干活。我找到母亲时太阳已经偏西，我说是从县城来，来家里看看母亲，晚上还要回学校。母亲想放下手里的活，说是要回家去给我做晚饭，意思是想让我在家里吃点东西再走。但此时，我见母亲面有难色。

因为此时，正是青黄不接之时，公社办的大食堂已经解散，恢复各家各户开伙。于是母亲实话实说，说家里已经没有大米，只有一些炒麦粉，母亲要我回到家里去，冲一点麦粉，吃了再走。听母亲这么一说，我才知道家里的粮食问题已经严重到如此地步。我鼻子一酸，差点流出眼泪来，但我忍住了。我说："母亲，不用了，我现在快点走，回到学校还能赶上晚饭的开饭时间，我回到学校去吃！"最后我说，"母亲，那我就走了。"说完赶紧背过脸去，朝东方——学校方向快步走了。我再也不敢回头看母亲，因为此时我已经满眼是泪，快哭出声来了。我不能让母亲看见我是流着眼泪，而且是饿着肚子走的。

我头也不敢回地向着学校方向走着，也不知道母亲看着我远去的背影时是什么心情。我也无法想象母亲此刻的表情，我想，母亲或许也在流泪。

长不大的弟弟

在兄弟中我行四，用我大哥的话来说，我是他"顶小的兄弟"。我长年在外地求学、谋生，在众兄嫂的眼里，我总是一个没有长大的最小的兄弟。有道是"长兄若父，老嫂比母"，我在外求学、工作几十年了，常常念及几位哥哥嫂嫂的恩德，特别在这个单元的后面，专门列上这一篇。

其实，我在1958年就已经18岁了，家里的两位嫂嫂已经把我当作大人对待，有两个事例为证。第一件事是在建立人民公社后不久，我从学校回家，看见大嫂在一块自留地里挖番薯，我就到地头与她交谈起来。我谈起"公社"这个词，大嫂便一本正经地问我："以前说是将来要实现共产主义，现在有人说，成立了公社就算进入共产主义，原来共产主义就这个样子啊？"她的表情是大惑不解，但仍继续挖着番薯。我已经忘记是怎么回答的了。

另一件事是，某日学校让学生自由活动，我带着两三名同学一同回家玩。到家时正是午饭时分，家里人正在一起吃饭。见来了几个客人，不等我母亲开口，两位嫂嫂同时放下碗筷，站起来到厨房里为我们做饭去了。这时我感到自己已经长大了，来个把朋友，嫂嫂们也这么重视。

两年后，我前往杭州上学，那时我已经20岁。我家离县城也就三四里路，如果背起行李，自己前往车站，是完全可以办到的。但动身那天，我的三位哥哥用农家小船送我到车站。那时正是春雨绵绵，我打着雨伞，坐在船舱里，两位哥哥摇橹，另一位哥哥站在船头上撑篙。我由此离开家乡，踏上了外出求学、谋生之路。在此后的几十年里，我回家、离家，哥哥们总要接送，似乎我仍是应当受到格外照顾的小弟弟。

　　大学一年级的那个寒假，我在信上说好，某日从杭州坐火车到嘉兴，然后坐汽车回平湖。但到了嘉兴，汽车票只有下午很晚的了，由于归心似箭，我就改乘轮船，在平湖西门码头上岸，独自回家了。到达家里，才从母亲嘴里得知两位兄长还在南门汽车站等候。这时我才感到改乘轮船是个错误，那天虽然天气晴好，但北风呼啸非常寒冷。母亲见到我回来了，很是高兴，但想到还有两个儿子在车站等时，又感到有点不安，但她也不同意我再往县城方向去找两位哥哥，说等一会儿他们就会回来了。那时没有手提电话或 BP 机之类，只好让两位哥哥在车站等了很长时间。那是众所周知的困难时期，即使有钱，没有粮票也买不到可以充饥的东西。他们在车站等了一下午，又饿又冷，直到嘉兴来的末班车到达，没有看见我下来，才回家。

1969 年全家福——母亲与五对子女

　　到北京工作后，回家探亲，往往经上海坐船到平湖东门外码头，而且时间往往是晚上。正因为是晚上，母亲和哥哥更不放心让我一个人摸黑回家。他们总是在码头前沿的栅栏门口等我，往往是船未靠岸我就能通过码头前沿的栅栏望见他们的身影和企盼的目光，一旦见到我从船上下来，哥哥们的脸上总有一种喜出望外的神情。码头离家还有五六里水路，所以，下轮船后总是换乘哥哥们摇来田庄的船回家的。

　　与接站相比，送我上车要简单得多，送我进站，上了车就行。但哥哥毕竟是哥哥，总得叮咛几句。最让我难忘的是 1976 年秋天的那一次，那是 9 月 18 日上午，就是全国举行追悼毛泽东主席活动的那天，我得赶往上海参加这一活动。二哥送我到汽车站，我在检票口与二哥挥手告别，示意他回去，然后进入停车场，上了汽车，放好行李，对号落了座，乘客已经到齐，等待开车铃响。正在这个时候，二哥突然上了车，走到我的身旁，急急忙忙地对我说："今天要举行毛主席的追悼大会，万一浙江的汽车进不了上海市区，你就乘原车返回，如果天黑了，就在乍浦或平湖县城里找个旅馆住下，不要一个人摸黑回家。"我频频点头，并示意他赶快下车，他还想说什么，似乎还有点不放心，此时，急促的开车铃声响了，汽车已经缓缓起步，司机也发现了我二哥，也催他快下车。二哥赶紧跳下车，因为汽车在动。他没有站稳，向前冲了个趔趄，跑了两步，差点摔倒。此时，我的眼泪快掉出来了。汽车驶出了停车场，上了大路，二哥还站在路边向我招手，嘴里似乎还在喊着什么，不过我什么也没有听清。车子开出好远了，二哥还站在那里。此刻，我才回味过来，他是从候车室出来，特意绕到停车场里，上了我坐的那辆即将起步的汽车的。那一年，二哥已经快 50 岁了，虽然身体健壮，但毕竟有点苍老。我呢，已经满 36 岁了，如果遇到哥哥说的那种意外情况，理应能自行处理的，但在哥哥们眼里，弟弟永远是他们的小弟弟。

　　每当我回到家乡，凡遇到不认得我的熟人时，我大哥总是这样向人们介绍："这就是我顶小的兄弟。"哥哥的表情和神态中，表露出的是一种欣喜或得意，或者有一种满足感。而我呢，站在这样一位比我大 14 岁的长兄身边，也很高兴地与应该认得而不认得的人交谈几句，感受着那种浓郁的乡情和亲情，心里总是愉悦的。

　　母亲健在的时候，每当回家度假或出差路过在家小住，我总像是刚从学校回来度假的学生，像刚放出笼子的小鸟，在家乡尽情地玩几天。老母亲卧病在床后，我感到自己不再像回家度假的学生，已经意识到自己长大了，事实上我也早已为人之父。母亲病故后，我突然感到自己也老了，因为那时我也已五十有二。母亲是我们这个大家庭的中心，她老人家在世时，哥哥们对我的接送和种种照顾等，我理解的是他们在奉母亲之命行事。哥哥们到车站或码头接送是母亲安排的，反正我是小弟弟，受照顾惯了的。如今，母亲不在了，但家的温馨依旧。哥哥们老了，于是他们派我的那些侄子接送，而接送的地点不仅在县城车站，甚至延伸到了嘉兴或杭州、上海。而回到家里，蚊帐、被褥等的准备工作与母亲在世时完全一样。某年初冬，那时我已经满 59 岁，住在大哥家。我躺下之后，被窝里散发出被褥晒过太阳所特有的芳香，这才想到这是大嫂为我新洗过而且刚晒过的被子和床单。于是我想起童年时代的往事：大嫂刚过门时，我只有 6 岁，她回娘家时总是带着我，还常在他们家过夜。

　　第二天我对大嫂说："你下次到娘家去，我还要跟你去看看。"大嫂高兴地笑了。也许她又想起，那天我们从大嫂的娘家回家，路上有熟人问："这是谁呀？"大嫂高兴地说："这是我的小叔。"

　　注：此后几年中，我跟大嫂去过她娘家两次。

2000 年 5 月 10 日

第二辑／童 年

回忆儿时，有许多有趣而美好的东西，当然也有因闯祸而挨打的经历；但与同时代的玩伴相比，又有许多与他们不同的经历，譬如我的失学经历，是我的同伴所没有的，也是他们所感受不到的。多年之后，曾读到这样的说法："人的经历就是财富。"我深以为然。

下面的这些文字，有些原先写过或用过的，如在《崎岖求学路》中已经用过，但多数是近年来专为本书撰写的。收进本集时，按时间或逻辑次序，做了重新编排，但也难免有个别重复。

顽童行状

我曾在某些文章中写过：当人们回忆童年时，即使他出生在贫寒之家，记得起来的，也往往是甜蜜的；当人们思念故乡时，即使出生在穷乡僻壤，记得起来的，也往往是美好的。

因此，每当回忆起我的童年，春风里放风筝、竹林中掏鸟巢、小河里抓鱼虾等趣事，总会浮现在我的脑海里。当然，儿时的我也闯过不少祸，也干过不少令人捧腹的事。

母亲叫我"擦天飞"

在某小说中，某位武士的外号叫"草上飞"，也许是他跑得快。儿时的我，虽在同伴中不算是最淘气、最顽皮的，但整天在外面跑，被母亲称为"擦天飞"（或"赤天飞"）。特别是夏天，经常下河游水、摸河蚌，在稻田里捉鳝鱼，竹林里掏鸟窝，养鸟、养甲鱼……村里孩子玩的我都有份！

由于到处乱跑，鞋子特别费，母亲说我走路从来不看脚底下。特别是到竹园里或树丛中，眼睛总向上看（找鸟窝）。为此，母亲一年要为我做12双鞋子。上学之后，特别是到城里上学后，不许光脚进学校，有时还要踢皮球，鞋子就更费了。因此，我的鞋总是"前头包皮、后跟钉掌"。

每到夏天，我们的活动场所主要在河里。家长不禁止小孩子下河学游

小学毕业照

水，因为在水乡，经常要摆渡或乘船，游水是最基本的生存技能。再说，在火热的夏天也禁不住。所以母亲总是说，刚吃过饭不能下河，说是刚吃饱下水伤身体。还有就是说，夏天老是在河里泡着，秋天容易得"赶鸡病"。"赶鸡病"就是疟疾。

后来我们知道，疟疾是由蚊子传播的，与在水里泡的时间长短没有关系，倒是和血吸虫、接触有钉螺的河水有关。但是，儿时的我们，怎会听从家长的劝告或恐吓。夏天天天在河里玩，而且像母亲形容的那样：那放下的饭碗还在桌子上打转儿，人已经到了河里。

儿时，我确实得过疟疾。发病时先是冷，然后是发烧，浑身出汗。而血吸虫病是到了杭州读书时才发作的：大学四年，住了两次医院，毕业体检时还没有"断根"。

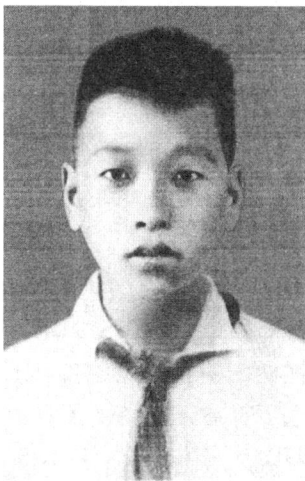

我曾挨父亲打

"擦天飞"难免会做出点出格的事来，甚至闯出点祸来，受父

母打骂也在所难免。

有一次，我与一位外号"黑皮"的同伴，还有别的小朋友一道在我家东南面一个地方割草，其实是在那里玩，回去晚了点。父亲很不愿意我接近"黑皮"，因为他认为我跟他在一起学不了好。当我拎着篮子回到家里的"场"上时，父亲正在稻堆上用稻草苫盖。大哥与二哥在地上给父亲"射"（抛）稻草，大概是哥哥抛的稻草，砸到了父亲脚上的伤口，父亲生气了。从稻堆上下来后，不仅冲我的两个哥哥发了脾气，还斥责我与"黑皮"玩的事，还操起拉耙柄，朝我的屁股方向打来，最后打在我大腿弯里！只此一下，也不算痛，只是受了点惊吓。后来我得知，那天父亲发火，另有原因，具体情由，我不得而知。

不过，还有一次父亲本来是要打我的，因我婆婆的保护，才躲过这一劫：

那是仲春时节，我家屋后面那个姜窖（姜潭）正在出货，很是热闹，我父亲正在那里记账、算账。我们几个小伙伴看了一会儿，就提着篮子到村子南边去捉草了，不过这次出去，我们有烧野米饭的计划，有拿米的，有拿蚌壳的，还有拿盐的，我拿的是一个火柴盒子，内有几根火柴。

来到河边的一块地上便开始烧野米饭，但我们支灶的地点选得不好——离某家的"柴包棺材"太近了，因此闯下大祸。所谓"柴包棺材"，就是穷人死了亲人，办丧事时只是把棺木抬到地头，盖上稻草暂时存放，叫作"柴包棺材"。等有了条件，准备好砖瓦，再盖成"亭子"。

我们用两块砖头支起灶头，将蚌壳当锅，锅里加上点米和水，捡些稻草点着塞进灶里。我是负责点火的，灶里的火点着后，剩下最后一根火柴，我把它划着了，扔到棺材旁边的稻草里，那时天气干燥，又有点风，就这样把包在棺材上的稻草烧着了。火势很快蔓延开来，柴包棺材的半边都烧了起来。见火势越来越旺，小伙伴们都惊慌起来，有些逃走了。我吓蒙了，但没有逃走。此时，河对岸一位姓萧的叔叔过来帮我灭了火。

他把稻草全部揭掉，然后握了一把稻草，到河边沾湿了，将湿淋淋的稻草上的水洒到着火的稻草上，就这样很快扑灭了余火；然后他又用此法，将水洒到棺木上明火和冒烟之处。好在从着火点到河边只有两三米距离，他来回沾水、洒水没有几趟，就把这场火扑灭了。我感激他，并认为这位萧叔叔本事真大！

火是扑灭了，但我闯下了大祸。有位腿快、嘴快的姚家妹子第一个到村里"通报"了，用如今的话来说是"第一时间"报告了上述消息："陆关和家的小儿子把马家的棺材点着了！"

我父亲还在姜窑边工作，也听到了这个消息。在这样的情况下，我怎敢回家？

已近傍晚，我只好溜回村里到婆婆家里躲了起来。那位婆婆可不是一般的婆婆，而是我们的祖母。因为我们的公公和婆婆没有子嗣，父亲过继给了公公，所以婆婆就是我们的祖母。婆婆对我等孙辈人格外疼爱，更不许父母打骂我们。如今我只能逃到婆婆那里避一避。记得那个夜晚我没敢回家，就住在婆婆家"新嫂嫂"的屋里。我母亲和父亲当然知道这个秘密，但也没有到婆婆家里来追究。

也许母亲认为此事不算太大，而且也不能全怪我；在我的记忆中，我父亲也没有说什么，而且父亲与萧叔叔是老朋友，他曾租住在我们本家一位姑姑家的房子里，也可以说是近邻。大约是次日，父亲叫大哥他们挑了担稻草，把那个烧得有点煳的棺材重新包起来，这件事就算了结了。

很多年之后，谈起"柴包棺材"被烧之事，大嫂说是我三哥闯的祸，我承认是我闯的祸，大嫂哈哈大笑，此事已经成为笑话。

后话：

1992年春，母亲病故，我回乡奔丧。侄子们从杭州笕桥机场接我回家，乘的是一辆小面的，开车的是一位女司机，问起她的姓名，她说姓萧，娘家是坟浜村人。当问起她的父亲时，才知道她是上文那位萧叔叔（福荣）的孙女。于是，儿时的旧事又浮现在我的脑海里，当然我的侄子和那位司机是全然不知的。由于我重孝在身，心情沉重，没有讲起那位司机的祖父帮我救火的故事。

两天后，母亲的骨灰盒由亲人护送到二哥的一块自留地里的临时墓地上，举行安葬仪式。当亲戚朋友离开墓地后，我们兄弟四人还在坟场上逗留许久，几位嫂嫂在墓前为母亲烧纸。

离开坟场前，我在四周转了转，看看周围的环境，也想看看这个地方"风水"如何。那个地方正好面对一个开阔的水面，正南方向是一条河道，就是东坟浜。按方位判断，母亲墓地东面不远处，就是原来马家坟场旧址，萧叔叔为救火汲水的那个河岸还是老样子。

挨母亲打

有一次，我在婆婆家西屋檐的沟边，因某事与邻家女孩争执，所为何事已经不记得了，只记得我要从屋檐下一条很狭窄的路上通过，她不让我过去。她双手叉腰，怎么说也不听，硬是不让我走过去，旁边就是一条水沟，虽然那沟已经干涸了，但我不服软，一定要叫她让开，她就是不让。于是我就在她肩膀上咬了一口，她哭着去找我母亲告状。此时的我走倒是可以走的，但走不了——我母亲来打我了。

母亲手里拿的什么"武器"我已经忘了，只记得屁股上或背上挨了几卜，我就哭着在那条沟里打滚。婆婆闻声赶到，母亲也只好罢手。母亲走了，婆婆用手巾给我擦干净，事情也就过去了。事后我也知道，那个女孩比我大点儿，在家里很受宠，我们当然惹不起，所以母亲打我也是做做样子，吓唬我而已，不会真打。

后来，为捉螃蟹的事又与那位邻家女孩发生了争执。那是一个夏天的傍晚，我们一道在我家门前的那条大水沟里找螃蟹，见到了就用火钳夹住。但我认为水沟在我们家门前，应当归我，让她到沟的东头——离她家近些地方去夹。她不同意，非要在我家门前夹螃蟹。于是就像在婆婆家的西屋檐争执那样吵了起来，她不让步，我就用火钳打了她一下，她又哭着到我母亲那里告状去了。沟边就剩下我一个人，怕母亲打我，我不敢回家。

在外面磨蹭了一会儿，看见我家老屋西南角有一堆刚晒过还没有叠成"堆头"的稻草。我便将那堆稻草整理一下，搭了个棚棚，准备晚上就躲在那里睡觉。这个情形被我妹妹发现了，她问我想做什么，我如实跟妹妹讲了。妹妹回到屋里，跟母亲说了，母亲说："你去叫叫你阿哥回家来睡觉。"

就这样，我硬着头皮回去了，母亲真的什么也没有说，于是我躲过了母亲的一次打。

还有一次，我在河边上用小瓦片"削水片"（即北方人所称的"打水漂"）玩，那位火烧"柴包棺材"后第一个跑到村里报信的姚家妹子，正好也在河边玩。她与我发生了争执，为什么事我已经忘记了，也许只是推了几下。于是，她跑到我家向我母亲告状。

当我回家时，家里正准备开饭，母亲见我回来，就把我拉到外面，把我绑在我们家的一棵桃树上，说今天不给我吃饭。有没有打我，我不记得了。只是发现绑我的绳系的是活扣，只是松松地把我套在树上。母亲走后，我稍微用点劲，就挣脱开了，很快就回到家里。母亲笑着说："今天你还想吃夜饭呀？"我就知道没有事了。

很多年之后我曾想：那位姚家妹子，本来不是我们村的人，是从城里搬来租住在陈家房子里的"外来人口"，她的父亲身份或地位好像有点特殊。大人也许有点怕他们，但孩子们不知就里，是不怕她的。既然人家来告状了，母亲只好"受理此案"并做了处理，所以将我绑到外面的树上，只是做做样子，给姚家大人们看的。

在外公家的趣事

　　儿时，我经常去外公家。在我的所有亲戚中，来往最频密的就是外公家。至今外公的胡子和舅舅冲着我生气的样子，以及外公家场院西南部那一丛特别的竹子等，仍深深地留在我的脑海里。我在那里闹过不少笑话，也闯了不少的祸。事情还得从外公家的老屋说起。

外婆宅基

　　家乡人习惯称外公家或外公家所在地为"外婆宅基"。而人们口中的"外婆宅基"范围要宽泛些，甚至包括整个村落。前文所述内容也远远超出老屋范围，所以本节小标题用"外婆宅基"一词。

　　外公家在我们家所在村庄的东南面，离我们家约两里路。到外公家去，要经过一条对儿时的我们来说很宽的河，就是有点名气的漕兑港。河上有一座高大的三孔大石桥。过桥后再往东南面走不多远，就到了外公家所在的村庄，叫作横溇浜。

　　那是一个很美丽的村庄，应当说是我的乐土。"浜"者，断头的河也，这种河道的尽头，被称为浜底。外公家住在这条浜的南岸（称为港南）的中段，离浜底只有几十米距离。中间隔着几户人家的房子，屋子的主人我都认识，整个村子的人差不多我都熟，他们起码都知道我是徐家的外孙。

　　外公家的屋前有一块"场"，即北方人称的打谷场。场子西南面，有一丛特别的竹子，叫作"桃子竹"（学名我始终不知道）；场子的东南角种有一种我们叫作"蘑菇"的蔬菜，秋天可以腌成咸菜。很多年后，我在学校"蔬菜品种圃"里见到此种菜，才知道它的学名叫"草石蚕"，即北方人说的"螺丝钻"或"地葫芦"。

　　屋子后面就是那条几米宽的小河，河岸上筑有洗刷和汲水的"踏渡"；小河北岸（港北）也有一排房屋，都是沿河而居，但港北人家往往在门前修筑一块打谷场，一直修到河边的"踏渡"，所以整个村落呈东西走向的狭条形，是典型的江南水乡的村落。当年小河上没有架桥，南北交流要到浜底绕行，或者撑船摆渡。

　　小河的最东头就是一片叫作莫家荡的开阔的水域，或者说是一个大湖，很漂亮。我很羡慕港北最东头的那户人家，门前一大片水面，视野开阔，风景极好。荡的南面，与一条叫孟景河的河道相连，河上有一座石桥——孟景河桥，它就在外公家的正南偏东一点的地方，站在外公家大门口或场上，就能看到那座石桥，甚至可以看到过桥的行人。当年有位表兄在河的南边上学，每天都要经过这座桥。

　　儿时，外公家的家境比我家稍好一些，房子也比我们家的好，前后"两垛"，北方称为"两进"，但中间只是小小的天井。我有两位舅舅，大舅过继给外公的大哥，我辈称其为公公。这位公公看上去比我外公老得多，而且他还留有一条长长的辫子，就像缠小脚的人，在村里已经相当少见，甚至绝无仅有。公公一家住在屋子的东半边，我外公与小舅舅一家住西边。

小娘舅

在这座屋子的东边还有一排称为"傍娘"的房子，是饲养家畜或堆放杂物的地方。

也许是由于过继的缘故，我到"舅舅家"去，主要是指到小舅舅家去，与大舅舅一家的交往相对较少。外公、外婆与小舅舅一家人口众多，小姨妈尚未出嫁，还有两位比我大一点的表兄和两位比我略小的表妹。我经常去小舅舅家（应当说够烦的），但舅妈他们一点也不嫌弃我，而且还很喜欢我。所以我要去舅舅家母亲从来不拦着，一直到上了大学后，到舅舅家去的次数才少了许多。最后一次去时，外公家的老屋早已见不到了，而且整个村庄也行将消失，唯一能找到的旧物就是依然郁郁葱葱的桃子竹了。

外公星夜追外孙

有出京戏叫《萧何月下追韩信》，而儿时的我，也闹了一出"外公星夜追外孙"的小闹剧。

儿时经常去外公家，特别是新年拜年，一住就是好几天。晚上，我总要与两位表兄一道睡觉，而且往往要在地上用稻草打成地铺，在铺上打闹够了才入睡；或者在铺上说说笑笑久久不睡，弄得大人们不能及时休息。外公有意制止，以便我等早点入睡。有一天晚饭之后，外公对我说："今天晚上不要再打地铺了，你就跟我一起睡觉。"我一听此话，觉得情况不妙。我不能违背外公意见，但一方面不能与表兄一道睡地铺玩闹，另一方面外公有抽水烟的习惯，满身烟味，很难闻，而且外公胡子很硬，他有时亲我一下，我就感到很难受的。跟外公一起睡觉，怕他的烟味，更怕他的胡子。于是，我就打算溜了！

那时天已经黑了下来，屋里已经掌灯，但大门还没有上门闩。我轻轻地拉开大门（不让外公他们听见有响动），出了门撒腿就朝家的方向跑！

当时天上没有月亮，飘着毛毛细雨，天倒不是很黑，而且回家的路很熟，只是过那座大桥时遇到过一个人，好像认识，但没有跟他说话。过了桥，不一会儿就回到了家里。母亲和家里人非常吃惊："这么晚了，你怎么自己一个回来？！"母亲明白，一定是自己溜回来的。此时家里正在忙着裹粽子和煮粽子。我才知道，明天我家新过门不久的大嫂要"回门"（去娘家），这是一个隆重的礼节，要准备许多礼物的，所以母亲也没有盘问我。

正在此时外公来了，母亲到了此时才明白是怎么回事。记得外公装出生气的样子说："好！你不愿意跟我一起睡觉，今晚我不走了，就在你们家过夜，你还得跟我睡在一起。"说完外公自己先笑了。

母亲请他吃了刚出锅的粽子后，外公说要回去。那时家里没有手电筒，外公也没有点灯笼，走惯了夜路的外公，独自回家去了。

偷看小猪闯大祸

舅舅家的猪棚里养了一头老母猪，有一次它生了小猪，但舅舅不许生人进入猪棚看小猪。因为母猪生了小猪这样的事，是不对外声张的，据说是生人进去看了小猪，小猪便会生病，甚至死掉。

那时，我正好在舅舅家，小表兄跟我说了这个秘密。我家没有养母猪，也没有见过小猪吃奶是什么模样，所以我真想到猪棚中去看小猪。小表兄同意了，于是我们悄悄地溜进猪棚里，看了眼小猪吃奶的样子，就溜了出来。

没有想到的是，几天后，那窝小猪真的死了好几头，最后还是被查出是我这个"生人"进入猪棚偷看之故。说我属龙，属于大生肖，尤其犯忌。总之我偷看小猪给舅舅家造成了很大的损失。也许父亲和母亲对于"大生肖的生人冲犯小猪"这样的说法不一定相信，所以知道此事后倒也没有责备我。但母亲吓我：再去外公家时，小心舅舅打你。不过，我倒不担心。此事过去没有几天，我又去外公家玩,那是个中午,舅舅刚从城里回来,买来糖包子(豆沙包),正要分给大家吃。舅舅从厨房那边出来,见我也在场,他就装出一脸怒不可遏的样子,说:"你还敢来呀?你赔我小猪!今天的包子也没有你的份了!"说完这话,舅舅就大笑起来,并把包子递给了我。

就这样,"小猪事件"就算过去了。

误入河泥塘

河泥就是从河道里捞上来的具有肥田价值的东西,用现在的话来说,是有机肥,或农家肥料,当然堪称绿色生产资料。每年冬春季节,农村的青壮劳力,都要在船上捞河泥,然后挑上岸,倒进河泥塘里,到春花作物收获之后,再挑到田里做水稻的基肥。而所谓河泥塘,就是田边地头,找块离河边较近的地块,临时开挖的,即把田里的泥块挖出来,堆叠到四周,筑起一道堤,中间便成为盛河泥的塘,河泥倒满后,在上面要用乱稻草或油菜壳等覆盖起来,让河泥的水分慢慢蒸发,以便到时候挑到田里去做肥料。儿时,我们经常在已经变硬(凝固)了的河泥塘上玩耍、打闹,甚至还会在尚未完全变硬的河泥塘上比试谁的胆子大。被河泥弄脏鞋子,或脚陷进泥里的"险情",也是常有的,但玩成"落汤鸡"只有一次。

某天下午,我与一些小伙伴一道到舅舅家西边的浜底上玩,那里有一口河泥塘,塘面上已经覆盖了油菜壳等,很平整,也相当干净,其实底下的河泥还没有干。

我不知底细,本村的孩子也许有人是知道的。于是我们打赌,谁的胆子大,就先上去走走看。我的胆子大,第一个走上去,结果"扑通"一声掉了下去,我马上爬出河泥塘,跑到舅妈那里要替换衣服,舅妈见到我这副样子,哈哈大笑起来,随即给我找出表兄小时候穿过的衣服给换上。别的都忘记了，只记得舅妈给我找出一条叫"屈篰裆"的裤子，是比"开裆裤"稍微体面一点的那种，但那时我自认为已经长大了，舅妈还把我当小孩，让我穿这种裤子，我感到很难为情，而且感到那条裤子对我来说好像紧了点。但既然是自己闯了祸，舅妈让你穿什么就穿什么吧，怎么可以挑剔呢？很多年后，舅妈有时还会提起我掉进河泥塘的那段笑话。

第一次"横渡"

"游泳"，我们叫游水。在我不认识"游泳"和"体育"等字眼时，我已经学会了游水，而且会游过一条河，算是横渡吧。一直到1966年在毛主席长江上游泳的报道中，才知道有"万里长江横渡"那样豪迈的诗句。此时，我想起了第一次"横渡"外公家后门口那条小河的情景。现在想来，那条河只有几丈宽，对于在水乡出生的青壮年，那是小菜一碟，没有什么值得吹嘘的，不过我仍然感到很自豪——因为那年我只有七岁。

记得那天，两位表兄带着我到河边游水。我们开始只在南岸边玩，但两位表兄突然游到河对岸去了。当他们在岸边浅滩上站定之后，就冲着我喊："你不要过来！"他们是怕有危险。我根本不听他们的，很快也游了过去。表兄他们很吃惊："你怎么会游这么远？"我说："我早就会了。"其实，即使在自己家门口那条小河，我也没有"横渡"过，只会在岸边学狗刨式。有了那次"壮举"，我很得意，也有点自豪，在水性方面，更加自信了。所以，我在游水方面胆子越来越大，所学的水上和水下的技巧也越来越多，家乡人在水里会的本领，我都会。

参加工作后，我的游泳才能曾派上过用场，不仅替人家潜到水下捞过东西，也搭救过险些溺水的同伴，特别是受毛主席畅游长江壮举的鼓舞，机关里也掀起开展游泳运动的热潮，午休时间到附近水域游泳，甚至在北京的什刹海和昆明湖里搞过几次模拟的横渡活动，我不仅是积极分子，而且自封为公司的游泳队队长。

再后来，我教会了女儿游泳，我能游多远，她也能游多远。某年暑假期间，我趁出差的机会带着女儿到丹东，曾在鸭绿江的某支流里游了一次水。那时，岸上看的人多，下水游泳的人不多，我们父女俩在岸边游了一阵子，游兴大发，就冲着对岸（朝鲜）方向游去，岸上的人几乎都惊呆了。此时，我们还能听到岸上人说："啊，那个小女孩真厉害！"再往江心游去，岸上的人声听不清了，快到属于朝方的河岸边时，见到两位背着枪的朝鲜士兵，冲着我们比画着某种手势，好像是示意我们离开或不要靠近河岸。当然我们很知趣，很快游了回来，这是我（当然也是我女儿）游泳生涯中最奇特、最难得的经历。

看"捉荡"

"捉"的意思与北方话中"捕"的意思相近，而"荡"字专指比较开阔的水域，地图上也有用"荡"注明的水面（如芦苇荡），至于与"湖"字的差别我就不懂了。我外公家东面或东南方有片水域称为莫家荡，也许与村里的莫姓人家有关，他们就居住在荡的北岸。

"捉荡"有两种方式，一种是用鱼鹰，另一种是用网（相当于海上作业的拖网）。而后一种只在每年的春节前进行，打上来的渔获，供人们过春节用。而这种日子往往有某种形式的公告，反正舅舅他们会告诉我们何日"捉荡"，以便让爱看热闹的我们去观看。如果他们不告诉我，我会闹意见的。

"捉荡"时，总有许多人到湖边看热闹，我看过几次，记得"捉荡"用的网具及操作程序与方法。其实与我们村里那条河里捉鱼差不多，不过村里人叫它"牵池"或"牵塘网"，网的上部有一条很粗的大绳,后来才知道这条绳子的大名叫"纲",它下面的网眼叫"目"。当我学习"纲举目张"这个词时,理解得相当快,这是后话。

那条纲上拴有许多轻且可使"纲"浮在水面上的物件,当年用轻质木材做,如今改用泡沫塑料了,最后把网里的鱼捞到船上。

看"捉荡"或"牵池"多了,也就不再感到新奇了。为什么仍然盼望牵池或捉荡呢?因为那天不仅可以看热闹,而且总有鱼吃。

我某次看到用鱼鹰"捉荡",那是非常奇特的一幕,至今记忆犹新。那天我在莫家荡西岸看热闹,看到有许多条备有鱼鹰的船只(好像是个船队),每条船上都有几只鱼鹰。他们到了我所在那片水域,一齐将鱼鹰轰到湖面上,不停地吆喝着也许只有鱼鹰才能听懂的口令,并不停地用竹篙拍打船舷或水面,水花四溅。也许是在告诉鱼鹰下面有鱼,快快下去捉呀。很快有鱼鹰跃出水面,叼着一条不大的鱼,向主人"邀功请赏"来了。这是早先看到过的场面,并不稀奇。而那次在莫家荡里看到的是有许多只鱼鹰"联合作战",咬住了一条二三十斤重的大鱼,据说是条鲤鱼。那条大鱼在水面上挣扎,鱼鹰们死死地咬住不放,场面惊心动魄。当渔工们与鱼鹰合力将这条大鱼捞上船时,湖边轰动了。我看得很清楚,那条大鱼的眼睛被鱼鹰啄瞎了,眼里流着鲜血。也许因眼睛受了伤,它才没能逃脱鱼鹰们的追捕。

后来在鱼鹰或水乡风情等电视专题节目中,我们也看到过鱼鹰捕鱼的场面,但那些镜头太一般。而我在莫家荡里看到的场面,拍那些片子的记者或摄影师也许都没有见过,我感到比他们幸运,比只有在电视里看过鱼鹰捕鱼片子的晚辈人更幸运。

桃子竹做的枪

上文提到的桃子竹,很特别,不很粗,最粗的也就像大人的拇指一般粗细,但长得俊俏、挺拔,通体滚圆,上下几乎一般粗细。

最奇特的是它们的节间部位没有因长侧枝而压出的洼痕，中间的空洞也相当规整，圆圆的，笔直的，截其一节，大约尺把长，可以用来做儿童玩具枪。我们村竹园不少，但没有这个品种，除了舅舅家，不记得谁家还有此宝。

做"枪"的程序其实很简单：截取一节桃子竹（就是一根竹管），一头塞上浸湿的废纸或草纸，在另一端也塞上同样的湿纸，然后用一根普通的筷子，将湿纸团使劲往里推，竹筒里的空气被压缩，筷子推到一定深度，前端作为"子弹"的湿纸团就"砰"的一声，飞了出去。然后重复前面的装弹动作，可以再次发射。

朴树子也是这种"枪"理想的"子弹"。春夏之交时，朴树上便长出一粒粒绿豆般大小的果实，外层像浆果，中间的种子很坚硬，塞进枪管能代替湿纸团，射击时的声响更清脆。但要用比较细一点的竹子做"枪"。

儿时，过新年时，若到城里去玩，发现城里卖的"手枪"。一般为竹木结构，动力是"猴皮筋"，最好的是铝制的，动力是金属弹簧。子弹是用真的火药制作的，压缩在纸片之中。那时体育场用的发令枪也曾用过这东西。不过，那时一般农家孩子往往买不起这样的枪，更舍不得买那样的子弹。反正我没有买过。所以我只好用桃子竹自己动手做把"枪"来玩玩，由此，对外公家的桃子竹记得特别清楚。

重访横娄浜

自从到北京工作后，回家乡的机会就不多，到外公家的次数就更少了。但有两次是值得记载的：

一次是1969年夏，我与妻子新婚不久，回到家乡探亲，到舅舅家去拜见舅舅、舅妈等，当然是母亲陪着我们去的。

另一次大约是1980年之后，母亲的身体越来越差，某年春节前夕，二哥拍电报要我回家探望母亲，我就在年三十那天坐火车南下，年初一到家。那时母亲已经卧病在床，不能走动了。但母亲还是说让我到舅舅家去看看。于是，我与大哥、二哥一道，到舅舅家拜年。这是我毕业分配到北京工作后，第一次在家乡过年，也是第一次给舅舅、舅妈拜年！

舅舅见到我们，别提多高兴了，他满面笑容，深情地对我们说："要是今天你们母亲能与你们一道来，那该有多好啊！"他的这句话以及当时的神态我一直记得。但舅舅也知道，我母亲很难再来了。

那时，舅舅家已经搬到村子的东头，离莫家荡不远。村子面貌与以前大不一样，房子比以前多了许多。在舅舅新家的西边，已经有了一座简易的木桥，以前这河上是没有桥的。

正在我们与舅舅一家说话的时候，我们的大舅妈来了，她说："听说我的外甥来了，我过来看看。"这时大哥站起来说："大舅妈，我们准备下午去看您的，没有想到您自己过来了。"大哥将我们出发前就准备好的礼物送到大舅妈手里，那个场面是多么温馨啊！

又过了许多年，母亲和舅舅那一辈人，除了我的小姨妈，都先后离世了，我再也没有到过"外婆宅基"。拆迁的消息传来后，我想在"外婆宅基"从地图上消失之前，再到儿时的乐土上去走走看看，做一次怀旧之旅。尽管那时村里已没有了外公家的老宅，也没有了我的长辈。有位表侄告诉我，他家已迁出老宅基，建造了楼房，而我大舅的后代新建的住宅仍在老宅基上，即有桃子竹的那个地方，而且那些桃子竹还在。

2010年，我在两位侄子陪伴下，到"外婆宅基"（将要拆掉的村子）里去了一趟。我们从原来浜底的位置进入村子，经过桃子竹所在场地，看了看那些竹子，然后到达那位表侄将要拆除的建造得很讲究的楼房里。由于与表侄做了约定，所以我们到达时，两位表兄和两位表妹已经在那里等待我们了。当时热烈场面中所体现出来的那份亲热，很难用言语表达。特别是那两位表妹，我已经很多年没有见到，大家都说"老了"，但见过则喜。

　　我们在那里用过午餐，回到外公家的老宅基上，看望了住在那里的另一位表兄、表嫂及他们的儿子。

　　在离开那个熟悉而又有点陌生的村落时，心情像离开我陆家老宅上的住房时一样，有点不舍，也有点伤感。几年后又听说，不仅横溇浜村拆掉了，就连莫家荡也被填平了。作为身在异乡的游子，心里真不是滋味！

我很怕狗

　　我从小就怕狗。如今住在到处有狗的城市中，遇到的狗多了，见到狗时的恐惧轻了些，但怕狗是我小时候留下的阴影，不可能完全消除。

　　话说某个冬日的午后，我在北京东便门之东的通惠河南岸边散步，见到一位老妇人正在此河的北岸散步，她的大衣被突然跑过来的狗撕咬了一下，也许是被吓着了，或者是狗的撕咬劲道太大，她应声倒地。一名男子（大概是狗的主人）马上前来，将狗喝住。老妇人起身，拍拍身上的土，见双方在那里说了几句，好像也没有争吵，狗的主人牵着狗走开了，老妇人也继续溜达。我在河的这边看到这一幕，对老妇人充满了同情，而对那位男士充满了憎恨：你为什么不把狗拴住？为什么不好好牵着？为什么让它出来伤人？即使没伤着人家，也会吓坏人家！于是，小时候与狗有关的经历立即涌上心头。

　　第一次被狗吓着时，我只有五六岁，过新年时到我姑妈家拜年。来到姑妈家里，他们家的小狗不认识我，于是就追着我狂叫，并咬住我外衣的下摆不放。姑妈赶紧将狗喝住，我还是哭个不停。最后，姑妈给我压岁钱（一个小红包），还拿来过年时吃的好东西给我，我才算平静了下来。但怕狗的毛病就这样落下了。此后，我好像几年都没有去姑妈家。

　　此后，又发生了两件更惨的事情。

那时，我们村南面不远处有个叫东坟浜的村庄，村里有个横行乡里的恶棍，名叫横根。他家养有一条狗，是出了名的凶狗，据说曾吃过被遗弃的私生子的尸体，因此野性特别大，常追人、咬人。这狗不仅在本村作恶，还会到邻近的村子里伤人。由于我们村离那个村庄很近，那畜牲常到我们村作恶。村里人都怕它，我和三哥与它遭遇过两次。

那时我只有五六岁，我三哥十来岁。一天午后，我与三哥在我家老屋西面的空地上玩，只见那条毛色青灰的大狗龇着牙，眼里闪着凶光冲我们奔来。见此状况，我们赶紧往北面逃奔，立即躲进老屋后面的牛棚里，关上门！总算躲过这一劫，但把我吓得不轻。

过了几天，我三哥正扛着一把专门用来耙河蚌的耙子，往我家东南角沟边走去。走上小桥时，又遇到了那条凶狗，咬住了三哥的小腿。三哥的小腿被咬出一道两寸来长的伤口，还被咬掉一块肉。

那年头，我们家根本没有钱给三哥治伤，好像是用点红糖抹在伤口上止了血。三哥的腿也慢慢好了，倒没有落下残疾。但很多年以后，三哥小腿上仍留有一条紫色的疤。对于我三哥来说，这是刻骨铭心的伤痛，对我来说也是终身难忘。

在我们村里被那凶狗咬的不只有我三哥，还有我们本家的一位与我三哥岁数差不多的女孩，我们称其为"二姐"，她伤得也很重。

恶狗伤人之事，引起我们村乡亲们的公愤。但那条狗的主人是个恶棍，连他们村的人也奈何不得。当时，我村里有位姓姚的人（就是上文所说的姚家妹子的父亲），他租住在村里某家的一座房子里，好像有点文化，能说会道。在凶狗伤人事件发生后，他在茶馆里与村里人商议如何处理这个问题，最后形成这样的结论：只要那狗再来，就设法将它逮住、打死！用今天的话来说，是"自卫行动"。后来，一名陈姓青年想了个主意：用麻绳做一套圈，埋伏在一扇破旧房门上的一个洞口，等到那凶狗的头伸过洞口，赶紧将其套牢、勒紧。那凶狗最终被制服，并被打死了！

此后那凶狗的主人倒也没有来我们村闹事，事情算是圆满解决了。由于年代久远，有些细节早已经遗忘，但有一点还记得：新中国成立初期，那个横根被人民政府枪毙了，算是为民除了害。当然，他的罪恶不只有养狗咬人这事。他的尸体被葬在我们村东南面一个叫作干枯坟的地方。多少年之后，我每当回乡路过那里，当年的情景仍历历在目。

有道是"一朝被蛇咬，十年怕井绳"。正因为有上述经历，所以我一直怕狗，即使是那些毛茸茸的宠物狗，我见了也感到毛骨悚然。有时候甚至头皮发痒，头发根发凉，或者有头发要竖起来的感觉。就是有人用绳子牵着狗向我走来，我都感到有点害怕，生怕它挣脱绳子袭击我。要是一只没有拴住的狗冲我跑来，我的脊背会冒出冷汗，若是那狗向我狂吠几声，那么能使我心惊肉跳，许久不得平静。

如今，我国不少城里人也像西方人那样，将狗当作宠物。可是我怎么也接受不了这种现实，养什么不好，非要养狗？你把养狗的花销省下来捐献给希望工程不是更有意义吗？当然，我也在表面上表示尊重人家的爱好或自由。

话又说回来，在偏远山村，在旧时代社会治安条件不佳的背景下，农村人家养条狗看家护院在情理之中。我的老家也在农村，但我家从来不养狗，好像是祖上传下来的家训。多年前我问过我的大哥，他说：我们家的老屋，东面和西面的路虽然不大，却是南面和东南面几个村子的人们往北（或往西北）的必经之路。经过我家老屋旁边小路的外村人很多，养狗会给路人带来不悦或不便，所以我们的祖母说不许养狗。因此，从我记事起到我们家老宅被拆（迁），老屋里从来没有养过狗。

时代变了，城里养狗的人家越来越多。如今我在河边或人行道上或小花园里散步的时候，遇到那些宠物狗，即使没有拴着牵着，我的恐惧心理已经逐渐消退，这倒是得益于我外孙女陆露。她很小的时候就喜欢小狗，见到小狗就想摸摸、抱抱，甚至想抱回家养起来。我自然接受不了，但对于幼小的孩子，我也不可能对她讲我儿时的悲惨经历，但不许养狗，应当说是老陆家的祖训，所以无论如何也不能答应她养狗，但我们各退一步，同意她养一只兔子，这兔子在家里已经养了好几年了。

童年趣事

放鹞子

风筝，我们称为"鹞子"或"鹞纸"。放鹞子是儿时最好玩的事，也是最有技术含量的活动。

放鹞子不仅是儿童的乐事，大人们也爱玩这个。大人们放的鹞子很大，有的有门板那么宽，有的跟一般人家的半个大门那么高，叫作"板门鹞"。扎鹞子的竹子有大人手指那么粗，就是用搭姜棚用的扦竹来做的。鹞子的上端有"琴"，是用蚕丝线编织的约三分宽的带子，绷在一张大竹弓上，然后把鸡蛋清和黄鱼鳔（鱼泡干）熬成的胶水，抹在丝带上，等它干后就成了琴，可以架在板门鹞的"头"上，当鹞子放飞上天，琴就开始嗡嗡作响，风越大，鹞子飞得越高，琴声就越动听、响亮。我看过三哥制作过琴，而且在场上试过音——在制作好的琴上拴上一根绳子，在空中使劲地甩。

最好玩和好看的是放飞。板门鹞的上下左右及中间都有一根"拖线"，而放飞的总线，往往是用黄草搓成的，能承受很大的拉力。放飞时，射鹞的人站在下风头，还得有人拿着尾绳，防止鹞子起飞时被地上的什么物件挂住。牵绳的人站在上风头，双方齐心合力，才能让巨大的板门鹞飞上天。如果风力不强，往往要几个人一道拉着绳子快跑。我们人小，是没有资格牵绳子的，只有看热闹的份儿，然后听听那美妙的琴声。

放大鹞子最精彩的莫过于放溜火鹞。就是人们将点着了蜡烛的灯笼，用活扣系在鹞子绳上，依靠风力，让灯笼往高处的鹞子方向飘去，这叫"溜"，而且灯笼不是一盏，而是一串，即有好几盏灯笼"排着队"往上溜，那场面就相当壮观了。

不过也发生过意外：某盏灯笼失火，烧到了鹞绳，鹞子就"逃脱"了。

当年，冬闲的农田多，所以有空地可供放鹞子用；等我稍大一点，闲田几乎没有了，放大鹞子的活动也渐渐消失了。

小孩子放小鹞子的情况有所不同：城里孩子放的鹞子是买来的，我们农家孩子是自己扎、自己糊的，线也是自己搓的。

还有奇形怪状的，如蝴蝶鹞、百脚鹞（蜈蚣鹞）、鹰鹞、筒管鹞等。我家就有一只百脚鹞和一只筒管鹞。我有位同学，他的父亲有一只蜻蜓鹞，扎得非常精致，放飞到天空中，非常逼真。它尾巴特别形象，风大一点就会翘起来。

与大板门鹞形状相似，但面积小得多的是小板门鹞，仅几尺见方，其上方也可以架"琴"。这种"琴"也比大板门鹞上的"琴"小得多，"琴弦"用黄草皮刮薄，然后绷在竹片弓上就行。

我三哥是制作黄草琴的好手，我也尝试过，但做得总不如他的好。所以我只会扎"神仙鹞"（是所有风筝中最简单的）。记得学校搞过放风筝比赛，我拿的就是自己制作的神仙鹞，当然城里的同学大多也是神仙鹞，不过都是买来的，虽然漂亮，但我认为并不稀奇。反正比赛不分名次，放上去就行。

隔夜鹞

白天放飞到天空中的鹞子，到晚上不收回来，任其在天空里过夜，直到次日天明仍在天空，这就算成功。这种鹞子叫"隔夜鹞"。

由于昼夜之间风力、风向是变化的，所以放隔夜鹞成功的概率极低，大板门鹞就更难放成功了，我没有见过大板门鹞隔夜放飞成功的。

我放的神仙鹞曾有两次成为隔夜鹞，而且其中一次相当神奇：白天东南风，我放上去的鹞子在西北面，我把它拴在我家小屋西北角的桃树上，我回到屋里一直在听外面的风声，生怕风力变化。风力太大了，鹞子就会逃脱；风力太小，鹞子则会沉脱。还怕下雨，当然也怕风向突然变化。

"春眠不觉晓"，我想着想着就睡着了，不过我的鹞子还在外面。天亮后，我赶紧跑到屋外一看，那个神仙鹞还在空中。更神奇的是，它已经由西北方位转到西南方位。就是说，当我在家里睡觉的时候，它自己转了90度。早上，天气晴朗，风力也很柔和，所以我的神仙鹞还稳稳地飘在西南方向的天空中，就像挂在天上一样。当时我高兴得不知说什么好，这是在我放风筝历史上最为辉煌的一页，在小伙伴中，有此经历者好像也不多。

卖瘟姜

在我的家乡，生姜是常见的作物之一。但每当深秋季节，生姜往往会得一种瘟病：地上部分会枯萎，地下部分会出现水浸状，时间一长就会腐烂。后来上了植保课，才知道是一种病毒在作怪。这对于种植生姜的农民构成极大的威胁，当时除了轮作，没有什么治疗的办法。合作化前的某年秋季，我们家的姜田里也出现了瘟姜，大哥他们一看见打蔫的姜苗，就将其拔掉。如果少，就自家腌成咸菜吃掉；太多了，就得去卖掉，换点钱，弥补一下经济损失。我也干过卖瘟姜的差使：那时我还很小，不敢挑着生姜到城里去，母亲就叫我拿点瘟姜到姑姥姥（即母亲的姑妈）家的那个村子去卖。那个村子的西半部分（称作西浜），住户以打鱼为生的居多，他们都不种生姜，所以姜有销路。于是姑姥姥带着我到西浜去卖，很快就把姜卖掉了。我完成了任务，母亲很高兴。这样的生意我做过几次。很久之后，姑姥姥和母亲还多次提起那件事。

以上所说卖，还真有点后来所称的商品经济学的买卖的意思。我不仅卖过姜，而且还卖过煮熟了的"蒿蒿米"（玉米）。儿时，我家也种过玉米，但都是为了吃嫩玉米。有一年家里种得多了，母亲就煮了一些，让我拿到城里卖了。记得每只"蒿蒿米"可以卖3到5分钱，而且当时在街上卖这东西的人很少，所以卖得很快，还没有走到大街上，就卖光了。

卖野菜

卖姜，是家里派我去的；而卖野菜、捡田螺和摸螺蛳等，是儿时的趣事、乐事，不是家长安排或分派，而是我们主动去做的。最有趣的是将野菜或螺蛳等拿到县城里去卖。

到地里挖野菜，或到稻田里捡田螺，我们六七岁时就能胜任，但到河里摸螺蛳就是大一点之后的事了，而"耥螺蛳"就得再大一点才行；我"耥螺蛳"是在失学期间。

当年野地里或田埂上的野菜很多，主要是两种，一种是荠菜，另一种叫马兰头，用把小刀就能挖，叫"挑野菜"。挑得多了，家里吃不完，就拿到城里去卖。儿时到城里去卖野菜要早起，天不亮就出发，没有大人陪伴是不敢去的，就是说需要勇气才行，但很有趣。

记得有一次，我与几个小伙伴约好，第二天一早去城里卖野菜。我们每人都挎着两只装有野菜的小竹篮，天不亮就集合起来，一道向县城方向进发。路过一个叫沈家埭的村子时，我们想到那个村里有狗，若是那狗汪汪几声，我们也很害怕，特别是我最怕狗咬。但进村前，我们互相说好：脚步放轻点，嘴里不许出声。还要将食指和拇指做出紧"掐"的动作，说是这样一来，狗的喉咙就被"掐"

住，就不会汪汪咬人了。没有想到这一招真灵，我们一行人顺利通过了村子，之后的路程中，没有遇到什么"险情"。

到了城里，我们就按照卖野菜的叫卖"规矩"，像唱歌一样叫卖起来："野菜、马兰头，花草讨绕头……"需要说明一下，以上说的"花草"，是农田里种的绿肥作物——紫云英的嫩芽，味道远不如荠菜或马兰头好，而且易得，卖价便宜得多，所以可以作为"绕头"，即你买我一篮野菜，就送你一篮花草。那时的行情是一篮野菜300到500元（相当于现在的3到5分钱），对于儿时的我们，已经是一个不小的数目了。记得那年过新年，我到姑妈家拜年，得到的压岁钱好像是2000元（合现在的2角）。

那次卖野菜给我印象最深的事是"掐手指"的情节，因为我太怕狗了。

卖胡葱

我们家乡不仅产姜，而且也产胡葱。每年的深秋到冬季，都有人将胡葱拿到本县的城里去卖，而且还会运到外地（别的县）去卖。到外地去卖葱，事情就复杂些：将胡葱装到"田庄船"里；船上搭个席棚，带上"行灶"及炊具、米和菜等；船上往往要乘上三四个人，但总带上一个儿童"望船"，所谓"望船"其实就是船到目的地（市场）后，大人们挑着葱到市场上去卖，留下小孩子在船上值守，和现在的看家类似。儿时，看到村里的同伴干这种差使，我很羡慕，总想也去干一回"望船"。但我不够资格，因为当"望船"的小孩子，在来回的路上，要做摇橹的帮手——"吊缀"，但我不会。于是我便缠着哥哥，一定要跟他们的卖葱船去一趟。后来，二哥与几位邻居搭帮到嘉善县城去卖胡葱，同意我跟去干了一回"望船"。其实，我不会"吊缀"，也不会生火做饭，只是在大人挑着胡葱离开船之后，坐在船里看守而已。因职责所在，当然不敢离开船只上岸。

其实，那时很安全，没有人看守也不会丢东西。我们的船停靠在一条河边，那是一条穿过城区的比较大的河，河边有整齐的石驳岸，那些石头上有系船用的孔或"系缆桩"；河面常有船只来往，好像是很繁忙的水道，船上人的口音很杂，有些我根本听不懂。晚上我们就睡在船上，此时河面上仍有船只航行，说话声和桨橹声不断。在将要入睡之时，河面上传来的人声中往往有非常熟悉的话语，好像是村里人在说话，但仔细听又听不清他们是谁、说的是什么。

那次"望船"，我在船上待了好几天，路上的景色等都已经忘却，但有一件事仍然记得清楚：有一次我们在船上吃饭，我坐在船边上，船正好紧挨着石驳岸，我就倚靠着石头。大概有一条大船经过，河道里的水流发生了变化，我们的船逐渐离开石驳岸往外移动，我险些掉进水里。好在船上一位名叫绍荣的大哥眼疾手快，他抓住我的臂膀，才使我免受落水之灾。

卖西瓜

以上写的是姜或葱，但我们老家最出名的是西瓜。我家正好住在瓜乡的中心地带，无论是平湖，还是小南门外，或是漕兑港的西瓜，都说是我们家乡的西瓜。

长大后到了北京工作，偶尔遇到某些上海人，说起我的籍贯在平湖，他们的第一反应就是，"啊！平湖西瓜！"我曾为此感到荣幸和自豪，更感到自豪的是我还曾到上海卖过西瓜。

其实我去上海卖西瓜只是去玩玩而已，事情还要从我家老屋东头的一条小河说起。我家房子旁边的小河，至今我仍不知道叫什么河。别看它小，它可是连通黄浦江，能到上海的，再往外就与东海相连。所以小河里的水位会随着海潮的涨落而变化，村里的小船（田庄船）可以直接驶往县城平湖等地，还能驶往上海等大地方。村里种的西瓜装上小船，从这条小河运往县城甚至上海去卖。在我十二岁时，曾跟堂兄一道乘坐卖西瓜的船到上海玩了一趟，这是我儿时经历中值得记忆的事。

村里的西瓜先装上小船，运往村外大一点的河道里，再"过驳"到开往上海的较大的木船上，这个过程叫作"抛西瓜"，即小船上的人将西瓜抛向大船，由大船上的人员双手接住，码放到大船里，装满一船后就起锚开往上海。这一批西瓜是我堂兄的一位朋友组织的，堂兄自然要随船到上海销售。我很早就想乘运瓜船去上海玩，征得母亲和大哥他们同意后，我就跟堂兄上了那条船，开始了我的上海之旅。

大船经过东湖，出了吕公桥，往上海方向快速驶去。此时河面逐渐变宽，来往的船只也逐渐增多，有帆船也有轮船，而我们的船是农家用的稍大一点的木船，靠人力摇橹。船上有桅杆和风帆（篷布），顺风时可以挂起帆，借助风力加快行驶速度；没有风又遇到逆水——涨潮时，便只好等潮——抛锚休息。我们的船正好需要等潮，船只好停了下来。

夜幕降临了，天空逐渐暗了下来，因河面上没有风，船又不动，蚊子就来攻击我们了。我们这条船上一共有六七个大人，就我一个小孩子，再加上蚊子咬，我有点想家了，也可以说有点后悔了，真想回到母亲身边去。当然到了那个时候，我知道回去已经不可能了，更不好意思跟堂兄说，因为是我自己要跟他来的。但船上的人们很乐观，有说有笑。记得船上有位名叫李加荣的人，与我家堂兄年岁差不多，他是往上海贩运西瓜等"地货"的"老码头"，我们村里的人都认识他，也是我堂兄的好朋友。他很风趣，此时他便点燃香烟抽了起来，说这样可以熏走蚊子，于是船上的大人都点起了香烟，就像在家里的场地里点起了"蚊烟堆"那样，蚊子果然少了。不知什么时候，我在船上的某个位置睡着了。

我是在瓜船上待了多久后到达上海的，早就忘记了。瓜船到达上海市区卸货，那个地方叫十六铺。我们船上的西瓜最终卖到了一家叫仁记行的商店，地点好像在小东门某条街上。仁记行是西瓜的批发商（兼营零售）。卸货后我们到仁记行的楼上住了下来，并在那里吃饭。也许送货人或卖方是由商家招待的。离开上海前，堂兄带我到附近街上转了一番，所以知道了上海某些著名马路的名称，如南京路。后来，我随堂兄上了由上海十六铺开往平湖的轮船"大利班"。这是我第一次乘坐这么大的轮船，客舱分上下两层，我感到很新鲜。我上了船，便上上下下地跑着玩。那时的黄浦江上没有一座桥，两岸人员或货物来往都依靠渡船。轮船沿途要停靠多个码头，不少码头带有"渡"字，如王家渡、董家渡、米市渡等。

轮船每停靠一个码头，便有商贩上船来兜售食物，像上海街上叫卖光明牌棒冰那样。轮船开航了他们也不下船，就在船上做生意，等到轮船停靠下一个码头时，他们便上岸去了，又有另一批小贩上船来，这一情形我看得很仔细。

堂兄见我老盯着小贩们，以为我想买东西吃，于是给我买了一样很好吃的东西，这是我从来没有见过也没有吃过的叫不出名称的食品，味道好极了！很多年之后，才知道那是一个果酱面包。

轮船回到东湖码头时，天已经黑下来了，我与堂兄上岸后步行回到家里。

如今，这边的轮船早已退出客运行业；退休后的我曾到东湖边走动，儿时的那个码头和岸上的候船室等设施早已不复存在，而当年大利班轮船停靠时必须用的那根系缆桩还在那里岿然不动，也许是作为文物被保护下来的。

捉　蛇

儿时的我，不仅是个"擦天飞"，而且胆子大，还有点冒险精神，对什么事物都感到新鲜，没有做过的事都想尝试一下。譬如跟小伙伴一道去捉草，三五成群，到了野外，捉草只是副业，而玩是主要的，什么花、鸟、鱼、虫，没有我们不敢捉来玩的。而捉条水蛇来玩的就比较少，因此也更显得特别有趣。

在草丛中看到蛇，一般人是怕、是躲！但我不怕，还觉得好玩。听人们说提溜蛇尾巴很危险，因为它会回过头来咬人的，但又听说蛇最怕人家抓住它的尾巴，因为甩一甩它的脊梁骨就脱臼了，根本没有能力再回头咬人了。我觉得特别好玩，便想找机会试一试。

有一次我与小伙伴在草地里发现一条水蛇，我趁其不备，迅速抓住它的尾巴，立即抖动——真灵！不过抖这个动作要特别快，否则就有被咬的危险。好在水蛇没有毒，咬一口也没有什么，反正我被蛇咬也不是一次两次，用蚌壳在伤口上擦出点血就行了。

我们有时候还会将蛇打死，但蛇往往打不死，把头砸扁了身子还会动。听说蛇死后还会游到寺庙里向菩萨告状，为此，我们将蛇打死之后，还要往它身上撒泡尿。据说菩萨爱干净，蛇身上有尿菩萨便不许它进庙，自然也告不了状。虽然对于这种说法我们不太相信，但往死蛇身上撒尿却是真的。

某个初夏的下午，我们几个小伙伴捉到一条比水蛇大得多的"扁担蛇"，它不是毒蛇。我们把它打个半死，它的头被砸扁了，身体还能动。于是我们将它拿到县城，卖给胡琴店，记得人家给了我们 500 元（5 角）钱。

此事若是搁在今天，蛇也不能随便打，随便卖，得问问这种蛇是不是被列入国家重点保护野生动物名录的。

黄浦江上

记得与那位上海人告别时，已经半夜，堂兄带我到上次去的仁记商行，也许是今天意义上的公司。我们在仁记楼上的客房里住了下来——堂兄经常去上海，与那个老板熟识。当我醒来一看，觉得太阳已经快下山了，我对堂兄说，我怎么睡这么长时间，已经是下午了？！堂兄说，现在是早上，太阳刚刚升起来。就是因为这样，后来再到上海时，方向总是倒着的，用老家话说是"地昏"。

我们在仁记行里吃过早饭后，堂兄将我领到那艘装运肥料的大船上，好像与船家交代了一番，把我交给船方后，他就到轮船码头，乘轮船（大利班）回平湖了。我的"押运"工作正式开始了。

当年，化肥（肥田粉）还不流行，所以经常有这样装运肥料的船来往于上海、平湖之间。听人讲那些船都来自湖州菱湖，称为"菱湖船"，比我到上海去卖西瓜乘的船要大得多。它们的帆布都是棕色的，与别的船有明显区别。和我"押"的那条船一道走的那条船的船家，与我所在船的主人似乎很熟悉，两条船有时并排而行，有时候一前一后，常常互相对话，一直没有拉开多少距离。不过他们那条船比较新，篷（帆）也比较新（没有破洞），有风时航行速度比较快；船板也新，将货物盖得很严实；船的后艄还有木制的棚，相当于一间小房子，棚的上方还有一个"席棚"，可为船上的人挡风遮雨，船上的人也可以住在里面。而我"押"的那条船比较破旧，船帆破损，甚至有洞；船艄上也没有像样的船棚，席棚也很简陋。我只能坐在船板上，在太阳底下晒着。正因为如此，船家让我坐到他朋友那条较好的船上去。这条船的船员是一个家庭，船上还有一个与我年岁差不多大小的女孩。到了他们的船上，舒服了许多，也凉爽了许多，但让我担心的问题来了。

原来，派人上船"押运"，本来的意思是防止船家在路上将船上货物调包。我们船上装的不是一般的"货"，而是一船的人粪尿，北方人称为"大粪"。到北京工作后，听说劳动模范时传祥他们背在肩上的大粪桶运的就是这样可以作为农家肥的东西。而当年的上海，老式房子里还没有抽水马桶，一般住家仍用老式的马桶，一早将其倒进清洁队的粪车上，清洁队（现在称"环卫工人"）将其拉到黄浦江边的专用码头上，倒进粪船，然后盖好，运往郊外或邻近县。我所押运的就是这样的"货物"，如果船板质量不好，盖得不严实，这臭气就会"泛"上来，待在船上人的滋味就可想而知了。所以，上文我特别提到那条较新的船的船板盖得严实等，是因为我要在那样的船上"住"几天几夜。

我上了条件好点的船，是舒服了些，但是担心的事袭上心头，特别是我的那条船离我较远的时候，我就更担心了。所以我始终盯着我那条船，总希望它快点跟上来，生怕它离开我的视野，这里面另有"隐情"。

堂兄他们到上海采购的这船肥料，运回去是要分给本村乡亲们的，给晚稻追肥，以求晚稻有个好收成。安排我上船"押运"，主要是防止船家起歪心，途中将肥料卸掉一些（"过驳"给别的买主），然后再灌上江水，以次充好。据说以前有过这样的事，派人上船押运，目的不言自明，船家大概也没有拒绝的理由。但是我上了另一条船，就更担心发生那种事了。还算好，我们这两条船一直没有拉开多少距离，一直在我看得见的距离之内。到了等潮或靠泊过夜时，两条船都会靠得很近，我可以从这一条船跳到那条船上去。总之，我所担心的事没有发生。

在黄浦江上的日日夜夜里，在江面上所看到的，与上次乘轮船的感觉或所见所闻大不一样，有两件事至今仍深深地留存在我的记忆中：一是近距离看到了"江猪"，二是看到了"天狗食月"的景观。

江　猪

　　第一次在电视台的科教片中看到白鳍豚这个物种时，我脱口而出："噢，那个我小时候在黄浦江上看到过。"后来才知道，我弄错了，我原先看到的江猪，其实是江豚而不是长江里的白鳍豚。但小时候在黄浦江上近距离看到江猪，是我难忘的经历。今天的人们，即使住在黄浦江边，想见到江猪也是一种奢望。

　　我们的船在江面上行驶，当江水落潮之时，或江上刮起西南风时，江猪就会跃出水面，像是在追逐嬉戏，也许是在追捕猎物。由于它们的动作很快，人们只能看清它们的背部。以前听人说过黄浦江里有江猪，但没有近距离见过。上次在轮船上，曾远远地看到一两群江猪，而我坐木船上，可以近距离观察它们，有时候它们离我们的船舷只有两三米远。我记得江猪喜欢迎风、逆水而行。江水落潮，江面上有西南风时，江猪最活跃，有时在我们船的左边，有时又在我们的右边。关于江猪，民间有传说：它们生小猪时，会到岸上人家房屋的廊下产仔，当地人对它们都很友善，不会伤害它们，等小猪崽长大后，就会离开岸上人家，到江里生活。儿时的我是相信这种传说的。

"天狗食月"

　　乡下人都称月食为"天狗食月"，而日食称"天狗吞日"。我在黄浦江上的日子里，有一天夜晚，正好遇上了月食——"天狗食月"。那天夜晚，皓月当空，但忽然听到江岸上传来锣鼓声和鞭炮声，船上人家也有点香和烧纸的，我觉得有点奇怪，不知道发生了什么。我问他们为什么要烧香，他们指了指天上的月亮，我才知道是"天狗"在吃月亮了。那次月食，是月全食还是月偏食，我已经忘记了，但月食结束了，江上和岸上才消停了下来。

我在家乡也遇到过月食或日食，但没有烧纸、点香的。所以在黄浦江上看月食，是我永生难忘的经历。

江上风光

我虽住在水乡，但只见过小河或小浜，从没见过像黄浦江那样的宽阔河道，也没有见过那么多的船。轮船、原始的木船，还有拖着一长串货船的拖船（船队），被拖的船的船员最为惬意，他们只需坐在船艄上把着舵就行了！

老早就听说驾驶帆船的舵手胜过神仙，像在天上腾云驾雾。神仙站在云端里不能坐，而帆船的船老大只要坐在船上，轻轻拨弄那根操舵的木把就行。不过，当风向不是很顺时，帆船行驶就需要借力使力：只要江面上有点风，而且不是"顶头风"，船老大就能巧妙地让他的船行驶起来，通过调整船帆的"角度"，就能让他的船"走"起来。只要发现江面的帆船在走"之"字形路线，就知道船老大在运用"曲线救国"策略，他们往往在江面上众多船队中来回穿梭，不是亲眼所见，很难理解他们的驾驶技巧。很可惜我不知道舵手们的行话或术语，故说不出他们的技巧妙在何处。

很多年之后，我在河南省看到过人力拉的板车（架子车），见过他们用风帆助推板车的情形，再次想到黄浦江上看到的情景，道理也一样：只要不是顶头风，拉车者就能省点力气。于是真正悟出"劳动者最聪明"的道理。

下河游泳

我们的船沿黄浦江溯江而上，进入浙江省界也许就不再叫黄浦江，江面也渐渐变窄了。船只到达新埭镇时正好遇上落潮，船只抛锚等潮，停泊在镇子的河岸边，船家将跳板铺到岸上，我没有上岸去，而是脱光身上的衣服，跳到河里洗澡，并游了一会儿水。黄浦江上水面太宽，也不知道深浅，几天来一直不敢下水洗浴。此时，我终于痛痛快快地洗了个澡。

当我解开上船时带的一个小包袱，那里不仅有几件衣裳，还有几本书，主要是教科书，准备在船上看的，但江上的那些日子里有没有看，早就忘记了。但为了换衣服而解开包袱时，正好来了阵小风，把我的一本书刮走了，掉进河水里，虽然捞了上来，但弄湿了。

船离开新埭，往南行三四十里就到了平湖，穿过东湖，过了西宝塔桥就停泊下来。此时天已经黑了，船已到预定的目的地。我知道那个地方在平湖城的东南方，离我家约有五里路。此时的我归心似箭，巴不得一步跨到家里，但船家的意思是让我明天一早再走。我坚持马上就走，于是背着那小小的行李，连夜赶路回家。当我到家时，母亲和家里人还在场院里乘凉。到家时的情形都已经忘记了，但记得我的心情就像完成了一趟探险之旅或一项艰巨的任务。

第三辑 / 崎岖求学路

当人们回忆童年时，即使他出身贫寒之家，记得起来的，往往都是甜蜜的；当人们思念故乡时，即使出生于穷乡僻壤，记得起来的，也往往是美好的。每当回忆起我的童年时，春风里放风筝，竹林中掏鸟巢，小河里抓鱼虾，等等，江南水乡的秀美风光和童年趣事，总会浮现在我的脑海里。

四十多年前，我告别母亲和故乡，坐着三位兄长摇的农船，沿着家乡那条小河，到达县城，开始了我的求学、谋生之路，离开家乡时的情景至今仍历历在目。然而，每当忆及我的求学经历，则往往心潮起伏，甚至潸然泪下：我上小学一年级时，父亲就去世了，后又两度失学，在家乡当农民——在农业生产合作社里当了两年多社员。两年半之后，在母亲、兄嫂们的支持下，我再次进入学校，读到大学毕业，并分配到北京工作。所以说，我的求学之路非常坎坷，经历奇特。故将此回忆录性质的文字，定名为《崎岖求学路》。

我九岁开始上学（1949 年春），一年之后，贫病交加的父亲就离开了人世。那时我家上有八十岁老祖母，下有未满两岁的长侄女，全靠母亲和两位兄长支撑着这个满是债务、几近破败的八口之家。用我大哥的话说，我们家就像一条破漏的船，在风浪中行驶，随时都有沉没的危险。家境之贫寒，生活之艰苦，仅仅用"吃糠咽菜"之类的词还不足以形容其万一，实为后辈人所难以想象。

学前经历

我家兄弟四个，我最小，我们还有一个妹妹。受读过私塾的父亲的影响，我很小的时候就渴望上学、读书。朦胧地记得，到了我该上学读书的时候，村里没有学校；大哥和二哥已经长大成人，需下地劳作，维持家里的生计。据母亲说，我的两位长兄也曾进学校读过一个阶段的书，不知何故，或许是因为抗日战争，他们在校读书的时间都不长；只有二哥认识一些字，三哥身体素质不佳，上学时间更少。于是父母就把读书成才的希望都寄托在我的身上。记得在我还很小的时候，父亲教我背诵《百家姓》《千字文》等，我依稀记得，父亲读一句，我跟着念一句，如今还记得有"天地玄黄，宇宙洪荒"，或"赵钱孙李，周吴郑王"等，就这样，我大概每本书可以背出其中的一半或三分之一，记得有时不好好坐着背，而是躺在板凳上背的。

那时我还很小，所以父亲并不要求我认得这些字，好像也不讲其中的意思，所以"金生丽水，玉出昆岗"这几句，是在很多年后，从国学小丛书中才得知，"丽水"是指云南丽江，"昆岗"是指昆仑山。父亲也教我认"方字"，就是用毛笔在方形红纸上书写的一个个汉字，红纸约一寸见方，所以叫方字，这是旧时私塾教学的方法之一。这些"方字"很整齐地放在特制的木盒里，大概是父亲小时候读书时用过的。

那时，我虽然能背几句"千字文"或"百家姓"什么的，但其实只认识几个字。也许父亲感到由他自己教我的效果并不好，所以对我母亲说，有机会要送我到学堂里去读书。据大哥说，在我不到七岁时，曾进过一次学校，时间极短，但我已经毫无印象。但那种读书、背书和认字的经历，在我幼小的心灵里形成了读书认字重要的观念。

借宿与走读

我家在乡下。当时本村的小学只有初小，读满四年如要继续读高小，就只能到平湖城里去。家境所限，再加上离县城较远，同学们便不得不放弃学业。

母校的徐之棋老师担心我的学业就此荒废，影响前程。曾替我买来五年级的课本，特许我继续留在母校自学，并给我力所能及的辅导。但是，村小里有四十来名学生，分四个年级，在同一间教室里上课，称为"复式班"。教师仅徐老师一人，即使徐老师有三头六臂，也腾不出多少时间和精力来为我辅导。我已经记不清楚那个学期是怎么过来的，大概与失学差不多。

在村小的这半年，我是怎样学的，已经全忘记了。但徐老师很着急，我的启蒙老师许惠英先生更加着急。而那时许老师已经调到中心小学（今实验小学）任教。于是两位老师都来劝我母亲和兄长，动员他们将我送到城里去读书。家里最终同意我到城里读高小。经许老师介绍，我就成了中心小学五年级的一名插班生。此后三年，我的大部分时间在南河头借宿，其中也有过一段走读的经历。

借　宿

要到城里的学校去上学，这么远的路，早出晚归，实在困难。

就在为此犯难之际，得知有几位村小的同学，在南河头港南 11 号的沈家借宿，解决了早出晚归之难题。原来，那几位同学都姓沈，其中一位同学的父亲与南河头港南沈家是至交，而那位伯伯也是我父亲的好朋友。通过这层关系，我便成为借宿队伍中的新成员。长辈们怎么商议或交涉的我不清楚，但还清楚记得下面的事情。

1953 年春季开学前夕，我的两个哥哥摇着一条田庄船，船上还有我伯伯和我。进南水门，经八字桥来到南河头港南，船就停靠在沈家大宅门前的踏渡头，我们来到南河头港南 11 号大院内的沈家。伯伯是手艺高超的泥水师傅，请他来是要在沈家的厨房内为我们这些借宿生置（砌）一只新的灶头，所以船上带了必要的材料和工具。灶头当天就置好了，我在城里借宿和读书的生活也开始了：在这灶间里烧饭、吃饭，在沈家的楼上住宿。直到 1955 年寒假为止，我在城里读书的大部分时间就在沈家借宿。这期间，也曾发生过一些不大不小的"事件"。

厨房失火

在南河头借宿的头一年，曾发生过一场风波——在我们的厨房里发生过一次不大不小的火灾。

记得那天傍晚，我放学回来较晚，刚走到离厨房不远的"洋门口"，就见地上有很多水，厨房外也有很多水，感到气氛有些异样。厨房里好像还有些陌生人。此时才得知，刚才厨房着过火，起火点就在我伯伯置的那只灶头后面的柴囱里，那些水正是消防队的"水龙"救火时喷洒出来的。

原来，那天下午放学回来早的同学先动手煮饭。大概是停火时负责烧火的同学粗心，没有等灶膛里的柴草全部燃尽就离开了。但损失不算大，对我们后来的借宿生活和学习也没有造成什么影响。其他情况，包括那天的晚饭是如何解决的，已经不记得了，但有两点记得特别清楚。

一是按消防队的要求，安排房东家孩子和我们值班，防止火灾再次发生。

二是因为肇事者是我们这群孩子，我也不记得那天负责烧火的是谁，但消防队把责任都归咎于户主——房东老太太，而且在此后的不少场合，凡提到上述火灾，往往要点名批评老太太，使她蒙受了不白之冤。再加上老太太的"阶级成分"问题，此事给老人家的精神压力之大，可想而知。

那时我们年少无知，对于这种压力很难体会。但庆幸的是，沈家没有因为厨房失火而轰我们走，没有出现"城门失火，殃及池鱼"的后果，我一直心存感激。经过这场风波，我们在用火方面就特别小心，"穷柴囱""富水缸"和"火烛小心"等警示语，从此铭记于心。

临时户口风波

借宿生活开始后，我们五六个十二三岁的男孩离开家人，要自己生火做饭，其难度不言而喻。每个星期六下午，我们各自回家去，到星期天下午（傍晚），各自挑着书包、咸菜和柴草回到南河头。

春夏时节天亮得早，如不需要挑着担子进城的话，我们就在星期一早上直接去上学，中午才到南河头。有时候家里给几个钱，最多时每个星期给五角钱，可以买点青菜等。

记得有一次我带的一小块咸马鲛鱼，让邻居家的黑猫盯上了，还好发现得早，只让它咬掉了一小块。有时候，我们也会在放学回来的路上买点青菜，但那些难事留在我的脑海里的已经不多，而临时户口过期被注销则令我终生难忘。

那时在城里上学，最难的是粮食。时值农业合作化初期，粮食实行"统购统销"，由于估计产量往往超过实际产量，农家或农业社生产的粮食，交了公粮和出售余粮后，留给农民的口粮往往是个虚数，出现了种田人家吃不饱肚子的现象。作为农村户口的我们，不能像城里人那样到粮店里去购粮。不过开始一段时间，我们还能凭临时户口这一证件，到粮店里购买口粮，故起初不用挑着大米进城，也可以为家里减轻一点负担，但好景不长，因我们的临时户口到期后没有及时去续报，被派出所吊销了，粮食买不成了。

我对我们到解放东路派出所交涉的情景至今记忆犹新。我们推举个子最矮小的同学（富根），其他同学就站他的身后，站在派出所办户籍的窗口，出示已经过期的临时户口证书，以表明我等因年幼无知，未及时办理续报手续，希望他们通融。他左说右说，无论怎样检讨都无济于事，临时户口就是不得再续报。

独自坚守

由于临时户口被取消，我们再也不能在城里的粮店里购粮了。而家里又拿不出粮食供我们在城里开伙，困难就更多了。借宿的同学先后都走了，最后，只剩下我一个人还在沈家借宿。

记得有一段时间，家里已经没有大米，只能给我带点自家擀的（晒干）面条。而那一年家乡的小麦发生大面积病害（后来知道那叫"黑穗病"），成熟的麦粒里充满着黑色的东西（后来才知道叫"孢子"），用这样的麦子磨成的面粉有点黑，擀出来的面条没韧性，煮熟后不成条，且有点苦。但我没有别的选择，只能吃这样的食物，而且吃的时候还要加一些芋头等，但有这种东西能填饱肚子，我也觉得很满足了。

房东老太太（我们称"师母"）见我吃那种黑乎乎的东西，总是自言自语地说："乡下的孩子懂事、顾家，懂得与家里人同甘苦。"也许她是有意讲给她的子女们听的。

走　读

又过了一段时间，由于粮食问题越来越严重，我只得暂时离开沈家，暂停借宿，开始早出晚归的走读生活。难办的是中午这顿饭。

起初，我曾在堂兄熟人开的小饭店里包伙食。那个小饭店离学校很近，每天2角钱的伙食费，不用交粮票。但只有一碟菜和两小碗米饭，总感觉没有吃饱。再说，每天要花2角钱对家里来说是一个不小的负担。那时乡下人抽最普通的香烟，每包只需几分钱，因此2角钱对我们家来说不是个小数目。这样的包伙食仅仅维持了两个星期便难以为继了。于是，我又开始带午饭上学。

那时，全家人早上只能喝粥，粥不好带，母亲只好在粥将要煮好时，捞一点稠些的，摆在碗架上蒸一会儿，就与干饭差不多了，起码走在路上时不会洒出来，再在饭上放点小菜，就算一顿午餐。到学校后，就放到专为路远学生准备的蒸笼里，中午就在学校吃蒸热的饭菜。

我每天早晨背着书包带着饭菜，走五里路。冬天白天短，天蒙蒙亮就要出发，回到家天已黑了。晴天还好，要是碰到刮风下雨难度就大了。路上要经过两个有狗的村庄，我向来怕狗，就是狗冲着我"汪汪"几声我也害怕。所以，凡是单独行路时，我尽量绕开村庄，在田间的小路上走，路虽远点，但不用担心被狗咬了。

有时在回家的路上，会遇到雷雨天气。有一次放学回家天气阴沉闷热，在我经过最后一座石桥时突然雷电交加，闪电划破长空，我害怕极了。我想到前面不远的村里有一座二老爷庙，那是我们村的"老爷"，进去也许能得到"老爷"的保佑。到庙里时我全身已经湿透，风雨停了才回家。

到了六年级快考初中的时候，因要备考我又恢复了在南河头的借宿生活。

"歃血为盟"

在县城求学的经历中也有不少乐趣，尤其是准备考初中的那段时间。

那一年考初中很难：全县只有两所中学，招收的名额很少（好像只招收四个班），多数高小毕业的学生考不上初中。那时，正在宣传山东省一名叫徐建春的回乡知识青年（回家乡建设社会主义新农村）的事迹，学校也公开动员学生不一定都考初中升学，鼓励同学们回乡参加生产，建设社会主义新农村。有不少同学放弃了报考志愿。我当时由于家庭经济条件所限，也曾考虑过放弃报考初中的问题。同学和一些同学的家长知道我有上述念头，都认为放弃太可惜，于是，我决定报考初中。

记得当时有一个相当长的复习时间，其间，我与沈和同学（房东的女儿）及同为沈家房客的叶继英同学组成一个复习小组，制定了复习阶段的作息制度和复习进度等，一起写了一份决心书，为表示决心之坚定，我们仿效古人"歃血为盟"的做法，三人分别在决心书上按下血手印。按照古人的办法，沈和同学咬了手指头，但没有咬出血来。只是在小腿上被蚊子咬过的"疤"里挤出点血来，蘸在右手食指上，在决心书上按了手印。我们两个也照此办理。完成了"歃血为盟"仪式之后，我们进行了认真的复习。功夫不负有心人，我们三人都考入了平湖第一中学。发榜那天我早早来到县城，到举行考试的二中去看名单，那上面有我的名字，我们"歃血为盟"小组里的另外两名同学也都被录取了。

在那个年代，被中学录取是很大的喜事。当我们"三人小组"在沈家会齐时，我们以及她们的家人都像过节一样喜悦。

此后不久，我按期入学成了一名初中学生。中学在平湖的北门，对于家住小南门外的我离学校更远，走读更难了，所以在初中的半年里，我仍在沈家借宿。

失学岁月

遗憾的是,我仅仅在一中（即今天的平湖中学）读了一个学期,我人生道路上正式的中学阶段就结束了,我的第二度失学岁月就这样开始了。

一个渴望求学的少年,因家境贫寒而离开初中课堂回到乡间,在长达两年半的时间里,其中的经历及其心路历程,是没有此种经历者难以理解的。

几十年后我已满头银发,但在电视节目中看到有关失学孩子的镜头时,总会联想到自己儿时的遭遇而失声痛哭。当然,在失学的两年多时间中,不全是悲戚的,也有比较轻松或可乐之事,无论对于增长见识还是积累社会经验,都不无益处。

首度失学和复学

在本村的小学里,我读到四年级,因学费、粮食和住宿等诸多问题,只好放弃升学机会。

当时村小执教的徐之棋老师认为我放弃升学太可惜,于是就让我依附徐老师门下"读"五年级的课程。学校就一位老师却有四个年级,老师再热情,也不可能花太多精力关照我的学习,老师主要是指导我自学,我已经不记得怎么过来的,大概是名义上在上学,实质上就是失学。这是我第一次失学。

那时，我的启蒙老师（即我的第一位小学老师许惠英先生）正在县城的中心小学任教，许老师与徐之棋老师也是同事和朋友。两位老师都认为我这样下去会荒废学业，耽误我的前程，所以两人都竭力做我家里人的工作，再加上我自己的软磨硬泡，家里最终同意我进城读书，这是我的第一次复学。总算读到高小毕业，进而考上初中，进入平湖中学，成了一名初中学生。

再度失学

那是1956年春天，学校就要开学了，正当我准备去学校的时候，因经济条件所迫，家里决定让我休学。

在平湖一中的那半年（一个学期）的初中学习生活，是短暂的，学校里的人和事，甚至老师、同学，等等，大都已经淡忘。但留在脑海里的记忆是此后发生的二度失学，其经历之痛苦可以用刻骨铭心来描述。

我记得那时学校已经开学上课了，发现少了我一个。任课老师没有时间，学校就派负责管理图书馆的一位女老师来我家，请我回校复课，家里没有答应。

学校找到乡里，要求乡政府做工作。于是一位张姓乡长来到我家，动员我回校上课。但家里实在拿不出每学期十七元五角的学费，所以我没有办法回校。

据我大哥回忆，他对张乡长讲，只要学校能免去半数学费就可以让我回校复课，但乡里做不了县立中学的主。就这样，老师和乡长都白跑一趟，我的二度失学成为定局。这是我人生道路上的一次重大挫折，是我一生中最痛苦的经历之一，也是我的学生时代一段难忘经历的开始。

事情是这样的。1955年，我二哥的腿生了毛病，很久无法下地干活，家里还要用船载着他去医院看病，家里的经济和粮食情况越来越困难。那时，我们家所在的那个农业生产合作社，已经转为高级社,社员家庭从社里获得分配的数量全凭劳动(工分)投入的多少。于是,家里只得让我休学,到社里参加农业生产劳动,挣点工分,以改善一下家里的经济条件。

那时我已成为一个半大的小伙子。早年丧父的我,深知母亲和两位兄长支撑着我们这个十二口人的大家庭之不易,更何况家里两个正劳力之一的二哥生了病,无法出工挣工分,问题就更大了。

我当然理解家里的难处,特别是理解大哥的难处。可是我一想,考试、上学是那样的难,招收名额是那样的少,我好不容易被录取并上了半年中学,一旦失学,即使将来家境好转,也不可能再回到中学念书了。我意识到,这次失学意味着断送了我继续升学的路,搬掉了求学和升学的阶梯,也意味着我这一辈子再也不可能上学校读书了。

想到这些,我便禁不住失声痛哭,眼睛哭肿了好几次。有好几天,我只是坐在灶边的烧火凳上痛哭,或呆坐半天,有时两条腿都麻得站不起来。在我一生中,能称为痛苦的经历,从程度上讲这一次为最。

"白脚梗"

经受了很长时间的痛苦,并经过不断的思考,我逐渐恢复了平静,开始冷静地面对现实,慢慢地从失学的痛苦阴影中走了出来,作为一名小社员参加农业生产合作社里的集体生产劳动。我作为事实上的社员,慢慢地融入了同龄的小伙伴中,成为他们中的一员。但内心仍不时地隐隐作痛,特别是见到那些仍在中学里读书的同学时,不免伤心。这个过程很长,在不断地克服精神上和实际生活上的障碍的过程中,我终于彻底地走出了上述阴影。

作为一名因家里经济条件所迫而回乡参加劳动的知识青年,我在村里是独一无二的,也没有说得来的伙伴。起初,我没有做农活的经验与技巧,在同龄人当中我是外行。青少年朋友,甚至大人们大多数不认字，往往以大老粗自居，根本看不起读过书、认识字的人，故我常常被人们称作"白脚梗"。

"白脚梗"是个贬义词，常用来奚落做农活的外行或下田干活的城里人。我求学未果，成了生产队里的异类，只能默默地承受被歧视和奚落的痛苦。

对于一般人以此种态度或言语奚落我，风言风语说我，我可以默默地忍受；对于他们盲目地鄙视读书人的态度，我可以原谅他们，或不与他们计较；但有一个外号叫"蜡烛阿三"的人，当他也以"白脚梗"等来奚落或讥讽我时，我忍无可忍，曾不客气地顶了他几句。

那天，我去参加农业社里正在修筑的水渠工地劳动。我与小伙伴们一道取土、挑土。在休息时间，"蜡烛阿三"大大咧咧地走到我跟前，以嘲讽的口吻叫我"白脚梗"。听到此言，我忍无可忍，怒火中烧，心想别人这么叫我，我可以不计较，认了。但你算是什么东西，有什么资格这么叫我。此时，在我脑海里浮现出"龙困浅滩遭虾戏，虎落平阳被犬欺"的意境，近个把月来无名之火一齐发泄出来。我正式回答阿三："我是有点'白脚梗'，生意（指农活）做得不如人家，但我可以慢慢地学呀。我又没有偷人家的，也没有抢人家的，更没有做'不像人'的事，没有什么可丢人的。"

阿三听出我的话中有话，其中的分量他自己心里有数。这也是他始料未及的，只好皮笑肉不笑地走开了。

那天收工回家，我跟母亲讲起我在工地上顶阿三的那些话。母亲听了很高兴，说我的那几句让他连个"还价"（回答、还嘴）都没有。

流鼻血

某天下午，我与大哥等在一块冬闲田里垄田，相当于北方所称的翻地。母亲来到地头对我大哥说："让小龙跟在后面做，别让他超过你。"

母亲来到地头和大哥说话的情形，我至今记忆犹新。那是因为失学后的一个阶段，我的鼻子经常流血。母亲认为这是劳累过度所致，所以母亲让我大哥管着我，免得再犯病。如今想起母亲到地头叮嘱大哥那个场景，我仍会鼻子发酸。

事情经过是这样的：乡长到我家来动员我复学无果，来我家里动员我回校复课的那位老师也走了，失学已成定局。就是说，我再也不可能回到学校去读书了。在不知哭了多少次后，我觉得读书真的无望，只有出工干活那一条路了，尽管母亲和哥哥没有催我，但我还是酝酿着出工的事。当年，我三哥勉强可以算个整劳力，但我还不到半劳力，下地干活，比同龄男孩少挣一分或半分。但每天挣上四分半或五分，对于我们家来说，也是相当重要了。但我刚刚"入道"，在体力和技能等方面不如村里从小做惯了的同龄男孩。

由于当时被失学的阴影笼罩着，再加体力上有点吃不消，而又不甘落于人后，干活时我就觉得格外劳累。所以开始参加劳动时，鼻子经常流鼻血，才有了母亲到地头叮嘱大哥这一幕。

每当鼻子流血时，我就摘些马兰头叶子，揉碎，捏成球，塞到鼻孔里。堵住鼻孔，仰起头或躺一会儿就能止血。严重时两个鼻孔同时出血，就将两个鼻孔都用马兰头叶子堵上，仰天躺一会儿，慢慢也就好了。但有时候，两个鼻孔都堵上，血还止不住，从嘴里流出来，我只好把血咽到肚子里，感到有股咸味。每到此时，我都有点心慌，怕止不住。母亲也有点担心，她当然也心痛。

次日，母亲叫我到县城里找医生看看。我到干河街上的一个诊所里，找一位姓姚的医生看了看，他给我开了瓶滴鼻子的药，样子像滴眼睛的药。每当鼻子流血，滴上几滴，就能止血。后来知道此药名叫"眼鼻净"，可以使鼻子里的血管收缩，达到止血的目的。

此后，我的鼻子流血的毛病还是经常犯，在没有药水的时候，也只好向马兰头求助。儿时往鼻子里塞马兰头叶的次数太多，所以我的鼻孔比一般人大一些。

后来知道，马兰头是一种菊科植物。它的花朵就像一个小向日葵，花瓣蓝紫色，花蕊是黄色的，很好看，茎干叶和花朵揉捏一下，有股特别的清香。马兰头也是一种味道很好的野菜，儿时的我们经常挖来当菜吃，也曾拿到县城里去出售（在《卖野菜》一节中曾专门谈到）。

后记：

来北京后，几乎没有再见到马兰头，也没有吃到过。

到了 1992 年，我在龙潭湖公园路边的黄杨树丛底下，偶然发现了几株马兰头。我想这可能是从南方运来的黄杨树苗木的泥土上夹带来北京的。欣喜之余，挖了几株带回家来，种在我家门前的绿化带里。由于面南向阳，长势不错，我又不断挖些苗子移植，它们便迅速蔓延开来，几年后就成了气候。我曾摘些来包馄饨、做凉拌菜吃。有一次我闺女鼻子流了点血，我采用我儿时的办法给她止血，也很有效。

马兰头在小区的绿化植物中是"没有户口"的杂草，成了绿化人员清除的目标，每次都成除草剂的喷洒重点。我不能向园林工作者说这是我种的，请他们手下留情。就这样，我家门前的马兰头虽然没有断种，但已不成规模，我也不敢再吃经常喷除草剂的马兰头了。

养兔子

说到儿时养小兔子，与现在城里孩子们养宠物的情形差不多，主要是觉得好玩，我记忆中最有成就感的工作，便是失学之后养兔子。

我最早养的不是兔子，是小鸡，后来还养过小猪、小甲鱼、白头翁、小喜鹊，也养过叫不上名字的小鱼，甚至连好看的青蛙也捉回家，挖个洞把它们养起来。

先说养小猪。在我很小的时候，舅舅家养了母猪。后来，舅舅的经营出了某种危机（具体情形我听不懂），舅舅把那头母猪淘汰了，好像是把它杀掉了，把还在吃奶的小猪送了人。那天我正好在舅舅家，于是就捉了一头小猪带回家。这头小猪仅有一只小猫那么大。到家后就用一只"沙差"（像大碗那样的髟盖）作为猪食槽，好在它不吃奶也能活了。

那时家里的情况不好，是养不起猪的。但母亲没有制止我，再说是舅舅同意给我的，不好送回去。母亲只是说它还小，吃得不多，再大一点吃得多了，就养不起它了。但后来如何了，我早就忘记了。

养小猪的多年之后我失学了，看到有人养长毛兔，兔毛剪下来能卖钱；也有人养普通兔子（即"兔肉"），自家不吃也可以卖钱。供销社有收购兔子或兔毛的业务，于是我也想养兔子。那时适合我等半劳力干的农活不多，不需要天天到生产队干活，有足够的时间捉草，而兔子是有点青草（或干草）就能养活的。

我第一次养的长毛兔是灰色的，是我从大嫂娘家村里买来的；后来还养过一对白兔，是母亲陪着我到港西（一个村子）买来的，花了五角钱。

兔子捉回家来后，我打算给它们做个棚（笼子），家里有小锯、凿子、钉子等，也有些木料和竹片。我在心里构思出一个草图，便开始锯木料，劈竹子。我二哥不相信我能把兔笼造出来，不过我终于做成了：笼子底是用竹片铺成的栅状，笼子架在几块砖叠成的矮墙上，草料就放在栅子上面，兔子的粪便可以漏到栅子下面去，在笼子底下清理兔子粪便很容易。另外，栅子角落里还留有一个口子，兔子可以下地。母兔怀孕后，会自己在地里掏洞，钻进洞里生养小兔子。兔子一月生一胎，繁殖很快。

记得有一次，我卖掉两只兔子得钱三元八角，我贴上四角（一共四元二角）买了双球鞋，鞋面蓝、白、红相间，很漂亮。当时我们村里很少有球鞋，我穿上它很自豪，也很珍惜。下雨天或路上泥泞时，我舍不得穿，生怕弄脏了它。

卖螺蛳

卖螺蛳比卖野菜晚得多，是在我失学在家当小社员的头一年秋。那时能让我这样半大不小的孩子干的农活不多，秋天晚稻成熟之前，能让我干的农活更少，闲着的时候更多。除了看牛（即牵着牛让它自己吃草），就是捉点草什么的。于是与几个小伙伴合计着耥点螺蛳拿到城里去卖。

此时，得知某个村子里有人会编织耥螺蛳专用的网，于是我就前去买了一张。那种网就像一个大网兜或三角形的网袋，穿在一片楔形的竹板（或木板）上，竹板与一根长长的竹竿固定在一起，呈丁字形，网兜子上的两根纲紧紧地拴在竹竿上，形成一个等腰三角形。它就像一只有条长柄的大簸箕，当将它放在水底下往前耥时，螺蛳就会滚进网兜里。人们在岸上收回来，网里的螺蛳就成了渔获，有时还有河蚌、小虾或小鱼等，很有趣！

这里还有一个小插曲，那年八月初，家乡遭遇台风过境，村里的房子和水车棚损失惨重。台风过后的一个午后，我与小伙伴去捉草，路过一个被台风损坏的水车棚时，路上满是从车棚上落下的稻草，我踩到了稻草下面的一根铁钉上，受了伤，非常痛，我托人在城里买来红药水。虽没有发炎，但很久之后我走路仍一拐一拐的。当我第一次耥螺蛳上街叫卖时，脚伤还没有完全好。

从河边上耥来的螺蛳，洗干净后要养在清水里，还要将其尾部的尖尖剪掉，就像自家食用前必须做的那样。用的不是普通剪刀而是"桑剪"，即专门用来修剪桑树枝条的特殊剪刀，其功能相当于园艺上的修枝剪。我自己耥来的螺蛳，当然由我自己来剪，记得母亲也曾帮过我的忙。

我卖过多少次螺蛳，早已经忘记了，只记得每斤螺蛳可以卖四五分钱，那时一根油条才三分钱，一斤盐不过一角三分。

到县城里去卖螺蛳，也像卖野菜那样要起早。那时我已经十五六岁，不怕走夜路了，但还是几个人结伴同行。印象最深刻的一次，那天出发时间大概太早了，我们一行人（包括一位本家叔叔）走到一个离城不远的村子时天出奇地暗，于是我对大家讲起"黎明前的黑暗"，即太阳升起前，照射在大海上的反射光被移到别处的天空里了，所以我们头顶上的天空就要暗一些。虽然我的同伴和那位叔叔不一定接受这种观点，但天上很暗是不争的事实。我正说着摔了一跤，连人带螺蛳（我手臂上挽着的一篮子螺蛳）全都摔进路边的稻田里。我赶紧摸黑将螺蛳扒拉进篮子里，螺蛳倒是大半被捧进了篮子，但是我带的那杆秤只剩下秤杆了，秤砣怎么也找不着了，也许是那个"铁蛋"陷进烂泥里了。于是，我只好拎着那半篮子螺蛳和没有了秤砣的秤，随着大伙一道继续向县城进发。当时我想，等来回时再来找秤砣。

到了城里，我用一只碗当秤砣，总算把螺蛳卖光了。回来的路上，再去找秤砣，但没有办法找到，只好灰心丧气地回家。到家里，母亲和哥哥他们倒也没有责备我，反正家里还有一杆秤呢。

那杆没有砣的秤在我家里挂了许多年。

硖石卖姜

在《卖瘟姜》一节中曾说过卖姜，下面的经历则与此前到某村里卖姜有所不同：是出远门到硖石——海宁县城里去卖的。

1956年春天，家里有老姜需要出售，大哥委托一位姓周的大叔办理此事。这位大叔本姓莫，与我姥爷家在同一个村子。他是周家的入赘女婿，故改姓周，但人们一般仍称其为莫来和。他们村的人要到平湖城里去，都得经过我们家西边的一条路，他与我父亲熟悉，再加上与我母亲娘家同村，所以与我们家的人特别亲近，我们都称他"来和叔"。

出发当天，天不亮我们就将两家的姜装到小船上，早早就摇到离我们村东南方很远的一个叫四顾桥的小镇，然后在那里等平湖开往硖石的轮船（小火轮）。等把老姜装上轮船后，哥哥他们将船摇回村，我跟来和叔坐轮船到硖石镇上去卖姜。他在船上遇到熟人，便说我是他兄弟家的孩子。

到了硖石，怎么发货、如何卖姜我都不记得了，只记得在客栈里住了一个晚上，这是我第一次住客栈。客栈门外就是一条不小的河流，河上有石桥，记得曾到桥上走了走，好像与平湖城里的市河及桥梁等街景差不多。还记得硖石那里已经有了喇叭，播放着有关东阳县某某农业生产合作社的消息或者在讲他们的先进经验，还能听到音乐，我感到很新鲜。后来，我们村里也装了喇叭，才知道那叫有线广播。

那次硖石卖姜，留存在记忆中的还有一座大桥——记得在轮船到达硖石之前，路过一片开阔的河面，河上面有一座很长但并不高的石桥。听来和叔讲，那是一位状元为他的母亲建造的，所以被称为孝娘桥。

孝娘桥的奇特之处在于它的"桥洞"（我们称"星"）非常多，始终没有人数清过，所以人们称它为"五十二三星桥"。说是有人曾组织了 53 只小网船，排成一排，每孔一条船同时穿过桥洞，结果多了 1 条船，说明那座桥只有 52 孔；后来，又有人组织了 52 只小网船，同时过桥洞，结果空了 1 孔。那时我相信这些神奇的说法。

此后，我再也没有去过硖石，但那座有点神秘的大桥留在了我的脑海里。前些年我曾问过经常去硖石的外甥是否见过那座桥，他说，是有这么座桥，并说有机会的话就带我前去看看。但每次回乡，总是来去匆匆，再去硖石的事一直未能如愿。

海盐城里捉草

给家里的牛羊收集草料叫捉草。我很小的时候就会捉草，再大一点，放学回家后往往自觉地先去捉点草，然后再去写作业。捉草对儿时的我来说，不仅是一种差使，更是一种乐趣。往往是同龄的小玩伴一道去捉草，不仅在本村捉，有时还到外村去捉。捉草还与捉（打）蛇、找鸟窝、捡野果子等结合起来玩，其乐无穷！不过，因捉草而远行到海盐城去，是我儿时难忘的经历之一。

我的家乡人多地少，可供人们自由捉草的地方有限，特别是给家畜过冬用的草料往往不够。于是，就有到海盐城里去捉草那样的情况。我随船前往海盐捉草只有一次，发生在我失学期间。

某天的午后，我正在舅舅家玩，家里人给我捎信，叫我快点回去，明天要到海盐去捉草。我一听让我到海盐去捉草，高兴极了。因为我的小伙伴有去过海盐城里捉草的，觉得很好玩。如今机会终于来了。

次日一早我们上了一只田庄船，往海盐进发。船上有我一位哥哥，还有几位邻居，也有一位小伙伴。

船到目的地，系好船，我们便开始捉草。我们的船停泊的地方是一条市河，河边是一块很大的空地，我们称其为白场，好像是现在城市里的一个广场。场地的一头有座破败而高大的建筑物，人们称其为检阅台，有点像平湖城大南门外校场上那座检阅台。去捉草的人带有一条草席，晚上就在检阅台上或建筑附近的空地上睡觉，唯一的问题是蚊子常来干扰！

捉草，当然是哪里有草就哪里去捉。检阅台附近捉草的人多，草已经很少了；再说，我们村里许多人都去海盐捉过草，哪里草多、哪里草好他们很清楚。我是第一次去，就跟着他们走。那时的海盐城里破败不堪，到处是残垣断壁、被荒废的破旧院落，那些地方往往不设防，捉草的人可以随便进出，草可以随便割，没有人管。

我到过一个大院子，据说是某家花园，清朝时，那个院子的主人曾在朝廷做官。如今，这院子成了这副样子，是被日本鬼子轰炸所致。据说，海盐城里这样可供捉草的荒芜院子还有很多，足见当年日本鬼子的轰炸是多么惨烈。我们去时，日本鬼子滚蛋已经十一年了，但海盐城仍未恢复元气。不过，那时的海盐城里已经有新中国成立后新建的桥梁和道路，例如五反桥，就是新中国成立后建成的，大概与"五反运动"同龄。

我们捉来的草，就铺在检阅台附近的空地上晾晒，晒干了用稻草打成捆，装上船运回家，所以通常要在那边住上两三个夜晚。但很不巧，我们一船人到达的第二天就因遇上了台风而无法割草，就是能割，也无法晾晒，只好打道回府。我的海盐"捉草之旅"就这样匆匆结束了，草没有捉到多少，有点悻悻然，但总算有过一次那样的经历。

自从那次捉草之后，我再也没有去过海盐城。某次由杭州回平湖的路上路过海盐县境，却是从海边公路上驶过的，而不是穿过海盐县城。后来我又想，即使再去城里，检阅台及那块空场肯定已经难觅踪影了，即使依然存在，那里的草肯定已经受保护而不能随便"捉"了。

"耕读"生涯

慢慢地，我从集体生产劳动中得到了某些欢乐，逐渐融入小伙伴、小社员的群体之中。稠螺蛳等活动也是与小伙伴们一道玩的。但我也逐渐意识到，我不能这样消沉下去，我要积极面对现实，在农村里要像回乡知识青年那样有所作为。毛主席的"广阔天地、大有作为"那样的说法，当时我还不知道；但我已经意识到，我不能忘记读书与学习。我有空就找点书报看看，可以说凡是有字的纸质东西，包括用过的教科书、皇历、产品说明书等我都要看一看。在参加劳动的同时，有时间就读点书，学点知识，免得浪费自己的青春年华，于是开始了一段被我称为"耕读生涯"的难忘时光。

有空就读点书

家乡的生产队里人多地少，除非"双抢"那样的农忙时节，平时农活并不多，我等小社员不是每天都有活干，尤其是雨天和冬天，空闲时间很多。炎夏时节的午休时间很长，每当这个时候，小伙伴们或在水车棚里，或在竹林里，闲聊、打扑克牌，或到河里戏水消磨时光。于是我想到利用这样的闲暇时光来读点书——起码不要把学过的东西丢了。虽然我偶尔也与他们玩一下，但更多时间是自己在家里找点书籍或报刊来看。我曾看用过的教科书或从亲友家里借来的书，如《水浒传》就是我失学第一年读的。

那时的农业社或生产队的办公室里能找到报纸，也有城里某些机关赠送的书籍（如连环画），偶尔还能见到《中国青年》之类的杂志，并读到"徐建春"式的回乡青年事迹。

徐建春的事迹是我报考初中时就知道的，而在事实上已经成为回乡青年的我，心里已经萌生了做"徐建春"式新农民的意向。

看书看报，不仅打发了闲暇时光，也稳定了我当时的情绪。书报中的某些人和事及其蕴含的积极精神，使我也萌生了在家乡一边参加劳动，一边继续学习——走自学成才之路的念头，做建设社会主义新农村的新农民，并开始确定自我奋斗的目标，走出一条失学青年自己的路。

在农业社里做农活时，起初我的技巧和力气比他们差些，经过一段时间的锻炼我已经完全融入这个不大的群体之中，也逐渐学会了青年农民应当掌握的大多数活计。在我18周岁离开家乡时，仅有两样没有学会：一是罱河泥，二是犁田。犁田在当时是我大哥等少数社员的专业，根本就不让我们学，我肯定不会。换言之，那时我基本上已经像个地地道道的青年农民了。十多年以后，我作为一名下放干部到河南息县的五七干校劳动，在河南终于学会了犁田，不过要由另一个人帮助我牵牛。这是后话。

一般情况下，我有钱时也会买点书看，或者到新华书店里免费看书。有一次见到有一本名叫《怎样当通讯员》的书，是介绍写作知识，特别是介绍通讯报道写法的，我就买下来并认真读了。

我的情绪有时还会有反复，记得就在我二度失学的当年秋天，城里来了一批中学生到我们生产队劳动——收割、搬运稻子。正巧发现我高小的同班同学，他们每人抱着几捆稻子往我们家的场院走来。此时，失学的痛苦和心酸又涌上我的心头，当时的心情真是极坏……

我不想让他们知道我今天的处境，更不想让他们认出我来，于是我赶紧回到家里躲了一阵。记得那是个傍晚，他们很快就走了。我的那些同学大概不会知道，在这样一个小村子里，竟然还有他们的同班同学。

自学计划

那时的农业社办公室里偶尔也能找到点书报，是县里某些机构赠送的，算是支援农业的行动。记得当时我找到了一本《中国青年》，我对杂志封面上的照片及其相关报道印象特别深刻，这本杂志对我的思绪产生了深刻的影响。

记得那是一个夏天，我坐在屋西边的阴凉处（好像是为生产队值班），拿出杂志来看，封面上有一位回乡女青年在田间劳作的照片，好像是在生产队的稻田里撒化肥，这不仅与我高小毕业时宣传的徐建春的事迹相似，而且报道的精神也是鼓励回乡知识青年要为建设社会主义新农村贡献青春。

杂志封面照片的场景，与我面前那一片稻田何其相似。人家能，我为何不能？就这样，随着时间的推移，我自学的决心渐渐形成，读书看报成了我劳动之余的第一要务；有时出工劳动时也带上书，休息时便翻看几页，《水浒传》的许多章节就是利用田间劳动的间隙看的。

就在失学那年的冬天，随着二哥腿病的痊愈，他又成了家里的全劳力，家里经济条件有所改善，买了些旧木料和砖头等，请大伯给我们盖了两间房子，称为小屋，我和三哥住进小屋，这为我的自学创造了有利的条件。

我用竹子做了个书架，把包括小学教科书在内的所有书籍都集中于书架上，那小屋俨然成了我的书房。我买来带玻璃灯罩的煤油灯，以便于晚上能看会儿书。在那个土制的书架上，有一本对我产生过深远影响的初中教科书——《生物》；书本装帧相当讲究，书里有两位苏联科学家的名字——米丘林和李森科。此外，橡胶草及其图片也是从这本书里看到的。从某种意义上讲，这两个人和这本书所传播的知识，对我日后学农志向的形成起了重要的作用。那时，我还不知道达尔文其人其事。

住进小屋后，我制订了一个自学计划，主要内容包括文学、自然科学和美术。我自幼喜欢文学，曾有过当作家的理想，对苏联的高尔基和中国的高玉宝非常崇拜。其实，在这个计划中，除了文学（无非是读点语文书），其他计划都没有执行，因为时间问题，常常身不由己。但一有时间我就读书或写点东西。记得那时夏天，我都要住在西瓜田里看瓜，有时中午也到瓜棚里休息，棚里挂有一只篮子，里面放着好几本书（主要是语文书），有空就读。记得当年在我的"篮中藏书"中，有两本载有《成渝铁路》一文的课本，一本是我从学校带回来的，另一本是当地夜校教学用的语文课本。我曾反复阅读，发现两篇课文重点、遣词造句和写作特点各有不同。我比较着读：分析其中的差别，研究其"写作特点"。这样的读书方法，对于提高我的语文水平和写作能力很有帮助。

回忆儿时的乡间生活，特别是在瓜棚里看瓜和读书的经历，我感到很有趣。家乡话称"看瓜"为"望瓜"，即夜间在瓜田守望。五十多年以后，我曾回忆起儿时望瓜的意趣，写过《月下西瓜田》的短文，曾在家乡某刊物上发表过。这是后话。

我的"广阔天地"

我回乡参加劳动，与那个年代及后来的大批知青下乡背景不同，但有些结果，如得到锻炼，客观上是相同的。我回乡参加劳动不仅有"广阔天地"，而且也可以"大有作为"，前提是我不离开那里的话。

经过两年多时间的生产劳动锻炼，我逐渐融入社员群体之中，村里社里逐渐发现我的存在和价值，也逐渐有被村里社里"起用"的苗头。

那时我十七八岁，正在由少年向青年转变的过渡时期。农民的喜怒哀乐和对现实生活的看法、议论，逐渐进入我的脑海，潜移默化，形成了自己的看法或见解。或认同他们，或与他们意见不同。我认为那就是文学上所说的"生活"。

就这样，我开始练习着写些反映农业生产合作社在经营和管理方面存在的问题与农民生活问题的文章，以人民来信的形式投到当时的《嘉兴大众》报，没有什么结果。但这对我来说是一种文字上的锻炼，也让我养成了思考问题、分析问题的习惯。

由于参加生产劳动，客观上也锻炼了我的体格。那两年里，我几乎学会了所有的农活。后来，我作为社里唯一的初中肄业生，开始被人注意，并派上用场。

1957年夏季的整风运动（反右派）开始时，我被选为本村（队）的会议记录员。同年的冬季，我被社里选派到乡里的民校（夜校）教师培训班受训，那是我走上社会的开始。

在培训班上，我认识了一位军队复员军人唐金其。他是全社（行政村）民校的负责人，对我这个初中肄业生表现出极大的兴趣，因为他讲"陈胜吴广起义的失败原因"之类，我起码能听懂，算是有点共同语言。

培训结束后，他叫我在本村（自然村）里办夜校并担任教员教青年人识字，教室就设在村最西边的一所房子里。唐金其对办夜校很积极，经常到我们村里来找我商量工作、讨论问题。这时，我在母亲和兄嫂们眼里已经成大人了，社里也用得着我了，其实那时我刚满十七岁。社里的青年团组织也把我看作知识分子，定为发展对象。这样，我在社里的社会活动也就多了起来，我还被吸收参加了青年积肥突击队，这也是我接触社会的开始。我已完全融入社员之中，成了他们中的一员，并以一名社员的身份热爱社里的一切，以主人翁的身份参加社里的各种活动。但是，只要有时间和机会，我还是要看些书报杂志，有什么可写的内容还是要顺手写出来。

记得有一次，我给县有线广播站写了一封信，反映一个问题，大概是希望多广播一些与农业生产有关的知识。不久，广播站给我回了信，表示支持我的意见，并打算在今后的节目安排中注意这些问题。信是一位姓屠的会计送来的，当时全家人都很高兴。

1957年夏天，还有一件是我作为成年人才能参加的活动：乡里举办一个短期培训班，对农业社干部进行政治形势教育，布置双抢工作，我可能是与会人员中年龄最小的一个。但家里和社里已经把我作为大人或青年小伙子对待了。我在社里如此活跃，又如此喜欢读书，这在同村青年中是没有的。最了解我心思和志向的是我大哥。好多年后，我从母亲口中得知，大哥曾对母亲讲："小龙不会长期待在家里。"

代课教师

1957年冬天，正是"大跃进"的前夜。许多迹象已隐约可见"大跃进"的气息。家乡的农业生产和各项事业都在酝酿大发展，但农民文化水平低、知识分子缺乏的矛盾逐步显现出来。这种客观形势正推动着教育事业的发展，这里有两件事关系到我的前程。

其一，我大哥在某个会上得知，乡里（或者县里）准备办一所学校，吸收一些失学在家的青年继续上学，为农业社培养人才。大哥回来对我说："如有这样的学校，那你还是去读书吧。"听到此话，我自然喜出望外，尤其为长兄对我心思的理解而感激不已。但此后不久，我没有到大哥所称的那所学校去上学，却当上了民办教师，经历虽短暂，却相当难忘。

1958年初，社里考虑到社里学龄儿童日益增多，本村那所小学（也是我的母校）的一个复式班已经不能容纳这么多学生。社里决定扩充小学招生人数，但上级教育机关不能增派公办教师来任教，只能在社里挑选符合条件的人员充当民办教师，待遇是由社里记工分。

根据上级提出的要求，我成为唯一合格的民办教师人选。此事是村里一位干部通知我的。于是，我到母校（当时称三家村小学）当上了代课教师———名拿工分的民办教师，像全劳力一样，每天记 10 个工分，比在生产队里参加劳动，每天可多得 1 个工分。因为当时的我，无论从年龄或劳动技能水平上，还不够全劳力的标准。

由上级派到学校来的是钱文华老师。那时学校已经正式开学，1958 年 3 月中旬我到学校任教。现在已经想不起来第一次走上讲台时的情形和心绪，只记得钱老师将全部学生分成两个部分，也就是两个班，她教四年级和一年级，由我教二、三年级。记得她当时是这么考虑的：一年级的学生太小，不好管，而四年级是初小毕业班，功课也难，学生已经很"老练"，不好教，也不好管。记得在上任前，钱老师给我讲了不少教育理论、儿童心理学和她的教育经验，她真希望我能跟她一起把这个班办好。

走上民办教师这个岗位，对于我这样的一名回乡青年来说，也算是一份不错的差使。钱老师不断鼓励我一边教书，一边自学深造，将来可以成为一名合格的人民教师。对我来说，当了民办教师，看书、学习、备课等成了我的主业，我可以用更多时间和精力来学习和提高自己的水平。那时我情绪饱满，工作努力，当学生们叫我"陆老师"的时候，我也有一份自豪感。

当代课老师的时间非常短暂，但对我的一生来说却是一个重要阶段，是我重新踏进学校大门之前的一段难忘经历。有关情节，在相关文稿中还会提及。

重返学校

我在本村的小学里当代课教师还不到两个月，县里创办的农校开始招生，我重新回到学校读书。这没有想到的天赐良机改变了我的人生轨迹。

这里说的农校，是不是我大哥曾跟我说起的那所学校，我不得而知。最早得知这个消息的是高级社的会计屠念慈。

当时县农校来人，要求社里推荐一名高小毕业生或初中生去农校读书。我是社里符合这个条件的人选，屠会计给我报了名。我母亲和两位兄长知道我喜欢读书，有此难得的机会当然不想放过，就同意我继续去上学。

这件事来得突然，只有几天时间，许多细节都已淡忘，只记得我得到这个消息——屠会计替我报了名。我首先报告了钱老师，并请了半天假，到屠会计那里借了点钱（作为报名和体检费），去平湖报名、考试和体检。

考试和体检回来不久，我就接到了入学通知书。当时，我的心已经"飞"了，不想再当代课老师了，钱老师怎么挽留都无济于事。

去报到那天是 4 月 30 日，次日就

在农校时期的半身照

125

是五一节，我们的小学校只上半天课。那天上午，我先给学生上完课，放学后钱老师要回县城里去或是到乡校开会。我告别了钱老师，便离开学校，先回家拿了简单的行李和生活用品，告别母亲和家人，像一只刚飞出笼子的小鸟，径自向东南方向（高桥）奔去。

那天天气晴朗，东南风里含有油菜花香。我走了四五里到达县农场的场部，在学生报到注册期限的最后一天的下午，办了入学手续。

1958年5月1日，我开始了农校的学习生活，两年零四个月的失学经历从此结束了。

学校刚刚创办，第一期共招收四十名学生。条件相当差：把原来的农工食堂改成教室，在附近农村租用一些民房作为学生宿舍。因我是报到最晚的，与同样报到较晚的几位同学，住在农场场部的一间会议室里，我睡在一张长桌（或某种工作台）上。

学校有一位聘用的专职文化课老师张顾言，另一位专职教员沈志勤是县教育局派来的，教农业专业课，其他老师都是农场技术员或行政人员兼任的。

学校实行半工半读制，即用一半时间在农场里参加农业生产劳动，其收入用来支付学费和伙食费；一半时间用来上课，学习文化和农业专业知识，如语文、数学、物理、化学，用的都是初中课本，专业课用的是农业中等专业学校的课本。

这年的初秋，"大跃进"的气息越来越浓，没有煤、铁等矿产的平湖，"大炼钢铁"也已经出现：有人开始拆城墙，用旧城砖建炼铁炉。我们是农校，没有炼钢的任务，学校组织人员到十公里外的乍浦城运来一批砖瓦，盖起了以毛竹为主要骨架的新校舍。此时的学校已经有教室、宿舍、办公室和小小的操场，学习、生活的条件逐步得到改善。

久旱遇甘霖

刚进入农校时，我在班里话不多，干农活的力气也不如大一点的同学，劳动技能也比不上人家。我只想多读点书，长点知识。有两次失学的痛苦经历，好不容易再次回到久违的学校，真有绝处逢生之感。终于又有机会坐在课堂里，拿起书本听老师讲课，巴不得把老师讲的和书本上写的每个原理和知识都记下来、学到手。我曾经在一个场合用"久旱遇甘霖"来比喻当时的心情。听课时全神贯注，真可以用"如饥似渴"来形容；课堂和书本上的知识就像阵阵甘霖，落在几年未雨的干涸土地上，点点滴滴都滋润着我的心田。这个比喻也许有点夸张，但那时我的学习效率高确是真的。有人笑我像个书呆子，但老师们都比较喜欢我。

不过，那时的生活、读书和学习条件实在是太苦了：刚去时没有带蚊帐，我被蚊子咬得很痛苦——钻进被子里又太热，露出头来就挨咬。有一些同学，一看学校的条件如此差就扭头走了，或读一个阶段就走了。对我来说，不管怎么苦，总比失学强，再苦也一定要坚持读下去。

小小风波

在农校期间，我是一门心思读书求学，对于生活和学习条件的艰苦我是不在乎的。但学习抓得相当紧，把上课（读书）看得比什么都重要。特别是本来应当用来上课的时间被改为下地劳动，或下地劳动时间超过比例，我就耿耿于怀，极为不满。于是，曾与校长闹过一场不小的矛盾，掀起一场不小的风波。我也因此成了最引人注目的学生。

事情还是要从上课与劳动时间的比例分配说起。初到学校时节正逢农忙，农场就打破半工半读的规定，不断增加劳动时间，削减上课时间。校长是山东人，姓张，是南下干部，军人出身，常以"大老粗"自居，有点看不起读书识字的人，这在当时的进城干部中是常见的；再加上他的主要身份是场长，当然更关注农事的进度，对于学生上课之事并不重视。因此在开学的头三个月里上课时间很少，为此，师生有很大的意见，而且开始出现一股与农场领导对立的情绪。我把每天上课和劳动的时间都记在笔记本上，过了段时间便计算出了劳动时间与上课时间的比例，综合算起来上课时间不到三分之一，与半工半读的规定相差甚远。

某天下午，天上下着大雨。那时正是黄梅时节，天气又湿又冷，同学们都被安排在农场的某块水田里插秧。雨下个不停，我们浑身上下都湿透了，有的同学嘴唇已经冻得发紫，我们多么希望收工或避雨啊！班干部向场部请求收工以防同学冻坏，但是场部不同意，而且说是按县里规定，当天必须插完所有稻田，"不完成任务，决不收兵"。沈志勤老师出面与场部交涉，场部也不同意收工。沈老师当时只是一位二十刚出头的女教师，比我们当中大一点的同学大不了多少，她非常同情同学们当时的处境，特别是几位女同学。她不管场部意见，从场部来到地头，叫全体同学回去休息。我们这些浑身上下湿透了的同学立即上岸返回学校。师生们与场部的矛盾公开化了，这也激怒了张校长，沈老师自然成了矛盾的焦点。我当时年幼无知，不知道沈老师为了学生的健康而可能要承担的风险。

那天晚饭后，全体学生被召集到教室里开会。会议的内容与这天下午发生的事有关。会议如何开始，沈老师在会场上的情形，我都不记得了。只记得那时张校长在班上训话，大意是：只要你们好好劳动，将来毕业之后我保送你们上高中、上大学。说到高中、大学，他的气又冲上来了，说高中、大学"雕毛灰"（山东话）。我们不止一次地听他用这样的词语骂人，大概是没有什么了不起的事物称为"雕毛灰"。意思是说高中、大学没有什么了不起的，我就可以"保送"你们去上高中、上大学。他的本意是平息师生们与场里的矛盾。但他没有料到的是，他这么一说反而激怒了学生。

我举手要求发言。他同意我讲，我便站起来说："我不同意校长的意见。学生的劳动时间太多，远远超过学校原先关于半工半读规定的比例，也与招生时说的原则不符。"此时我从衣袋里掏出那个记录着劳动、上课时间比例的小本子，念出开学以来有关上课和劳动的具体数据，并算出上课时间不到三分之一。这大概是全校唯一的详细资料。

这么一来，老师和同学们都赞成我的意见，会场里的气氛有点紧张。我越说越来气，我说："我们是来上学读书、求知识的，学校应当保证我们上课、学习的时间，完成教育计划规定的课程才能毕业。我不同意校长的说法，不读完书就毕业。就算按校长说的那样毕业了，保送到高中、大学去之后，怎么能够跟得上其他同学？这样的毕业、保送上学又有什么意义？"

那位军人出身、识字不多的校长听了我的发言，便大发脾气。于是"雕毛灰""小舅子"之类的词都往我头上泼了过来，会场内的气氛相当紧张。

会议的结局和此后的情景，没有在我的记忆中留下什么，也不记得沈老师当时的处境。但对于我的顶撞行为，校长也只是在会上骂骂，事后倒也没有找我麻烦，也没有处分我。我只记得，此后好长一段时间里那位校长常在各种场合骂我。因为校长不知道（或说不清）我的全名，所以只说"那个陆什么龙的"如何如何。后来，有不少同学也学着校长的口吻，用山东腔跟我开玩笑，叫我"陆什么龙"。

迎来"大转折"

那次会上和会后挨骂的经历和当时的心情如今都不记得了，也许是我记忆细胞中的那个部分，被不久之后所发生的另一件事情挤占了。

那次会议后，尽管张校长发了脾气，但他似乎也意识到保证学生的上课时间是个不可小视的问题。于是，学生上课、读书的时间相对多了起来。正好那时油菜等春花作物已经登场，中稻也已插完，有了一个农闲时间，于是学校举行了开学以来的第一次考试，按正规学校的说法算是期中考试吧。考试过后，在某一个晴天的晚饭时分，老师公布了考试成绩。我的成绩是语文98分，植物学（专业课）100分，全班第一，这在老师和同学中引起了轰动。此时，校长也正在打听这次考试的成绩，当得知全班第一的就是那个"陆什么龙"时他表现得相当惊喜，马上端着饭碗到学生食堂门外来找我。那时他仍然不认得我，在同学指点下才来到我的面前，和我握了握手。我不记得他说了什么话，反正是表示祝贺和鼓励，然后他逢人便说：那个"陆什么龙"学习成绩好、文化高。我在校长心目中的形象，已经来了个180度的大转折。

平心而论，那位校长虽然是个粗人，但他何尝不喜欢学习努力、成绩优异的学生。当考试成绩公布时，他也许早就忘了今天的第一名，就是那个夜晚他"骂"的学生！

从那时起，我的学习成绩一直保持着领先的地位，直到毕业。

在农校读书期间，对我的影响最深远的是教授农业技术课程的沈志勤老师。其中情谊，将在与"师生情谊"相关的章节中记述。

课堂内外

到了农校，我一心想多读点书，对每门功课都有浓厚的兴趣，学了记，记住了还要进行联想和思索。下地劳动时也往往想那些问题，或与同学们争论，更多的是自己默默地思考，有时走路上也在想。

那时我在同学们眼里完全是一个书呆子——就像当初刚参加农业社里劳动，被旁人称"白脚梗"那样——甚至拿我开玩笑，我也不在乎这些。后来听人说，"经历也是财富"。现在想来，这也不无道理。我的失学经历和在农业社里的劳动经历，对于我的一生来说都是可贵的精神财富。

那段特殊的经历，使我学会了大部分的农活和农业生产知识，锻炼了我的体格和吃苦耐劳的精神，更重要的是让我养成了珍惜学习机会的精神和刻苦钻研、严谨治学的作风，而且形成了我学农的志向。在实现了学农志向后，我不仅努力完成课堂上的学业，而且继续进行着某些探索与研究，以下有关寻找橡胶草、探求潜叶蝇等，正是我的农校学习生活的代表性活动。

寻找橡胶草

在家务农的两年多时间里，我已经开始探索属于植物学或农业技术方面的问题，如我把在家里见到的一些农作物分别归类，试图用杂交（或嫁接）的办法培育出更适合人类需求的新品种。

那个年代，食糖供应紧张，我甚至产生过这样的幻想：把白萝卜与胡萝卜嫁接起来，培育出又长又甜的萝卜来，不过这是不可能的。但作为十四五岁年纪的人有此想法，是难能可贵的。

我深受苏联米丘林学识的影响，他的那句名言总在我的脑海里回响："我们不能等待大自然的恩赐，我们的任务就是向大自然索取。"那时买双胶鞋很贵，也很难，后来才知道我国不产橡胶，还受到帝国主义的封锁、禁运。当我从初中《生物》课本上看到橡胶草的图片时心中暗喜：假如在我的家乡找到这种草，就不会继续受制于人吧。于是，我按图索骥，开始在草丛里寻找橡胶草，找来像图片上描绘的那种草，观察其汁液是否有黏性，甚至放在舌头上尝尝，曾尝过家乡的一种叫"羊母亲"的野草，把舌头刺激得又红又肿。直到进入农校，我还在痴痴地寻找着橡胶草，并将一棵跟图片最像的草压成标本，寄给当时浙江农学院的一位教授。教授不久便回信说，我寄去的那种植物叫作"泽漆"，体内确实含有橡胶成分，但是否具有工业价值，暂不能肯定。

收到农学院老师的回信，我不禁喜出望外，同时得到老师和同学们的支持和赞许，也更加坚定了我继续研究和探索的信心和决心。

像上述寻找橡胶草那样的想法和举动还有许多，这都锻炼了我独立思考的能力。

那时想得最多的是用学得的农业科学技术来改变家乡贫穷、落后的面貌。当时我想，我们买不到（或买不起）雨鞋是因为我们没有橡胶；农村贫困、农民缺衣少食是因为农业生产技术太落后，农作物品种太差，单位面积产量太低。于是米丘林学说又浮现在我的脑际。我天真地想，如果红豆荚、黄豆荚长得像秋豆（豇豆）荚那样长，那么产量就能成倍地增长，如果稻穗、麦穗再长一点，那么产量也可以大大提高，农民就可以吃饱了。

探究潜叶蝇

入农校后不久，我从《植物保护》里学到了一些昆虫方面的知识。我在油菜及蚕豆叶上发现了一种害虫，它们常常潜伏在叶子的表皮底下蚕食叶肉，就像在叶子内"挖地道"，在叶子背面留下一些弯弯曲曲的白色痕迹。我不知道这种害虫叫什么名字，连我们的植保课老师也叫不上名来。于是我写信向农学院的昆虫学教授屈天祥先生请教，并寄去了标本。我们很快得到了屈先生的回信，他告诉我们这叫潜叶蝇，并介绍了防治的方法。

得到屈天祥教授的回信，对我是一种鼓励，老师和同学们也很高兴，这使我进一步下定决心，鼓起了攀登科学高峰的勇气。

外号"研究所"

青年人往往富有理想，我也自认为是一个有理想的人，当然其中不乏空想、幻想和梦想。这些念头或想法常会形成各种动机，迫使自己多动脑筋。进入农校的第二年，专业知识的不断增长，就像在自己的理想上长出了翅膀，思想越来越活跃，各种念头也越来越多，越来越接近科学的边缘。除了完成学校规定的课程，我与一些同学还做了许多试验并进行观察、思考，进而与同学们展开讨论，这在同学中是非常突出的。

当时我们班的班长叫朱照根，年岁比我大，入学前曾在社里当过干部，管过抽水机站，读过的书报较多，在班上以见多识广著称。不明白的事我们往往要问他，似乎什么问题都难不住他。当时一种报纸上有个"老博士信箱"，他也自鸣得意地自封为"老博士"。我与班长有某种相似之处，特别是在功课上，大家在任何课堂知识上要是有了疑问都会来问我，于是那位老博士"封"我为"专家"。当然有时那个所谓的"专家"也就是个外号，没人当真。

那时在我们的同学中，有不少人自发地开展简单的科学研究活动。我就曾与一些同学做过南瓜高产试验、油菜品种对比试验田观察、油菜杂交试验、油菜抗寒性观察、小麦"胚接"试验、其他作物嫁接试验、棉花老株越冬试验等。

棉花老株越冬试验是一次突发奇想的结果：有天晚上，大概是秋收开夜工回来，我在宿舍吃晚饭时见到小桌上有一张科技小报，上面有一则报道，说浙江省南部的人将番薯藤收集起来，埋在土里，第二年春天拿出来作为薯苗扦插，省去了用薯块催芽、育种工序，真是多快好省！于是我便联想到，能否使老棉株越冬，第二年用老棉株育成新棉株？

我基于当时掌握的知识，认为跟番薯一样，棉花在热带也是多年生的，理论上没有问题。那时，正是"拔花棋"（老棉株）的时节，学校所在的农场里有很多老棉株。次日早上，我与几个同学一商量，就开始做试验：用根部状况较好的（如根部尚有萌发的新芽，棉株上还有嫩叶）的老棉株若干，在地势较高的河边、向阳的坡地上挖了个深坑，将老棉株埋进去，加上一些稻草以通气，保持一定湿度，再盖上稻草，然后覆上土。随着冬季温度逐步降低，覆土也逐渐加厚。此后我们也曾检查过几次，开始棉株还活着，后来我离开了学校，这个试验也就不了了之了。

在我经历了不少试验之后，身边用来做试验的种子、瓶子、小刀、镊子等常用工具也多了起来，于是，同学们又送我一个外号——"研究所"。

学在课外

我们在农校读书不到两年，因为是半工半读性质，满打满算也仅相当于全日制学校的一年，但我们学到的知识却远远超过一年——不仅有课堂知识（书本知识），而且在实践中尝到了教科书或课堂上没有讲的知识与技能。我们称其为"田间课堂"。

当时，学校农场里的蚕豆上发生了一种叫作轮纹病的病害，豆叶上出现黄褐色斑点，植保课老师沈志勤组织我们用石灰水和硫酸铜按一定比例配制成波尔多液，喷洒在豆田里，第二天病势便得到了控制。随后发生的现象，对我们来讲简直就是奇迹：斑点消退了，绿色恢复了，并且斑点部分叶肉向外凸起。沈老师说，波尔多液中的铜元素发挥了作用，使叶绿素结构修复了。对于我们这群初学农艺的学生来说，波尔多液是新鲜的，其功效是近乎神奇的，可见我们当时的学习生活是多么丰富。

此后，我们又按照某科技资料上的介绍，自己配制了防伏素，以增强小麦茎秆的抗倒伏性。

1958年冬，根据县农业局的安排，抽调我们学校的几名学生去做棉花高产经验调查，我与一位同学被派往乍浦镇西边的瓦山公社外山大队，向社员调查棉花高产经验。这对于我又是一种工作能力和写作能力的锻炼。

1959年春，县里按照上级安排在全县范围内开展土壤普查，我们几个同学被抽调去参加普查工作，如测地下水位、土壤酸碱度、有机质含量，还有氮磷钾含量的速测工作，这些都让我学到了知识，积累了经验。

养金小蜂

金小蜂是种个头只有蚂蚁般大小的寄生蜂，专门在棉花红铃虫幼虫上产卵，它们既繁育出自己的后代，又杀死棉花生产上的大敌——红铃虫。这种生物防治理论和技术，当时还是鲜为人知的，我们学校的课程中也还没有，我有幸在那时就接触了这门技术。

1959 年冬天，在我们毕业前夕，县农业局植保技术员到武汉参加一个生物防治会议，会后带回若干金小蜂蜂种——几个带有金小蜂虫卵的红铃虫茧。既然拿回了蜂种，就趁冬闲时节在本地扩大培养，到来年春天在形成种群后，释放到红铃虫主要越冬场所——棉花仓库里，以杀灭越冬代红铃虫，减少第一代红铃虫的危害，达到防治的目的。

按照农业局的要求，学校派两名学生去做培养金小蜂的工作。我与一位姓程的同学接受了这个特殊任务，虽然险些前功尽弃，但也迫使我设计制作出一套土温箱。

养虫室设在平湖县城东小街县粮食局的一间化验室里。那里有一只用来测定粮食含水量的电烘箱。用来喂金小蜂的红铃虫茧，由棉区的几个公社植保部门提供，样本放进电温箱，将从武汉带来的蜂种放进红铃虫虫茧中。那时正是寒冬腊月，天气很冷。电温箱通电后，虫子复苏了，羽化了的金小蜂便在红铃虫幼虫身上产卵，温度越高，金小蜂的繁殖速度越快。但问题是粮食局的那台设备是干燥箱，虽然温度计上标有"0—50 摄氏度"这一挡，但一开电门只需几分钟，箱内温度就能达到 50 多摄氏度，远远超出培育昆虫所需的适合温度。我与程

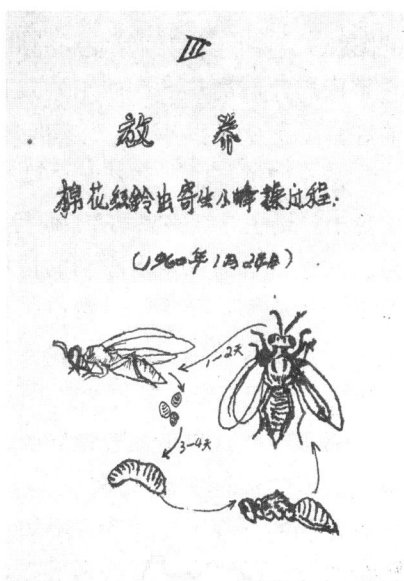

金小蜂生活史图解

姓同学，就住在这间化验室里，日夜守候在电温箱边，注视着温度的变化，温度上升到接近 37 摄氏度时，马上就关掉电门，等温度下降到某个水平时再开一阵电门加一会温，以便虫子们像在春天一样繁衍生息，达到扩大培养的目的。有时，我们取出培养的虫子，观察金小蜂成虫产卵过程和活动情况。

有天晚上轮到我值班，太困了，打了个盹……当我醒过来时，温度计计数已经达到 50 摄氏度！我赶紧关掉电源，打开电温箱的门，取出盛虫子的容器……好在温度计上显示的温度与放虫子地方的实际温度尚有一定区别，所以虫子才没有被烫死，只是金小蜂们已经相当活跃，有的已经想飞起来……

在随后的工作中，我们再也不敢马虎。但这件事也迫使我想办法，决心设计制造一种土温箱出来，一则避免虫子被烫死的危险，二则解决没有通电的那些公社农技站自己扩大培养的问题。

那时，我已经学过物理学这门课程，知道热量传导的三种途径，凭借这点知识，我苦思冥想最终设计并画出一张木制土温箱的图纸。这一设计得到农业局的批准，安排在城东一家木器社制作。它是用煤油灯加热的，使用效果相当好，调节温度也很容易。煤油灯，是我专门去南河头沈家借来的。

在养虫过程中，我从某公社送来的红铃虫虫茧里发现了几条被金小蜂寄生的红铃虫幼虫，而且幼虫已经发黑，金小蜂即将羽化，与从武汉带来的虫茧上看到的情形一样，于是我特地用一个小容器单独存放，几天后红铃虫茧中果然飞出来一只金小蜂，在放大镜下对比没有差别。此后，我又从公社送的虫茧中找到了同样的金小蜂，证明平湖本县自然界中同样有金小蜂。

那年春节，我是在粮食局的这间化验室里度过的，这也是我第一次不在家里过年，母亲拿了点过年吃的东西，到县农业局找我，但农业局的人都不知道我在哪里，也许是母亲没有问着那位管理养虫的人，所以母亲最终没有找到我。那时物质条件已经相当匮乏，我也不知道母亲给我带来了什么好东西。

春节后不久，农业局将已经扩大培养规模几倍的金小蜂连同那台土温箱，交给棉区的某公社农技站，由他们继续管理与扩大培养。

原来学校派我们去是帮助农业局"看"或"养"虫的，相当于值班吧，老师也没有交代什么任务。但我还是从中得到锻炼，增长了知识。尽管曾经虚惊一场，但终有收获：使我享受到了成功的喜悦，丰富了我植保和昆虫学方面的知识，也坚定了我继续求知和钻研的志向。

离开粮食局后，我回家休息了两天。在家里我把养虫时的笔记做了整理，将对金小蜂生活史及其寄生活动的观察结果，画成图。我给母亲和哥哥们看了，并且讲了以虫治虫的原理，母亲也拿起我的图纸仔细端详起来，指着我画的、麻雀大小的金小蜂问我：那是什么？我说，那是放大了几十倍的小虫子。哥哥看了也很好奇地问这问那，从中知道了他们的弟弟还真的搞出了点名堂。此时也许母亲和哥哥们都在想：让他到外面读书没有错。

粮库晒谷

办在农场里的农校，劳动与上课时间比例上的矛盾始终存在，不时会出现冲突。

记得1960年初春，大约是我养虫回校后，农场里的农活不多，学校的开支已经不能全靠在农场的劳务收入来支撑。于是，我们班被派往城北天主堂粮库去晒谷。我们便在天主堂里住下来，晴天时为粮库晒粮，休息时间或雨天无法晒粮就上课。当这样的学生，心里本来就有点不是滋味，再加上我在扛麻包时受了伤，心里的感受是一般学生所不能理解的。

那时，我虽然快二十岁了，但身体尚未长成，体力也不如一般同龄人，劳动技巧更不行。那天我们将灌好包的谷子（每麻袋150斤）往库房里送，由两位同学将麻包抬起来，放到另一位同学的肩上。也许是我还没有站好，或者由于我站得靠前了一点，麻包落到我肩上时，我没有站稳，朝后仰了一下，麻包落到地上，我的胸骨被拉了一下，后背又好像被挤了一下，当时非常疼痛。同学们一看这副样子只好让我去休息。

我当时的情绪非常差，思想上进入了低谷，便在小本子上写了点什么，记得有对自己性格中的某些问题的反思。团支部委员曹关金同学发现我的情绪变化，或是见到我在本子上写的内容，于是他找机会跟我谈话。那时我还不是团员，曹关金同学鼓励我争取进步，早日加入共青团。此后不久，我的入团申请被批准，我成为一名预备团员。但履行入团宣誓仪式时，我已经在杭州读书了，这是后话。

多年之后我到北京工作，我在晒谷场上受的骨伤发作时疼得很厉害，我请医生看过，医生以治陈伤的办法给我贴了狗皮膏药。那时正好是夏天，胸口上曾起了泡。

我的"高考"

1960 年春天的一个午后，天气晴朗，我们正在离学校好几里外的金家桥分场劳动——在油菜地里开沟。

刚开工不久，忽然有人通知我："赶快回分场场部。"我赶紧回去，听见一位姓居的同学在分场的河对岸大喊，意思是请你先回学校拿证明，然后去平湖县教育局考试，说是考大学。

我听不太清，以为听错了。同时接到通知的还有林近贤同学。于是，我们请人从分场弄了只小船送我们渡过河，一道抄小路赶紧回到学校。

回到学校拿了介绍信，再赶到县城去。从分场到学校，再到县城，共有二十来里路。我们到了县教育局，参加考试时已经是下午四点多钟了。

两个考生的考场

对我们来说，毕竟只是初等技校应届毕业生，与高中或中专毕业生有所不同。也许是应了老校长当年的话，是保送的。

很多年之后，我才从沈志勤老师那里知道这次"高考"的来历：当年省里决定，要在全省各地的年轻农业干部、农业中学或农业技术学校的在校学生中招收一批学生，先到预科班补习文化基础，然后进入本科深造。县领导要求农业局选派两名干部去上学，农业局领导以"工作太忙，人手不够"为由，把名额推给农校，让农校抽两名应届毕业生去省里学习。农校决定让我和林近贤"执行"这项任务；至于老师与校长（农场领导）怎么商定人选的，我不清楚，特别是校长持什么态度，沈老师也从来没有跟我们讲过。

那个考场里只有我们两名考生。好像有语文、数学和物理三科的试题，考题的内容、难易程度现在都记不得了。

因我家离县城较近，交卷后我没有回学校，而是独自回家去了，跟母亲和哥哥们谈起刚刚经历的这场考试：不知道此事的背景，只是没有把握，所以只问一下家里，如果被录取了怎么办，去不去。母亲说："既然上面要抽你去，那你就去。"

母亲用的这个"抽"字，我印象相当深刻。当得知我被浙江农业大学录取后，我又问母亲："要不要去杭州读书？"

母亲还是这句话："既然上面要抽你去，那你就去。"

录取通知书

参加高考的第二天一早我就赶回学校，照样上课和参加劳动。老师和同学们知道我们昨天去县里参加考试，也知道这意味着我们有机会到省城去上大学，所以都对我们表示祝贺，甚至有人把我们称为"大学生"。但我当时心情很复杂：一是考试能否被录取，没有把握；二是若被录取，我已经是二十岁的人，大一点的侄女已经十来岁，她们也需要上学，我不想再增添家里的负担了。

几天过后，学校里对于"上大学"的热情和议论开始降温，也没有人叫我们"大学生"了。此后的一个傍晚（晚饭后）有人从城里回来，给我带回一封信，内有浙江农业大学入学通知书，通知我已经被录取。

当时我真不相信这是真的。我打开信，里面只有一张纸，是用打字机打的格式函（油印的），我的名字写在抬头位置的一条横线上方。这是我平生第一次收到这样的信，"陆穗峰"这个名字也是第一次被正式使用在录取通知书上。

提前毕业离农校

接到入学通知书，对于我们的校长、老师和同学来说，都是一件喜事，当时那群情激奋的场面，我已经不记得了。入学通知书规定的最晚报到日期是 1960 年 3 月 20 日，接到此信离报到的最后期限只有三四天时间。

这给学校出了个难题：按学制，我们这一届学生应当是四月底毕业，尽管三月份已经进入复习、备考、鉴定和人事档案编制阶段，同学们也在考虑毕业后的工作等问题。总之，应届毕业生所特有的人心思动现象在我们当中同样存在，我和一些同学都打算毕业后为农业科学和社会主义建设做点贡献。所以不少同学趁建立毕业生档案资料之机，纷纷更名，以便更能体现自己的志向。我的"穗峰"二字就是这样产生的，我的一位好友更名为"穗涛"，另一位同学改为"逸勤"。

由于时间紧迫，学校准予我免去毕业考试，并赶紧办理人事档案和其他毕业、离校手续，并于我们离校前两天，提前举行全班的毕业典礼：在课堂上开了个会，傍晚时分，全班同学和老师一道到平湖县城某照相馆里拍了一次毕业照。这是我们班第一次也是最后一次拍集体照，遗憾的是不知什么原因这次照片没有拍好，洗不出照片来。所以，我们班没有留下这张"全家福"。

拍完毕业照的第二天我告别老师和同学，挑起我的书籍和简单的行李，沿着两年前走过的那条路回家了。那条大河上已经架起一座大大的木桥，不像入学那天需乘两头有绳的小渡船过河。那是个春雨绵绵的下午，雨虽不大，但路很滑，在跨越离家不远处的一条渠道时，我不慎跌进水渠里，两条裤腿湿透了。我挣扎着爬了起来，继续往前赶路。到家里时，大家看到我这副样子都笑了，我也笑了！

这一天，对我们陆家来说，也算是双喜临门。那天正好是我二哥的长子宝良周岁，又适逢我被大学录取，第二天就要起程去杭州上学。那时正逢"三年困难时期"开始，晚上我家的餐桌上只是多了一盘荤菜——鸡蛋炒洋大头菜（蔓菁）。

我的大学

　　《我的大学》是苏联作家高尔基的名著，他其实没有进入大学深造；我确确实实进了大学，并在学校里读了四年多书，但与一般由高中毕业考进去的学生相比，我的大学生活艰难得多，故使用此标题。

　　1960年3月20日一早，我离开陆家老宅，告别家人，带着简单行李——一套被褥卷成的背包和一只装有脸盆等用品的网线袋，坐上哥哥从生产队里借来的田庄船，像平时到平湖办事一样往平湖的汽车站驶去。在车站与林近贤同学会合后，上了驶往嘉兴的汽车，再转乘火车到杭州。

　　我的老家平湖离杭州只有百十来公里路，但我从来没有去过。所以，我是到了一个完全陌生的地方。从3月到8月，我们在预科班里补习数、理、化和语文等；9月新学年开始，我进入本科学习，编入园艺系果树专业（一年多后改为"果树蔬菜专业"），直到1964年8月毕业。

　　预科和低年级阶段学习

农大校门口骑车照

任务繁重，我的身体的抵抗力下降，导致血吸虫病发作，我因此住过两次医院。除此之外我的大学生涯再无坎坷，但许多事情仍然不能忘怀。

难忘的助学金

我经过失学—复学—再失学—再复学的漫长经历，最后走进了大学的殿堂，我与同学们一样都是靠人民助学金完成大学学业的。如果没有助学金，那张录取通知书也许就用不上了。

开始几个学期，我享受甲等人民助学金待遇，除了买书本（讲义）和学习用品外，不需要缴纳其他费用（学校提供食宿）。起初的伙食费为每月12元，1963年某月开始，全额伙食费提高到13.5元。

人民助学金对我们贫寒家庭出身的学生来说真是天大的好事。没有这种政策，相信预科班的学生没有一个能够读完大学。

当年老师给我们讲，国家培养一个大学生，需要20个农民来供给；也听说在当时条件下，全国每20个适龄青年中只有一个可以上大学读书。作为农村出身的学生，我深信这组数字！

后来，国家遇到了"三年困难"，学校动员家庭经济条件稍好一点的同学自动降低助学金等级。那时我们家条件已经有所好转，开会时我表示自愿降为乙等。即从那时（大概是1962年）起，我每月交给学校2.5元伙食费。

因此，我常常会告诫自己：永远不能忘记人民助学金！

预科班里的苦读

预科班的主要任务是补习中学的语文、数学、物理、化学和外语。对我来说，最难学的是俄语，尤其那个卷舌音Р，其他同学大概也有同样感受。当时有些同学将单词写在纸上，贴在床头，一睁眼就能见到，以此增强记忆。

预科阶段的学习很紧张，考试不断。为鼓励预科班学生珍惜难得的学习机会，当时曾有一些勉励同学们学习的口号，如"努力学习""刻苦学习"之类；当然，那些口号带有那个时代的烙印。但对来自贫苦农家而基础又较差的同学来说，在短时间和高强度地学完这么多课程，那些口号的确起了重要的激励作用；再加上农村青年吃苦耐劳的本色，我等及时完成了预科阶段的学习任务。

那年8月，我们结束了预科阶段的学习。短暂的暑假过去后，我们进入本科一年级学习。

进入本科学习的预科班学生，在四年的学习过程中，又有不少人中途退学了：有些是因学习成绩跟不上，有些是因当时的政策影响而被"精简"下去的。这些同学没能读到毕业而伤心地离开了学校，回了原籍。

因血吸虫病两度住院

在上大学的那四年中，我们送走过不少同学，现在想起来，真有点残酷。我能坚持到最后，读到毕业，最后分配工作，算是幸运儿。其中的甘苦，没有亲身经历的人，是很难体会到的。而在那四年中两次入院治疗血吸虫病，又是我们班上绝无仅有的一个。熬到毕业，实属不易。

我原本认为自己身体不错，入学体检时没有查出什么毛病，但进入预科班学习不久，便由于学习的紧张和劳累出现贫血、肝区疼痛等症状，面黄肌瘦，后来便病倒了。经学校医务室医生诊断是急性血吸虫病发作。

血吸虫病，在我的家乡——杭嘉湖水网地区曾是常见的多发病，于是就有了两次住院治疗的经历：

第一次是在1960年9月下旬，学校医务室安排我去浙江医科大学附属第一医院（简称"浙医一院"）住院治疗。

治疗就是打锑剂。我从来没有打过静脉针，也从来没有见过如此粗大的针管和针头。给我注射的护士技术不熟练，第一针就打歪了：有部分药液进入了肌肉，胳膊立即肿胀起来，疼痛难忍。而且锑剂反应强烈，我吃不下饭，连面条汤也不想喝，国庆节医院食堂改善伙食，有荤菜，但我根本吃不下去。

后来的具体治疗情况都忘了，但有一点还记得：在结束治疗前一天，我突然感到头痛得非常厉害，脑袋就像要炸开似的。我在病床上直打滚，并号啕大哭了起来。护士叫来了负责我们这个病房的夏医师。她问了我几句，给我打了一针，不知是什么药。打过针之后，我说还是痛得厉害。夏医师说等一会儿就好了。真是，不久我就安静了下来。

我住院时适逢国庆节，赵百贵同学曾来看我。那是10月3日，我说我快出院了。次日，10月4日，我办完出院手续，回了学校，就像回到了家里一样。

通过住院治疗，我的身体逐渐恢复过来，开始了正常的学习生活。但一年多之后，我的身体状况又开始下降，贫血和肝区不适等症状又出现了，而且肝区疼痛比以前更厉害了，走路时落脚稍重一点肝区就会疼痛。仍然是面黄肌瘦。当时我的情绪相当低落，常为自己的身体状况担忧。记得在一个桂花飘香的季节，天气有点秋意时，更增添了几分忧愁，我的精神状态相当糟糕，正所谓"秋风秋雨愁煞人"。见到风雨中随风飘落的桂花，我暗自伤心，于是便在日记里写道："桂花虽香，但不能结子！"

不久，我被第二次确诊为急性血吸虫病发作，必须再度住院治疗。1962年10月13日上午，我住进本校医院，再次治疗。10月16日开始打针，第一针就吃了一顿苦头。

我的静脉管细，而且深深地"窝"在肌肉内，打静脉钊时很难找到它。再加上那位给我打针的护士似乎是位新手，又是个男士，手脚不太麻利。他先从我的右臂上扎了下去，刚一对准静脉管，很快就滑出了，药液推不进去。于是他将针头拔了出来，我连连叫痛。他往我的左臂再扎。此时增加了我的紧张心情，左手

146

的静脉更难找。后来，总算将针头扎了进去，顺利地推完了一管药剂。此时我的手臂感到非常疼痛。更有甚者，第一次推不进去，部分锑剂漏到了静脉之外的肌肉里去了，静脉附近逐渐肿胀，痛呀，痛得睡不着。

中饭时，已经是"手无抓勺之力"。就是说我的右手连调羹也握不了。顿时额头冒出汗珠，感到恶心，想吐。放下饭碗，躺了下来，手臂还是那样疼痛。后来，医生在我的肿胀部位打了一针盐酸普罗卡因，无效！又用热水袋热敷，也无效！后来又给我打一针盐酸普罗卡因，直到下午两点多钟，才算平静了下来，但我的体温升高了。所以，下午应打的那一针锑剂，也只好免了。晚上手臂不痛了，舒服多了。

虽然吃了点苦头，但在整个治疗期间，学校的医务人员还是给我留下了良好的印象：他们来病房的次数很多，测体温、血压，听胸部……非常慎重，晚上还有许多医生，其中还有不认识的医生来询问。在此后的治疗过程中，只有某天下午的一针吃了点苦头，但精神还算好的。因为有医生和护士体贴入微的照料，病友之间也混得很亲热了，所以我觉得即使有点肉体的痛苦，心情还是很开心。

在治疗过程中我观察到，医务人员听到我们说"舒服了"，饭也吃得下了，见我们在笑谈时，他们就露出了笑容。我们在呻吟、喊痛时，他们就局促不安，紧锁双眉。所以，我虽然吃过两回小苦头，但也尽量克制，因为，我叫痛时，他们也很难过，比我的肉体痛还难受，我的叫痛似乎是对他们的责备。他们连忙给我热水袋、热毛巾，还给我打止痛的盐酸普罗卡因。为此，我们同病室的五名病友，曾联名起草了一封感谢信，出院前夕贴在校医院门外的墙上，表达我们的谢意！读到的医务人员说："我们应当感谢你们。"

还有一件事值得记述，在出院前的一个周末的晚上，学校在华家池草坪上放映电影《枯木逢春》，校医院杨医师带着我们五位病友排着队去观看这部电影。这是有特殊意义的安排，因为那是一部描写我国人民战胜血吸虫病的故事片。电影取材于江西余江和浙江嘉兴，主角叫"苦妹子"。我们作为正在治疗中的血吸虫病病人，由医生领着去观看这部以消灭血吸虫为题材的电影，永生难忘！

几天后我出院了，回到同学们中间，回教室上课，但起初身体仍很虚弱。我硬是坚持学习，补上耽误的课程，跟上学习进度。

此后，我更加注意体育锻炼，主要是跑步和托排球等，身体情况逐步好转。对此，老师和同学们都很关注，还得到系里老师的表扬，成为经过锻炼增强体质的典型。四年级时系里举行运动会，我报名参加 1500 米长跑，有 10 名同学参赛，我得了第 6 名，虽没有得奖，但心里还是乐滋滋的。这时，距我们毕业离校已经不远。

血吸虫这种寄生虫病很顽固。毕业前夕例行体检，我的大便中虽然未检出血吸虫卵，但肝区仍有明显的肿大，医生检查时往往用手指触摸我的肝区，体检报告书上往往写着"肝大 × 指"，还有其他与血吸虫病相关的症状。于是，我按体检医师建议，去浙医一院做乙状镜（直肠镜）检查：即在肠壁上采一点活组织，在显微镜下观察。结果发现大量血吸虫活虫和虫卵。医生让我到显微镜前观察，我也看到了那些在载玻片上游动的虫子。

血吸虫诊断书

后话：

上述体检结果没有影响我的毕业分配，我被分配到北京工作。但在离开杭州时，由浙医一院开具的体检证明上，仍写着这样的诊断："慢性血吸虫病：乙状镜检测到新鲜的和陈旧性血吸虫卵。"

这张单子一直夹在我的日记本中。到了北方后，我没有再给血吸虫入侵的机会，身体状况也进一步好转，再也没有什么心理负担。只是"肝大二指"之类的词有时仍会出现在我的体检报告书上。不过那些从江南老家带来的虫子，大概已经自生自灭了。

物质生活的艰辛

四年多的大学生活，正赶上"三年困难时期"。粮食和副食品匮乏，物质生活上的艰苦，经历那个年代的人都记忆犹新。作为学生的我们，与全国人民一样经历了那个特殊的年代。

那时，领导教育和号召我们与全国人民同甘共苦，战胜困难。《浙江日报》还开辟了"必要的一课"专栏，其主要精神也是激励人们渡过难关。尔后的学习雷锋运动，社会主义和共产主义教育，对当时年轻一代的世界观和人生观的形成，包括做人的道理的感悟和道德底线的遵守，起到积极的作用，培养了我们安贫乐道的性格和克服各种艰难困苦的精神，这些都使我们受益终身。

正所谓"经历就是人生的财富"。当时班里许多感人的故事，至今难以忘怀。

甘蓝根茎和无油菜

年轻人消耗多、饭量大。那时食堂里供应的饭菜油水不足，鱼、肉之类副食品更是稀缺。因为没有油水，吃饱了很快就饿。相比其他院校，我们农大算是好的，因为有自己的大田、菜圃、果园、鱼塘、牧场等。近水楼台先得月，伙食相对好一些。

按当时的教学制度，每星期四是劳动课，我们园艺系的同学都在菜圃、果园等处参加体力劳动，与校工一样干活，增加实践经验，专业对口。

记得在收割甘蓝时，有同学发现甘蓝的球茎收走后，地里还有半尺来高的根茎和一些老叶。于是，在劳动休息时有些同学就用镰刀砍下根茎，削去外皮，啃起那鲜嫩的、专业称为"木质部"的部分，味道不错。于是同学们都如法炮制——大口大口地吃起来。这也算是园艺系同学的额外收获。

所谓无油菜，就是收割甘蓝后留在根茎上的那些老叶，拣取其中好一点的送到教工食堂，煮熟、煮烂再加上盐，就成了无油菜（因为食用油也定量，食堂只有正式炒菜时才用）。无油菜两分钱一碗，师生都可以去买，虽称不上好吃，但对于饥肠辘辘的人来说却可以果腹，我也吃过。

丢饭票和讨饭票

那时，粮食定量供应。在校大学生不论男女一律每月 35 斤。若按今天的供应状况，根本用不了那么多。但那时副食品奇缺、食用油限量，肚里缺少油水，饥饿或吃不饱的事时有发生。手里的饭票要精打细算，每顿吃多少都要"两两"计较。有两件事，一直留在我的记忆之中。

一是丢饭票：那时饭票每月发一次，由生活委员从食堂领取，分发到每位同学手中。民以食为天，如果饭票丢了就是天大的事，我就丢过半个月的饭票。有一次领来饭票后，我把半数放在身边，另外一半存放在上铺同学的皮箱里。手头上一半饭票用完后，我就向那位同学取饭票。他爬上床去，打开箱子，摸来摸去就是找不到我存放在他那里的饭票，把箱子翻了个底朝天仍没发现，箱子却掉到地上，惊动了在场的其他同学，我与那位同学的窘态可想而知。当时我忙着安慰他，连说"不要紧"。

面临断炊威胁的我马上给家里写信，请求家里赶快寄点粮票来。家住农村的哥哥用当时的周转粮票，换了若干浙江省粮票寄给我，才解了燃眉之急。

那位同学的名字现在我还记得，他没有读到毕业就离开了我们班。饭票怎么丢的已不再重要，重要的是不要忘记那段忍饥挨饿的日子。

还有一件向某同学讨饭票的事。那时，饭量大一点的同学到了月末，进食堂吃饭时便显得紧张。每月的最后一天，少吃一顿的同学也大有人在。向饭量较小的女同学讨几两饭票也不少见，女同学也常常自觉地为某些饭量大的同学慷慨解囊。

我属于饭量不大者，没有主动向女同学伸手要饭票的经历，但向男同学俞连发讨过一次，现在想来仍感到难为情。他可能忘记向我借过饭票了，一直没有还给我，到月底了还不见他有还的意思。对今天来说四两饭票不算什么，在当时饭票是可丁可卯，需精打细算的。如果没有那四两饭票，月末就得少吃一顿饭。但是，为四两饭票向同学讨要，又难以开口。最终我还是鼓足勇气，以抱歉的口吻向那位同学讨要，他很客气地还给我四两饭票。当时他说了什么我已经不记得了，但他那时的神情和憨厚笑容仍留在我的记忆中。

四十多年后，同学再次相聚时本想向他表示歉意，但又有点难为情，欲言又止，最终没有提起。

补白：

2014年，我班同学毕业五十周年。学校编制了校友名录和原农大校史，我班聚会时未及时领取和散发。是年12月1日，我因事到杭州，与廖瑾同学到母校（新址）取来上述两书，一部分请同样毕业于浙大、正在杭州工作的侄孙寄发，一部分由廖同学送给在杭州及附近地区工作的同学，北京同学的由我带回。

办完此事后我回老家平湖，特意请侄子绕道海宁市丁桥镇，专程到俞连发家里拜访，给他带去那两本书。这两本书本来是可以到邮局寄的，但登门拜访显得礼轻情义重。这个特殊的行程也是为了表达对五十年前向他讨四两饭票那件事的歉意。在俞连发乡下的家里我们谈笑风生，我虽然没有说起那桩事，但总算释怀了。

稀粥与冷饭

那时学校早餐是稀饭（大米粥），一般同学早上用二两饭票就够了。后来有同学"发明"了一种新的办法：吃过早饭后，再打二两粥带回宿舍，中午粥稠了，与干饭差不多。这样，中午就省下了二两，以备不时之需。我也试过，但下午很快就饿了，晚饭就得多吃点，没有实际意义。而且，中午吃冷粥对胃也不利。这项"发明"很快就被废止了。

1962 年 4 月初，学校放了四天春假。当时适逢清明节，我和同学们结伴到钱塘江大桥、六和塔游览。我们虽然在杭州读书已经进入第三个年头，但钱塘江边还从未去过。我们很兴奋，早饭后就出发了。

这天天气晴好、风和日丽，我们在六和塔上远眺宏伟的钱塘江大桥，感慨万千！

中午时分，我们想找家餐馆吃点东西，起码得买碗面条或馄饨之类的充饥。由于游人太多，所有称得上餐馆的场所都客满。最令人感到尴尬的是，那时所有的餐馆都有一个特殊规定，必须持外地证件的人员才能就餐（光有粮票不行）。当时只有林近贤同学持有平湖县科学技术协会会员证，所以他进入某餐馆吃了点东西，其他同学都是饿着肚子回学校的。

更为糟糕的是公交车少，有些汽车顶上还背负着一个大大的煤气包，从六和塔通往杭州城里的公交车格外拥挤。傍晚排队等候的人更多，我们直到天黑才挤上车。到了城里天又下起了大雨，我们进入解放街百货公司购买雨具又耽搁不少时间。

回到学校已经很晚了，食堂早已经下班，我们只得弄点冷饭充饥。也许是又饿又累再加上饭菜全是凉的，次日一早，我的胃痛得很厉害，病倒了。此后我的胃病时常发作，很久没有断根。

布票背后的故事

发布票的制度早在我们入学之前就已经存在。记得第一次每年每人发2丈8寸布票；而在三年困难时期，布票发得很少。1961年每人只发2尺8寸，布票尤其显得珍贵。

除了布料，以棉花为原料的其他日用品也限量（或凭证）供应。足见当年物资的匮乏和人们物质生活的艰苦，这也是三年困难时期留给我们的重要记忆。

发布票后不久，有位女同学向我借，我就借给了她，过了一年，再次发布票时，她将布票还给了我。几十年过去了，我仍记得这个情节，布票像饭票一样，对当时的同学来讲的确是一件大事。

2尺8寸布能做什么？一般男同学不知道，但叶立兴同学似乎很清楚：他用这点布票买来一块带有条纹的布料，自己设计、剪裁，动手做起了短裤。第一条做得不理想，拆掉，重新缝制，直到满意为止，记得他自己做了几条短裤。

不仅买布料要用布票，而且购买棉毛衫之类也要用布票，但若到修理店（摊）上修补棉毛衫（裤）则不用布票。那时，我们都穿过修补过的棉毛衫（裤），特别是领子和袖口经过修补的棉毛衫。如今的大学校园里大概很难找到身穿带补丁衣服的人，谁也不会再穿经过修补的棉毛衫（裤）。当年我们几乎都穿过，我穿的是带格的、俗称"芦席花"的衣裤。同学们说我穿的是"花衣裳"，但谁也不会笑我"寒酸"。

我与母亲、哥哥在杭州西湖，我与哥哥穿的是同花纹的家织布

153

"劳逸结合"

劳逸结合本来是一个正面词语，但三年困难时期却还有另一种含义。当时粮食和副食品严重短缺，人们营养不足，体虚、浮肿者不少，即使年轻力壮的同学也有这种情形。因而学校提出了"劳逸结合"的口号，以适当休息或适当减少体力活动来减少消耗，以弥补营养不足。

关于劳逸结合，有几件事印象相当深刻。当时学校低年级还有体育课，我们的体育课往往改为体育理论课，或讲体育理论，或讲体育方面的人物或故事。有时干脆自由活动，少数同学则打着"劳逸结合"的旗号到宿舍里睡觉。

没有经历过那个艰苦年代的人，很难有"忍饥挨饿""饥不择食"的体会。当饥荒成为集体恐慌时，人们更容易谈论与吃有关的话题，或回忆曾经有过的口福。那时的报纸，也常常发表一些革命回忆录，讲革命年代的艰苦生活。越是这样人们便越容易感到饥饿，或饥饿感来得更快。有一次，我们正在宿舍复习功课，有位同学躺在床上谈论"劳逸结合"一词的含义，越说越感到饥饿难耐。我找来一点食盐，冲了杯淡盐水，让他喝了下去，他顿时觉得舒服了许多。此后，同学们也跟着喝起了淡盐水，这食盐是我从学校商店里买来的。

校园里的紫藤花盛开，一串串花香扑鼻，惹人喜欢。我与几个同学摘了一些，拿回宿舍撒上盐腌一下，吃起来味道不错。现在想起来用饥不择食来形容最为合适。

饥寒交迫之时，我曾想到在老家吃过的炒麦粉，就是将麦子炒熟后磨成的粉，用开水一冲就可美餐一顿；干吃，则别有一番滋味。于是，我写信向家里要炒麦粉，很快哥哥给我寄来了两斤。

当时家里人多，粮食也很紧张。现在想起此事，还觉得太难为母亲和哥哥了。

挑灯夜读

本科课程共有 28 门。学习生活是紧张的，也是艰苦的。预科班出身的我们，原来的基础知识功底比较差，为赶课程进度，考个好成绩，更需要刻苦、用心，比高中毕业考取的本科生更努力。不少同学星期六和星期天也很少休息，几乎把所有时间都用在了学习上。

宿舍里人多，因灯光和其他条件限制，同学们要找更适合学习的地方去读书、做作业。到了晚上，大家往往争先恐后地到开放的教室里去占座位。教室每天晚上开放，日光灯照得如同白昼。同学们都很安静，这是约定俗成的规矩，谁也不想影响别人的学习。不过，学校的熄灯号一响，教室的灯也立即关闭。有的同学就另找门路——在走廊里或路灯下看书，有人甚至在卫生间的灯下读书。然而，学校是明令禁止熄灯后学习的，一旦发现也是要受批评的。

在相当长时间里，我的身体不好，甚至是病号。为了赶上学习进度，争取考出好的成绩，我不能以加班加点的办法去与同学们拼体力。慢慢地，我总结出一些学习经验：一是注意在课堂上听明白老师讲的要点，做好笔记，力争以自己（理解）的意思记下来，或做个记号或标个箭头之类，复习时再做适当补充或追记，效果相当好。二是注意"劳逸结合"，该休息时就休息，提高学习效率。所以，周末学校放映电影，我还是每次都去看，即使次日要考试也是如此，当然，也因担心考试成绩下滑而犹豫过。

假期生活

对于学生来说，谈起寒暑假，总有许多美好的回忆。我和一些家离杭州较近的同学放假当天就走，直到开学前一天才返回学校，四年八个假期都是如此。回想起大学时代的寒暑假期在家里的生活，我仍感到幸福和甜蜜，更感念母亲和几位兄长的恩德。

我们班里有些路远和家庭经济条件困难的同学，寒暑两个假期不能回家度假。与我同住一室的叶立兴同学，家在浙江最南部的江山县，回家的路途最远。在我记忆中，他很少回家。许多年后才得知，有些不回家的同学，曾利用假期打工。

相见时难别亦难

经历四年的寒窗之苦，我们终于要毕业、离校，各奔东西了，要对华家池说再见了。大家都隐约想到，同学们不知什么时候才能再相聚，依依惜别之情难以言表。有道是相见时难别也难。

于是团支部"顺应民意"，决定组织大家到西子湖畔的一个公园里去，举行团支部在校期间的最后一次"团日活动"。我们60-1、60-2班的同学，清一色都是共青团员，这次团日活动也是全班最后一次班集体活动。

那天一早，先行一步的同学，为每一个团小组租定一条游船，等同学们到齐后，泛舟于西湖辽阔的湖面之上。划船结束后，我们在草坪上席地而坐，开始联欢活动。一个特别节目至今记忆犹新：团支部书记方福贵和康克强同学表演的"超声波乐队"。他们一位装作拉二胡的盲人，只有拉琴的姿态，手里并无胡琴；另一位摆出"放声高唱"的架势，但只见嘴动，却没有听见声音……此时无声胜有声，大家忍俊不禁，捧腹大笑！这次团日活动达到了高潮！

五十年过去了，那次活动留在记忆中的已经不多，但每当听到"让我们荡起双桨……"的歌声时，总还会想起那次团支部的活动，还有那个"超声波乐队"。

绵延同窗情

毕业离校,各奔东西。除了我等少数同学被分配到北京工作外,多数留在本省。因此,我与同学们很少有见面的机会,即使是在本省工作的同学,他们之间的相聚也屈指可数。随着岁月的流逝,期待老友重逢的思绪与日俱增。只有在北京工作的我们五名同学能经常相聚。

在北京工作的五名同学在田福芝家里

2009 年金秋时节，经龚宝庆等同学热情联络和筹备，同学们得以在华家池畔重聚。对于同学们来说这次相聚可谓期盼已久。当年还是风华正茂、青春年少的同学，再度相见已是白发苍苍，令人唏嘘不已。有几位老同学因故未能出席，略显美中不足。

在北京工作的几位同学是幸运的，我们常有相聚的机会。而远道来北京的同学则相当少见，在北京以外的地方与老同学相聚，更是难得。

这里记录的是我所经历的几次老同学的聚会。

北京之聚

龚宝庆同学曾于 1966 年来过北京，我们曾一同到今日称为龙潭湖公园的地方，见了当时正在北京教学植物园工作的朱维斌和三班的陈敬忠同学。2011 年盛夏，龚宝庆夫妇去承德等地旅游路过北京，我和李武斌、朱维斌与龚宝庆夫妇在北海公园相聚，又到前门外某胡同里小酌。

1985 年秋，王领香同学来北京参加一个会议。即将离京之时，李武斌告诉我：王领香同学已经到了北京站，马上就要回浙江。李武斌当时正在开会无法离开，就由我作为全权代表，赶到站台上与她见了一面，真所谓来也匆匆，去也匆匆。

王领香是我们在北京见到的第二位同学。此后，王领香同学曾数次来京，有时是参加农业博览会，有时是出席劳动模范大会，我和李武斌、朱维斌三人在中粮广场（我们的办公室），与王领香见过面，并拍下照片留影。最值得一提的是，王领香同学曾光临寒舍。

周嘉贤同学也曾来过北京，到过朱维斌同学在西郊车道沟的家，我和李武斌曾去朱家与其见面。

林近贤是我进入农大前的农校同学，是我一生中同学时间最长的。他来北京的机会较多，有段时间他每年都来参加农业博览会。

与林近贤同学在北京八达岭长城

　　我还陪同林近贤到过八达岭长城，留下一张珍贵的照片。在本省工作的同学中，林近贤是到过寒舍的第二位同学。

　　最难得的一次是在京工作的朱维斌、李武斌和我，陪同林近贤到南口农场与田福芝、潘彬荣两位同学相聚。这是在北京我们同学阵容最庞大的一次会面。

杭州相会

　　杭州是母校所在地，毕业后到杭州与同学聚会的机会却屈指可数。

　　1969 年夏，我携新婚不久的妻子回乡探亲路经杭州，曾造访过在《浙江日报》社工作的曹德槐和康克强同学，还在他们的宿舍里借宿。由于上次同学在杭州聚会时曹德槐没有出席，只是以书信传递别后之情。

1986 年秋，中粮集团在杭州西子宾馆召开会议，我和李武斌都是大会的会务工作人员。到了宾馆才知道阮积昌同学是这家饭店的总经理，我们喜出望外，马上与他取得联系并见了面。出席会议的还有预科六班（后来毕业于畜牧系）的周国权同学，他当时是湖南省粮油食品进出口公司的总经理，这就更为难得。我们公司管理会务的行政处长得知此事也很高兴，特地在宾馆设宴为我们老同学的相聚助兴。这次聚会还得知廖爱仙同学也在杭州工作。

1992 年秋，我们公司又在杭州召开某个会议，会场在小百合饭店，我利用会议间隙与廖爱仙、阮积昌同学小聚。此时，李武斌同学已被外派到海外工作去了。

丽水之行

2000 年 9 月下旬，在林近贤同学的倡导和鼓动下，丽水市举

与林近贤一家在瓯江的游艇上

办了一场关于绿色食品和有机农业讲座，邀请中国绿色食品发展中心一位处长讲解有机农业，我以中国绿色食品协会副秘书长的身份讲解绿色食品。这是我第一次路过温州，到达丽水市，也是我第一次到老同学工作的机关。

完成讲课任务后，老同学携家眷陪我泛舟瓯江，江上景色秀丽，让人目不暇接，但现在只记得江边的刘伯温读书处。后来到某工艺品摊点上，为属马的李武斌同学买了一件青田石马摆件。

广州会同学

在同学当中，只有李武斌和我在广州与孙家珊多次相聚。

孙家珊同学是当初与我们一同来到北京工作的五位同学之一，怎么在广州与她见面？情节还真有点曲折：

1973年，我结束了在五七干校五年的劳动锻炼，回到北京。一起来京的同学都找到了，唯独不知孙家珊同学去了哪里。经多方打听，才得知她早就到南方去了。"南方"是什么地方？不清楚。

1979年春，我随一个调查组到长江沿岸各地考察。从重庆一直到南通、上海。在扬州和南京等地考察时，我以为孙家珊同学在扬州或南京，就打电话给扬州师范学院人事部门，想通过她曾在北京工作的姐姐打听她的情况，但当时她的姐姐不在扬州。学校方面的人告诉我，孙家珊在南京的亲属在某医院工作。于是我到南京某医院，找到了孙家珊的弟弟和弟媳，才得知孙家珊去了广州，在广东罐头厂工作。

我在南京、扬州打听孙家珊同学的举动，被考察团的一位年轻人察觉。每当我打电话时，他都以异样的眼光打量我。后来才得知，他误以为我所寻找的不是一般意义上的同学。其实，年轻人不了解我们的身世和求学的经历，更不了解我们之间的同窗之情。于是我对他说："我寻找的这位同学，用现在的话来说是高干子弟。从她的身上可以看到老一辈革命家的风范，也可以看到那个时代青年人的精神面貌。她是班干部，无论从品质或从年龄上讲她都是我们许多同学心目中的大姐和知心朋友。"

1980 年（或 1981 年）春我出差去广州，到过孙家珊在广州的家。她当时在厂部的子弟小学任支部书记，而我从事的是外贸运输工作，谈及专业对口之事，都感到很无奈。

她原本要去广东省农科院，到广州后却改去罐头厂工作。虽然罐头厂也不错（我们曾到黄岩罐头厂实习过），但到厂里后又分配她到子弟学校当支部书记。

那次见面后我们联系不断。我也曾多次与李武斌一起在广州与她相聚。几年后，孙家珊从子弟小学调到厂部的宣传部门工作，主要是政治思想方面的宣传，也涉及业务上的广告宣传、商标使用、商标管理等工作。

无巧不成书！几乎同时我也更换了岗位，调到公司的宣展商标部工作。都带个"宣"，但我所在的部门不涉及思想政治工作。

我与孙家珊成了同行。更为尴尬的是，广东罐头厂与我们公司由合作伙伴变成竞争对手，并在产品商标专用权方面引发了一场矛盾尖锐、旷日持久的官司。中粮曾一度成了被告，我作为被告方的商标管理部门的负责人，可以说处于风口浪尖上，曾为此案还多次去广州，也免不了去广东罐头厂与其交涉。好在与孙家珊同学分管的工作没有直接联系，不会正面交锋。

那些年，我每次去广州，不管与上述案件是否有关，都照例去见孙家珊同学。但我们相约"各为其主"，不到案子结束，不公开我们的同学关系——以免尴尬。

大约五六年之后，上述案件以和解告终。最后由我与广东省食品出口公司的一行人到广东罐头厂会谈善后事宜，为这一案子画上了句号。会议结束时，厂方领导表示要请我方一行人在厂里吃晚饭。此时，我以非常抱歉的口气说："我有位同班同学孙家珊是你们的高级政工师，我们早有约定：今天晚上要在她的家里相聚，今天厂里的晚餐，我只好'请假'了。"

厂方领导和工作人员都感到非常惊讶。我不知道此时他们想了些什么，也不记得他们说了些什么。只记得厂方领导提出："能否请你的老同学一起来共进晚餐？"我说："这恐怕不太方便。"就这样，广东省食品进出口公司一行人客随主便留下用餐；我则来到厂区附近的家属宿舍，在孙家珊家里吃了晚饭。那大我心情很好，谈了很久才回到市内的宾馆里。

2003年秋，我因事由深圳经广州回北京，在广州停留两天，曾请孙家珊夫妇在我下榻的宾馆用早茶。此后，我再也没有去过广州。同样，孙家珊同学离开北京后，再也没有来过北京，也没有参加过我们班的同学聚会，有点遗憾。

五十年，如白驹过隙。但同学之间的感情永在，无论天涯海角，都会把彼此思念，直到永远！

本文写于2012年春，曾收录于同学回忆录《往事五十年》

第四辑 / 难忘师生情

做过学生的人，总会有许多在学校里教过你的老师，也总有些比较难忘的老师。在很多年前的某个聚会上，我曾问一位刚刚毕业不久的研究生："在你的学生时代，最难忘的老师是谁？"她不假思索地说："那当然是读研究生时的指导老师。"接着她反问我："那你呢？"我答道："与你相反，是我的启蒙老师，即第一天上学时的老师，也包括我在上农校时的老师。"

我不知道那位年轻的研究生当时有何感想，不过，这与我的求学之路之崎岖有关，更与我对小学和农校老师的真情实感有关。

这里收录若干旧作及新近撰写的一些文字，记述我对那几位老师的情谊。

许惠英先生

我上学时，大家尊称老师为"先生"，如今我见到许老师仍不"改口"，仍称"先生"。许惠英先生在我们村的小学教了三年书，但我与许先生的师生情谊一直延绵至今。

为庆贺教师节致启蒙老师的信

许惠英先生：

值此教师节到来之际，写此信，以表学生对先生的祝贺，借此诉说学生对先生的思念之情。

老师，特别是启蒙老师，对于一个人成长的影响是深远的。随着岁月流逝，我对教师特别是小学教师的作用的认识愈加深刻，同时愈加体会到一名在乡村小学执教几十年的女教师的艰辛，愈加敬仰您把全部精力倾注在农村学生身上的精神！

四十多年前，您从城里来到我的家乡，在一座庙里创办了初级小学。这是我们这一带有史以来的第一所学堂。那时的村子经济贫困，文化落后，几乎没有人念过书。然而，越是这样家长越不愿意送孩子上学，除了经济上或劳动力上的考虑之外，还有一种错误意识：尽管父老们深受文盲之苦，但许多人却认为读书没有用，或者说种田不用认识字。当地流行这样两句话："不认字天下通行，不识人头寸步难行！"所以，动员到足够的学生人数就成了您碰到的第一个难题，学生中途辍学是第二个难题。于是您要经常到村里宣传、动员，劝导学生和他们的家长，我记得您动员、劝导时用过这样的话："让小孩子上学读书，学点文化知识，这是受用终身，是谁也抢不走的财富！"年幼无知的我当然不全懂，但家长们是明白的。

在您做了大量工作后，学生队伍基本稳定下来，古庙里传出琅琅的读书声，每当放学之时，学生排队走在田间小路上，或歌唱，或齐声背诵课文，给这片古老而贫瘠的土地增添了生气。

品学兼优是您培养与教育学生的目标。但面对像我们这样一群满身尘土，上树掏鸟窝、下河摸鱼虾的"好汉"，要他们坐在教室里读书、写字，确实不容易。缺课、逃学、迟到时有发生。于是，您就把不缺课作为品德教育的一部分，并与写字课结合起来。那时每天下午第一节写字课时，您就叫我们写"我不缺课""我不迟到""知过必改"等，既练了字，又受到了教育，同时使爱逃学的学生受到无形的责备。

说到写字，使我想起一件难忘的事。您对我们在写字方面是要求很严的。那时学生只能用毛笔和铅笔，社会上已经流行钢笔（自来水笔），但还不普及，人们往往以拥有一支钢笔为荣，甚至识字不多的青年也喜欢弄支钢笔插在胸前的衣袋里。我也很想买一支钢笔，但一时没有钱。于是母亲给我一只小鸡，叫我自己照看，说等它长大，生了蛋，卖了钱之后再买钢笔。我同意了，天天等着小母鸡下蛋。秋天到了，小母鸡生了第一个蛋，我非常高兴，就像它生下了一支钢笔。这时我听母亲说，新鸡蛋（即母鸡生的第一窝蛋）是最补身子的，所以这窝鸡蛋不卖给别人，只能卖给先生您，您欣然同意。于是小母鸡每生一个蛋我就给您送去，您给我记着账，直到足够买一支普通钢笔，我是多么高兴！然而，您没有让我去买钢笔，您说："小孩子不要过早地用钢笔写字，要练好字，只能用毛笔，要在毛笔字上下功夫！"您接着跟我商量："给你买支好点儿的毛笔，再买些元素纸，好好练毛笔字，好吗？"

我是很听先生话的。就这样我放弃了买钢笔的主意，您把那笔鸡蛋钱全部替我买了纸和毛笔（是您从城里给我带来的）。正因为有这么一段经历，我对练字比以前更重视了，尽管我在书法上没有什么成就，但写字算得上认真，字迹还算工整，每当得到他人这类评价时，我就想这应当归功于先生您。以至于后来有人说，我的字体有点像您，这就不足为奇了。

您教育我们不要骂人，这是品德教育中的一部分。在农村孩子中开展这种教育也够难的，然而您抓得很紧。我至今还清楚地记得，在第一次见到老师时，就接受了您一番严格的教导：那天，我到学校报名，是约几个小朋友一道去的。当时，我们站在您办公室的窗外，我朝坐在窗户里的您报了姓名之后，该轮到站在我身后的那个伙伴报姓名了，我就把他拉到我的前面，可是他胆子小，很腼腆，更怕陌生人，见了您这位城里来的教书先生，便怯生生的不敢向前，也不敢张嘴。这时我想：这是我约来的朋友，报不上名不好，于是我便自告奋勇替他报名："他也姓陆，叫小×。"没有想到我的话音刚落您就发火了："你为什么骂人？你报了名，已经是学生了，这里是学校，是不许骂人的……"这一下子使我感到委屈，我连忙解释："先生，我不是骂人，他是叫这个名字，他家里人和我们大家都是这么叫的。"经我这么一说您的怒气就消了一些，也没有再斥责我。

但这个难题摆到您的面前：您没有办法往点名册上写他的名字。您想了想之后，看着我的伙伴，又像是征求我的意见："我给你取个名字吧，叫'陆其明'好吗？"后来是我小伙伴答应的还是我代他答应的，已经不记得了，但他从此有了个"大名"。

话还回到骂人这件事上来，您时时处处教导我们不要骂人，改掉随便骂人的恶习。从当时的校规来讲，对此要求也相当严格。有一次，您在黑板上写了个很大的"骂"字，然后您问大家："这是什么字？"大家齐声答"骂"。然后您把"骂"字上头的两个口擦掉，再问大家："这是什么字？"同学们又齐声答"马"。接着您讲："骂人，自古以来被认为是不文明行为，古人在造字的时候，就把骂人列在畜类行为。"您对骂字的讲法，我的印象非常深刻。正因为这样，我很少骂人，即使是被称为"国骂"的那句也极少说出口，这同样应当归功于您的教导。

那时，我们的小学校条件再简陋不过，教室就是庙里的大殿，北墙根是"贡台"———一字排开供奉着十多尊菩萨。我认得两位，最西端的是红脸关公，最东端的是千手观音。黑板挂在东墙上，桌子是各式各样的，板凳则是学生从家里搬来的。白天，我们小学生上课，晚上，曾有一段时间是农民夜校的课堂。

老师，您一个人教我们有三个年级的复式班，除了文化教育，还要教唱歌、排练小节目，到村里宣传抗美援朝、土地改革……有时您还带我们去远足。

作为乡村教师，您把全部精力都用在教育农村孩子上面，对于一位从城里来到乡下执教的纤弱女子来说，难能可贵。有这样一件事最令人难忘：那是一个周一的早上，天正下着雨，路上泥泞极了，同学们陆续来到学校，往常教师星期六下午回城里、星期天下午返回，从不误星期一上午的课，今天怎么……正在我们谈论时，您回来了，只见您一身泥水，胶鞋上沾着厚厚的一层烂泥，脱下鞋，脚上磨出了血泡，那时您脸色苍白，没有一点血色。过了一会儿，您又站在黑板前给我们上课，事后我们才知道，星期天您病了。

通过朝夕相处，您更加爱我们这些穷学生；同样，学生和家长也更加敬仰您。农村人不善言辞，请先生到家里吃顿饭是他们表达敬爱之情的主要方式，所以许多学生家里有喜庆之事或过节，总是要请先生去吃饭。但是很遗憾，在您教我的三年中，我家只请到先生一次，可是我在先生您家里吃饭的次数就数不清了，最难忘的有两次。

第一次是一个雨天，中午放学之后我不想冒雨回家吃饭，就请一位有伞又有雨鞋的同学到我家带点吃的来。您听说后，便叫那同学别带了，叫我在学校一起吃饭。那时，您的母亲（我们叫她太太）也住在学校，这饭是她老人家做的，其中一样菜是咸菜心煮蚕豆。我端起饭碗，吃得很快，很少夹菜，偶尔夹点蚕豆吃，但连豆皮也咽了下去。老太太看到这种情形，觉得奇怪："豆皮这么老了，你怎么连皮也不吐？"我解释说："我在家里吃饭时也是这样，吃豆不许吐皮，为的是省点饭……"您听了此话，对我深情地点点头转而对太太说："您看，乡下的孩子真懂事，从小就肯吃苦。"

另一次是下雪天，很冷，母亲叫我不要去上学，说雪下得这么大，天气这么冷，没有人会去的。我牢记先生的教导："我不缺课！"于是穿着蒲鞋（用稻草做的，底里放点米糠，垫有竹壳，可以在雨天穿），冒雪来到学校，教室里空无一人，显得格外寒冷，您见我第一个到校，非常惊喜。等了好久一直没有第二个学生到来，您就把我领进您的办公室。按当时的校规，学生不得进入老师办公室，但这一天是例外，您坐在办公桌前，我坐在您的对面，就这样您给我一个人上了足足的三节课。那时我们学校是复式班，三个年级就您一位老师，在同一个教室（大殿）里上课，一堂课45分钟，每个年级的同学，平均只能听老师讲15分钟课。一般情况下，先安排一年级同学听课，安排二、三年级的同学抄生字、做习题等；到下个阶段，再给二年级上课，一、三年级的同学自学或做习题，以此类推。而那天，我连续听您讲三堂课，真可谓"得师恩独厚"。下课之后，您又留我吃中饭。这一次，就不可能请同学替我给家里捎信了。不过不要紧，母亲相信我，但她更相信先生您，知道您喜欢我。午后，您叫我自己做习题、复习功课，您自己则准备第二天的课。由于大殿里太冷，所以您仍让我在您的办公桌上做功课。

记得在我上三年级时，上级为照顾您的身体，调您到县城里的中心小学任教，您的工作由徐之棋先生接手。我们的学校是初小，乡下没有高小，我们读完四年级就算毕业了，要想升学读高小只能到城里去。我们年级的同学大多因没有条件到城里上学而失学，有的连初小也没有读完就辍学了。我受您的熏陶，有强烈的升学欲望，可是家里经济条件不允许我去城里上学。于是徐之棋先生为我买了五年级的课本，留在母校由徐先生辅导我自学五年级课程。

那时学校里只有我这样一名"特别学生"，其学习效果自不待言，就这样过了半年。您实在担心我的学业就此荒废下去，所以您设法把我转到中心小学，在五年级的一个班里当了一名插班生，我终于又来到您执教的学校，可是没有多久您又调到其他乡村小学去了。

三十多年过去了，您已是退休多年的老人了，然而学生时代留下的记忆仍然是那么清晰，以上我提到的和没有提到的许多情景，就像发生在昨天，我怀念我的母校，更不忘先生您对我的教诲。正因为如此，每当我返乡探亲之时，总要到学校旧址上去看看。当年的校舍"永辉庵"早已不复存在，唯一可以作为旧址纪念的是抽水站的机房。每当路过母校旧址，我常常会驻足停留，环顾四周，总想寻觅一点母校遗迹……总不免思潮起伏，这其中有幸福、甜蜜的回忆，也有我对先生的思念，但往往也会出现几丝伤感。

祝先生节日愉快！

我与许先生在梅园新村小区留影

附记：

上文写于 1988 年 8 月教师节前夕，其摘要曾在北京的《招生信息报》上刊载。收到报纸后，曾寄给过先生。此后，我去看望先生时，许先生的丈夫沈老对我说："这篇文章你老师流着眼泪看完的！后来又看了几次。"

再后来，许先生搬到梅园新村小区居住，我不知详细地址，于是向先生家附近小卖部的店主打听。那位店主阿姨说："你是不是许老师说起过的那位北京'学生子'？"我点头称是。可见先生在读过上述报纸后，曾向小区内邻居谈起过我。

老师那深情的泪花

20 世纪 80 年代后期，我曾在单位的班车上听到一首怀念老师的抒情歌曲，听了头几句歌词，我就流泪了！这首歌曲的名字是我后来才知道的——《长大后，我就成了你》：

> 小时候我以为你很美丽，
> 领着一群小鸟飞来飞去。
> 小时候我以为你很神气，
> 说上一句话也惊天动地。
> 长大后我就成了你，
> 才知道那间教室，
> 放飞的是希望，
> 守巢的总是你。

听着上述歌曲，我又想起了我的启蒙老师，想起了某次告别时老师眼角闪动的泪花。

歌词中的老师，很像我的启蒙老师许惠英先生。斗胆说一句，这样的歌词如果由我来写，肯定更生动。因为我那老师不仅很美丽，而且也的确是她将我放飞。回忆小时候在老师身边的事，比"飞来飞去"更有意义。

1949年初春，许先生在我的家乡办起一所小学。由此我成了她的一名学生，而在此前，我们村里没有小学，绝大多数学龄儿童没有机会上学读书。后来，许老师调到平湖城关某中心小学任教。许老师在我家乡工作总共不到三年时间，但我们师生之间形成了非同寻常的情谊，至今交往不断，算来已经六十多个春秋。这里追忆两件往事。

橘子与小猫

许老师到城里教书之后，我还像以往一样，星期天或节假日照常到老师家里去玩，而且常在老师家里吃饭。

　　大约 1951 年深秋，许老师调往中心小学任教后不久，我又去平湖县城里北台弄的老师家里。那天午饭之后，老师带着我去中心小学看文艺演出，主要是学生们表演节目。会场在学校大礼堂外面的空地上，舞台在大礼堂外的高台上。老师让我跟她那个班级的同学坐在一起，吩咐我不要走开，坐在这里好好看节目，她台上台下忙去了。我作为乡下来的孩子，从来没有见过城里学生的文艺活动，他们演了些什么我都不记得了。演出结束之后，我遵照老师的嘱咐坐在原位不动，等同学们走得差不多了，老师忙完她的工作后便来找我，像拉着自家的孩子一样往校门外走去。

　　校门外有一个水果摊，老师让我在水果摊对面的路边上站着，摸着我的脑袋对我说："你站在这里不要走开，等我一下，我马上就来接你。"说完就到对面水果摊上去了。此时已是太阳西下时分，而且有一种深秋的凉意，于是我想到应该赶快回家，看见老师在小摊上还没有办完事，那时我想，老师家在北台弄，若是等老师买了东西，跟她经北台弄再出平湖县城大南门回家的话，就要绕远了。而对我来说，直接从中心小学（梯云桥）往南出小南门，离家就近多了。因归心似箭，趁老师不注意，我就溜走——独自回家了。

　　不久之后的一个星期天，我再次来到老师家里。老师看上去好像是很生气的样子。才知道那天老师拎着一包橘子，在街上找我的事。老师说："我叫你等一等，不要走开，我是去给你买橘子呀，可是等我拿着橘子到处找你，怎么找也没有你的踪影。今天得罚你。你不要我的橘子，那么上次说要给你的小花猫不能给你了。"

　　这下子把我吓呆了，因为上次说好的，今天来是来捉小猫的，装猫的"黄鳝篓"都带来了。而且，我母亲早知道老师给我们家小猫之事，若是今天不把小猫带回去，而且是因为溜走之故，回去怎么跟母亲交代……

　　老师看到我那副窘态马上笑了："我这是吓唬你的，别着急，小猫照给。不过，以后要注意讲礼貌，跟谁也不能不辞而别！"

这时我也笑了。

那只小猫实在漂亮，虎皮黄的底色中夹有黑白花纹，我母亲特别喜欢养猫，见我从老师家拿到这么美丽的小花猫，我母亲也说从来没有养过这么漂亮的猫。所以全家人都为之高兴。

一包甜点

自从我到外地求学和工作之后，回家乡的机会就少了，与老师见面的机会也就更少了，曾有一段时间几乎失去了联系。直到设立教师节的当年（或后一年），我到处打听老师的下落，才重新有了来往。

那时她已经退休，我也年届半百了。那次久别重逢的情景则更使我难忘。

那天上午，我让两个侄子带路，找到了老师在西门外大街的家。那是一幢临街背水的老式住宅，原先大概是店铺，那时老师家还没有电话，事先也没有打个招呼。我们敲门进去，我通报了自己的小名之后，老师就像见到多年不见或失散多年的孩子一样激动，眼里滚动着兴奋的泪花。

我和老师在她的卧室兼客厅的屋子里，畅叙师生别后情景，谈笑风生，老师还不时向我那侄子说些我上学时候的故事，眼里流露着一位老师或长辈才有的神情。那次我们师生间说了许多话，快到做中饭的时候了，老师站起来，说要去为我们做饭，说着就要往厨房走。我连忙摆手，说今天我还有事，就不在老师家吃饭了。她一听就很不高兴地说："小龙，你小时候常在老师家吃饭，怎么今天不吃饭就走？"说到这里，老师神情严肃，眼睛再一次湿润了。我赶紧说："先生，我这次是出差路过家乡特来看看老师，明天就要回北京，而且我母亲还卧病在床，我想早点回去陪母亲坐一会儿。"经我这么一说，老师才不再挽留，很不情愿地答应让我走。

老师送我和侄子出门，在她家对面的一家小店前停下来，她给我们买了一包甜点心，在递给我时她说："拿回去给你母亲。"

这一次我不敢说不要，就说："我替母亲谢谢您！"而且我还说，"这一次再不能像四十年前那样，让老师把买给我的橘子自己带回去了！"老师想起往事，会心地笑了。

我的侄子他们当然听不明白此话的背景。店主与老师是邻居，看到我们如此开心，却不知其中奥妙。老师对店家说："这是我的'学生子'，刚才说的是他小时候的故事。"离开饼店，我们来到一座桥边的一个水果摊前，老师与摊主搭话，又要给我买水果，我连连摆手，示意老师不要再买了。老师便向摊主说："这是我的'学生子'，总是那么客气。"

"学生子"是家乡话，是老师对学生或师傅对徒弟的称谓。此时，听老师在人前称我"学生子"，我感到格外温暖。而且从老师的语气和在店家面前所流露出来的神情里，可知老师对面前这个"学生子"的深情。

就这样，我们和老师在桥头挥手告别。在回家的路上，侄子们对老师见到一个早年的学生时竟老泪纵横，表示有点不解，也许他们没有想到师生之间见面和告别时会出现如此激动的场面。我想，也许在他的求学过程中，没有像我这样的经历。我也不想用"没有爱也就没有教育"之类的道理去解释师生情谊。

此后不久，我在梅园新村的新居里看望了我的许老师，去之前通了电话，说好要在老师家吃饭，弥补了那天不吃午饭就走的缺憾，老师格外开心。

此件初稿约形成于2002年，此次收录时做了个别删节

徐之棋老师

许惠英先生离开村小后，接任者是徐之棋老师。徐老师是我的第二位老师，那时我在学校里读四年级。

我在徐老师那里只上过一年学，然后又在她那里自学一个学期，算起来也就三个学期，但她在我心里留了深刻的印象。

徐老师知识广博，性格开朗，声音洪亮，也非常豪爽，颇有男子汉气概。由于我爱学习、守纪律，受到徐老师的青睐，给我那篇写"蜡烛阿三"的作文打了高分，并在课堂上当范文念过。徐老师对我关爱有加，我是可以进入老师办公室的少数学生之一；我经常把学习用品（或玩具）存放在老师办公室里。

徐老师在某个场合曾说她的名字像男子汉，是因为他们家兄弟姐妹的名字中都有个木字旁的字，我记得她的姐姐叫徐之枫，也不像是女子名字。记得这位名字带"枫"的阿姨和她的丈夫，还来过我们学校小住；她的外甥女赵端，也在我们学校上过一阵子学。

徐老师很注重鼓励学生奋发学习，同时也要他们注意运动，如她在课堂上给我们讲的两个故事。

一个是"万一千"的故事：说有人觉得读书、识字太容易了，不注意努力学习。那个学生第一天在学校里学了个"一"字，很快就会了；第二天，学了个"二"字，也很快就会了；第三天，学了个"三"字，也很快就会了。于是他想，读书、识字太容易了，就不到学校来读书了。再后来，他干脆自己办所学校，自己当教书先生。真有人来报名了。第一个学生说出了自己名字"万一千"，就把那位先生难住了，他只好回家找来一把木梳，蘸着墨水写学生的名字。

另一个是"大头与小头"的故事：说是有两个孩子，一个是爱读书的，认字很多，手不释卷，却不爱运动，结果这个人的脑袋长得特别大，身体则长得瘦小，很不相称；与之相反的是，有一个孩子不爱读书学习，只知道运动，结果是身体长得很粗大，但脑袋瓜长得很小，于是人家叫他"小头"。

以上故事，当然是笑话。但老师的用意是告诉我们儿童一定要好好学习，同时也要注意体育锻炼。

一年后，我初小毕业。由于家庭条件所限，我们这一届毕业生，除了个别之外，都没升学——上高小，即辍学了。徐老师觉得我高小都没有毕业就不读书了，太可惜。于是徐老师替我买来高小（五年级）的课本，我每天像其他学生一样到学校上学；由徐老师给我辅导五年级的课程。

徐老师和她的前任许惠英先生本来就是同事，徐老师到我们学校任教后，我的启蒙老师许惠英先生调到县城里的中心小学（今实验小学）任教。我作为特殊学生在徐老师那里读五年级实属"不得已"。徐老师和许先生都认为这样下去不行。

经过两位老师的不断动员，再加上我自己的软磨硬泡，家里最终同意我去平湖城里读书。许先生与学校商议，同意我到中心小学里去当五年级的插班生。于是才有了我去中心小学读书，当插班生，以及与邻村一些同学在城里南河头港南寄宿的事。

2018 年 1 月 14 日

孙涤凡老师

老师的一些话，往往使学生受益终身。我高小时期的班主任孙涤凡先生讲的许多富有哲理的话语，我至今记忆犹新。

1953—1955 年，我得以到平湖县城关中心小学（今实验小学）读高小，孙老师是我们的班主任，教我们语文和算术，一直到小学毕业。

孙涤凡老师教了一辈子书。那时，他已经五十多岁了，但精神矍铄，讲起课来声音洪亮。在心平气和时，孙老师像慈祥的父亲，但对学生的要求相当严格，尤其是批评犯了错误的同学时态度相当严厉。

然而，对我们这些乡下来的学生来说，很少体验到他的严厉，更多地体会到了关怀和体贴。在我们这个班上，家住农村的同学较多，不少人家离学校很远，每天步行五六里泥路上学，比城里同学艰难得多。所以，每当风雨天或冬季（天黑得早），孙老师总是尽量少安排乡下同学的课外活动，以便让我们能早点回家。因为乡下来的学生比城里的学生用功，生活上能吃苦耐劳，因此他喜欢我们这些乡下学生，也格外关心和爱护我们。当时，我们年级有五个班，孙老师相信他带的班级教学质量是一流的，所以把自己的儿子孙永生也安排到我们班就读。孙老师经常要求城里同学像乡下来的同学那样用功学习，锻炼自己的吃苦耐劳作风，特别是要求他的儿子孙永生向乡下同学学习。

孙老师有很深的语文功底和讲课经验，知识广博，治学严谨。讲起课来生动、有趣，我们都爱听。他往往将课文中的故事和成语、典故等连在一起讲，或者将他在上海的经历或见闻穿插进去，妙趣横生、形象生动，使我们听过之后再也难以忘怀。

例如，孙老师给我们讲"推敲"这个词时，他把那个书生的形象和在街上边走边"推敲"的动作讲得绘声绘色、活龙活现，他在讲台边来回走动和推门、敲门的动作至今仍历历在目，不仅使我对"推敲"一词的含义终生不忘，而且在很长时间里我一直以为那个月下夜归的和尚及那个书生的故事就发生在平湖城里。（过了许多年之后，我才知道那个书生叫贾岛。）

孙老师对于学生在文字（作文或造句）上发生的不该犯的错误，批评起来更是严厉，不仅用语相当尖刻，而且在他的脸上常常流露出一种"疾恶如仇"的神情，让人望而生畏。有位同学在作文中把"将来"一词写成了"蒋来"，这在20世纪50年代是非同小可的事件，孙老师当着全班同学的面，点名批评这位同学，措辞相当激烈，全班鸦雀无声，使没有写错的同学都感到有点后怕。像这样的例子还有很多，正是孙老师事事处处严格要求学生，才使我们在遣词、造句方面养成了严谨的作风。

孙涤凡老师作为班主任和语文教员，很注意对学生进行德育教育，教我们怎样做人。在语文课上或是在班会课上等场合，他常深入浅出地给我们讲人生的哲理。孙老师早年曾在上海教书，他常常提到在上海时的经历和见闻，讲些他亲历的事，并以这些故事中所蕴含的哲理来启迪我们。给我印象最深的莫过于这样一个故事：

有一回上海举行环城赛跑（相当于今天的马拉松），参加赛跑的运动员很多，场面相当壮观。但是场面最热烈、掌声持续时间最长的不是第一名通过终点，而是最后一名运动员通过终点。

孙老师说，因为最后通过终点的运动员是一个有腿疾的残疾人。讲这话时，孙老师的脸上流露出一种深深的敬仰的神情。

那个故事好像是在学校举办运动会前夕的动员会上讲的，从老师的神情中，我们体会到他要我们学习那位身残志坚的运动员坚持参加长跑并坚持跑到终点的精神。当然，我们都懂得，老师是在鼓励我们不但要积极参加运动意义上的长跑，而且在人生道路上也要像那位残疾运动员那样勇往直前。

毕业离校后很少见到孙老师。我最后一次见到孙老师是1958年。在一次游行队伍行进中，跟他简单交谈了几句，以后再也没有见过他。四十多年过去了，孙老师的音容笑貌，一直留在我的脑海中，而且他讲的那个故事及那个故事中所蕴含的精神一直留在我的心中，影响我一生。

曾在 2000 年 2 月 1 日《平湖日报》刊载

钱文华老师

钱老师是我们村小学（我的母校）的教师，是继徐之棋老师之后的第三任教师。从严格意义上讲，她只是我的一位"同事"。钱老师来我的母校任教时我正失学在家当"小社员"。放下书包、脱去学生装的我，已经有点粗野，与村里的同龄男孩已经没有区别。

钱老师当时已经五十来岁了，她有个儿子与我同年，初中毕业后失学了，后来曾在我们村那个高级社当过会计。钱老师母子同住在我们学校里，因此我与他们都很熟。有几件事，使我终生难忘：

有天下午，大约是小学校的课外活动时间，我和一些小伙伴正在学校西南面的河对岸割草，看到一群学生在操场南端挖土、搬砖头。我们几个都在猜测他们在干什么，我用开玩笑的口气说："是不是哪个学生死了……"说过后我便知道这个玩笑开得大了——分明是在骂人！因为我知道操场上的情况，他们挖土的那个地方原来就是竖旗杆的地方，他们挖土也许是为了修复旗杆的基础。后来，我的那些玩笑话传到某些学生耳朵里，又有人告诉了钱老师。

后来钱老师遇到我问起这件事，并非常客气地对我说："有人说你有一天在背后骂了我们的同学，我不大相信，我对那位同学说人家是在城里上过中学的，是有文化、有教养的人，怎么会随便骂人呢？"此刻，我顿觉无地自容，低头向钱老师承认："那天我确实是这样说的，我错了。"这件事对我触动非常深刻，更佩服钱老师教育或批评人的方式方法，对我的影响相当深远。从此，我很少骂人，连最普通的被鲁迅先生称为"国骂"的那种话语，也很少说出口。

我对钱老师不计前嫌的风格印象极为深刻。就在那次钱老师批评我之后不久，大约是1957年初冬，村里又要开展"扫盲"工作，让成年的农民（特别是青年人）读书识字，摘掉文盲帽子。那时整个行政村已经成为一个高级农业生产合作社，按照上级的规定，要在全社范围内办几所夜校（成人识字班），由村里小学老师同时负责夜校的有关工作。社里推举若干名夜校教师，我是其中之一。事后知道我成为夜校老师，正是钱老师"点的将"。

筹办夜校前，她把我们请到小学校里商量办夜校的事项。此后，她叫我负责我们那个自然村的夜校（识字班）的教学工作，这就是我与钱老师成为"同事"的开始。

第二年春天我成了一名民办代课老师，成了钱老师的"同事"，与她在同一所学校里教书。

沈志勤老师

　　我曾在"平湖农校"里读过两年书，沈老师是我们主要的专业课老师。多少年来，我时常忆及那段难忘的学习生活经历和师生情谊。在农校的几位老师中，最让我和同学们怀念的便是沈志勤老师。

亦师亦友，同甘共苦

沈老师晚年照片

　　我们这群贫苦农家子弟，都是无钱上学或失学在家务农的小青年。1958年春，有幸来到设在平湖县农场的农业技术学校读书。

　　沈老师出身于湖州城里的书香世家，毕业于浙北名校——嘉兴农校。到平湖农校来当我们的老师时，她还是个大姑娘，与农工和农校学生"二同"也实在难为她了。

　　沈老师到农校教书后不久，将她的母亲——我们称为师母——接到农场里来与她同住，并照料她的生活。记得师母是独自一人坐长途汽车来的。由于那时的通信条件有限，沈老师不知道老人家乘坐的汽车何时到达，也可能是沈老师正在给我们上课，没有到汽车停靠站去迎接。因此，老人家在农场附近下车后，不知该往哪里走，找不到自己的女儿，在路边痛哭。是农场工友发现后，将老人带到农场来的。这件事一直留存在我的记忆里。

循循善诱

沈老师教了我们两年的农业专业课，她在专业知识上对我们循循善诱，在思想品德方面则言传身教，对我们思想品德和专业方面的影响深远，让我们受益终身。

农校是在特殊的年代创办的特殊的学校，沈老师正是在这样的学校里担任我们的专业课老师，论年岁她最多算是我们的姐姐，而且有些同学的年岁比老师还要大一点。老师与同学们同甘共苦并倾心尽力教导我们，向我们传授专业知识。那时虽有教材，但老师手里却没有现成的教法和教案，老师凭着教书育人的信念，按照培养农业技术人员的要求，用有限的课时教我们尽可能多的知识与技能，有两点在我的脑海里留下极深的印象。

在课堂上讲不清楚的，或在黑板上描绘不清楚的原理或知识，老师就带我们到田间地头对着实物讲解，或让学生动手操作，加深印象。

比如，用波尔多液治疗蚕豆轮纹病，就是在沈老师的指导下，我们自己配制药液并喷洒的。次日上午沈老师又带我们到田间观察治疗效果。我们发现，蚕豆叶子上的褐色病斑停止蔓延，颜色开始转绿，个别病斑上甚至出现凸包，真神了。

又如，在一次特大寒流过境后，沈老师带我们到油菜品种对比试验田观察各品种受冻害的程度，以便选育耐寒的油菜品种。至今我还记得，在那片品种对比试验田里，有一种叫"兴化"的油菜耐寒力最强。

与沈志勤、张顾言老师及居照根、沈其干同学合影

　　还有一次，台风过境后为了研究水稻品种的抗风能力，特别是台风对扬花、灌浆期水稻的损害，老师同样带我们到田间取样，然后回来测算饱满粒与瘪谷（秕谷）的比例，以研究此次风灾对水稻生产的影响。这种实地调查研究，对培养我们思维方式和科研方法有深远的影响。

对学生爱在心里

　　沈老师热爱和关心我们每一名同学，关注学生在专业上的成长与进步。对于学习上进步慢的同学，也不随便批评，对学生总是笑眯眯的。对于学业上进步快的学生，除了在作业本或考卷上写个"好"字或给个高分之外，并不当众夸奖学生。

　　我曾在第一次专业课考试中获得满分的成绩，以后历次考试成绩也是名列前茅，应当说是她的得意门生之一。但在校期间她也没有当众夸奖过我。但老师心里有数，她非常喜欢我这个"学生子"！这是离开学校后再见到老师时，从她神情或言谈举止中体会到的。

有一次我回家探亲时去拜访沈老师，正好她到医院看病去了。于是我就到医院找她，当时陪我去的有一名侄子。那所医院离老师家不远，当时还叫公社卫生院，老师正在那里输液。我进去的时候输液将近结束，老师见到我显得相当激动。对旁边同样在输液的病人和护士说："我的'学生子'来了，我要回家了。"要护士马上拔针头，我说不着急，我陪老师在这里坐一会儿，等输完液再走。

此时药瓶里药液很快滴完了。拔出针头，用棉球按一下，老师就拉着我往家里走，遇到熟人就说她的"学生子"来了。与我一同前往的侄子，从老师当时的表现中也感觉到我这个"学生子"在老师心目中很有分量。

到了老师家里，沈老师拿出许多东西招待我们。老师爱人姓赵，也曾是当年农场的技术员，同学们都认识他。他为我们做了午饭，印象最深的是一种我从来没有吃过的"小龙虾"，当时刚刚开始流行。

临别，老师拿出许多小吃和水果等非要让我带到北京去，其中还有当年很流行的杭州胡庆余堂生产的滋补品青春宝。盛情难却，我都收下了。回到大哥家里，我说起去看望沈老师的事，并把青春宝转送给了大哥。其实，大哥早在我在农校读书时就认识沈老师，也认识老赵，因为老赵在我们家所在的大队工作过。得到这份礼物，而且是沈老师和老赵送的，大哥格外高兴。也许是他觉得他弟弟的人缘还不错，毕业离校这么多年了，还与老师有如此交情，收到这么贵重的礼物。

还有一次回家探亲，我携全家到沈老师家去拜访，其中还有我的外孙女陆露。老师见到我们时那种激动的神情，真是无法形容。她端出家里所有可以用来招待客人（包括小客人）的食物，摆满了茶几。言谈的语气相当激动，老师讲话本来就快，此时她的语速显得更快了。我老伴早先也曾见过这位老师，但我的女儿和外孙女没有见过。沈老师讲的普通话中带有浓重的湖州音，能听懂的不多，如"学生子"一词，她们肯定听不明白，但有一点她们一定体会到了——这位老师对学生真是满腔热忱！

最后一次拜访沈老师

2014年4月上旬，我回京前去向老师打个招呼，并说起我将在国庆节时再来平湖，请老师一道出席我们的班庆活动，老师很高兴，说她一定出席。遗憾的是，没有等到班庆举行，沈老师便于8月8日离开了我们。本来是向老师临时道别，相约几个月后"再见"的，万万没有想到却成了永别。伤心、遗憾都不足以表达我听到老师去世消息时的悲痛心情。

在心情逐渐平复之后，记起了那次告别时老师说的几句话。

那次，是侄子宝龙陪同我一道前往沈志勤老师家的。那是一个午后，我去告诉老师，我很快就要回北京了，所以不能坐太长时间，但老师一定要留我们吃晚饭。我们说还有别的事，老师也不再挽留，但坚持要送我们到楼下，我们劝住了老师，但她站在门口对宝龙说了如下一句话："在学校时我曾暗想，你的叔叔小龙将来一定会在专业上超过我的。"

从沈老师家出来，宝龙没再问起沈老师说那番话的背景。其实，参加工作后，由于专业不对口——学非所用，我根本不可能在专业上超过我的老师。

在学校读书两年，此后五十年与老师的交往中，老师见了我除了高兴，与见到别的"学生子"没有什么异样。无论是我一个去，还是与别的同学一道去看老师，她也从来没有这样夸过我。

沈老师走了，但老师为什么在最后一次——（虽然老师和我都没有意识到那是最后一次）见到我时说这番话，仍是个谜。

特别的班庆

带"8"的日子或数字，人们往往认为是吉祥的；但 2010 年那个 8 月 8 日，对我和同学们来说，是个极为悲痛的日子！

那天下午，侄子宝龙在电话里传过来一个噩耗："沈老师去世了！"我简直不敢相信自己的耳朵，认为这一定是误传。我在电话里大声问宝龙："谁告诉你的？"他回答说："照根叔叔说的，因为他打不通你的电话，才叫我转告的。"于是我急忙拨通我老同学照根的电话……

当确认这个消息之时，真可以用晴天霹雳来形容。那时正是傍晚时分，北京的天气阴沉而闷热，我挂断电话，眼睛里含着泪花，在阳台上站了许久。我把这个不幸的消息告诉家人时竟失声痛哭，随后掩面而坐，许久一动也不动，心潮翻腾！五十多年的师生情谊，像电影那样一幕幕浮现在脑际。最使我伤心的是，正在筹备中的毕业 50 周年师生联谊会（班庆），缺了德高望重和最受同学们爱戴的沈老师，还怎么开？

事情还得从班庆会酝酿和筹备过程谈起。

2010 年的清明节我回乡探亲，像往常一样要去看望沈老师。那时老师精神很好，跟我谈起她退休生活中的许多趣事，特别是谈到她参加老年书画班的情况，并取出一本以老年书画社名义编印的作品集送给我，还送给我两张她的临摹墨宝：一是王羲之的《兰亭序》，二是诸葛亮的《出师表》。此外，我还向老师提到同学们举办班庆的动议，沈老师表示非常赞同。

过了几天之后，即 4 月 7 日，我们几位同学邀请沈志勤老师在平湖某新建成的公园内小聚，出席者有居照根、吴美英、陆美仙等，还有从丽水市赶回来的林近贤同学。这是我们毕业离校后难得的一次小聚。林近贤和我是同学中仅有的两名在外地工作的学生，也是五十年来我们两个第一次相约与沈老师聚会。在这个小小的聚会上，老师始终笑逐颜开！为了使这个小聚会留下点资料，我们请沈老师的长女赵佳和我的侄子宝龙，为这个聚会拍摄了照片和视频。现在想来，那次小聚会太重要了，尤其重要的是留下了同学们与沈老师在一起的珍贵照片和视频资料。

与沈老师餐叙，右1为林近贤左1为居照根

在那个小聚会上，我们决定搞一次毕业50周年班庆。班庆活动筹备工作由居照根和张水龙两位同学负责。沈老师很支持和关心这次活动，想到开会需要经费，她自己准备了三千元钱，送到了居照根同学家里。当时，照根同学不在家，是照根的夫人接待了沈老师。我们的这位嫂子再三推辞，争不过老师，只得收下钱。照根同学回家后得知此事，便左右为难了：同学们办班庆，怎么能让老师掏钱？但是若是硬退回去，肯定会驳了老师面子。再说，我们都知道沈老师的脾气，这钱要是退回去，她一定会生气的。

居照根同学当即给我通电话，说了沈老师送钱的事，我也觉得很难办。我说先收着，慢慢再想辙，或用个折中的办法来处理，但决不能伤了老师的一片真情。

我们还没有想出辙来时，却传来了老师病逝的噩耗。到了这个时候，老师给我们班庆资助款的决定便成了她的遗愿，甚至可以说是遗嘱。在我们失去老师的悲痛心情之下，作为学生的我们，怎么能违背老师的遗嘱呢？

最后，我们商定将老师的赞助款花到班庆会活动上，以这种方式告慰老师的在天之灵。

2010年10月5日，我们的班庆会在金稼园生态农庄举行。这个地方离农场的金家桥分场不远，也是老师很熟悉的地方。

班庆活动正式开始前，我们在会场里放映一个片子，那是一些搜集整理后反映我们师生在校生活的照片，让老师和同学们重温一下五十年前的学习生活和师生情谊。

我们的班庆会特意邀请了文化课老师张顾言先生和畜牧兽医课老师华有光先生，遗憾的是沈老师再也不能来到我们中间。于是，我们参与筹备的几位同学和当年的班长、支部书记等商议，临时决定在班庆会上增加了一个悼念沈老师的议程：全体起立！首先为前不久逝世的沈志勤老师默哀，然后为已故张校长默哀。此时，会场里显得庄严肃穆！

然后，宣布正式开会，并向同学和老师们介绍了专程来出席我们这个活动的沈老师的三名子女，欢迎他们列席会议。然后，班庆活动以座谈会形式进行。

会议结束后，我们几个筹备组成员，在聚餐前与沈老师的子女（包括孙辈）简单交谈，再次表达了同学们对沈老师的爱戴和思念之情。我说了这样几句话："作为一位教书先生，沈老师只教了我们两年，我们毕业离校五十年以后，老师仍然得到同学们的爱戴和思念。一个人在离开这个世界之后，仍能得到人们怀念或纪念，'苟能如此，足矣！'我们完全可以用这样的话语，告慰老师的在天之灵了！因为老师的突然离世，对你们的父亲赵执淮先生刺激太大，受身体状况所限，故不便请他出席今天这样的会议。故也请你们以今天会上见到和感受到的，去宽慰你们的父亲。"

班庆会的次日，在赵佳师妹的陪同下，我们几个作为同学的代表，去看望沈老师的丈夫赵执淮先生。到了赵家，我们首先对沈老师的不幸去世表示哀悼，并简单介绍了班庆会的情况。此时，赵先生仍沉浸在失去亲人的悲痛之中，精神疲惫，倒也没有失态之处。但我们不敢多说话，更不敢久留，说了几句"节哀"之类的套话后就告辞出来了。

补白：

在与老师的子女们谈话时，我用了"苟能如此，足矣！"一语。我本来想引用王安石《祭欧阳文忠公文》一文的词句"生有闻于当时，死有传于后世"来表达我们对老师的崇敬和爱戴之意，也借以宽慰老师的子女，但觉得用文言文太拗口，故只用了"苟能如此，足矣！"一句。

难得而特别的师生聚会

2000 年国庆节期间，适逢我回乡探亲，请三位母校的老师到离县城不远的大侄女家里小叙，用如今的时髦话来说是吃了顿"农家饭"。虽然侄女家不是我的祖居地或我真正的家里，但能够同时请到三位老师到家里聚会，吃顿饭，并在家里执师生之礼，对我来说是平生第一次！主要动机是报师恩吧。

这次聚会是很难得的，这三位老师有不同的来历，又有许多因缘或巧合。

第一位是许惠英老师，她是我的启蒙老师；第二位是我的农校老师沈志勤；第三位徐菊美老师，是我侄女婿张祥富的老师，又是我大学同学、几十年的老同事李武斌的恩师，那次聚会安排在侄女婿家里，主要是为了能请动徐老师。

三位老师到齐，大家特别高兴。最使老师们高兴的是，沈志勤老师与徐菊美老师都是湖州人。老乡相见，格外高兴。两位湖州老乡以浓重的乡音交谈，欢声笑语使农家小院充满了喜庆气氛。

话题当然也会聚焦到我和李武斌的身上，自然会讲起我学生

与许惠英老师、徐菊美老师（右2）在侄婿张祥富家的合影

时代的许多趣事。

在以往，我不知在许老师家里吃过多少次饭，而请老师来家里吃饭还是第一次！在场的还有我大哥和大嫂，大哥对许老师和沈老师非常熟悉，也见过徐老师。所以，这次小叙，非常热络！在老师们夸我小时候用功读书如何如何时，我大哥也用赞扬的口吻说，我"小时候胆子很大"，并举了我小时候承担"押载任务"的例子。

后记：

两年后，我应邀出席平湖市实验小学百年校庆典礼，当我在大会签到处张望时，徐菊美老师首先发现了我，并叫出我的小名，跟我打招呼，让我喜出望外。她让我在签到簿上签名，然后指引我进入会场。

那是离开母校将近五十年后，我第一次回到母校。由于一跨进校门就遇到了徐老师，从而感受到"母校"一词的温馨和实在。

2018 年 1 月 11 日追忆

致母校（大学）老师的一封信

　　按：大学毕业离校五十周年前后，我们班曾两次回母校举行相关活动，不仅两次回到老校区——杭州华家池，还到过浙江大学新校区——紫金港，并在班庆活动时邀请母校老师一道欢聚，这样与老师们又有了联系。

　　2011 年春节前夕，我给曾出席上述活动的几位老师写了一封信：一是为恭贺新春，二是为表达我对大学老师的思念之情。也算是我离开母校后的"工作"汇报。

致母校老师的一封信的原文：

　　在 2011 年春节来临之际，特写此信以示恭贺，祝母校老师身体安康！趁此机会，抒发学生对母校及老师的思念之情。

　　自学生毕业离校，四十多年没与母校老师联系过，直到 2009 年 10 月 21 日，我班同学在华家池畔聚会，才有幸请到张上隆、徐荷英、刘全、孟繁顺和李三玉五位老师，圆了回母校拜见恩师的心愿！

　　其实，在过往的几十年里，因公出差到过杭州，也有过不少经杭州回故乡平湖探亲的机会，直到毕业离校 37 年后的 2001 年 3 月 11 日，我才独自一人到母校内转一圈，不过没有去拜见老师。但学生思念母校及老师之情连绵不绝，直到四十五年后，才有上文所说的与老师们见面,这里有难言之隐——见了老师"说"什么？

　　记得上述师生聚餐时，我曾向其中两位老师说，自学生毕业离校到北京，工作上与所学的园艺专业知识没有关系，没有"专业"意义上的贡献或成就，当然也没什么可以向老师汇报，因此，这么多年，一直没有回母校拜见老师。但有一点值得向老师汇报，我们与其他同学一样，在自己的工作上，都能恪守职责，尽心尽力，敬业爱岗，做出了应有的贡献，尽管不算是专业上的。从这个意义上讲，我们也算对得起母校和老师的培养。从政治上讲，我与班上其他同学一样，没有给母校和老师丢脸。这也是我们全班同学都想说的话。

　　今写此信，还有一层意思，向老师们做点补充性汇报。

　　学生 1964 年暑期毕业，被分配到北京，在对外贸易部所属的中国粮油食品进出口公司（现中粮集团）工作，直到 2000 年 8 月退休。这是一家流通领域里的企业，从专业上讲，我完全用非所学，有很多专业不对口的遗憾甚至伤感留在自己的心底！值得庆幸的是，在

浙江大学门口的同学合影

我退休前几年和退休后，总算做了一点与农业大学毕业生相称的工作。虽比不上在专业上有成就的同班同学，但总算有了一点可以向老师汇报的"话题"。为此，我将有关的情况或故事，以"我也在'补课'"为题，写成一篇小文，描述了我毕业后的心路历程和晚年所做的一点与学生时期所学专业搭上点边的工作，尽管谈不上专业意义上的贡献，但总算能以"补课"之说聊以自慰！文章刊登在《绿色食品》杂志（2010 年第 10 期）上——"中国绿色食品二十周年征文专栏"，现将杂志寄给各位老师，以资纪念。

学生陆穗峰敬上
2016 年元旦

第五辑 / 职业生涯

小　引

　　自服从组织分配，走出校门后，我一直在企业工作，但始终没有真正利用所学专业知识来开展本职工作的机会。甚至只好服从差遣去做与所学专业毫不相干的工作。长期处于用非所学状态，心情是相当不悦甚至是痛苦的，正所谓"人在江湖，身不由己"。说得难听一点，在很长一段时间里，我只是做了点"对得住五百六十大毛"的工作，谈不上事业，更谈不上所谓贡献。

　　但应当说，在我刚刚进入公司时，曾利用专业知识，做了点与所学专业沾点边的事；在我的职业生涯的最后阶段，不经意间闯进了当时刚刚兴起的绿色食品领域。

　　我的上述经历，可以说有点传奇色彩。为此，本辑文字主要是回忆录性质的，也摘录曾经发表（或刊登）过的部分文章，体例比较杂乱，但能系统地反映出我的工作状态。

初出茅庐

从学校毕业分配到中粮总公司工作后，我被安排在果菜处（起初叫"四处"）工作，开始学着做鲜果菜出口业务。同年分配到果菜处的还有几位农大毕业的学生，杨水源、冯冠森和董肃容等"老同志"，是我们这些年轻人的师傅，其实他们也很年轻。

那时我们风华正茂，都想用自己所学的知识为公司的果菜出口事业做点贡献。当时，我国大陆出口的果菜业务收汇还不及台湾地区出口香蕉一项的收汇多，我们都立志要改变这种局面，把我们的果菜出口搞上去，并且在实际工作上用了些心思才力，直到下放到"五七干校"为止。虽然时间不长，但如今回忆起来仍感奋不已。

那时我主要从事对"港澳供应"的工作，是政治任务，所以不叫出口。我们每年召开两次果菜会议，通常在交易会前召开，以便安排每月、每季对港澳地区的出口货源和出运计划，包括品种、数量、规格、产地等。参加会议的除总公司果菜部门的负责人和有关省市分公司果菜科负责人外，香港五丰行和澳门南光公司的代表也到会介绍行情，共商业务大计。

当时我们总想把外国货挤出中国港澳市场，或想方设法将我们的商品挤进中国港澳市场，这些是果菜会上经常谈论的话题，也是我们这些年轻人常常议论的事情。

除了对中国港澳供应之外，我们的果菜虽然"腿短"，但还是可以出口到日本去，这也是我们努力的一个重要目标，也为之做过不少尝试，开拓过一些至今仍在进行的业务。

季产年销

果菜商品是有生命、有呼吸的活物，在储运环节上容易出现腐烂、变质。生产的季节性和人们消费的长年需求构成了极大的矛盾，果菜行业的同行总是想延长某种商品在市场上的供应期，既为卖得好价，也为防止"外货"占领我们在中国港澳的果菜市场。当时，我们采取了两方面的措施：一是推迟从农民手上收购果菜商品，发动农民用土法为我们储存；二是推行反季节生产。给我印象最深的是冬瓜的储存工作。

那时，我们公司没有多少仓库，更没冷库这样的设备用来储存冬瓜之类的低值商品；而农民则希望早点将冬瓜交售给出口公司。要想延长供应期，唯一的办法就是动员农民分散就地储存，争取在春节前后再上市。为此，我们实行了收购价格季节差的措施，即越是晚交售，公司的收购价就越高，由此调动农民储存的积极性。

对农民储存冬瓜的经验和做法，我至今记忆犹新：农民（当时的公社社员）在田边地头搭起凉棚，棚内架设摆瓜的架子，他们把冬瓜一个一个从地里摘下，挑到棚里，小心地码放到架子上。在此环境下，冬瓜可以放几个月不坏，来年开春上市便可卖上好价。

这里的诀窍是除了瓜皮不能有外伤外，瓜子在瓜瓢中不得从胎座上脱落下来。如果冬瓜子在采摘、搬运过程中因震动而从胎座上掉下来，瓜子与胎座之间便会出现伤口，日后就会发生腐烂——冬瓜表面看起来是好的，内部却已腐烂。所以，社员们在采摘、搬运时格外小心，轻轻地摘，轻轻地放进挑子，又轻轻地挑至凉棚，轻轻地落下挑子，轻轻地把冬瓜搬上架子，码好。在整个过程中，冬瓜都不能有碰撞。最重要的是，在整个过程中，冬瓜始终不能翻身，原来贴地的一面仍然朝下，原来向上的一面仍然朝上，以免在翻身时瓜子脱落。

不知香港同胞在春节家宴上品尝冬瓜汤时，是否会想到这些冬瓜过冬的故事。

"一把盐主义"

在果菜加工中，许多制品的第一道工序是将原料先用盐腌起来，脱掉过多的水分，以便于保存。到正式加工时先用清水漂洗、减少盐分，再进行下一道工序。有些属于原料性的商品，撒上一把盐就算成品，便可包装出厂或直接出口了。那时在我们中间便出现了"一把盐主义"这个词。这个词是一位省公司的经理首先使用的，我们觉得这相当形象，也就这么说开了。

"一把盐主义"的业务给我留下印象最深的是对日本出口盐黄瓜和茄子：1965年，日本一家友好商社向我公司询购咸黄瓜和咸茄子等，我们得此消息非常兴奋，于是立即与广东省食品分公司联系，由他们组织货源并安排装运。那时我国的农业生产形势很好，出口点黄瓜、茄子是利国利民的好事。所以上上下下积极性都很高，都想在这项业务上为国家多做点贡献。

开始时，广东用竹筐内衬塑料袋的办法来装腌制的黄瓜和茄子，由于竹子太锋利，常常把塑料袋刺破导致渗漏，后来做了改进。头一年出口咸黄瓜三千多吨，虽没有当初预计的那么多，但毕竟是开发了一个新的商品，开拓了一个我们希望开拓的市场。

"六必居"酱菜东渡

咸黄瓜等业务开展之后，我们就想，日本人进口咸黄瓜是拿去进一步加工成各种酱菜的，我国有这么多品种的酱菜，难道不可以拿来向日本出口吗？于是我们向日本商人提出了这个想法，很快得到了回音，同意进一步商讨。

经过公司领导同意，我到前门外与"六必居"酱菜厂联系，请他们免费提供一些样品，以便寄给日本商家，请他们品尝、研究，看有哪些品种适合日本消费者的口味。"六必居"的同志非常支持这项工作，只要我们提出货单，他们都能供给。

就这样，我开始了参加工作之后第一次给日本商人发送样品的工作。说来也是好笑，那时我正在业余学英语，刚刚学到"SAMPLE"（样品）一词，我便在瓶贴上、有关的文件上使用了这个词，文件报到副总经理张平那里，他把我叫到他的办公室，认真地对我说："样品是免费的，进口国也是免税放行的，但你们发这么多（一共多少，我已经记不清了），怎么还可以叫样品呢？"后来我们减少了数量，请日本商家先看看样品，然后邀请日本酱菜方面的专家来交易会品尝、洽谈。

1965年秋交会上，日本某商社带来一位酱菜加工专家。我们在交易会上摆放各种各样的咸菜和酱菜样品（包括我们从北京"六必居"征集来的样品），请日本专家品尝，看哪些品种符合日本消费者的口味。

那个日本人在交易会上品尝时的情景我至今记忆犹新：他认真地品尝每一种样品，尝过一种之后就立即用白开水漱口。后来，他尝的咸菜太多了，感到口渴就改漱口为喝水。整个上午他不停地喝水，喝得肚子鼓鼓的，成了我们交易团果菜部里的笑料，但我对于那位日本专家一丝不苟的工作态度感到由衷的钦佩！

黄皮、纺锤形的洋葱

日本商人曾向我公司询购洋葱，但供货期要在五月份以前；而我国大部分地区的洋葱上市季节在六七月份之后，如果不在反季节生产上下功夫，就无法打开日本市场。

我们立即表示可以将供货期提前到三月至五月。日本方面表示可以进一步商谈品种问题。当时我国市场上多数是紫皮、扁圆形洋葱，而日本市场需要的是黄皮、纺锤形的。扁圆形的紫皮洋葱容易腐烂，也不符合日本人的消费习惯。

我们根据日本方面的需要，找到了这种黄皮、纺锤形洋葱（是我公司从国外进口的种子，请农科院繁育的），我们征集到了样品，请日本商社的驻京代表来我公司看样。那位日本驻京代表看到我们的黄皮、纺锤形洋葱时非常兴奋，马上拿出相机对着洋葱拍了许多照片，对我们的洋葱表示满意。于是我们就把这种洋葱的种植工作交给了福建省粮油食品进出口公司，安排在闽南种植，那边气候温和，争取在三月份出运。

现在市面上看到的黄皮、纺锤形洋葱，就是在这种情况下发展起来的。

薇菜和蕨菜的开发

我刚到公司工作不久，接到日本商社询购薇菜干和蕨菜干的函件。经过综合处翻译同志的研究，知道日本商人要的是一种蕨类植物嫩茎制成的产品，或晒成干，或腌制。但蕨类植物很多，日方来函中写的是日文，记得读音相当于"珍曼"和"珍梅"，这就难住了我们几个学农的学生了。于是我就拿着这份日文信到西郊中国科学院植物研究所植物分类室去请教，终于弄清了日本要的是哪一类产品。这种蕨类植物在我国东北的森林中有很多，当时我国与日本尚未建交，这些地区又属边境省区，尚未开放，当然更不允许日本人到我国东北内地去考察和传授加工的技术，但开发新的出口货源又是我们的迫切愿望。我们后来得知，广州白云山地区和从化地区的山里也有此种蕨类植物，于是通知日本商人，请他们在广交会期间派专家来广州考察和传授加工技术。

日本人来到广州后，由我方果菜处干部和广东食品进出口公司果菜科科长陪同，在白云山上进行考察，并开展加工技术方面的交流。那次技术交流解决了加工薇菜干的关键问题：薇菜嫩茎在脱水（晒干或烘干）过程中要不断揉搓，使其干而不易折断。广东的薇菜干因瘦弱纤细、复原率低，没有被日本市场接受。后来我们便去北方发掘货源，产品质量逐渐得到日本市场的认可。中国的薇菜干和蕨菜干一度成为日本友好商社的抢手货，因而成为我们公司的"照顾性商品"，这个商品以后成了一个"大商品"，第一步应当说是从白云山开始的。

潮州柑产地之行

在我刚参加工作时，领导注重对年轻人的培养，特别强调让年轻人到业务实践的第一线去锻炼，以增长才干。

1964年10月初，我就随老同志去辽宁，了解向苏联出口苹果的工作。回来后不久，运输处领导要到广州去出差，处领导要我跟他们一道去见识、锻炼，于是我与他们一道坐火车到了广州。

这是我第一次到广州，什么都感到新鲜。处领导让我到东莞了解香蕉出口工作中存在的问题：当年为防止台风季节香蕉树倒伏所需的水泥柱，要总公司解决的资金或相应的指标问题。意思是要我到实地考察一下实际需要和紧迫性。我坐上小火轮（当地人称"电爬"）到东莞地区的四个公社参观、访问，与蕉农座谈，了解情况。至今，我还记得有一个公社叫"望牛墩"，那个地方比我的老家还要"水乡"得多！

几天后我回到广州，打算到汕头了解潮州柑及腌菜在新马市场的销售情况。正好省公司有位叫胡彰福的同志也要去汕头，分公司野菜科领导让我与胡彰福结伴前往汕头。

那天早上大约5点，我们便上了通往汕头的长途汽车。那时从广州到汕头不要说火车，连公路也是断断续续的，一路上要经过许多条河流，河上还没有桥梁，所以要不断地下车，人与汽车一起过轮渡，上岸后再坐上汽车。如此不停地上上下下，晚上七八点钟才到达目的地，此时已经是满身尘土。我们住进汕头大厦，那是个滨海的高楼，据说是当年汕头最高档的宾馆。

和我同行的胡彰福是南京江宁人，北京外贸学院毕业，已经在广东食品进出口公司工作了一年多，在公司搞罐头出口业务。我们结伴去汕头，江浙乡音拉近了我们的距离，感觉很谈得来。在汕头期间，我去参观了两个项目。

一是腌菜加工厂。他们正用芥菜类中的某种叶菜，往大缸里腌。我第一次见到那种腌菜用的木制大缸，就像杂技团里演"飞车走壁"用的大桶。好几个穿着高筒雨鞋的工人在那里面踩。这种腌菜不仅当地人喜爱，而且在东南亚华人较多的国家和地区也很受欢迎。

次日，我由支公司的同志陪同到潮州柑产地潮安县参观，当地的柑子树种在平地里（而不是山地里），有的与水稻田"为伍"。我参观的果园里都是幼树，有些树上还没有挂果。

那时天气还比较热，在村子里休息时他们请我一道饮茶。大家围坐一圈，茶壶很小，茶杯更小，但茶汁很浓。洗杯、沏茶、斟茶有很讲究的一套程序。他们的方言我听不太懂，后来才知道，这是喝工夫茶，这是我第一次喝工夫茶，茶很浓。

支公司的人跟我谈起，柑子尚未成熟，要到农历新年前才能采摘，要在东南亚华人过春节（新年）之前发运过去。他们听说外国已经用上"打蜡机"，果子打上一层"蜡"，光洁、漂亮、保鲜，很受市场欢迎，意思是要我回总公司汇报。

我听到打蜡机之事感到非常新鲜，也认为很有必要。回到北京后，我们就向部里打报告说明缘由，请部里批点外汇。部里很快批准了我们的请求，于是，大约是在1965年秋冬季节，汕头出口的潮州柑用上了打蜡机。

这大概是我国的第一台水果打蜡机。

原载1998年9月出版的《中粮志》

A Big Family

写一篇司庆征文，用个洋文题目，绝非故弄玄虚，而是因为想不出更适合文章本意的题目。

言归正传。我在学校里没有学过英语，连本文题目中的那几个英语单词都不认识。所以，参加工作后遇到的第一个问题就是学习，什么FOB、CIF，什么交货共同条款，包括如何挂长途电话和用打字机打字，一切都得从头学起。对于我们这些农业大学毕业生来说，与其说是参加工作，还不如说是进入了一所外贸、外语学校。中粮就是这样一所学校，一个催人奋进的集体。

记得那天我到人事处报到，业务四处一位负责人老 L 把我领到处里，与本部门的"老同志"们一一见面，然后给我安排了一个座位。当天给我印象最深的是一位与我差不多岁数的"老同志"（后来知道他只是比我早几个星期来公司的小 G）正在用英文打字机练习打字。

那时，我们都是典型的单身职工：本人没有成家，在北京又没有家，住在出口大楼六层由礼堂改造成的临时宿舍里。公司的出口大楼就是我们的家。

我们一天的学习、工作、生活就这样开始了：早上起床后到院子里或故宫外的河边去跑步、锻炼身体，然后在出口大楼食堂用早餐，七点半开始到由出口大楼教务处统一组织的英语学习班上课。当时的公司领导和处领导对我们的外语学习相当重视，有不少领导也来参加学习，凡报名并被批准参加外语学习的同志，可以到八点半下课后才回办公室上班。我是从 ABC 学起的，被编在初级班，英语老师放唱片教我们正确的发音，也正是在那个时候，我学会了国际音标。现在想起来，努力的劲头也不亚于在校学生，除非出差在外，风雨无阻。为早上准时起床，我特地买了一只闹钟。晚上还要抽时间复习或预习。为了练习拼写，写日记的时候，年、月、日等都用英文；出差时也带着课本，有时间就念念、背背，出差回来就问老师和同学。

那时有一个政治意味很浓的提法，叫作培养革命事业的接班人。这使我们这些刚参加工作的年轻人大受鼓舞。中粮公司领导、党团组织和处领导乃至普通的老同志，对刚出校门的同志不仅注意让他们到业务第一线去锻炼，从实践中增长才干，而且在思想、政治上关怀有加。

在我到公司后不久，处领导就安排我跟随运输处老同志到辽宁去了解向苏联出口苹果的收购、包装和装运工作。这是我平生第一次出差，也是第一次到东北，感到什么都新鲜。学习果树专业的我，第一次见到这么多又那么便宜的苹果和梨，着实兴奋。在从大连到沈阳的火车上，我一连吃掉了八个苹果，成为那几位老同志的笑料。那次旅程的最后一站是辽西绥中，见到包装相当讲究的白梨才八分钱一斤，比苹果更便宜。于是，我就买了五斤准备拿回来享用，并让同志们尝尝。我到公司后直接回办公室，处里的学习（或开会）还没有结束。那时每个星期有几个晚上是以处为单位组织政治、时事学习，或党员、团员过组织生活。那个晚上好像是一般性学习，领导宣布散会后我满心高兴地将那些白梨拿出来分给每一位同志，没有想到他们没有一个人动嘴，或婉言拒绝，有人甚至神情严肃，真让我有点丈二和尚摸不着头脑。事后我的师傅给我做了一次正式的个别谈话，大意是："你刚刚参加工作，事事处处要注意勤俭、节约，不要铺张、浪费，要保持劳动人民的本色。"这件事要是在今天一定会被当作笑话。但我认为，即使是现在，师傅谈话的精神仍是正确的。那时，公司内部那种视同事为知已，像对待兄弟姐妹那样友爱、真诚，是相当可贵的，令人怀念。

处里有位姓 L 的领导，对我们的学习抓得很紧，但批评起来也很严厉。他写得一手漂亮的毛笔字，也有深厚的文字功底，对部下起草的公文稿修改起来相当严格。有一次我起草了一件文稿，交上去后不久他把我叫到他的办公室，拿出我的草稿纸，指着一个"椐"字问："这是什么字？"我有点莫名其妙，随即回答："是根据的据呀。"他面带怒气地把稿子递给我，挥挥手说："回去查一查字典再来回答我。"查完字典，方知我是把"据"字写成了木字旁。

我前去承认错误，大概态度还可以，L 处长脸上已经没有了怒气，并且跟我谈了许多话，如要在文字上下功夫，要一丝不苟。还对我说："你的文章条理和层次比较清楚，能把想说的话写明白。但是你的文字比较啰唆，生怕别人看不明白，写了一些可以不写的内容，所以改起来也比较容易，去掉一段两段也读得通。"L 处长谈兴甚浓，又跟我讲到学习毛主席著作、毛主席诗词和毛主席的行文风格问题，并将载有毛主席《论十大关系》和《在七千人大会上的讲话》的内部文件借给我看，鼓励我好好学习。L 处长的那些谈话和鼓励我在文字上下功夫的教海，使我终身受益。

当年，我国果菜出口业务的方向是一南一北。南面是指中国港澳市场，北边是指以苏联为首的社会主义国家。去东北出差是为对苏联出口苹果的业务，我回到北京不久，处领导又安排我跟随运输处领导南下广东，让我去熟悉一下对国内港澳地区的果菜出口（当时称供应）工作。到了广东分公司，运输处领导对分公司果菜科领导讲，这是新来的同志，是来实习的，他有问题可以问你们，你们有了问题不能为难他。于是，在果菜科的安排下，我先后到东莞、佛山和汕头的水果、蔬菜产地和储运基地学习，这大大丰富了我的业务知识，也使我与分公司的同志建立了亲如兄弟的关系，至今与他们仍有来往。

从广东回来后不久，领导再次安排我去广州学习、锻炼——到中南外贸局果菜处学习供应港澳果菜的配额管理工作。那次我在广州住了很长时间，不仅学到业务知识和日常的工作方法，而且学到许多有关我国港澳的政治、经济、市场方面的知识。

在中南外贸局工作期间，有一件事令人难忘。那是一个下班后（傍晚）的学习时间，中南外贸局Y局长来到果菜处查看学习情况。Y局长看到我这个陌生的小伙子，就问起我的情况。当我说明来历和来意后，他表示欢迎并说小伙子很年轻，就是不知字写得怎么样。随即递给我一张当天的报纸，要我把其中的一篇短文抄一遍。我从小读书还算用功，就是写字没有下过功夫，局长考我书法，我确实有点慌张，只好硬着头皮用正式的稿纸规规矩矩、认认真真地抄写。Y局长谈完事后就来检查我的作业。他拿起我的作业认真端详，看看我的字迹，又看看我的面相，若有所思地说："小伙子人长得还算漂亮，字写得还算规矩、工整，就是嫩了点、没有功夫。还得好好练呵！"几十年过去了，这位老局长的话一直记在我的心里。

我们参加工作之初物质生活远不如今天这样丰富，像我们一些从农村来的同志，衣着简朴而且略带几分土气，但在生活上互相关照的事例却很多。这里记下两件小事。

参加工作的第二年，领导安排我去参加交易会。那时我还没有手表，本处的小Y将手腕上的表摘下来递给我，说交易会是外事活动，你就戴上这块表以免误了时间。

那次去交易会是集体行动，大家在出口大楼院里集合，由公司统一派车送往火车站。当时我已经在车上坐着，有人提醒：广州天天下雨，必须带上雨具；我既无雨伞又无雨衣，车下的小J同志立即跑到宿舍取来他的雨衣，从车窗外递给我，此时车子已经缓缓启动了。

以上只是我到公司之初那几年经历中的零星片段。如今我等已是白发老人，早已离开了那座像家一样的大楼。每当路过东安门大街，见到那座出口大楼时，那些片段就会重新浮现在我的脑海里，心头总会涌出一丝难以名状的滋味。

原载1999年9月出版的《中粮志》

广州交易会，从第 17 届到第 87 届

1998 年春，我以参加广州出口商品交易会的名义前往广州，4月 16 日进入交易会馆，这是我退休前最后一次参加交易会。

我已经记不清这是第几次出席交易会，只记得第一次是 1965 年秋季，那次交易会是第 17 届，而这次是第 87 届，中间经过了 35 年，虽不敢说有"世事沧桑"之感，但也确实有不少感慨，于是有了本文的标题和这篇文章。

我此次参加交易会，是受人之托去当说客的。此事没有记述的价值，只是从 17 届到 87 届这样一个时间跨度而言，确实有许多人和事值得记述，在游说之余，决计放松一下，游一游故地，访一访旧友，想一想往事。

某日上午我独自一人来到广州城东部的东山湖公园，漫无目标地游逛。那个地方是我 1965 年第一次参加交易会时与一位同事一道来的，我们租了一只小船，在东山湖上荡舟。那时的东山湖，在城区的东郊，宁静美丽，空气清新，与今天的热闹场面已经大相径庭。今日之东山湖公园，已经有点像闹市区的街心花园，只能用"喧嚣"二字来描述它的特点。35 年前的景物已无觅处，我来此处本来想清静一下、休息一下，但在如此喧闹的环境里身心反更觉疲惫，于是我坐在一张椅子上休息，望着湖上的游船，自然就想到了上一次来湖上划船的情景以及与交易会有关的往事，有往事如烟的沧桑感。

那时我们风华正茂，出校门不久，总想以自己所学为国家出力，或者说总想做一番事业，真有点"指点江山，激扬文字"的气概。我作为农业大学园艺系的毕业生，当初从事果菜出口工作，虽然算不上专业对口，但总算有点用武之地吧。然而，此后的政治运动破灭了我以专业知识报效国家（或做一番事业）的理想。几经变动，最后在商标工作这样的岗位上为自己的工作历程画上一个句号。

在所有的省会城市中，我去的次数最多，加起来住的时间最长的就是广州，但从没有参观过有名的黄埔军校。这次如愿了，而且最有意思的是与一位我认识最早的、在广州工作近四十年的老朋友一起去的。

话从 1964 年秋说起。我刚参加工作不久，便出差到了广州。由此认识了已经在广东食品进出口公司工作了一年多的胡彰福同志。当年我搞果菜业务，他搞罐头业务，我与他结伴前往汕头联系业务。

这次去广州，在工作岗位上是最后一次了，也感到格外难得。从第一次到广州至今已经整整 37 个年头了，一定要会会这位退休在家的老朋友。

那天晚上，由另一位老朋友做东，在广东迎宾馆聚会，我提出要去参观黄埔军校，老胡从内心里赞成。因为他在广州工作、生活这么多年，竟然也没有去过黄埔军校，与老朋友一起前往当然格外高兴。

次日上午，一位还在任上的朋友给我们派了一辆小车，出广州市区，向东到黄埔港区过轮渡，前往位于长洲岛上的军校旧址。现在的轮渡条件好了，我们不用下车，连人带车一起上了渡船。我们在车里又谈起当年去汕头用了 18 个钟头，到达目的地后满身尘土的情景，今天只需三四个钟头就可到达。

渡船到达对岸后，车子直接开上码头，向军校开去。那个地方是国共两党军事力量的发祥地，是值得一看的地方。我们是带

广州交易会进馆证

着崇敬的心情参观这个革命遗址的，在校本部，我们认真地听取了讲解员黎小姐的解说，她讲得很出色，我们也不断地提出一些问题与她探讨，她对解说词以外的历史和人物也颇有了解，真是后生可畏呀。

参观回来的路上，我们再一次谈到1964年前往汕头和此次同来黄埔军校的巧合，有那么多的"第一次"。

我第一次参加广州交易会是在1965年秋，是第17届，会场在海珠广场，是第二代会场，现在的会场是第三代，据介绍正在建设第四代。可惜的是我没有将那时用的会徽或入场券保存起来，这是无法弥补的损失。于是，这一次我把入门证保存起来了，并且在交易会场内照了相，以资留念。对于局外人来说，特别是早些年，开放程度较低的年代，参加交易会似乎很神秘、很荣幸，其实，也不过如此。

说到荣幸，有一件事值得记述。大概就是1965年的那次交易会期间，我们在交易会会场里迎接过周恩来总理。那天下午接到上级通知，要求全体共青团员留下待命。交易会闭馆，来宾和一般工作人员撤离会场后，才告诉我们，周总理要陪外宾来参观交易会，我们便站到粮油食品交易团场馆所在地的二楼楼梯口，列队等候。不多时，周总理陪着一位来自非洲的老太太（某国家元首的夫人）步行过来，我们热烈鼓掌，夹道欢迎。这是我平生第一次在这么近的距离内见到总理。

两年以后，我在人民大会堂的一个会议厅里，在更近的距离内见到周总理，而且有幸与周总理交谈过两句话。那是 1967 年春季交易会开幕前夕，广州的造反派组织在筹备交易会问题上发生了争执，大会有无法如期召开的危险。4 月 12 日晚上，周恩来总理接见财贸口造反派组织的代表到人民大会堂开会，商讨广交会准时开幕的事，当时我是某个组织的代表，坐在总理对面，中间用一张桌子隔开，大约只有一米距离吧。总理手里拿着一份被接见人员的名单，他念了一些人的名字，并与之交谈几句。当总理念到我的名字时，我举手答应并向总理示意。总理问我哪里人，我答浙江平湖。总理说："那是个好地方。"随后，他又念了几个人的名字，做些简单交谈后，便转入正题。会议的结果是选出几位代表，连夜随总理飞往广州，处理交易会开幕前的紧急事务。遗憾的是我没被选上，没能与周总理一同飞往广州。

沧州岁月

题　解

　　1973 年 5 月到 1985 年 10 月，即从 33 岁到 45 岁那个人生的重要阶段，我是在位于北京西郊二里沟的外运公司度过的，一共 13 年。至于我将职业生涯中的这个阶段，戏称"沧州岁月"，那还得做点解释，免得外运公司的朋友或要好的同事误解。

　　我是响应伟大领袖的"五七指示"，积极报名要求下放农村锻炼，于 1968 年秋开赴河南息县，在外贸部五七干校劳动锻炼，或称为接受贫下中农再教育的。但必须声明，我是自觉自愿去锻炼的。我在五七干校劳动锻炼五年后，才调回北京。虽然回到了北京，但迟迟不给分配工作。后来，组织上将我调往远在西郊二里沟的外运公司工作。作为农业大学毕业生，让我离开心爱的（与所学专业相对较近）果菜出口事业，到一个（相对来说是）遥远的地方去做完全陌生的工作，我当然是很不情愿的，但是胳膊拧不过大腿，争执多时，最终不得不屈从。内心里那种屈辱和愤懑之情，无处发泄，也不敢发泄。只是在遇到熟人或好朋友问起我在哪里工作时，我就说在沧州工作，只是省略了"草料场"一词。

　　说实话，外运公司与我原先所在的公司是兄弟公司，与我"前世无冤，今世无仇"，起码外运公司养活了我 13 年。那里也有对我很和善的领导和同事。用沧州指代"外运"，有点失礼，故这个小标题应当写成"外运十三年"。

事情还得从头说起。

高墙深院

1972 年 12 月底，我以照顾待产的妻子为由，要求请事假回到北京。当时我所在的连队勉强准假，就这样，我们小两口住到了前门外珠市口狗尾巴胡同的一间小平房里。后经申请，出口大楼管理处房产科批准我们搬到东城区东四九条某号的一间小平房里，离岳丈家稍近一点，便于互相照应。那是个典型的四合院，共有三进；住着出口大楼里的许多干部，也有中粮总公司的人。

分给我们的这间小屋有点特别：房间大约有十平方米，不算太小；一扇小木门，门旁就是窗户，大约一米见方；门外有一块小小的空地，也是通往外界的唯一通道；由此往南，穿过一条窄窄的堆放杂物的甬道才能到前院。我们住大院最深处，北临高墙（这是大院的最北边界），南面是整个四合院里最后一进的正房，比较高大，我们的那一间小屋，正好在它后屋檐底下，背阴。

据老同志讲，这个院子原是前清某地位显赫的太监的府邸，那间小屋原来是厕所。后来厕所挪到别处，这间房子的地面加以改造，就成了住房，所以水泥地面很容易返潮。房内摆放一张双人床后余下空间已经不大；床前安一只煤炉用于取暖，也是烧水做饭的"灶"；室内有一盏电灯。但房子里没有自来水，更谈不上"下水"设施；取水、倒水或上厕所只能到前院。

我住进了这间高墙深院中非常僻静的小屋里，在河南待过五年之后，总算在北京有个遮风避雨之处。但因为不知何时能正式调回北京和工作问题还未落实，心总是安定不下来。

悲欣交加

　　我回到北京之后不久，我们的女儿香香出世了。当时，曾有过欢乐或欣喜。但迟迟得不到分配工作的消息，而且总担心再次把我赶到河南去，我的心总是"悬着"。

　　有一天，我抱着出世不久的女儿仔细端详，发现她长有大大的眼睛，明显的双眼皮，还有两个小酒窝，带有我们老陆家女孩子的典型特征，着实可爱！此时我想到远在千里之外的母亲，想到就这么一间小屋，工作还没有着落，母亲来北京抱孙女的愿望怎么可能实现？想着这些，想到我这一年来的经历，抱着我的小宝贝，我不禁潸然泪下，有道是"男儿有泪不轻弹，只因未到伤心处"。

　　我在那间背阴的小屋里住着，几乎与世隔绝。我总想着能见到公司来的人，或者幻想公司来人让我去报到、上班。但除了一位姓陈的同志来给我送过一封无关紧要的信件外，公司里没有任何人来过。原因当然不用多说，所幸也没有人来催我回河南，只是迟迟得不到给我分配工作的消息。我跑到公司去问过多次，但毫无结果。其心境可以用"悲愤"或"孤愤"来形容，但又不敢当众"发泄"。

　　当时我已经三十有三，却连个工作单位也没有。

　　三月下旬，即在我请假回京将近三个月之后，公司

女儿香香

终于有了消息，叫我到公司去一趟。第一趟当然没有结果，后来又先后交涉多次，结果还是"胳膊拧不过大腿"，如果真的顽抗到底，被开除了，后果就严重了。有人劝我认了吧。是啊，要是真的没有了工作，我们用什么来养活我的可爱的小宝贝？！

"重新分配"工作

按常理，从五七干校回来的人员，大多数情况下，是回到以前工作单位或原有岗位上工作，这是正常现象。而对于我来说，则出现极大波折，享受一种特殊"待遇"：调往另一个公司，去做一种完全陌生的工作。明面上的说法是工作需要，并以个人服从组织的原则，让我不愿意去也得去，其实是一种变相的"处分"。我当然是不能接受这样的安排。前后经过一个多月的周旋，包括与那位后来成为王代表的总经理的交涉和争执，那是我一生中度过的最为艰难、心情最为纠结的岁月，至今仍余恨未消。关于这一段经历和心境，不想多写了。

最终，我还是服从了。过了1973年五一节，我就前往西郊的外运公司上班了。

特殊的邂逅

外运公司在西郊二里沟的进口大楼里，在其南面，一条小路之隔，有一座富有新疆风情的建筑，与周围的办公楼或民居建筑风格截然不同。初到二里沟，它很快吸引了我：那个院子很开阔，四周有围墙，院里有果树。刚到外运公司上班的我，情绪相当低落，甚至感到屈辱。见到那个栽满果树的院子，就有点见异思迁：如果到那里面谋份差使，或给他们看看果园，冬春之际帮他们做点修剪工作，也算专业对口。

到了外运工作不久，公司在新疆办事处的会场里，举行全国外运公司系统的一个业务会议，也许是公司领导想让我去熟悉一下业务，所以也叫我去参加会议。

与会者接到通知，要我们在会场门口迎接部里来的领导，这是一种礼节。我也在迎候的人群中，没有想到的是，他们所称的部里的"新领导"，正是刚从中粮总公司总经理岗位上荣升到"副部级"岗位上的新任部长代表。人家是新官上任，正是春风得意之时。当他走到欢迎队伍面前，与外运公司领导和群众打招呼、握手言欢之时，他在欢迎的人群中发现了我。他喜形于色地跟我打招呼："啊，小陆，你怎么在这里呀？"见他这么说，我的怒气涌上心头，又不好当众发作，只是淡淡地"回敬"了他一句："这不是你'派'我来的吗？这么快你就忘记了！？"

外运公司的一般群众，当然听不明白我与那位新领导简短对话中的隐情。

喜得自行车票

我每天要从东四九条出发，将女儿送至东四四条她外婆家里，然后坐公交车前往二里沟上班，如果顺利的话40分钟能到公司，早出晚归辛苦自不用说，在外运公司的同事中，像我这样的情况比较少，许多同志也知道我是被逼无奈，不得不早出晚归的，好心的同志非常同情我。在外运公司上班两三个月后，公司福利委员会得到一张上面分配下来的自行车票（即自行车购买证）。当年想购买自行车的人很多，但没有票就是有钱也买不到。开会讨论分配方案时，港口处据理力争，结果决定将此票分给我。就这样，我用150元买了一辆自行车，每天骑车上下班，可以省下每月3块5角的月票钱。外运公司同事对我的关怀，我感到很温暖，从内心里谢谢主张将自行车票给我的同志们。就这样，我的情绪开始平复了一些，"做一天和尚撞一天钟"的念头消退了，工作上也比较投入了。

入乡随俗

我进入外运公司后，工作上倒也不全是抵触。比如，港口处的老同志，他们对我没有歧视，把我当作同事或同志；其他一些从未见过的同志，大多对我也很友善。所以，我慢慢地融入了这个新的集体之中。对于工作，虽然从内心里讲，根本不想长期在此待下去，但总得对得住那56元工资，在老同志的指导下，不久我就能在动态组熟练地从事工作。

那份工作，其实就是了解全国八大交通部直属港口的装运进出物资的船舶及装卸作业的动态，下班前汇总成表格，并向领导汇报特别需要汇报的情况及问题。当年我国港口作业机械化水平较低，往往有严重的压船、压港现象出现，所以及时向上级报告港口压船、压港形势或动态，是项重要工作。

工作了一段时间，心情稍为稳定一些之后，出现了两件意想不到的事，让我惊喜。这使我在外运公司工作时情绪逐渐稳定下来，慢慢地将自己视为港口处中的一员。

乔迁之喜

我到外运公司上班三四个月之后，在五七干校工作时认识的陈再贤同志找到我说，他想跟我调换住房，即把他在进口大楼路东（朝阳庵小区）一套两居室的简易楼房，与我在东四九条的那间小屋对调，而且是无条件对调。老陈是五金矿产公司的人，与我同在进口大楼工作。老陈对我说，她的夫人在东城区东四地区工作，由于摔伤了手臂，挤公交车很困难。若能与我对调住房，他夫人就能免去每天挤车之苦了，而我上下班也方便了。我当时表示回家商量商量。

我首先向港口处的同事说了上述消息，同事们高兴得不得了，都说这是"天上掉下来的馅饼"。还有同志说："这样的好事，打着灯笼都找不着！"回来跟家里人一商量，全家都同意与老陈对调住房。

当时，进口大楼各公司员工之间的住房，都归进口大楼管理处统一管理，员工间调换住房手续很简单，改变一下交房租的手续就可以了。

1973年初冬的一个下午，外运公司汽车处派出一辆货运卡车，由一位姓赵的同志开着，将老陈家的家当送到东四九条；然后将我的那点家当（包括已经由河南托运回来的两件行李）都装上卡车，我的岳母抱着我的女儿香香坐在卡车的副驾驶位置上，随车来到了西郊二里沟朝阳庵六号楼的那套房子里。

有了两间楼房，对于我的小家庭生活来说是发生了天翻地覆的变化。我们港口处的不少同事还只有一间住房，有些还与其他同事合住在同一套房子里，如三间一套房子，住两户人家，人口多的一家，住其中的两间，人少的一家，就住一间。这样的情形，当时相当多，对今天的人们来说是不可想象的。所以，我刚搬进这套房子时，许多要好的同事都会过来看一看，主要是来道贺的。

母亲来京

1974年5月7日，即到外运公司报到一周年之际，我母亲来到北京，住到二里沟那套楼房里帮我照看香香。在此之前，香香仍"放"在姥姥家。

母亲来京后，我在外运公司工作的心思也稳定了，可谓心无旁骛。

母亲思乡心切，她曾对我说她"巴不得一步跑回老家去"。但我母亲是伟大的，她在一个完全陌生的地方住了将近两年，老家的乡亲们都非常钦佩。

1975年12月31日，香香快满三周岁，上幼儿园已指日可待，母亲在上海来的一位同事陪同下，坐火车回老家去了。

1976年3月，满3岁的香香进入幼儿园。于是，我每天早上首先送她去幼儿园，然后到公司上班，下班后再接她回家。

外运与我的家更贴近了，我思想的波动也相对少了。

一份调查报告

在分给我自行车票和调换住房之间的某个时候，公司派我参加一个调查小组，赴江苏张家港调查研究利用那边港口装运出口大米的可行性。调查组由中粮总公司运输处一位副处长带队，另有一名熟悉海运业务的干部，我是"小陆"，是"跟班"，但代表外运公司港口处。

小组先到上海粮油分公司和上海港务局说明来意，然后由上海分公司派汽车送我们到张家港实地考察，了解码头和仓库条件，分析研究在那里装运出口大米的可行性。

经过调查了解和实地考察，获得如下重要情况：张家港位于沙洲县（今张家港市）的长江南岸，是上海港务局的第十作业区；当时说是战备港口，其实国轮也没有来装卸过外贸货物。

经过对码头水深、泊位长度、岸边仓库容量等基本要件的分析，调查组认为这个港口已经具备了停泊万吨级海轮和装卸出口大米的条件，然而这个港口虽然在江苏省境内，但业务上隶属于上海港务局，国轮出境和货物出口所需的与国内航运业务截然不同的复杂程序，如单证以及与出境所需要的检疫、检验手续等都由上海港务及相关机构负责。总之一句话，在张家港装运出口大米，与在上海港某作业区装运没有区别。

根据这些情况，小组让我负责起草一个调查报告，报告还附有我根据当时看到的情形画的张家港栈桥式码头示意图，同时列出仓库位置和容量等数据，为报告的结论提供了佐证。

报告送到部里的运输局（运输局与外运公司是两块牌子一个机构），最终到了局长兼总经理的庞之江手上。庞局长参加革命前是教书先生，文字功底了得，毛笔字写得相当漂亮，常用毛笔批阅公文，在外运公司领导层中无人能比。

老局长读到我写的这个报告时，觉得这是个少见的好文件，很像一份可行性报告或调查报告，但不知道这位姓陆的作者是何许人。于是他向港口处的小靳打听。小靳同志告诉他，是新近从中粮公司调来的。而老局长对我那份调查报告的评价是小靳回来向我转述的，他也为此事向我表示祝贺。

过了几天，人事处一位姓吴的同志把我叫到他的办公室，郑重其事与我做一次正式谈话，大意是：你最近写的出差报告，庞局长看了很满意。为此，庞局长专门对你的事写了很长的批示，对你提出几点希望，他要我们向你传达，但批示原文不能给你看，所以只能将摘要念给你听听。他念给我听的主要内容是："犯了错误，只要认识了，改了就好。"其他内容我都不记得了。

从人事处回到办公室，我跟谁都没有说刚才发生的事，但与前几天小靳从庞局长办公室回来跟我讲话时的心情已经截然不同。脑子里冒出了四个字——"原来如此"。心里想：你们外运公司领导层仍然把我作为另类，视为有罪之人，是要继续、不断认错和不断改造的人。我的情绪又低落到了刚到外运公司报到的时候。此时，我又想这样的地方不可久留。

当然，对于那位庞局长我是尊敬的，我对他没有成见，更没有丝毫敌意。他所做指示的依据也是别人渲染给他的，这不能怪他。

而他"认可"我那篇报告,我相信是出自老局长的本意,他是个惜才、爱才的老干部,我对他不怀恶意,相反感到一丝安慰。

同是天涯沦落人

到外运公司上班后不久,偶遇曾在果菜处一道工作过的好朋友、《A Big Family》一文里的小 Y 同志。真可以用"他乡遇故知"来形容当时的心情!

她那略显苍老的脸上,隐约透出几分憔悴,"沧桑"二字顿时浮现在我的心头。我鼻子一酸,差点流下眼泪来。一问才知道,她当时已经被调到技术公司工作,与我所在的外运公司在同一办公大楼内。我知道她还住在朝阳门外,需每天挤公交车到西郊来上班,真是"哑巴吃黄连——有苦说不出"。

我得知她是因为与丈夫离婚才被调来西郊的。夫妻反目,孰是孰非,局外人怎能评判。但将女方调离,局外人自然而然认为罪责全在女方。于是在我的脑海里立即浮现出"三人成虎"和"曾参杀人"的故事。由此,我也就联想到了自己的"命运",脑海里顿时涌上来"同是天涯沦落人"那样的诗句。

由此,我想到了自己:当年在公司里或五七干校里,曾有那么多批判我的声音,运动后期又将我撵出公司,不明就里的群众也许就会这样认为:如果你没有问题或罪行,那怎么调走的偏偏是你,而不是别人?

同理,在公司里流传的许多关于导致小 Y 与丈夫离婚起因的事儿,有许多同样是不实之词,或者子虚乌有,更有许多事是好事者"添油加醋"的结果。说句公道话,小 Y 已经被"污名化""妖魔化"了,而调走又将以上种种本来子虚乌有的东西固化了。

我饱尝过被"污名化"和"妖魔化"之苦,甚至是有苦无处诉说。当然,我的那些被"污名化"或"妖魔化"的事儿,是特殊背景下的产物，事情过去之后，强加在我头上的那些罪名或帽子等，已经烟消云散。但与离婚原因有关的那些事，是不会烟消云散的。因此，我始终认为将小 Y 调离公司，有失公道。

后来，小 Y 在不经意间说出了一个我意想不到的情况，曾有人告诉她："陆穗峰是自己主动申请，要求调到外运公司工作的。"而且说得有鼻子有眼，且符合逻辑。

听到她这么说，我的气就不打一处来。那些人如此编造谎言，足见他们的内心是多么卑鄙、阴暗。

到了此时，"有朝一日我一定要回去"的念头又萌生了。

仓库吸潮

1976 年 6 月，外贸部曾发起一个清仓查库运动，组建了若干清仓查库工作组，奔赴上海等地开展清查工作。我被公司指派，参加了赴上海工作组，由部里一位局长带队，工作组成员有二十多人，分别来自各总公司部机关。

6 月 26 日，工作组到达上海，住在和平饭店南楼。我们被分成若干小组，分别到对口的单位与当地人一道工作。我被派到上海外运分公司，与他们的仓储运输部一起工作，有时候到仓库里参加劳动，如清理、擦洗商品上的霉点或锈迹，罐头食品的铁听上有了锈斑，就用带有酸性液体的抹布擦拭，除去锈斑后再次装箱，有些商品的纸箱报废了需要更换新的箱子。

我们到上海之初正值黄梅天，仓库里往往非常潮湿，只能靠自然通风来防潮，但连续多天的阴雨天导致无法通风，潮气无从散发，这是出口货物受潮、霉变的元凶。

我这个人的脑子是闲不住的，在清仓查库时，商品受潮、霉变、损失等问题经常萦绕在我的脑际，如何将库内的潮气吸掉（除掉）是大家经常思考的问题。于是我与相关人员一起探讨，如果设计出某种机械设备将库内潮气吸走，商品及包装岂不就安全了？

某天，我在仓库里发现一条冷水管子上有露珠凝结，甚至往下流淌。这个现象以前也曾见到过，但没往心里放。此时，我摸了摸水管，感觉有点凉。库内空气温度已经接近30℃，而自来水管子则凉一些。

当时是晴天有太阳，按照仓库管理规范，大晴天必须打开仓库的窗户通风降潮。有些仓库还安装了机械设备，实现开关仓库门窗半自动化。我将冷水管上滴露珠、库内温度和在大晴天开窗等三者联系起来一想，一下子豁然开朗。用机械方法在仓库里吸潮（去湿）的方案在我的脑子里基本形成。于是我就开始进行原理的思考和"机械吸潮方案"的设计。反正在上海清仓查库这三个月里有的是时间，到仓库劳动时也可以琢磨，找机会到书店查看相关书籍，在外运上海分公司储运科内查阅所能找到的资料。也曾与上海食品进出口分公司的同志探讨，一位经理给我提供了一个情况：曾有人研制过去湿机械，其核心部件是一台由南京某厂生产的压缩机，但没有见过样机，也没有见过图纸。核心部件是一台压缩机这个说法，又让我茅塞顿开。需要说明的有两点：

一是，我在学校的果菜储存与加工课程中，学习过用氨制冷的机械原理，到食品厂的制冷车间实习过，也到冷库里参观过。

二是，我们学制冷课程时，还没有听到过"氟利昂"那样的词语；1976年家用冰箱还很少，根本没有见过家用空调机。我设计出来的示意图，其实就用到了后来见到的分体式空调机的除湿功能。

我的设计方案，曾与仓库管理人员探讨过，也与有关公司的仓储部门的干部探讨过，他们都认为可行。我的设计方案的关键部件是压缩机，只要与工业部门联手或得到工业部门的支持，机械吸潮一定能在力所能及的范围内加以推广。

1976年9月9日，毛主席逝世了，清仓查库运动也不了了之。工作组在上海参加完毛主席的追悼会后不久就返回北京。但我的研究与探索仍在继续。

一是，计划用在上海工作期间所获得的资料（包括数据）等，加上我的设计构思，编写一本适合仓库工作的参考书，用来宣传和普及仓库温湿度管理的基本知识，特别是在自然通风条件下，防止不适当的通风换气而造成负面影响。书稿名称是《仓库温湿度管理》，曾寄往工业出版社请求出版，但没有回音。

二是，我将机械吸潮原理和机械吸潮设备的推广应用的构想整理成一个方案，作为会议材料，在某个仓储工作会上，以大会名义散发过。那时，外贸仓储公司已经划归外运总公司，于是我将上述两份材料都交给了当年的仓储公司。

身在曹营心在汉

在外运公司工作的岁月里，思想是经常波动的，要不要在外运公司待下去，始终是个问题，而且反反复复。这里的内因是我总想从事与所学专业相关的工作，就像当年在果菜处那样。再加上有时候在政治上会给我来点"不痛快"。所以，在外运公司这么多年，我从来没有真正地安心过，也从来没有在那里长期干下去的打算和决心。

有关人士是知道的，我也没有刻意隐瞒。

环境因素

哲学中有"存在决定意识"的观点，我也不全懂其中的内涵。但到西郊二里沟外运公司上班后，周边环境使我更加不安心外运工作，或者说是"见异思迁"的心理经常萌生出来。

内因很简单，我是学农的，总想做点与农或果菜专业相关的工作，这是人之常情；外因就较复杂，主要是对调我到外运来的那些人很反感，满腹怨气。所以时不时地会冒出离开外运或要求回去的念头。工作比较顺心时就安心一点；一有不顺心的事，这种念头就萌生出来，多少年来一直如此，反反复复。

那个年代，二里沟与进口大楼都在远郊，再往外走就是乡下，就有农田、菜园和果园。用现在的话来说是城乡接合部，完全是一派郊野风光。我工作和生活在那样的环境里，走出办公楼或离开宿舍区（楼群），就能接触大自然，路边的野菊花盛开时，我经常看得入迷。走不远就能见到菜园，菜粉蝶飞来飞去，虽然我知道那是害虫，但我不伤害它们，甚至会带着女儿去观赏，我还找到它挂在菜叶上黄绿色的蛹，拿给女儿玩。

二里沟进口大楼一带，还有许多足以勾起我见异思迁的事物。那个新疆办事处是最早吸引我的地方，那里的果园令我着迷。往北不远，在动物园西南角有中国科学院植物研究所，他们的温室就在进口大楼北面，与我们办公楼只一路之隔。往西北方向走是紫竹院公园，植被茂密。在其不远处有五塔寺的古老银杏树……

那时，我一有机会就带着女儿去紫竹院公园或五塔寺看风景，让她接触大自然，也让她多认识一些植物。

难以名状的因素

在外运公司工作期间，每当比较顺心的时候，我的情绪相对比较稳定；而每当出现专业之外的不顺心的事，或遇到有苦说不出来的事情时，情绪就会波动。

1976 年 9 月末，我结束了长达三个月的清仓查库工作，回到北京。这年的冬天，"四人帮"覆灭后，我的心情不错，想好好地做点业务工作了。

但唐山大地震后，进口大楼行政管理处对住宅区住房开展防震加固工作，要各公司抽人参加。外运公司领导要求港口处抽一位同志去搞防震加固工作，处里研究的结果是要抽我去。

我的第一反应是有点欺负人。我在五七干校劳动了五个年头，而且前不久搞了三个月的清仓查库工作，刚回到港口动态组不久，又要去干杂活。于是，我以提合理化建议的方式婉拒：我跟处里领导说，我在五七干校劳动了五年，回到工作岗位上时间不长，再说前不久曾在上海搞了三个月清仓查库，回来不久的我，需要在业务上努力学习和锻炼，而楼房的抗震加固是一项基建工作，不是几个月可完成的，说不定要搞几年。于是，我推荐一位姓潘的女同志去搞加固工作。原因是她的爱人经常出国、出差，身为两个孩子的母亲，如果下放农村劳动，孩子怎么办？而协助施工队施工她完全可以胜任，而且这个岗位就在公司附近。处里领导采纳了我的建议，于是把我留在港口动态组里，我也确实在这个岗位上努力过一阵子。粉碎"四人帮"后，"专业对口""发挥专业人员作用"等提法或主张开始活跃了起来，也可以公开说了，我想重新回到专业岗位上的心思再度强烈起来。

与科研单位的渊源

我见异思迁的思想时起时伏，不仅是因农科院和植物研究所离二里沟近，而且与他们有特殊渊源。

中国农科院

由二里沟往西北走不多远是紫竹院公园，再往北不远就是大名鼎鼎的中国农科院，对于我等学农之人来说那是最高学府！

我刚到中粮总公司工作不久，由于果菜贮藏问题，曾到农科院请教，还为进口洋葱种子扩大培养之事到农科院，请教过蔬菜所一位老所长，得到他们的大力支持。而1973年我调回北京后，又有一个接近农科院的机缘，事情是这样的：

1972年，我还在五七干校劳动，那年盛夏我在连里的一块稻田里发现了一株特别早熟的植株。河南息县在淮河以北，水稻只种一茬（季），与我老家双季稻的情形不同。但我发现的这株特别的稻子比周围稻株抽穗早。在这块稻田里，它简直是鹤立鸡群了。我每天都去看它，但对连里的五七战友也是绝对保密的，生怕知道的人多了会有什么闪失。还好，我总算等到它完全黄熟，小心翼翼地收了回来，而此时整块稻田还是绿油油一片。我高兴得跟发现了新大陆似的。我当时想，这是种子的机械混杂，还是遗传学所称的突变？

收回来后，我在宿舍门前的公用水龙头附近，开出了一块大小约两平方米的水田，将刚收获的新稻种播种在那里，就用我们日常使用的井水浇灌。当时，这块水田旁边还有我种的西瓜、甜瓜等，并进行了西瓜甜瓜的互相嫁接试验，西瓜蔓上结出了一些甜瓜。由于我没有注意保密，结果被附近村子里的孩子知道了，没有等到成熟，瓜就被孩子们摘去吃掉了。而对那些稻子我秘而不宣，连里的战友们也不知道我在弄什么名堂，谁也没有关注我的实验，那一小片的水稻终于安全地进入黄熟阶段。我小心翼翼地将它们收、晒好，有半斤多一点，装进一只大信封里保存起来。我离开河南息县到北京后不久，尚未到外运公司报到，就将其送到中国农科院。

记得当时我前往农科院，找到抓革命保生产办公室，说明了来意，并郑重其事地将那只装有稻种的信封交了上去。接待我的那位年轻同志，看了看我的稻种，不温不火地说："可惜了，这只是籼稻，要是粳稻的话，还有点价值。"最后，他们总算把那份种子留下了，也许是出于礼貌才收下的。但我觉得很满足，因为做了一件一个学农的学生应当做的事。进而又想，如果我送去的是粳稻种子，那就算是我在专业意义上的贡献了。

我到外运公司报到后不久，在进口大楼院子里的梨树和桃树叶子上发现有不少死了的蚜虫，有的还被一些白色的霉状物覆盖着，这使我想到寄生蜂。进而观察发现死亡的蚜虫上都有一个黑色的点，我将带有死蚜虫的树叶装进瓶子里，带回家观察，果然有金小蜂的成虫飞出来，说明我的估计是对的。

由于我在农校读书时，曾试验用金小蜂防治棉花红铃虫。觉得那些白色霉状物如果是某种霉菌寄生在蚜虫体内的结果，那就有研究价值，应用前景极为广阔。

我对上述发现感到无比兴奋！于是马上写信给农科院那个生产组。结果，就像给报社投稿或写"人民来信"那样石沉大海。

但我对那个现象，至今仍难忘怀！

中科院植物研究所

　　正如上文已经谈到，刚到中粮总公司工作不久，我曾到中国科学院北京植物研究所（以下简称"植物研究所"）向分类研究室的专家请教，这是我第一次闯进这个植物研究所。

　　到外运公司工作后，植物研究所近在眼前。那是中国科学院的研究机构，对我吸引力远远超过新疆办事处。我暗想，到那里找份工作是最理想的。所以到外运公司上班后第二年春天，我又与植物研究所联系上了。

念兹在兹的那个试验

　　上文曾提到，西郊与城里不一样，一出门就能接触众多的植物。见鞍思马，再加上像植物研究所、植物研究所温室等，容易使我产生离开外运公司的想法，产生见异思迁式的情绪波动。

　　促使我再次与植物研究所联系，想到植物研究所找个工作，是一个复杂和长期的过程，还得从大学一年级时做的一次实验说起。

　　20世纪60年代初，蔬菜生产遇到了很多困难，特别是十字花科蔬菜的病毒病（毒素病）流行，严重地影响了蔬菜生产及产量提高。我当时是一年级学生，还没有学过相关的专业知识，但初生牛犊不怕虎，仅仅知道蓼菜——一种十字花科杂草是蚜虫的中间寄生主这点皮毛，与班上一位要好的同学一商量，就动手搞了个小实验。那时候学校号召大办粮食，大种蔬菜。我与那位同学在学校西大楼的水沟边种了一小片小白菜，等到它们长到几寸高，我们就用砸烂的蓼菜汁液（墨绿色的），稍加过滤和稀释后喷洒到我们种的小白菜上，先后喷了几次。由于没有严格的检测手段，只凭肉眼观察，外观上好像有点效果，但我们的实验材料和对照材料太少，得不出结论。

但意外发现，喷洒过蔊菜汁液的小白菜的生长状况明显优于对照组。印象非常深刻，一辈子都没有忘记，也影响了我一辈子的业余生活。特别是影响了我到外运公司之后的思想和情绪。也是这个原因，让我再次向植物研究所的同志请教。

重操旧业

搬到二里沟那个冬天和次年春天，我母亲还没有来北京，所以我女儿没有真正搬来，我比较空闲。因为周围的植物多，而且还接触了与上述实验及其探索方向类似的资料，如野胡萝卜草、月光花、丝瓜伤流、蔊菜素等的相关报道，我产生了重操旧业的念头。

这年秋冬我不知从哪里得到一个材料，说印度有人用野胡萝卜叶的提取液（或提取物）处理某些作物种子或植株，可以促进其生长。这使我很兴奋，跃跃欲试。那时进口大楼北边的铁路还在，两边的植物不仅茂盛而且种类繁多。我在当年钢铁院附近的铁路边上见到一些叶子很像胡萝卜的野草，闻起来有点像胡萝卜的气味，但根部没有萝卜。后来得知是蒿类（青蒿或黄花蒿），再后来又得知这种野草就是屠呦呦他们用来研制治疗疟疾药物的材料——这是后话。

当年我弄不清这些植物究竟叫什么，我只是在其植株上取了一些嫩叶拿回家里，就像在学校时做的那样将其砸烂、研碎，取其滤液，做起了实验。

其一，用它处理小麦种子，然后将小麦种子种在小花盆里，检测其生长速度，最后检测其分蘖情况。

其二，用它处理冬储大白菜根基及所留下的菜心，即将吃剩下的大白菜根部，留下一些菜心（生长点），晾晒，使根基的组织干洁一些，防止其腐烂，也为处理时让它多吸收一些汁液。

我的房子太小窗台也小，所能放置的实验品太少，用科研上的行话来说，我所处理的样本太少，无法进行数据的对比。即使发现有差异，也往往是个体间本身的差异，不足以说明什么问题。但有一个现象使我兴奋不已：某个大白菜植株生长很旺盛，发现抽薹后其顶端有一朵花很奇特——那个白菜薹顶端的最后一朵花是"花中有花"，其中一条雄蕊位置又长出一朵完整的十字花！

再闯植物研究所

发现了奇特的菜花之后，我决定再到植物研究所去请教。

以前去植物研究所持有公司的介绍信。而这次是不务正业，所以我将那朵特殊的白菜花画了张示意图带到植物研究所。在植物研究所见到了邵莉媚大姐和她的两位助手，她们热情地接待了我。我简单向她们介绍了我的处理过程和所得到的这个结果，她们表示要到我家里看看那株白菜花，我当然欢迎她们来。在离开植物研究所前，她们送给我一份与我所做工作类似的材料——黑龙江省讷河中学关于肥壮素处理作物及其功效的报告，她们还给我一些月光花种子，因为这种月光花种子里含有植物生长促进剂。

出了植物研究所，我领她们来到我的家里，她们仔细地看了这朵奇特的大白菜花，拍了照片，并取走一片叶子，说要研究一下它的染色体是否发生变异。后来我还真的找到了野胡萝卜草（即青蒿或黄花蒿），她们当时也吃不准，说要回去到分类研究室查阅一下资料。

这朵白菜花，为我与植物研究所的联络提供了机会，并借此与他们开展了许多交流。

与研究生失之交臂

在此后与植物研究所的交往中，邵莉媚和助手们对我在上述方面的探索（或钻研）态度很赞赏，我也从她们那里获得了不少科技资料和刊物。她们曾建议我报考她们研究室主任崔澂研究员的研究生。

我也心动过，便借他们的一些英文材料来读，后来觉得我报考研究生英语可能过不了关。再说那年我已经三十六岁了，总得"现实"一点了，不久便放弃了这个念头，但我没有放弃研究与探索。

邵大姐她们还给我介绍了测试植物生长调节剂生理活性的绿豆苗切段法等。后来，她们曾再次到我家里看我的棉花苗去根后处理的实验情况，我也参观过她们的温室。看到她们测试微量元素和植物生长素的花盆和其他器皿都是特制的瓷器，以防止测试结果受器皿本身化学成分渗出物的干扰，足见我在花盆里的实验项目难度之大。

与植物研究所人员交往之后，我继续悄悄地开展这方面的研究工作。由于得到了植物研究所同志的鼓励，又得到了更多的参考资料，思路更加开阔了，决心和勇气也更大了。如我在《参考消息》上读到国外有用海藻提取物处理植物获得成功的报道，这再次引发了我的兴趣，激发我继续从事这方面研究的信心和决心。于是，我立即动手给《参考消息》报社写信，请他们寄点原始材料（上述报道的英文原文）给我。也许编辑部没有这个职能，或他们没有这种义务给我寄什么原文。后来我仔细看，才发现这个报道的消息来源是英国《金融时报》，我们外运公司的研究室里就有这份报纸。我就向研究室的一位研究人员索要了那天的报纸，查阅原文。原文用的关键词是：Sea Seed Extraxtion。

永不停止的实验

1978 年后，随着全国科学大会的筹备和召开，国内科研氛围越来越好，能读到的相关资料也越来越多。邵大姐她们送给我的和相关的科技刊物上的，凡与上述课题相关的材料，我都要收集和阅读，那时我也订了几份科技刊物。其中印象最深刻的并做了详细摘要的有《有关天然的植物抑制剂的几个问题》《丝瓜伤流液诱导水稻花粉植株的效应》《关于烟草茎秆环剥的理论》等。从摘录上可以看出我当时翻阅过的刊物有《植物学报》《中国农业科学》《农业科学通讯》等，遗憾的是我做摘录时没有注明资料来源，但那些重要的观点在我的脑子里留下了极为深刻的记忆。如天然的植物抑制剂不仅广泛存在，而且是植物新陈代谢过程中形成的化合物，浓度或含量极低。但在某个浓度范围内是抑制生长的，或抑制别的植物生长，但在另外场合或浓度下，又是促进植物或同类植物生长的。我为这些论点着迷。我认为，我所榨取的植物汁液中，一定含有上述植物抑制剂，譬如汁液浓度太高了就出现抑制生长的现象，而稀一点又转而变成促进生长。

遗憾的是，我虽然断断续续地进行上述实验许多年，甚至至今仍在进行。但由于我的基本条件不足：仅仅是个窗台（后来算是一个阳台），面积太小，而且所能处理或培育的植物个体数目有限，所得出实验结果的真实性和应用价值都不太可靠，有的实验结果还经常遭受"鸟害"。

虽然偶尔有"欲干不成，欲罢不忍"的感觉，但我至今仍未放弃这项工作。

失之东隅，收之桑榆

外运公司或港口处某些领导总视我为异己，或暗中排斥，或敬而远之。事实上，他们是受命来监督或改造我的，即使在业务工作上，也总是设法将我挤到边缘位置上。所以挖防空洞、支援农村麦收、抗震加固，都会有我的份或者首先想到我。对于这些我心里清楚，也早已经习以为常了。

当时，不把我当作靶子——公开点名批判就算万幸。更值得庆幸的是，我看书、学习和参与大批判还是自由的，起码能被他们视为进步、积极的表现。我乐得当个积极分子，从而多学点知识，多读点书报。

所以，我总是告诫自己，决不能消沉下去，决不能浪费自己的青春和大好年华。所以，我在那个特殊的年代，事实上收获不小，正可谓"失之东隅，收之桑榆"。

正是读书好时节

民间有这样的话："春天不是读书天。"大意是说每到春天，人易犯困，不适合读书。回想起来，1973 年 5 月到外运公司上班之后的那些年，是我职业生涯（退休前）中读书最多的时光，也是我最好的读书时节，并且由此结识了同样爱读书的朋友。

我的阅读量不断增加和涉猎范围不断扩大，知识面也由此扩大。但工作上所需的外运专业书反而读得不多，也不想读。

当年进口大楼医务室有位大夫的桌上有一本人体免疫学方面的书，好像是某免疫学学术报告会论文汇编。因当时我接触过植物免疫方面的知识，而且在白菜根实验时也曾涉及植物免疫方面的问题，所以我对那本书很感兴趣，于是就问大夫："您能不能借给我翻翻？"那位大夫用疑惑不解的眼光看了我一眼，由于是熟人，所以勉强同意了，不过她说："看完得早点还给我。"这是我第一次读人体免疫学方面的书。读人体免疫学的时间大约是1976年春，在此之前我曾从上海出版的《自然辩证法》杂志上读到过类似的文章。

《自然辩证法》杂志很奇特，内容非常杂，当时的上海被"四人帮"盘踞着，能出版这样的杂志，实在难能可贵。杂志的可读性极强，不少文章的观点令人吃惊，也许是那本杂志的名字取得好，充满了马列味道才得以幸存。

我因读书结识的朋友叫万馥星，与我同在港口处。不知他从哪里弄来《自然辩证法》这本杂志，几乎每期必读，我也爱不释手。那本杂志上的文章，诸如宇宙起源、人类起源、动植物进化等无所不包，甚至有与薅菜相关的文章，报道了利用薅菜提取物——薅菜素治疗人们的气管炎的新闻，我读到这样的文章，简直喜不自禁。

1976年我到上海搞清仓查库时，还向上海的朋友打听过研制薅菜素的机构，也想通过他们搞些薅菜素，想做一下我在1960年做过的实验。因为上海太大，人们很忙，最终没有找到，留下些许遗憾。

1990年前后，我逛灯市东口的中国书店（旧书店）时，在一个旧书架里偶然发现了四期《自然辩证法》，我也不看是哪一年哪一期，拿起来直奔付款台买下了。

回家一翻，还真的在1974年第1期上，找到了《从薅菜到薅菜素》一文，这正所谓"无巧不成书"。

偶露的"锥子"

在外运公司的那些年里，除了读书外，我也曾像毛遂自荐中的"锥子"，在不经意间露出了"锥子尖"。

出于各种原因，我曾是另类，许多人根本看不起我，在工作上也没有把我放入他们的口袋里的想法。给我一把椅子坐，给我一碗饭吃，就算是落实政策，给了出路。有人劝我要夹着尾巴做人，用现在的话来说就是凡事要低调。其实像我这样的人，即使被放进他们的口袋里，他们也不会给我露头的机会。他们从来不会派我出去学习、进修，连脱产去学习外语也轮不上我，出国常驻更是休想；就是普通的国内出差，也是把与业务相关性不大的长差、苦差交给我。我职业生涯中两次出差时间最长的纪录，都是在外运公司创造的：最长的九十天，次长的七十天。

不过，我这个人脑子闲不住，尽管情绪波动的时候工作上消极一阵子，但很快就会恢复常态。每当我坐到工作岗位的那把椅子上，或坐到有隔音效果的电话间里接听港口动态电话时，仍是一丝不苟，"进入角色"就会忘掉那些烦心事。比如到动态组（接听电话）不久，发现原来的电话记录表设计不合理，而且是本公司自己油印的，纸质也比较粗糙。因此，我对表式做了改进，并改为铅印，得到组里同志的赞赏。

说到出差，那时出差比较多。但在外运公司出差，不要说与我所学专业毫无关联，甚至与外运公司的业务都没有任何联系，我还是认真对待而不是消极应付。所以，我在外运公司工作的那些年里，往往在不经意间做出了若干犹如"锥子往外钻"效果的事情。因为凡是工作，我不考虑到底是哪个部门的，既然接手了就要好好干。即使是遇到完全"陌生"的工作，接到手里就去做，不会就去学，如此还真做成了几件像样的事，即使四十多年后我还觉得，有点技术含量，也颇有应用价值。

海运单证简化

海运单证是海运业务中的日常工作，而将海运单证简化，推广套合式单证格式以便利用复印机制作全套海运单证，是国际贸易界于 1979 年(或更早一点)提出并力推的，是一项革命性的改革。对于我国贸易界和海运界来说，更是一个全新的事物。

海运单证，关键的几份单证是船上大副签发的，而最核心或关键的单证——提单，必须由船长签发。这理所当然由海运处去研究或办理这方面的工作，我已经记不起是怎样的因缘，让我把这项工作捡过来了；我也不记得那些海运单证简化知识及西方掀起的那场简化运动是如何进入我视线的。

但我闯进了这个领域，还真弄出了些名堂。我弄明白了其中的原理和制单的程序，进而整理出了头绪，写成文章。从业务分工上讲，也许有点越位，但人家也没有提出什么异议。

1981 年 8 月，我将上述研究成果在《国际贸易消息》上连载，引起了小小的轰动。公司调研部一位老同志看了很高兴，但他估计我在这方面不会有后劲——以后的文章可能会接不上去。但我们处的老处长看了很高兴，但他认为署名上有点缺陷：在我的名字前面应当加上外运公司港口处。随后我给编辑部打电话，要求下一期连载时在我的名字前面加上公司名称，但编辑部没有采纳。

说到这里，我想起了当年在《光明日报》上发表我的一封读者来信，在署我的名字的同时还注明我工作单位外运公司的全称，这倒使我很后怕。因为我写的是农业方面或农业科研方面的问题，与外运公司业务完全不搭界。好在《光明日报》在公司里很少见到，我们那位处长大概也没有读到。否则，我就会被视作不务正业！

编印公司简介

当年外贸部系统的各大公司都有对外宣传的公司简介、出口商品目录等印刷品。这些不仅是宣传品，也是企业的门面和外在形象。

我在外运公司工作了一段时间之后，与国内货主的接触很多，但苦于没有系统介绍公司情况和业务范围的印刷品。于是我就想到要编印外运总公司（包括中国租船公司）简介之类的对外宣传手册。

大约在1980年（或稍后），各进出口总公司的宣传材料开本逐渐变大，印刷质量逐渐趋于精美甚至豪华。而作为外贸运输服务的企业——外运公司，客观上也需要开展相应的宣传。但外运公司在这方面比较落后，直到20世纪80年代还没有一本彩色宣传品。我们向国内外客户招揽业务，起码要让他们知道外运公司是怎样的企业，能为他们提供什么样的服务。然而，许多人甚至不知道租船公司与外运公司的区别。

为此，我在80年代初便提出要设计、编制两本彩色宣传册，一本是宣传外运的，另一本是宣传租船公司的。在港口处领导的支持下，报请总公司领导批准，这两本宣传册印制出来并对外发送，这是外运公司及租船公司历史上第一份彩色宣传品。

现在想来，当年我不知道外运总公司应当由哪个部门负责搞这个工作。进出口专业公司有专门的外宣部门，但外运公司似乎没有这样的部门。我想到了，动手搞了出来，也许有点任性。不过，事后没有听说哪个部门对我有意见。

印制和散发上述宣传册之后，我又提出编印新宣传册的建议，经领导批准，我自己动手编制了一本比以前的宣传册更精美、开本更大的新宣传册（草稿），经领导同意，在香港一家印刷厂制版、印刷，这已是 1985 年的事了。

后话：

稿子寄到香港，但最后看样、校对还要派人到深圳进行。那时，已经到了 1985 年 10 月份，我作为主要编纂人员刚刚离开外运总公司，回到了中粮总公司上班。但离开外运公司时领导与我约定：校对时我还要请假，到深圳去执行校对任务。所以，我到中粮总公司报到、上班不久，又请假回到外运公司，代表外运公司到深圳完成了我在外运公司的最后一项任务，这是我职业生涯中的奇特经历。

整理港口资料

20 世纪 80 年代初，外贸部计划编制我国的《对外贸易年鉴》，其中需要一份我国已经开展进出口货物装卸的港口的资料。外贸部要求外运公司提供，任务交给了港口处，港口处就交给我去完成。

我已经在港口动态组工作了十来个年头，参加过长江港口对外开放的调查研究，以及"六省一市"外贸运输会议和相应的培训，为长江开港做了准备，对沿海和长江沿线港口的情形已相当了解。我愉快地接受了这个光荣的任务。

其实这样的资料本来应当由交通部提供，但我接受任务时向来不往外推。于是，我根据掌握的资料整理编制了我国沿海和长江对外贸易港口的资料，年鉴采用了上述资料。

外运照片上挂历

改革开放后，外贸系统流行印制挂历。挂历一般都相当精美，是送礼的佳品，外运公司也不例外。

外贸公司的挂历上大多是美女，虽然也有名家的作品（如山水、花鸟），却与公司的业务不沾边，除了地址、电话和企业名称，再无任何用处。于是我建议对公司的挂历印制方案稍做修改，此事还有点背景。

20世纪80年代初，我受命编制介绍、宣传海运业务的教学幻灯片，到江苏等地拍摄了不少反映外运公司业务、实力和形象的照片，许多照片上有标着"外运总公司 sinotrans"字样的集装箱，体现了外运公司的业务范围和实力。于是我就提出，每个月的挂历上都改用一张业务照片，以改变外运公司挂历的风格，充分发挥挂历对外宣传业务的功能。公司领导和有关部门赞同我的建议，组织相关人员，在我的资料中选取12张与外运业务联系紧密的照片，审查通过后，印到1984年的挂历上。挂历印制出来，反应不错。

这是外运公司史上第一本具有外运公司特色的挂历。

长江港口开放调查

1979 年春，外运公司派我参加长江港口对外开放工作调查组，赴长江沿岸六省一市开展调查研究。

调查组以国家经委名义组建，成员单位有国家经委、交通部、铁道部、外贸部、长江航运局和若干与交通运输有关的科研院所，由交通部的颜太龙局长带队。颜太龙在井冈山时期参加过革命，曾任周恩来同志在重庆工作时期的警卫。调查组不仅级别高而且阵容豪华，是我职业生涯中所参加的最庞大和最高级别的调查组。

我与出口局一名同志作为外贸方面的代表，从头到尾参与其中，获得许多前所未有的知识与经验，对开港后的内地外运公司业务角色转换具有重要意义。

临行前，港口处一位专家型的老处长与我进行了简单谈话，他要我注意调查长江航道和相关港口码头前沿的水深（条件），也要记住各地的长江大桥桥下主航道低潮时的水深，还要注意涨潮时长江大桥的净空——因为海轮的桅杆都比较高，即使水深条件够了，但海轮高耸的桅杆若是碰上桥梁也很麻烦。

这位老领导原来是租船处处长，不知什么时候调到港口处来的，他的指点很重要，让我至今印象深刻。

写了个开头的游记

3月2日，调查组到达第一站四川成都。那时北京还相当冷，但成都已是桃花盛开。我第一次到达天府之国，兴奋极了。那时，我还不知道这次调查工作本身和对我自身的意义，一开始有点心不在焉，跟大家跑就是了，认为这是游山玩水的良好机会。再说开始阶段的工作，特别是到达南京前，我们除走访港航部门，就是游览长江沿岸各省的名胜。我们到过湖南韶山毛主席家乡，到江西时还上了井冈山，那是革命的圣地，也是调查组组长颜太龙的故乡。从重庆到武汉我们坐长航局的客轮过三峡，是我有生以来第一回。可惜那时还没有三峡大坝，但葛洲坝已经相当壮观。

这一行人中，有港航方面的专家，也有铁道研究院的研究人员，所以我没有太关注人家汇报时讲的那些数据和技术性资料，最终写报告有的是专家，我小兵一个，乐得多收集些沿路的名胜风景资料——包括景点门票和景点里能买到的材料——此时我想到了当年的徐霞客，于是萌生了利用一路所获得的材料写个游记的想法，取名《春日长江游记》，资料收集到安徽省，稿子写了"川江三日"等。

现在虽然找到了原稿，但也就到此为止了。

逐步进入角色

调查组离开安徽进入江苏，在南京开始调查研究。江苏省位于长江下游，而长江两岸港口众多，工作组需要调查研究的目标很多，需要考察和听取的汇报更多。特别是众多港口中，选择哪一个港先行开放，小组领导与专家意见不同，省领导和港口所在地政府的意见也不同。开会讨论花费的时间不少，我也要进行研究，发表自己的意见，《春日长江游记》便被束之高阁了。

分歧最大的是首先开放位于江北的南通港，还是位于江南的港口。就算先开放长江南岸的港口，那么南岸那么多港口（如南京附近的新生圩，还有江阴港、张家港，等等）先开放哪一个。

我在讨论会上发表了自己的看法，主张首先开放张家港。省里的领导、调查组领导和地方上的领导都感到很意外，因为前几次讨论时几乎没有人关注张家港；而张家港作为上海港曾经的一个作业区，讨论时也没有派多少人参与。

与会人员起初感到有点不解。于是，我就将六年前到张家港调查装运出口大米的可行性报告，以及当年写给运输局领导的结论等和盘托出，并明确指出，作为一个港口能否对外开放、装运出口货物，不仅要看港口的通航和泊位的基本条件，还要看该港口腹地的物产是否丰富，货物集中与疏散的条件。

接着，我将张家港和南通港进行对比：张家港腹地是苏、锡、常地区，是全省物产最丰富的地区，具备停泊和装运出口货物的条件，也有实践经验；而南通港的航道和泊位水深虽然也具备出入船舶的条件，但它的出口货源并不丰富。如果首先开放南通港，苏南丰富的出口货物还得运往上海港出口，总不能让苏南的出口货物运到南通去装船吧？

我的观点引起调查组领导的注意，并且注意到我在论述时使用港口腹地的出口物产是否丰富和进出货物集散条件等专业性术语，所以他们要我将上述发言内容整理成书面材料。我根据手头掌握的调查材料和六年前到张家港调查所得出的结论等，用对照表的形式，整理出一份材料，交给调查组领导。我由调查组里的小跟班，一跃成为业务骨干，也为我回到外运公司开展后续工作打下一个良好的基础。

投身新外运建设

有关方面决定从 1980 年 4 月起，长江沿岸各重要港口对外开放——直接装卸进出口货物，这是件大事。对于沿江各外运分公司而言，这更是崭新的工作。

沿江六省外运会议

在这种形势下，总公司和有关分公司是否做好了准备，这是个重大问题。作为外运公司港口处，过去只管交通部直属沿海八大港口，长江港口对外开放了，所要做的准备工作很多。特别是沿江的外运分公司，此前只是个大一点的汽车队，长江开港后怎能像沿海港口外运公司那样开展工作？于是便有了由运输局牵头发起、以外贸部名义召集的沿江六省一市外贸运输工作会议，也可视为长江开港准备会。

我是力主召开这个会议的最普通的工作人员。由于我参与了长江港口的调查研究工作，所以我觉得责无旁贷。于是向领导提出开会的动议，进而提出了开会的方案，然后向主管副部长打报告，获准后又起草会议通知。会议文件包括为部长和局长起草的讲话稿，我由力主变成主力。

1979 年 12 月，会议在北京举行。出席会议的人员有沿江六省一市外贸局的领导、所在省市外运公司的领导和相关工作人员。外运总公司的相关部门领导出席，主管运输的副部长到会做报告，分析了长江开港后的形势和任务，特别是外运公司如何迎接第一艘进入长江港口的货轮，并顺利地装上出口货物。

为配合长江开港，我们举办了外运人员培训班，从某种意义上讲也是开会，只不过上台讲话的人是教员。

1980年2月，第一期培训班在上海举办。不仅请来了上海外贸学院的教授讲授海运有关的课程，而且还请来了上海外运分公司的老业务员传授经验。培训班办得很成功，学员们收获很大。

新的感悟

我在长江开放调查组结识了一位年轻的朋友马纲泉，在随后的工作中保持了很长时间的联系。我从他那里获得了灵感：为开创外运公司工作的新局面，不仅要使外运公司（特别是沿江港口的外运分公司）能承担新的工作任务，而且总公司也要为更多的新货主服务。

小马是刚从外语学院毕业不久的学生，他是学英文的，分配到国家经委的集装箱公司工作，在调查组里，他是经委一位处长的助手。

在调查组的七十天中，我们朝夕相处。此后，他调到电子工业部——中国电子进出口公司工作，自然跟我在业务上有了联系，经常向我请教海运进出口等业务。通过以上接触，我意识到国家实施对外开放政策的步伐越来越快，新成立的外贸公司越来越多。除了工贸公司，有一阵子还有军贸公司。于是我又领悟到：像外运这样的企业，实质上是货运代理公司，必须开辟为他们（包括军贸公司）服务的新的业务领域，不能再像以前那样光为外贸部系统那十几家总公司服务，等着人家把货源送上门来，再拿运输局的架子不行了。

我进而感悟到，小马他们刚刚开展出口业务时，签订个出口合同容易，但收到外商开来的信用证后，要将货物送至港口，再办理装船出运手续，最后向银行提交提单等一系列单证，才能实现结汇，完成一笔交易，这个过程并不容易。那是一个技术性和程序性非常复杂的过程。开始时，即使学英文的人也往往是一头雾水，甚至会出现"拿着猪头找不到庙门"的窘境。

所以，我们只要把这些公司负责运输业务的人（像小马这样）找来，开个会，办个培训班，告诉他们出口货物只要委托给外运公司，我们就能帮你把货物装上船，然后将一系列单据交给你们，由你们自行办理结汇，外运公司就是你的"货运代理"，问题便迎刃而解了。

改革开放后，货主多了，交通部的中远公司也可以直接揽货了。所以在新形势下，外运公司必须用开办培训班的方式，培训工贸、军贸及一切有外贸经营权公司的运输人员，让他们学会如何办理出口货物的单证制作、托运手续等，让他们知道外运公司作为货运代理的身份和职责。他们学会了如何办理委托手续，也自然而然地把活交给外运公司办了。

办班培训客户

在 1980 年 2 月上海举办海运培训班之后，我将上海培训班的教材和教员选聘方案等进行整理，选择若干适合工贸等公司运输人员之需的内容，拟订了一个培训方案，并在进口大楼试办过若干次。每天上午讲课，当时请了外贸学院的老师和公司海运业务上的老同志来讲课，免费请工贸公司的相关人员来听讲。我还给他们放映过外国人送的有关海运和港口的幻灯片。学员们普遍反映不错，收到了良好的效果。

后来，在港口处领导的支持下，我们又在青岛市举办过类似的培训班，主要是工贸公司的人员来学习。

这些免费培训班，为外运公司交了许多新朋友，他们都是货主，在商业上讲他们是"上帝"。他们学会海运知识，我们也揽到更多业务。

编制培训教材

在主办培训班的过程中，我也学到了很多海运知识，再加上当时我正涉足国际上兴起的海运单证简化（或称套合式单证制作法）的研究与推广工作。正如上文已经提到的，1981年夏《国际贸易消息》连载了我的三篇关于单证简化的文章，这是我编辑培训海运人员用教材时打下的基础，这里还有两点有利条件值得一提。

一是，公司领导支持并同意我开展上述教材的编辑工作。与此同时，经主管总经理批准，请香港代理华夏公司为我采购了专门用于拍摄幻灯片的反转片胶卷若干，拍成后洗出来就可直接作为幻灯片放映。当时这种片子国内市场上少见，而且只有图片社才有这类胶卷的冲洗服务。

二是，当年外贸学院的蔡教授，他们打算编写一部教学用的海运知识教材。他们找到外运公司领导，领导让他来找我。由于我也有此类计划，可谓不谋而合。于是，港口处就派我作为他们的向导，在江苏省外运公司的配合下跑了大半个苏南和扬州。在省内拍摄完成后，又到上海港某作业区拍摄出口货物装船过程，并拍摄了船上大副和船长签署相关单证的镜头。即拍摄了从出口公司制作出口单证、货物"刷唛"、装上驳船、原始单据运送到上海外运公司，直到取得提单的全过程。

他们肩扛电化教学用的摄影器材开展拍摄工作时，我作为陪同站在他们旁边，握着比我拳头稍大一点的照相机，拍下我想要的场景。

我的陪同任务完成后，蔡教授也回学校去了。我将拍得的胶卷送到图片社冲洗出来，效果不错。随后，我在继续做港口动态工作的同时，将选中的照片插进幻灯片框，加热熨平，然后按教材的框架编号，编写相应的解说词，再请普通话水平高、音色较美的同志配音（念解说词）。经过几个月的工作，这部海运业务教学幻灯片终于完成。

教学片的梗概是江苏省某外贸公司，收到外商开来的信用证，经过审证程序，进而按信用证规定的装运日期开展备货——装箱（包装）、刷唛、短途运输（装上驳船或汽车），按出口货轮到港、靠港日期，将货物运抵港口前方仓库，装船——取得大副签发的收据和由船长签发的提单。教学片展示了整个业务流程。

当选职工教育委员

教材编制成功后，领导安排我在公司行政会议上试放，也算是请领导审查。放映后公司一把手带头鼓掌，一是表示通过，二是表示充分肯定我的上述工作。他在会上说了什么，我已经不记得了。

此后不久，处领导通知我出席公司行政会议，按照我的级别或职务是没有资格出席此类会议的。通知我，我就去了，没有想到的是在这个会上外运公司领导宣布了一个重要决定：要在公司内部组建一个职工教育委员会，上次为幻灯片带头鼓掌的那位公司总经理宣布了委员会成员名单，主要是公司领导和相关职能部门（处级单位）的负责人。特别之处是这些委员中只有两位是没有行政职务的：一位是归侨、公司里最出名的教英语的老师曾佛清，另一位就是我。

听到这个消息我有点受宠若惊！这既是对教材编辑工作的肯定，也是对我这几年来在举办培训班等工作的肯定，是公司给我的荣誉职务，我至今认为这是"殊荣"！

幻灯片得到领导的重视，也得到同志们的肯定。处里领导经常带着我到外地放映，而且还在广州交易会上（某些有工贸公司的交易团里）放映。

回归心思再度萌生

幻灯片制作成功，放映后获得好评，并荣升为职工教育委员，应当说这是我在外运公司工作期间的巅峰时刻。照例说，我应当安心地在外运公司待下去了。我也曾想过，我当时已经年过四十，我女儿已经在甘家口上初中，一般的同事对我都相当不错，别再想着回去了。但有些事情再次伤了我的心，使我再度萌生回归的决心。

老同学的点拨

当年的港口处有一位与我要好的同事，他的夫人也是学农的，曾在中国农科院工作，此时她已经调到北京市农委。她很同情我的处境，她也认为，从专业角度讲，外运公司确实不是久留之地。而这位嫂夫人认识农业出版社的许多人，得知他们想招收一位编辑，主管领导了解到我的情况，也许是这位嫂夫人向他们介绍的，曾想要我，并派人事部的一位同志找我谈过话。

真要走了。两位同学的意见是：争取回去是上策，留在外运是中策，去农业出版社是下策。那就往上策方向努力。

当时还有几个有利因素：一是，此时的李武斌在办公室工作，总经理是从香港五丰行调回来的，他不认识我，更没有见过我，李同学可以向那位总经理"吹吹风"。二是，在运输业务上我与运输处的吴谦同志联系很紧密，曾两次一起到朝鲜出差，他同情我

与李武斌（中）、朱维斌在浙大校友会上

的处境，所以在公司里向相关领导和运输处领导不断地游说。三是，当时主管运输的副总经理蔡佩康对我有同情心，而且他认为我是干活的人，同意我调回来。四是，运输处的不少老同志与我很熟悉，欢迎我回来。

中粮总公司这边的形势大好。此后不久的一天，副总经理蔡佩康同志跟杨玉兰说："你叫小陆来找我一下。"

次日，我就到了他的办公室。他的话很简单："这么多年来，你老想回来，现在还想回来吗？"我说："做梦都想！"于是，他操起电话跟人事处长说："小郭，请你到我办公室来一下。"很快小郭来了，老蔡对小郭说："小陆老想回来，你就给他办回来吧！"

小郭走后老蔡对我说："果菜处去不了，你就去运输处吧。"我也就同意了。

别了，外运公司！

在中粮总公司，回来的事情就这么简单而迅速地办妥了。好像是拿到小郭开的介绍信之类的文件我就回外运公司去了。

此时，我已经调到外运总公司开发处，但时间还不长。开发处两位领导一听我要走，很生气。倒不是冲着我来的，这我知道。一位姓王的领导，曾跟蔡佩康吵了一架，他对蔡佩康说："我们培养他这么多年，好容易能做点工作了，你们怎么可以要回去？！"老蔡回答也很干脆："他本来就是我们的！"

开发处领导不想让我走，外运公司领导层从内心里也想挽留我，特别是当时外运公司副总平健同志。他是我在五七干校时的指导员，我曾在他手下当过两任连长。他知道我在五七干校时的悲惨遭遇。带回那份介绍信后他找我谈过许多次话，总之要我留下，还给我提出三个不走的条件。

我听老平说了三个条件后当即说："你不说这三个条件则罢，你说出这三个条件，那么我就非走不可了，你也别再留我了。"因为我不是要不到你说的三样东西而提出要走的，我也从来没有向你提过这方面的要求。我回去是为了医治我心灵上的创伤，"自我平反"。再说我头上的罪名和帽子，是中粮总公司的某些代表组织的某些人强加给我的，你在外运公司开大会给我平反，一是你们没有这个义务，即便给我平反，也没有任何意义，我也不会接受这样的"平反"。因为，平健同志是老革命，下放五七干校前，他也不是外运公司的人，是从五七干校回来后调来外运公司的。

与老平的最后一次谈话，他到底说了些心贴心的话，使我体会到在政治上他一直在暗中保护着我，在业务上，凡是需要他批的事项，他都暗中支持我。这是我没有想到的，我明白他是真心希望我留下来。但我去意已决。于是我郑重其事地说道："指导员，你就让我走吧。"此时此刻我用"指导员"称呼他，他知道我在求他。

又过了几天，老平同意我走了，但留了个尾巴，到中粮总公司报到后，还要请几天假，到深圳去完成新的公司简介（宣传册）的看样和校对工作。

我欣然同意，当然也完成了任务。

"回归故里"

会心的笑

1985年10月，我办理了回归手续，回到了阔别十八年的中粮总公司。虽然没有办法再回到果菜处，但总算是回来了。有人附在我的耳朵边悄悄地说："胡汉三又回来了！"这是电影《闪闪的红星》中的著名台词。当我刚刚回到中粮公司上班时，用这样的词句来"欢迎我"，彼此心照不宣，于是我在出口大楼的楼道里大笑了一阵。

记得上班第一天下午，江苏分公司来北京汇报用运输机装运供港大闸蟹的情况，顺便给我们送来一些蟹。我理所当然地分得一份。负责分配的小胖墩笑着对我说："你回来的第一天就横着走。"

回归公司之初，像这样明里高兴、暗里大笑的时候不少。连我刚上中学的女儿也看得出来，她说："我父亲从来没有笑得那样灿烂！"

值得一提的是，我回到运输处的时候，当年在人事部工作的廖大姐已经调到海运摊工作，就坐在我的对面。想当年我们一帮"造反派"想进入她的办公室，查看张超他们整群众的"黑材料"。她当时作为人事处的人，握有办公室的钥匙。但廖大姐拒绝交出钥匙，坚决阻止我们进入办公室，这是她的职责。于是我们就砸掉了门上方的玻璃进入，当时我们对她很不客气，甚至口气有点粗暴，她当时肯定很委屈。

此时我回来了，与她面对面一道工作，似乎有点尴尬。从某种意义上讲，有点冤家路窄的意味。因此，回归后不久我在办公室里，对于我们当年对她的态度表示歉意，请她原谅。没想到这位大姐摆摆手，不让我说下去。她一本正经地说："小陆，你别说了。这不能怪你们，张超这小子真不是个东西。"她的口气中充满着对张超的愤懑之意。

听到廖大姐这几句话，一股暖流贯穿全身，说明我回归是有群众基础的。反过来证明，坚决抵制我回归公司的是极少数，而且他们的心理极为阴暗。而到这个年代，他们又不敢公开站出来抵制。

从海运到陆运

我回公司直接到运输处报到，分配在海运摊工作，从某种意义上讲这是轻车熟路。应当说是我回到了老熟人当中，即使是年轻人，也早就混熟了，心情很愉快。但我在海运摊工作将近一年时，即1986年秋，运输处领导决定将我临时借调到陆运摊，让我参与三趟快车开行25周年经验交流大会的筹备工作。首先是安排我加入由外经贸和铁道部名义组成的联合调查组，赴三趟快车行经沿线开展调查研究工作。调查组以郑州为起点，经武汉、南昌、株洲、长沙、韶关、广州，最后到深圳，深入基层了解情况，听取各方的意见和要求。对于我这个新手来说，从中学到了许多前所未有的知识与经验，为筹备好这个会议，特别是为大会文件的起草和基层先进经验的收集整理增加了感性认识，获得了大量第一手材料，也认识了许多工作在三趟快车第一线的押运员。

调查工作结束后，处领导安排我进入大会的筹备组，我的主要任务是为大会准备所需的各类文件，关于这方面工作，将在《我与三趟快车》一文中细说。

工作岗位再次变动

常言道："树挪死，人挪活。"在职业生涯的最后十年，我的工作岗位再次被挪动，当时心里有点茫然。

在开完三趟快车 25 周年大会，完成了《会议文件汇编》的整理、校对、付印后，已经是 1987 年冬季。我回到海运摊继续工作。

1988 年初，我被提拔为副处长，但公司领导不让我继续搞海运工作，而是安排我去负责管理公司"车、船、库"等固定资产。"车"指冷藏车，"船"指拖轮和驳船，"库"指冷库。但车、船、库的使用与管理（经营）都由各地分、支公司办理，总公司只是在行政上管理，有时拨点经费（其实也是部里给的）购置点新车、新船等。这方面管理是运输处的另一个摊，与海运摊在同一办公室内，但我对他们的工作一无所知。后来公司决定将上述管理工作移交给开发处，这样连同上述资产和管理人员一并调到了开发处，我也随之成为开发处的一名副处长。

从外运公司回来，在运输处待了几年。在海运处尚未进入角色，就将我借调去搞三趟快车会议的筹备工作，忙乎将近两年，此时又将我调到开发处管理车、船、库，又是一份完全陌生的工作。

1988 年初，我来到开发处所在的灯市口计算中心楼上班。服从分配是我们的天职，真到了开发处又不知道该如何是好。而正在此时，按部里命令，部属各大总公司一律与省市分公司脱钩，以上所称"车、船、库"一律划给省市分公司。开发处已经没有管理的标的，我又不懂如何开发。再说，那时我已经快五十岁了，需要找个合适的、安定的工作了。而那时，开发处办公室对面是商情宣展处，我对那个部门中的信息摊工作很感兴趣，很想到那里去做点英文行情（信息）的翻译和整理工作，以便把以往学的那点英语捡起来。商情宣展处领导陈金洛同志愿意接纳我，于是我向时任总经理陈法先打了个书面报告，申请到商情宣展处工作。陈总看到这个报告后，在领导班子里说："这是陆穗峰的真实想法，也符合他的性格特点，就让他去吧！"

老总点了头，我调动工作的事就轻而易举地办成了。而到了新的工作岗位之后，我又以年近半百之身，闯入了两个崭新的领域——商标和绿色食品。

无心插柳柳成荫

从1989年初起，我正式到商情宣展处上班。没有想到的是，陈金洛处长没有安排我到信息摊工作，而是让我负责商标工作。当时他的原话是："我与你一道把商标工作管起来。"就这样，我又进入一个完全陌生的领域，此前我连《商标法》都没有见过。老陈把商标管理工作全面放权让我自己去干，或者说是让我"摸着石头过河"。

但这一摸，便一发不可收。几年工作下来，得到意想不到的收获，使我闯入比商标更宽阔的领域，即除了商标工作本身，我们还闯入了绿色食品领域，再由绿色食品工作引出了新的副产品——我的《环境保护与对外经贸》一书的出版。

正所谓无心插柳柳成荫。

风口浪尖上的商标工作

搞商标工作，对我来说犹如进入了一个完全陌生的领域，一切需要从头学起。

我作为企业的商标管理干部，与上述三个部门都建立起密切的联系，又使我较快地进入企业商标管理人这个新角色，本来想到商情宣展处图清净，不料很快又被卷进商标权属关系纷争的旋涡中。我作为公司商标处的专职干部，事实上被推到了纷争的风口浪尖。

而这个纷争其实是历史遗留问题。简单地说，是解决某些出口商品商标权属关系上的"两本账"问题。最难办的是本来不是"两本账"，硬被某些人说成是"两本账"，像"珠江桥"商标，打了多年的官司，耗费了我们许多时间和精力。更有甚者，如"梅林"商标出现了所谓"三本账"问题，至今没有了结。

开创了新局面

以上所称的纷争是历史遗留问题。当时我就意识到，必须处理好总公司与各分公司有历史渊源的出口商标，在各分公司与总公司脱钩的形势下，为完成国家下达的出口创汇任务，应当许可分公司有序使用总公司的那些商标。于是形成了协调管理的做法，总结出相应的经验：在捍卫中粮总公司商标权益的同时，也为中粮总公司利用现有商标完成出口创汇任务做出了贡献，为中粮总公司的商标管理打开了一个崭新的局面。

在用好现有商标的同时，我们有意识地研究制订了新形势下中粮总公司的商标发展战略。该工作曾受到部里和商标局的肯定和赞扬，为总公司争得了荣誉，如被评为外经贸系统商标工作先进单位，在成立中华商标协会时，中粮总公司被誉为发起单位和会长单位，这在外经贸部系统是唯一一家。

我本人在那几年的商标工作中，学到许多新的知识与经验。我的工作、观点与某些主张，得到商标局和外经贸部商标处领导的首肯！我撰写的大量文稿被商标界的报纸杂志采用，我编写并出版的专著《出口商品商标管理》（1996 年出版）曾被部里定为培训教材，我本人也因此被部里授予商标工作先进个人。特别是在新形势下，我们在管好用好总公司现有商标的基础上，提出并制订了总公司《商标发展战略（纲要）》，并在力所能及的范围内实施。

与此同时，我积极参与《外经贸部商标发展战略（纲要）》的研究与制订工作，并积极参与推行上述纲要的宣传与培训工作。

为迎接我国"入世"，我又于2000年出版了《WTO入世与商标战略》一书。退休后，为响应"农业品牌化"运动，与赵文侠同志合作，编写、出版了《农副产品商标战略》（2008年出版）。

对以下文稿的说明：

退休之后，我系统地回顾了本人以往工作中的成败得失，总结经验，先后写成一些文稿，有的曾在某些刊物上发表过，如《难以割舍的事业》和《我也在补课》，而《我与公文写作》《我与三趟快车》及《我与绿色农业》都是作为回忆录来写的，有些是在这本文集中首次刊用。作为资料保存，难免有点冗长，望读者见谅。

难以割舍的事业

在《中华商标》杂志的"人物"专栏里，看到许多老朋友和老前辈的文章，他们有不少是 1979 年进入商标工作领域的，与之相比，我是晚辈和新兵。我从 1989 年初开始从事企业商标管理工作，直到 2000 年 8 月才退休。回忆起在商标工作岗位上的经历以及与商标界同仁的相处，那是我 30 多年职业生涯中最值得记忆的一段时光。然而，作为以创立民族名牌为己任的商标工作者，我离开商标工作岗位后，也没有停止过对创立名牌的理论和实践的思索，总想继续做点在工作岗位上想做而没有做到的事情，而且，总觉得那是本人职业生涯中的一种缺憾，总想弥补。有鉴于此，借《中华商标》杂志的一角，抒发一下这种情感。

一、回忆

我进入商标工作领域，完全出于偶然：

1989 年初，那时我已经快满 49 岁。

我是中国粮油食品进出口总公司的一名中层干部。此前，我已经在许多岗位上工作过。此时，对于自己在哪一站下车的问题，已经有所考虑。当年，我正在企业管理部门工作，旁边是商情处。那里有一个叫作商情的岗位，有充裕的时间阅读各种英文资料或做点笔译工作，比较适合我。那个部门的负责人陈金洛同志知道我有此意向，表示愿意接纳我。于是我便成了商情处的一名"新兵"。陈金洛处长说："现在上面说要加强商标工作，你就去抓那个吧。"我当时不知道这个工作的深浅，也就答应下来。本着干一行爱一行的精神，边学边干，不断地向行家学习，在不断的摸索中，逐步掌握了一些企业商标管理工作的知识和经验，对商标信誉的实质和创立名牌商标的理论也有了一些认识。

（一）几项难忘的工作

当我走上商标工作岗位时，我国 1982 年制定的《商标法》已经实施了七个年头，但整个社会的商标意识还相对比较淡薄，企业中的商标工作还相当薄弱。如当时我们公司只有一名商标专职人员。那时正值外经贸体制发生深刻变革的时期，外经贸经营权不断下放，获得出口经营权的企业越来越多，再加上总公司与各地分公司脱钩，于是又出现了总、分公司之间商标权属关系的调整和商标使用、管理上的新问题、新矛盾。总之，出口商品商标出现了僧多粥少的局面，矛盾和纷争错综复杂，老外贸公司的商标被侵权的案件层出不穷。商标管理人员则处于矛盾和纷争的前沿，但在处理上述种种矛盾和纷争时，又没有现成方案或规章可参考，可以说是"前无古人"。在商标局、外经贸部和贸促会专利商标事务所有关领导和同志的指引与帮助下，我们边干边学，逐步使公司的商标工作走上轨道，适应了形势的要求，归纳起来有如下三个方面。

一是管好、用好现有商标。

由于历史和体制的缘故，老外贸企业（总公司）的出口商品商标数量多，其权属关系往往与地方分公司或供货厂家有历史纠葛，除解决"两本账"和将某些原属于分公司的商标转移（下放）给相关的分公司外，还有一个特殊情况：按外经贸部规定，总公司的注册商标，应当允许已经"脱钩"的分公司使用，以维持我国出口业务和创汇工作的稳定。

二是处理好历史遗留的问题。

主要是处理"两本账"所遗留下来的问题，以及体制改革后总公司商标管理和使用权"下放"工作。在处理上述纷争甚至诉讼过程中，我不仅增长了见识，也结识了不少朋友。在工作中我认识到，在处理由于历史造成的纷争和矛盾时，应当本着尊重历史的精神，特别是在企业之间，应当采取"和为贵"的原则，争取"双赢"的结果。

三是提出了老企业商标战略、策略改进的思路。

老企业，特别是老外贸公司，原有的商标使用和管理体系，包括商标的选定、注册和使用等等，是计划经济体制的产物，也可以说是历史的产物。这些老商标曾经为我国的外贸出口事业做出过巨大贡献，功不可没。但到了市场经济年代，它显然已经不能适应新的形势。经过不断的探索和对成功企业的实践经验的总结，逐步形成了如何改进老外贸企业的商标战略、策略的一套思路。关于这一点，留待下文细述。

（二）几位令人难忘的同志

在商标管理上开展反侵权斗争，是项经常性工作，而外经贸体制改革进入某一阶段时，我们老企业的出口商品商标专用权被侵权、假冒的案件经常发生，有的案情还相当严重，涉案数额相当巨大。在处理这些案子的过程中，曾经出现过可谓惊心动魄的局面，也是在我的职业生涯中经历的最难忘的事件。案情涉及具体的企业名字，不便细说，但因此结识的几位重要的朋友则一定要提到。

杨叶璇同志。我接手商标工作后，第一次到商标局办事，认识的第一位商标局的工作人员，就是杨叶璇。后来，她担任中华商标协会副秘书长，我也是商标协会的积极分子。从另一角度讲，我们是知己，是患难之交。这里只想提一件事：某年，某有来头的企业在出口业务上擅自使用我公司某商标，数额相当巨大，且货物已装船，根据我公司投诉，某港口所在地工商局受理此案，将装有上述侵权货物的船只暂时扣留在港口。侵权人提出协调解决。我公司考虑到，那批货物能否起运，涉及我国与某国政府间贸易协定的执行。所以，我公司准备同意按协调方案了结此案。条件是对方承认侵权，承担经济赔偿责任。但在交涉过程中，我方在程序上出了点毛病，几乎堵塞了协调路子，一度处于相当被动的局面。在危急之中，我们连夜找到杨叶璇同志，请她指点。当时，她非常严肃地指出了我方的毛病。我说："我知道我们有毛病，事到如今，你说需要吃药，我就张嘴；你说需要打针，我就伸胳膊。"最后，她给我们出了个主意，并经她出面与港口工商局联系，解决了程序上的障碍，最终还是实行了协调解决的方案。

魏启学同志。我刚接手商标工作，同事们推荐给我看的第一本书，就是魏启学译的《商标知识》。应当说在商标管理和国际注册方面，老魏是我的启蒙老师之一。在此后的十来年里，我听过

本人及赵文侠合编的商标方面的书

老魏许多次讲演，也与他进行过推心置腹的交谈和切磋，从这个角度看，我们又可以说是战友和同事。如发起成立了中国知识产权研究会外经贸商标分会，并一起为这个机构的活动开展了近十年的合作，使这个团体在那个年代发挥了应有的作用。2000年，我编写了《WTO入世与商标战略》，初稿曾送杨叶璇同志审阅，并请她作序，她给我提出了许多重要的修改意见，当时她已经调离商标协会，在商标评审委员会工作，不便为我的书作序，但让我去找魏启学，老魏二话不说，为我写了序。

袁干萍同志。她是深圳市工商局的商标管理干部。20世纪90年代初，在深圳某仓库发现了一批冒用我公司商标的货物。于是，我们向深圳市工商局投诉，该局立案后，袁干萍同志立即来到现场，当即查封了这批货物，并当场做出处理决定：责令清除商标标识，并赔偿我方经济损失。整个案子不到两个小时全部解决。此案涉及的数额虽不算大，但这是我公司在新形势下，主动打击商标侵权并取得胜利的第一炮，不仅积累了经验，也鼓舞了我们的士气。十多年过去了，袁干萍同志办案时那种干脆、利索，对案情分析和处理果断的作风，仍记忆犹新。

葛伟清同志。在深圳打了个胜仗后，我们赶在春交会前一天进入交易会场馆，检查交易会上的商标侵权情况。那是我公司商标人员第一次进入交易会场馆，发现有不少冒用我公司商标的展品，堂而皇之地在摊位上展出。当我们出面与之交涉并要求他们撤掉时，他们当中有不少人根本不予理会，甚至跟我们争吵起来。于是，我们就向广州市工商局请求支持。广州市工商局派葛伟清处长和一名助手进入交易会。当时他们都穿便装，到有关展位交涉并要求撤掉那些违法展品时，有一些人员根本不把我们这群人放在眼里，或以种种理由与我们争执，其中一个摊位的负责人态度还相当傲慢，与我们争吵起来。于是，葛处长从胸前的口袋里掏出了工商局的搜查证，说明来意，他们只好接受搜查。我们查看了整个摊位上的展品，清除了侵权展品上的全部商标标识，当场做了笔录，那个摊位的负责人在笔录上签了字。此事很快在交易会上传开，产生了不小的震动。但也有人不理解我们的行为，担心会影响交易的正常秩序。我们以粮油食品交易团名义将上述情况写成通讯，送交交易会主办的简报编辑部，他们拒绝刊登，言外之意是"此风不可长"。这对我们这些第一次进入交易会的商标工作人员来说，当然是一个挫折。尽管如此，葛伟清同志在上述行动中对我们的支持，还是大大地鼓舞了我们的士气。于是，我们把上述稿子带回北京，送到外经贸部贸管司商标处，此后不久，部里的简报上刊登了这篇通讯。这份通讯在部里的简报发表，意味着部里对我们的支持，也可以说，我们在商标管理上进入一个崭新的阶段。

史嬿乔同志。说到上述稿子在部里的简报发表，首先应当感谢当时的外经贸部商标处处长史嬿乔同志。应当说，在那个时期，她是我们整个外经贸企业界商标工作者的领导，也是大家的"主心骨"。在那个年代，外经贸系统的商标工作千头万绪，矛盾错综复杂，不仅要处理历史遗留的问题，还要处理商标管理和使用上的现实问题。我们进入广州交易会开展打假行动的稿子得以发表，这无疑对我们是一个极大的鼓舞。更为重要的是，经过部里商标处的努力争取，外经贸部正式发文，要求各外贸专业进出口公司派商标工作人员进入交易会检查商标工作，贸管司也派专人参与此项工作，并形成制度，在交易会大会的组织机构和各交易团中，商标管理人员也有了正式的编制。史嫄乔同志后来因工作调动不再担任商标处处长，但一直是我们分会的副理事长。

杨坚同志。这位与隋朝皇帝同名的老同志，当时是广西壮族自治区的检察院副检察长兼反贪局局长。我们有幸结识他，是因为一桩发生在广西的商标侵权案。

广西某企业与香港某企业，在出口业务中擅自使用我公司××牌商标出口白糖，涉案数额巨大，经我方举报，由自治区检察院反贪局立案侦查、处理。我与有关同志飞抵南宁，准备与侵权方以调解方式了结此案。因此与这位反贪局局长有了交往，留下了难忘的记忆。在反贪局会议室里举行的由杨局长主持的会议，是这个案子解决过程中最难忘的一幕。那是当事双方谈情况和研究协调处理意见的会议。当杨局长讲了开场白后，第一个发言的是某地区经贸委负责人，也就是被告企业的上级领导，他一开始就大讲经济形势、发展外向型经济等大道理，言外之意要我们从大局出发，"高抬贵手"或"从轻发落"。我没有等他讲完，便举手表示要插话。在征得主持人同意后，我说："今天我作为被侵权方的代表，要求与当事方的法人代表见面，他不出面，没有可谈的。"此时那位经贸委负责人解释说，那位法人代表已经被"监视居住"。我问："他居住地离此地很远吗？"这么一问，杨坚局长说："那去请他来吧。"那位法人代表来到会场里的谈话内容不值一提，不过有位香港某中资企业代表的发言，倒很精彩。他说话的大意是："货已经装上船了，这是条期租船，已经滞期，迟迟不能起航，再拖下去，国家的损失就太大了。"见他这么带有教训口吻的发言，我也不客气地说："现在所要讨论的是清除侵权产品上的商标标识，还是采取别的双方都能接受的办法。不过，清除商标标识是既维护商标法尊严，又不影响对外履约这个大局的最佳选择。我想先自我介绍一下，我曾在对外贸易运输公司工作过多年，对于租船的'滞期/速遣'条款及其算法也略知一二。再说，我也受过爱国主义教育，恐怕用不着你用国家损失之类的话来开导我。"经过这番争论，杨局长掌握了双方分歧之所在。经过他多方工作，甚至两次到我的住处协商，最后还是按照调解方案解决了此案。

（三）几个令人难忘的机构和刊物

1. 中国知识产权研究会外经贸商标分会及《商标研究与交流》

中国知识产权研究会外经贸商标分会（下称"分会"），是在外经贸部、中国知识产权研究会和贸促会专利商标所的支持下，由各大外贸总公司发起成立的商标团体，成立于1992年8月。10多年来，分会每年都举行各种形式的研究和交流活动，被誉为外经贸企业商标工作者的娘家，对外经贸系统的商标管理和商标战略、策略的制定和实施，起到了重要的推动作用。尤其值得一提的是，1994—1995年间，分会还组织过一次商标论文评选活动，共收到来自本会会员的参选论文40多篇。

由于我所在的公司是发起单位，我连续三届当选为常务理事，并被推举为第三届理事会副理事长。我非常珍惜这个职务和这份荣誉。如今，我已经退休，但只要分会交办的事，我还是一如既往尽心尽力地去做。

我们的分会办有内部刊物《商标研究与交流》，我一直担任编委，而且是主要撰稿人之一。我在商标管理和商标战略、策略方面的心得体会，往往首先在我们自己的杂志上发表，投稿并被采用的稿件数量很多。2002年9月，分会在甘肃省兰州市举行年会，适逢杂志创刊10周年，编辑部在大会上表彰了投稿积极分子和优秀通讯员，我的名字被列在首位。

2. 中华商标协会和《中华商标》杂志

1994年9月，中华商标协会成立，我所在公司是发起者之一。我作为企业商标管理部门的工作人员，积极参与了协会的筹建和成立大会的筹备工作。此后不久，《中华商标》杂志创刊，我担任编委会委员，一直到 2002 年底。我一直是投稿的积极分子，有不少稿子被编辑部采用。退休后，我曾成为中华商标协会的个人会员。

我把这些都视为一种荣誉，是对我的工作的肯定。

（四）一份难以割舍的事业

企业能否实施正确的商标战略、策略，关系到企业的兴衰。在工作中，甚至在退休后，我一直在学习、研究和思索这个方面的问题，一有心得，总想写出来，有机会就想说出来。工作岗位本身和我所在的社会团体，给了我许多这样的机会和条件，不少文章和讲稿，不仅得以发表，并且结集成书出版。

我对于企业商标战略、策略的研究和思索，可以分为两个阶段。

第一阶段：1995—1996 年间，参与外经贸部系统开展的商标战略的研究、制定和宣传发动工作。那时，外经贸部依托中国知识产权研究会外经贸分会的骨干力量，组织了一个外经贸商标战略研究小组，经过一个时期的研讨工作，在分析了外经贸企业界商标工作和出口商品商标竞争力现状的基础上，研究、制定了《外经贸商标发展战略纲要》（以下简称《纲要》），并于 1996 年 9 月在吉林省长春市召开了全国外经贸商标工作会议。此后不久，全国外经贸系统被分成六个片，举办外贸公司经理培训班，宣传《纲要》及与此相关的商标知识。通过上述工作，大大推动了外经贸系统商标知识和商标战略、策略知识的普及工作。在那个阶段的工作中，我作为外经贸商标战略研究小组的成员，自始至终参与了《纲要》的起草工作；在此后的分六片培训工作中，我的《出口商品商标管理》一书，曾作为培训教材，我则以专家或教员身份在培训班上授课。在那个阶段，我讲的内容主要是商标的基本功能、商标信誉的实质及其形成规律等，说明创立一个名牌商标并非高不可攀，鼓励外贸企业创立和使用自己的商标，以改变当时存在于外经贸行业中商标使用上存在的"三多三少"的局面。这里所说的"三多",就是出口商品使用定牌多,中外合资企业产品使用外方商标多和外经贸企业无标企业多。

第二阶段:在参与商标战略纲要研究和草拟的过程中,以及后来到全国各地讲演和听讲,认识了很多专家,接触了更多实例,丰富了我的知识,深化了对于企业商标战略、策略的认识。针对商标选定策略、注册策略和使用策略等方面存在的问题,提出了老外贸商标战略、策略方面的新思路,提出了企业应当逐步实现商号、司徽和主要商品商标"三位一体"和在销售上发挥群体优势的观点,提出了相应的方法、步骤和过渡措施等。那时,我国"入世"的谈判正紧锣密鼓地进行,而外经贸部的那个"商标战略发展纲要"的宣传、培训活动,出于各种原因,也是雷声大雨点小,最后偃旗息鼓了。在我所在的企业集团,终因人微言轻,我的思路几乎无人问津。此时,我的心情很无奈。于是编写了《WTO入世与商标战略》一书,想以此书,再次推动外经贸系统的商标战略、策略方面的工作,我也在外经贸部的《国际商报》上发表过相关的文章。

二、思考

我们的同行,往往把创立和使用企业自己名牌的工作叫作创牌或创标。对于我们外经贸战线上的商标工作者来说,更是志存高远,以创立国际名牌为己任,目标是创立在国际市场上拥有知名度和竞争力的中国名牌。然而,我国企业界在商标战略、策略制定和实施方面存在相当多的问题。到目前为止,从我国企业拥有的注册商标数量上讲,我们已经称得上商标大国,但还远不是商标强国,而且细想起来,问题多多。这正是我国商标工作者的遗憾,也是我国企业界的悲哀。

遗憾之一:在过去的10多年中,我国那些本来在国内市场上享有极高声誉的名牌产品的商标，在合资过程中销声匿迹了，被合资企业或外方出资者以各种手段束之高阁，或蓄意封杀。《中华商标》杂志 2003 年第二期上发表的《活力 28，迟到的觉醒》中提到的便是典型例子，其他的例子还有很多。

遗憾之二：在创立和使用中国人自己的商标方面，我们失去了太多机会。有一个典型的案例：我国某集团与国外某公司在 20 世纪 80 年代中期办了一个合资企业，像当时比较流行的做法一样，产品使用外方的商标，经过双方 10 多年共同努力，将那个外方商标培育成中国食用油领域的第一品牌，几乎无人不知，无人不晓。到合作期快要结束时，中方投资人才发现，合资企业产品使用外方商标是吃了大亏——为外商培育了一个名牌商标，而自己除了培养了一个强有力的竞争对手外，一无所得。此时才想到与对方打官司。请了几位专家来出主意，专家们说，这个官司没法打，因为那个合资协议和企业章程上根本没有规定产品的商标归属，当然也没有约定合作结束时商标上所凝聚的无形资产的归属，而且那个商标明明是外方的注册商标。

举上述例子，我想谈的是企业决策层的商标意识问题。中外合资企业的外方出资人，在改革开放之初来中国投资办企业时，他们对于无形资产的价值（如商标作用和价值）的认识等要比国内的企业家、企业主管部门的负责人明白得多，所以他们在这个方面是"有备而来"的，我方到底有几个知道对方的"良苦用心"？这里面存在着这样的问题：在企业中，真正懂得商标问题的往往说了不算，而说了算的（有权对商标问题做出决策的人们），往往没有时间和精力去学习和研究商标知识。

遗憾之三：有人说过这样的话："愚者是丢失机遇，智者能抓住机遇，强者能创造机遇。"在改革开放的大潮中，我国企业界遇到了许多创立和使用自己的名牌商标的机遇，但坐失良机的大有人在。就以上述那个食用油商标为例，这类产品刚开始在国内市场上推广时，产品还是凭票定量供应的，居民习惯于自备玻璃瓶去打，当出现带包装的产品时，什么牌子都是新鲜的，用什么牌子都无所谓，什么牌子都一样。再说，上文所说的那个集团是一个国际上知名的大企业，也是注册商标的大户，本身拥有相当多的名牌商标，无论它的企业字号还是现有的产品商标，其知名度远远高于一个新创牌子，为什么非用外方商标不可呢？

还有许多例子，如当瓶装纯净水、矿泉水之类产品在我国市场上开始流行的时候，有人打着中外合资和外国名牌的旗号推向中国市场，如首先打进北京的是屈臣氏。其实那时，这种产品完全是一种新的饮料品种，一种新商品形态，对中国普通消费者来说，都是新鲜的，无论洋牌子还是土牌子，都需要做宣传、广告，为何不用中国企业的老牌子呢？市场实践证明，用国内企业原来的牌子同样能打开市场，如继屈臣氏之后，国内许多企业用自己的牌子推出了这类产品，如北冰洋、娃哈哈、燕京、可赛等几十种，众多的国产牌子早就把那些洋牌子淹没了。这个例子说明一个道理：一种产品以崭新的形态出现并被推向市场的时候，正是企业推出新牌子或以老牌子推出新产品的大好时机。但是我们有些企业却没有抓住这种机会。

遗憾之四：我们有些企业家，对于洋名牌缺乏正确的认识。现在我们知道，有许多所谓的国际名牌，其实它们在国外根本名不见经传，有的还是子虚乌有。退一步讲，就算是外国名牌或国际名牌又怎样呢？当我们第一次喝到屈臣氏牌蒸馏水的时候，几乎没有几个中国人知道屈臣氏为何物。这里回到前面提到的食用油牌子，进入中国之前，在它那弹丸之地的母国，只是个普通的注册商标，就算在它那个国家称得上名牌，全国人都用它，充其量也只是在几百万人中有点知名度，哪里算得上国际名牌？更具有讽刺意味的是，前些年在我国市场上还出现过在某某国根本不存在的某某国"具有80年历史的名牌"产品，而这种产品还真有一定的销路。但一查，在某某国家里，根本就没有那个商标，完全是个骗局，理所当然被工商管理机关查处了。读到这样的报道，真感到悲哀。这当然是极端的例子，但给我们留下的启示则远不止这些。

遗憾之五：商标、商号等是企业重要的无形资产载体，企业在经营、管理中，特别是在实施合资项目这类大事上，本应作为重大问题，进行科学的民主的决策，尤其在"使用什么商标"和"用谁的商标"这样的关键问题上，更应当再三酝酿、讨论，特别是要征求和听取专家和本企业职能部门的意见，对决策的利弊做出科学的评估，甚至应当交给职工代表大会讨论，然后才能最后拍板。但是遗憾的是，在很多企业中，根本没有把商标决策工作当回事儿，更没有列入决策"程序"之中，也没有听取企业职能部门的意见，更不用说职工代表大会的意见了。

三、未了的情结

我来到商标管理岗位之时，是企业的中层干部，虚岁已届半百，担任企业商标部门的副总经理，几年后升任商标部门的总经理。手下有几个业务骨干，也就是说，我拥有一个小小的舞台。搞商标管理，我是半路出家，但本着干一行爱一行的精神，很快进入角色，并利用上述舞台，主动地开展工作，也很快有所建树，而且一发而不可收。但是没有想到的是，我被迫中途下台，留下许多未了之情。

（一）对商标岗位的眷恋

工作岗位对于一个有志于做某项事业的人来说，是实现其抱负的重要条件，它就像一个演员的舞台，是人们施展才艺的最重要场所。1994年秋天，也是中华商标协会成立时，我在商标工作岗位上已经干了6个年头，在去出席中华商标协会成立大会的路上，我对我的顶头上司说，我希望在商标管理岗位上干到退休。这是我对继续努力做好商标工作的一种表白，也是一种决心吧。

但不到 4 年时间，我所担心的事情还是发生了：1998 年初，公司决定将我调离商标部总经理岗位，去从事《公司发展史》的编撰工作。

当时，党委书记是这样说的："公司党委决定编写司史，任务相当艰巨，时间也比较紧。党委分工由我来抓，那么我去抓谁呢？想来想去，只有你有这方面的能力和经验，所以只能找你来挑这个担子。"言外之意是你不能推了。面对年岁比我稍大的书记，我无法说"不"。而且在他的话里，也有合理的成分，起码我是公司的老职工，编写好公司发展史不能说不重要。此时的我，觉得商标工作更重要，可是在党委书记面前，又不能也没有理由过分强调后者。我当时说："让我想一想，过几天再答复你。"

但我觉得在当时的情况下，坚持己见，恐怕无济于事，所以第二天就向书记表示服从组织安排。但心情是相当悲痛的，可以用壮志未酬"职"先去来形容。就这样，我被调离了商标部总经理这个岗位，但我还是向书记提出了一个小小的要求，这也是在我的工作生涯中第一次也是最后一次向组织上伸手"要官"，我说："我在商标界的某些团体和某些杂志里都担任一定的职务，在绿色食品协会还担任副秘书长职务，而且是外经贸部的商标管理先进工作者，就是说，我在上述领域里是有一定的影响的，所以，请求给我一个公司商标工作顾问的名义，并保留绿色食品发展办公室主任的职务。"公司领导研究并批准了上述请求。

（二）对国产名牌的情结

我作为商标工作者，像我的许多同仁一样，都以创牌——创立和使用中国人自己的名牌商标为己任，或者说这是我们的天职。尽管已经退休多年，但商标工作生涯中的所闻所见仍历历在目，在我的内心深处凝结成一个难以排遣的块垒和挥之不去的情结。

2002 年是我国《商标法》实施第 21 个年头，有关方面对于商标工作重要性的宣传已经搞了许多年，回顾起来，我国的商标事业有了长足进步，这是首先应当肯定的。单就注册商标数量上讲，我国已经进入世界商标大国的行列，但就我国企业的大多数商标的竞争力而言，还不能称为商标强国。除了我们原有的名牌被"封杀"和坐失了许多创牌机会外，我国不少企业在商标选择和使用策略上与先进国家和国内某些先进企业仍有相当大的差距。

在过去的多年里，我出席和参与过多次商标知识讲座和培训班，也参加过多次高层论坛。但很少见到国有企业中的主要领导人出席这样的会议，即使出席，也往往是开幕仪式一结束，他们就客气地说"我还有重要的事或会议"而先走一步，能坐下来学习和研究上述课题的只是凤毛麟角。在商标和知识产权领域里造诣深的企业领导人恐怕不多，像海尔集团的张瑞敏那样精于商标战略、策略的更少。

最后，以一名已经退休了的商标工作者的身份讲点心愿：希望商标战略、策略的常识和成功企业的经验、教训，能在社会上特别是在企业界得以更加广泛地传播，并在企业的商标决策中发挥作用，以使我国向商标强国的目标大踏步前进。

本文曾在 2004 年第 2、3 期《中华商标》刊载

我也在补课

小　引

　　2003 年秋，我随由葛祥书副会长率领的中国绿色食品协会调研组到江西省调查研究。在南昌期间，与江西省原副省长张逢雨同志交谈，见他说到省里的绿色食品工作时，如数家珍，谈兴甚浓。当我们赞扬他对绿色食品事业的热情和支持，并表达了钦佩和感激之情时，他则神情严肃地说："不，我这是在'补课'。"见我们对"补课"一词有所不解，他做了如下解释："我过去做副省长时，主管农业，只重视农产品的数量，主要目标是解决温饱问题，所以对质量问题重视不够。从副省长岗位上退下来后，关注一下绿色食品工作，是在补课。"听到此言，我们恍然大悟，而且对这位老省长肃然起敬。

　　回到北京后，我以《补课，好！》为题写了一篇短文，发表在中国绿色食品协会的简报《绿色食品通讯》上。几个月后，我们再次见面时，我再次对他的"补课"情怀表达钦佩之情。但他说："你写错了。我说的是'补过'，而不是补课。"此时，我倒觉得，作为省级农业部门主管，当年重粮食数量，而不关注像绿色食品那样的事，是形势使然，何"过"之有？"补课"足矣！

　　笔者之所以赞叹并反复提及"补课"一词，实在也还有"夫子自道"的成分：我作为农业大学的毕业生，学的是果菜专业，虽参加工作最初两年做过果菜出口业务，总算专业对口，但"文化大革命"开始后我便远离了专业，何来的奉献？因此，常怀遗憾之情甚至有过难以名状的隐痛。直到 20 世纪 90 年代，偶尔闯入绿色食品领域，成了绿色食品开拓者团队中的一员，才算有了用武之地——用农大里所学知识为绿色食品事业添砖加瓦，因此感到莫大的欣慰。故以"补课"为题，写下如下回忆性文字。

一

1992 年 4 月 17 日，农业部与国家工商局联合举行绿色食品商标标志使用与保护新闻发布会，向社会宣告上述商标受法律保护。

那时，我是中粮集团的商标管理部门的负责人，而时任商标局综合处处长的杨叶璇同志，在新闻发布会之前就打电话提醒我："绿色食品标志已经作为商标注册了，请你们关注这一新生事物。"于是，上述新闻发布会后不久，我与若干同事专门去了设在农业部农垦司的绿色食品办公室（绿办），表达了中粮集团与绿办合作的意向，邀请绿办领导同志出席中粮集团绿色食品工作座谈会。

自此，在我所在的部门及我的职权所能及的范围内，开展了对绿色食品的宣传、发动工作。那时，我还担任着企业内部刊物的编审工作，因此，可以利用职务上的便利，将绿色食品概念、资料及相关文章等在《中粮报》上连载，使绿色食品的理念等广泛传播，使绿色食品在企业内部获得广泛的群众基础，为开展申报试点等创造了条件。

当年的中粮集团系统经常举行全国性的商标管理会议，我们把绿色食品的宣传发动工作，列入上述会议的议程，这不仅有利于扩大宣传和发动群众，而且有利于向相关领导特别是我们的顶头上司宣传，争取得到企业领导的重视和支持。最有意思的是 1994 年春在江苏省无锡市举行的商标管理会议，我们请刘连馥主任出席我们的会议，并到会议上宣讲绿色食品。而在这个会议上，中粮集团主管副总裁也到会讲话，并在他的讲话中，加上了开展绿色食品宣传、发动工作的内容。就这样，我们的绿色食品宣传发动工作不仅纳入中粮集团工作中，而且也对原中粮总公司系统产生了深远的影响。

那些年里，刘连馥主任到中粮集团各种会议上讲话就有九次之多。我们的主管领导甚至第一把手都曾出席会议，这就大大促进了绿色食品事业在中粮集团的发展。

最值得记述的是，1995年4月，中粮集团和江苏省扬州市人民政府在扬州联合举办绿色食品开发研讨会，王宝臣副总裁出席了这次会议并发表讲话，扬州市两位副市长以及农业、环保、水产、外经贸等部门的负责人出席会议，刘连馥主任应邀在会上讲话。而在上述会议召开之时，中粮集团系统获得绿色食品标志使用权的产品数量及规模已经占据全国绿色食品数目的百分之十，居外经贸系统企业之首。而就在此时，中粮集团正式设立绿色食品发展办公室，与宣展商标部"一套人马、两块牌子"。这样我就成了中粮集团第一任绿办主任。中粮是国内企业集团中设立绿办的第一家！

以上情况，获得了农业部绿色食品管理机构的支持、肯定和表扬。因此，在1996年5月成立中国绿色食品协会时，中粮集团被列为发起单位和副会长单位，时任总裁的周明臣被选为副会长，我本人也被推举为协会的副秘书长，一直当了十多年。

二

当初，绿色食品工作不仅在中粮集团是个空白，在整个外经贸系统中也是空白，整个社会对此项工作的认知度也不高。

随着宣传发动工作的深入，我们逐渐认识到：绿色食品开发，是被环境污染和生态平衡遭到破坏的现实逼出来的，是拨乱反正。光是相关企业积极参与还远远不够，必须将此事从食品生产与消费安全提高到环境与生态保护事业的全局性问题来对待，即由农垦、农业推向全国，推向全社会。因此，扩大宣传和发动，就是重中之重！于是，我们将申报试点作为起点，决心把绿色食品的宣传、发动延伸到整个外经贸系统，并将开发、消费、出口绿色食品与全球、全国环境形势和环境保护结合起来宣传。把工作重心从中粮集团及直属企业逐步延伸到遍及全国的中粮集团系统，进而影响到整个外经贸界。上文提到的1994年在无锡和1995年在扬州召开的会议，以及1996年在哈尔滨召开的全国粮油食品进出口系统的绿色食品培训班，都是当年很有影响力的活动。

此外，我们通过外经贸系统的报纸和期刊进行宣传，如在《国际商报》《国际经贸消息报》《国际贸易》《国际贸易问题研究》等报刊，发表大量与绿色食品、环境保护、绿色消费有关的文章。这些文章在外经贸系统产生了不小的影响，有的被他人引用，有的还被作为封面文章。

当农业部门开展绿色食品开发时，对外经济贸易大学的相关机构也在研究此事，也有与中粮集团合作的意向。因此，在中国绿色食品发展中心的支持下，中粮集团与对外经济贸易部及对外经济贸易大学合作，于1994年6月20日联合举办了对外开放与环境保护研讨会，其主要议题之一是在对外贸易领域推动绿色食品开发工作，以应对当时已经存在的绿色壁垒问题。会议邀请我国环境保护先驱者曲格平、外经贸部副部长郑斯林、中粮集团总裁周明臣等出席，出席这个会议的还有联合国驻京机构代表和外经贸大学的教授及环保业界代表等共一百多人。刘连馥同志作为特约专家，做了重要讲话，这是他第一次在外经贸领域的高层论坛上介绍绿色食品的概念和我国开发绿色食品的国内外背景，以及开发工作已经取得的成果等。中粮集团周明臣总裁和绿色食品界的领军人物刘连馥在大会上的讲话，引起与会者的强烈共鸣。会后，不仅有关媒体做了报道，经贸大学校刊也出了专辑，系统报道大会的情况和相关人士的讲稿。

我作为推动绿色食品事业发展的积极分子，在参与上述相关工作中，积累了大量知识与经验，并将绿色食品工作从环境保护整体上去思考，进而提出外经贸企业的应对之策，并认为要推动上述事业，首先要从宣传与普及相关知识着手，由此产生了写书的念头。经过三年多时间的努力工作，于1997年11月出版《环境保护与对外经贸》（中国对外经济贸易出版社1997年11月出版）。时任外经贸部副部长的孙振宇同志为此书作了序，指出（此书）"谈到争取经贸与环保的协调发展，并用大量篇幅介绍外经贸企业应当注意的问题和应当做的工作，对增强外经贸系统同仁的环保意识将有所助益"。

三

自从2000年底退休之后，中国绿色食品协会聘任我继续担任副秘书长，使我有了为绿色食品事业继续工作的机会和充裕的时间。最值得一提的是，2004年初中国绿色食品协会第二届理事会决定开展绿色农业的研究与探索，而我以协会副秘书长的身份被聘任，成为上述研究与探索工作基础理论研究委员会的主要成员之一，积极参与上述工作，成为上述研究工作中的一名积极分子。在这一工作岗位先后坚持了将近十年时间，我与诸多老同志为此做了许多工作，取得了相当有价值的成果，也是我在上述工作岗位上补的最后一课。

有关这一"课"及所取得的成果，将在《我与绿色农业》一文中记述。

原载2010年8月《绿色食品》杂志，收进本书时做了部分删节

我与公文写作

小　引

自走出校门后，我一直在企业里工作，从当办事员开始，首先遇到的是各类公文，然后是要学会起草公文。积几十年之经验，我感到办事员的工作成绩或水平，就看他在公文处理或写作上的效率和水平。我在企业里当了二十多年的办事员，阅读、处理（包括起草）公文或公文性质的文字材料无数。后来，我也成了中层干部，本部门需要起草的公文可由我的部下（办事员）来办理。于是我想到要用自己以往积累的经验去训练自己的部下，提高他们公文写作的技巧，以提高本部门的办事效率和工作质量。于是，在口头辅导或在文稿修改过程中对部下进行指点的同时，逐渐萌生了将自己在以往公文写作方面积累的实践经验与体会总结、归纳起来，并

会议文书、环境保护及三趟快车方面的著述

参考有关公文写作的书籍，写本与此相关的书。这本书称为《会议文书讲座》，并于1994年公开出版发行，这是我平生出版的第一本书。此书在公司年轻同事中反应不错，公司人事部门曾专门订购若干册，分发给了各处级部门，供年轻人参考。进而，在对新来毕业生进行岗前培训时，人事部门往往要安排我去给新来的同志讲讲公文写作方面的基本知识、经验与体会。

一、注意平时的积累

对于一位刚走出校门的青年学子，就文字应用能力而言，理应能胜任公文的起草工作。其实不然，刚到岗位上时，即使要我去处理（起草）一个简单的公文，也往往摸不着头脑，甚至不知所措。除了老老实实地向有经验的同志学习，没有捷径可走。但如果你有机会参与某些会议的筹备工作，特别是接受领导安排参与某些文件的起草，对于学写公文而言，则是极好的时机。因为任何企业，都会遇到大大小小的各种会议，或需要出席，或需要发起，或需承办某种会议。而对于大一点的国有企业，特别是全国性的大型国有企业，简直就像政府的一个部或一个局，许多事（工作）都要通过召开会议开展或布置工作。所以，在大企业里工作，不仅会议多，而且全国性的会议也每年都有，像这样的会议，往往是规模很大，出席的人数众多，不是说要开就能开的。事实上，往往需要从会议的方案拟订开始，然后要报告——报请上级批准，然后发出通知，要求基层做好准备等。到了开会时，还要按事先拟定的方案，定出会议日程，包括本单位领导讲话，上级领导到会做指示（讲话），业务主管领导的"主题"发言，来自基层的发言材料组织及其审定等。会议开幕后，还有分组讨论及其记录等，会议期间对媒体记者的接待与安排等，都在大会秘书处的工作范围内。大会闭幕后，还要整理出会议纪要，做好在相关媒体上的通讯报道，以及提出贯彻、传达上述会议精神的具体要求，等等。这里的每一项工作，都涉及文件（公文）的起草工作。

在我的职业生涯中，遇到过两次重要会议，使我从中系统地学习到了会议筹备、相关文件的起草等工作经验，也提高了相关文件（包括领导讲话稿）的写作能力。由此，我将上述收获和体会整理出来，才有了《会议文书讲座》的出版。为此，下面简单回顾一下。

（一）"沿江六省外运会议"

经国务院批准，长江沿岸各重要港口自 1980 年 4 月起对外贸船只开放——装卸进出口货物。当时我在外运公司港口处工作，曾是长江港口对外开放联合调查组的成员，到长江沿岸各主要港口考察过。那时我已经意识到长江港口对外开放，对沿江各省的外运分公司来说是一项全新的工作，而且迫在眉睫。于是，我向处领导提议，召开一个专门会议，研究、部署开港的准备工作。随后以运输局的名义给部里写个报告，部里很快批准了上述报告，并决定以外贸部的名义召开沿江六省一市外贸运输工作会议。

于是会议方案、会议通知、会务接待方案、部领导讲话稿、公司领导讲话稿等，凡会议所需要起草的所有文件，都需要我来办。总之，我是会议筹备工作的主力，从中得到了更多的锻炼，也积累了许多经验。

（二）三趟快车开行 25 周年经验交流会议

1986 年秋，公司安排我参加以外经贸和铁道部名义组建的联合调查组，到三趟快车经过的各省市（站点）走了一遍，了解情况，听取各方的意见和要求。对于我这个新手来说，这是一个极好的学习机会，我从中学到了许多前所未有的知识与经验，为筹备上述会议，特别是为会议文件的起草，以及基层先进经验的收集、整理工作，积累了大量第一手材料，增加了感性认识。

调查工作结束后，离开会还有很长一段时间，运输处领导就让我动手做大会方案、大会文件起草和基层先进经验的收集整理工作。而这里所说的大会文件，包括相关领导的讲话稿、各与会单位领导的讲话稿、各先进单位的经验介绍、为记者们准备的新闻稿等，这些在开幕前我们都是准备好的，而且是经秘书处审阅过的，避免会上出现与大会主题思想不一致的现象。

到大会报到后，我是大会筹备处的秘书组主要成员，秘书组要安排分组讨论的记录员，每天收集整理各组发言，编写会议简报，最后整理成会议纪要。散会后，大会秘书处还整理出一份大会精神和传达贯彻要点等，会后正式发给与会各单位。这是我一生中所经历的最大、最长的会议，从中经受了锻炼，增长了公文写作方面的才干。

上述两个会议的经历，成了我编写《会议文书讲座》一书的重要素材。

二、要把任务视为锻炼的机遇

从锻炼个人的能力而言，在接受任务环节上，要积极、主动，没有必要谦虚，更不能推诿。从个人而言，是争取更多的锻炼机会；而从所在单位角度讲，还有另外一层含义。

如上文提到的两个会议，参与筹备的单位不仅涉及本企业内部不同单位，而且涉及外部，如外贸部，甚至铁道部门、交通部门，在讨论或布置筹备工作时，特别是在安排文件起草工作上，例如某个文件由谁来执笔的问题上，难免出现谦让甚至推诿的现象。在实际工作中，我往往采取积极主动的态度，决不推让。因为我不仅把这种任务视为锻炼的机会，而且站在本单位的立场上，积极主动承担文件（包括会议主要领导同志的讲稿等）的起草工作，我作为一个具体工作人员，也有一点"本位主义"动机在内。

比如，当年召开沿江六省一市外贸运输工作会议，其成败得失，对我当时所在的港口处的今后工作至关重要。无论是部里领导讲话还是外运总公司领导讲话，都是为长江开港后如何开展工作定调或定方向的。所以，我们处里安排我给总经理和部领导起草讲话稿，这是多么重要的机会。写好这两个讲稿，就是让部领导和总公司领导替我们讲话，甚至是向领导要政策。机会难得，岂可推诿？

再如，当年举行三趟快车25周年大会之时，我国正处在由计划经济体制向市场经济体制转型过程中。在这样的形势和时代背景下，要求铁路系统继续坚持像以前那样每天都开行三趟快车，而且主要是在全国最繁忙的京广线上运行，确实有点勉为其难。可是，此时离香港回归祖国正好还有10年时间，作为政治任务，必须坚持开行三趟快车。在研究两部领导联合发言稿起草工作时，作为会议筹备处主要工作人员，我愉快地接受了这项任务，而且心中暗喜：可以把坚持开行三趟快车与迎接香港回归的特殊政治意义和经济意义讲深、讲透，把政治气氛烘托出来，为在坚持开行问题上争取到更多的来自铁路系统的支持。再加上我们积极争取到了李先念主席为三趟快车的坚持开行题词，不仅大会开得相当成功，也为此后十年坚持开行打下了重要的政治基础，做好了舆论准备。

再如，在三趟快车大会期间，到会采访的新闻媒体（包括港澳媒体）相当多，但他们派出的记者对三趟快车开行的历史意义和现实意义（如争取香港顺利回归）及内在联系等并不是十分了解。为此，我们事先为新闻界朋友准备新闻稿，这些新闻稿对他们写好相关报道，很有参考价值和导向作用，从而也避免记者们写外行话。当然，凡大一点的重要会议，大会秘书处为新闻媒体提供新闻稿并不新鲜，但我们（秘书处）还事先为《国际商报》起草好一份社论稿子，在三趟快车开行25周年经验交流会开幕当天——1987年3月21日发表，题目是《贵在坚持》，这也是我平生仅有的一篇为报纸起草的社论。不过原稿的标题中，还有"长久之计"一语，报社将其简化了，局外人当然不知就里。

三、要注重公文写作的规范

上文所说的，是我的公文写作知识和经验的积累过程及其体会。不过，公文是公家文书，不像私人文书，如书信或文学性质的散文那样，可以随心所欲地书写。正如大家知道的，企业或政府机关的上级部门，都制定或颁布了公文处理办法那样的文件（规定）。要学好公文写作，必须学习上述文件的规定，严格地按上述文件的规定办事。

公文有特定的种类、格式和行文规范，相关部门有具体规定，市面上介绍公文处理和公文写作的书籍很多，新参加工作的人员需要处理和写作公文时，只要翻阅一下这方面的书籍和相关机关的规定就行了。只要能在工作实践中注意学习，做好这方面工作就不难。下面谈谈我本人的几点体会，就算是经验之谈吧。

（一）公文写作和处理上常见的错误

公文的种类、文体、格式、编号、日期、正文、附件、缓急、保密级别、主送、抄送、签发、会签程序等，都有严格的规定，这是与私人文书最大的不同之处，也是需要特别注意的地方。

此外公文的标题也有讲究，如标题是一行字，由各种要素构成一个有机的整体，比较容易出错。

据我的经验和接触的情况来看，公文写作上最容易在规范、格式、文种和标题制作等方面出现问题或差错。作为一个与公文起草相关的工作人员，哪怕是年轻的刚参加工作的人，都有相当的文字驾驭能力，都会写点文章，但公文写作，则与平常写文章大不相同，与在学校里写作文更不同。开始时，没有经验，不知道怎么写。所以，往往比较容易出错，甚至无从下手。

例如许多年以前，为了给一批新来的同志讲公文写作课，我到公司收发室里查阅了 68 个公文，发现仅发生在文件标题上的错误就相当严重。如在上述 68 件公文中，标题使用符合规范（合格）的只 23 件，仅占 33.8%；如果去掉如到货通知这类例行的文件外，那么标题真正合格的也只有 43.3%。

而在标题的制作上，常见的错误是文种用错。如将请示、报告合并使用，弄不清到底是请示还是报告。有的将通知写成通报，这虽然只一字之差，但性质完全不同。还有更多错误，甚至是笑话。即使是一家大公司，也难以避免。

据本人的体会，在许多情况下，公文起草的成败、得失，形式上的规范、完美、正确是第一位的，文字、语言和文采等是第二位的。一件公文，如果格式、标题、文种有错，即便语言、文字再美，也无济于事。

（二）公文写作的经验之谈

公文的格式等，有成文的规矩，可以参照现成的书籍或文件。但当你接受任务后，如何动手去写，这要靠日常的积累，我曾总结出如下几点。

1. 想明白了再动手

接受任务时，必须先领会领导的意图，不忙动笔。

首先，要明确收件人是谁，即你所要起草的这个文件的读者对象是谁，是上级还是下级，是同级还是不隶属机构，写这个文件要达到什么目的，如要通知什么，要报告什么，通知谁，诉求是什么，要不要人家回复。

2. 想清楚用什么文种

无非是函、通知、通告、请示、报告、决定、批复、简报、通报等。在使用文种问题上，最容易混淆的是请示与报告，最常见的是函和通知。但通知只适用于下行文和平行文，如同样性质的内容，对下级可以用通知，而对上级只能用报告或请示。如需要请上级领导出席某个会议，要求某位领导人到会上讲话或做指示，就要用请示；如果只要求上级领导知道，而不要求上级领导与会或做指示，写个报告就行。

3. 正确拟定文件的标题

任何文章，特别是公文，标题都极为重要。公文的标题是有特定格式的，是有规范的。一个完整的公文标题应当含有三个主要内容：发文机关、事由、文件种类。

（三）打好腹稿或列出框架

对于一些重要的、篇幅长一点的文件，特别是向上级的请示、报告等，必须经过深思熟虑，将要说的话和所要引用的材料进行排队整理。脑子里应当有个"书架"那样的多层次"格子"，把要说的话和能说明你的理由的材料先按三段式的格局排列一下。

开头部分，要写得像新闻文体中的导语，或者是新闻由头。应当简明扼要地点出文件所要说的事情，当然有的文件是对收文的答复或回应，开头就比较直白，如"来文收悉"等。

主体部分，就是狭义的正文部分。要把想说的事情或问题交代清楚，要明确、具体，要抓住重点。行文的目的（包括诉求），往往在这里体现出来，要写得一目了然。你想做什么，或要求收件人做什么或不做什么，注意什么问题等，必须明确具体。

结尾，有许多正式公文的结尾段分量很轻，甚至没有真正意义上的结尾段，或只有一个强调发文单位诉求的程式。究竟怎么写结尾或要不要结尾，要根据文件的诉求或特定目的来定。

上行文中常见的"当否？请批示""如无不妥，请转发"等，如是下行文，则用"以上，请遵照执行"等，这实际上也是诉求的强调，故不能省却。如要求下级（收文单位）回复的，也应明确说明。

还有的通知，最后写"特此通知"，有的是复文，结尾就写"此复"或"特此函复"，后者的写法表示郑重其事。

以上这些，虽然简单，但口气和用语必须注意与自己的身份和地位相适应，分清收件人是上级、同级、下级或不隶属单位之间的关系，即应当注意上行文、下行文或平行文的区别，不仅要注意辈分，而且用语上要注意客气。如"请遵照执行"这样的话，只能是上级对下级单位行文才能用。对同级必须使用平等、商量的口气说话，特别是在与不隶属关系的单位文书往来过程中，行文一定要注意发文单位的身份和用语的分寸，即使是对真正的下级行文，也要用平等的态度，行文中的诉求，尽量少用祈使语气和命令式的口气，最好多用"请"或"商量"等词。

（四）注意写好诉求

公文是应用文，实用性、目的性极强，起草（发）一个文件总有其特定的目标（目的），所以多数公文是有诉求的，即行文所要达到的目标（目的），如要求收件人做什么或不得做什么。例如，发个开会的通知，要求收件人来开会，包括时间、地点、议题、与会者级别和人数等，这就是行文的诉求。但在有的情况下，公文只起知会作用，没有具体诉求。就像有不少情况简报，为了让收件人知道某些动向或情况；有的公文是对来文的规定的回复，如上级来文要求下级单位办某事，收文单位办完或执行完此项任务后，按规定向上级报告一下执行或交办事项办理的结果或情况。

这种报告往往没有诉求，上级也不用再回复。所以有人说，报告是可以不回复的，而上级收到请示，是必须回复的，因为请示中肯定有诉求，肯定要求上级批准或同意什么事等。

（五）重心前移，模仿新闻上的倒金字塔式结构

公文的种类不同，内容、结构等也不同，但从应用和实用角度来讲，都必须开门见山、重心前移，即把要说的话或要办的事，在开头两三行字里就说出来，让收件人（读者）一看就知道你想说什么、干什么。所以应当学习新闻学上讲的倒金字塔式的写法，把最重要的和最想让收件人知道的事情或要说的话先说，把背景和前因后果等内容，放在相对比较靠后的部分写。

这里举一个例子，某县向有关方面打了个报告，要求有关方面批准在该县范围内设立绿色农业示范区。可是文件的开头用了很大的篇幅介绍该县的人文、历史、地理、气候等，占了文件的大部分篇幅。而对于与绿色农业理念、目标等紧密相关的环境条件、生态条件、绿色食品等事物的发展情况等却写得很少，甚至申请设立绿色农业示范区的诉求在文件最后才出现。这是公文写作之大忌，而且收文单位一看就有点烦。

（六）正文简洁，巧用附件

上文说的那个申请设立绿色农业示范区的报告，其诉求很简单、明了，其实一看标题已经明白了。但那位公文起草者不在行，啰唆半天，不着边际地说了一大堆无关紧要的话，最后才说他们想办什么事。由此可见签发这个文件的领导，也许在公文写作方面不太讲究。

当然，在这样的文件中，需要向上级领导报告的情况或事件比较复杂，涉及面广，如提出上述诉求的理由、背景、动机、必

要性等，内容比较多，往往还涉及许多数据等，如果把这些材料都组织到正文部分，那么就会导致正文部分过于冗长，重点就不容易突出，读者在阅读时会感到疲劳，甚至没有耐心看下去。为此，应当把有关背景性、陈述性材料组织到一个或若干个附件中去，使正文简洁些。如果读者对附件中的内容感兴趣，他就会去看，如果读者对附件中内容已经了解或认为没有必要读，就不用读。

我与三趟快车

三趟快车是三趟运输供应港澳鲜活易腐商品的快运货物列车的简称，是铁路系统和外贸部门于 1962 年共同创立的，分别从武汉（长沙）、郑州和上海始发，几十年风雨无阻，坚持开行了半个世纪。从经济意义上讲，为我国的外贸出口创汇事业特别是中粮总公司的业务发展，建立了丰功伟绩；从政治意义上讲，为我国政府顺利地收回香港、澳门做出了巨大的贡献。

如今，三趟快车已经远离人们的视线，或者说已经成为历史，我们应当永远铭记它的丰功伟绩，而且应当永远铭记那些为三趟快车的创立和坚持开行做出贡献的人！

一

我与三趟快车结缘纯属偶然。我是三趟快车创立之后的 1964 年进入中粮总公司工作的，即使调到运输处后，也只是在海运摊上工作。但到了 1986 年中，运输处领导将我借调到陆运摊，与处领导郭永基等同志一起成为由外贸和铁道两部组成的联合调查组的成员，参与对三趟快车的调查研究和考察工作。

联合调查组由铁道部总工程师领队，外贸方面主要是中粮总公司的人员。调查组一行十多人，以郑州为起点，路经武汉、南昌、株洲、长沙、韶关、广州，最后到深圳。调查组深入基层了解情况，听取各方的意见和要求，对于我这个新手来说，一切都感到新鲜，从中学到许多闻所未闻的知识与经验。而且我也明白，公司领导派我跟随调查组走走看看，就是要我熟悉三趟快车的基本情况，为即将召开的大会做准备工作，即为大会文件的起草（包括基层先进经验的收集、整理）积累素材，增加感性认识。我们通过调查研究和实地考察，以及与基层干部和工作在艰苦工作岗位上的押运员座谈等，获得了大量第一手材料。

这里有一个小插曲，在我被借调到陆运摊前夕，处领导收到一封来自湖南省的押运员的来信，说他们从深圳回来，路经韶关站时，被铁路上的保安人员欺负，说是有人被打伤了，随身携带的物品也有损失，要求总公司为他们做主。处领导将此信交给我处理。我觉得那些保安人员有点不讲道理，起码是政策水平不高。于是，我将此信内容改写成一个情况反映，经领导审批后，通过当年比较流行的"内参"渠道往上送，通过外贸部收发系统发了出去。此后不久我们得知，有关部门将上述"内参"批转给广州铁路局的公安局及韶关铁路部门等方面，湖南的同志得知这个"内参"已经批转给广州铁路局，打人的保安人员受了处分，押运员们扬眉吐气。因此，上述"内参"稿在押运员队伍中也流传开来，反响很好。例如，我收到过别的省押运员的来信，虽然反映的事与上述内参写的不是同一性质的问题，但我还是给他们回了信，对如何解决他们的问题出了点主意。

联合调查组到达湖南省，我在某个座谈会上见到了写信的押运员及他们的领导，他们对于总公司对他们的关怀与支持表示感谢。

但调查组到达广州后，我们发现广州铁路局的接待队伍中，还有广州铁路公安局领导和相关人员，这与别的地方所见到的情形不同。我有点诧异，旁边有同志提醒我"还不是因为怕你在会上再提'内参'上写的那档子事"，我这才明白。其实，此事已经解决了，我们也不会在那样的场合再提。

深圳是联合调查组工作的最后一站，逗留的时间也最长，要了解三趟快车到达深圳编组、联检、出境等整个过程中存在的问题等，还有押运员下车后的生活、接待、回程等具体事务，路、贸双方都提出许多问题和改进意见。而中粮总公司驻深圳的机构和相关同志，反映了许多问题和当时工作上遇到的困难，开了许多次座谈会，有时候气氛相当紧张。由此我了解到那些常驻深圳的在第一线工作的同事的艰辛和不易，我在此后起草文件时所使用的某些词句，如"栉风沐雨""锲而不舍"等，就是在那时候想到的。

二

联合调查组结束工作后，我们回到北京，我正式成为大会筹备组的成员，主要负责会议文件的起草工作，这里首先遇到的问题是如何确定大会的主题和调子。

早在调查工作进行过程中，我们听了路、贸双方的意见和来自基层同志的反映，我已经隐约想到：这将是一个在特定历史条件下召开的大会，主题是要在新的历史条件下继续坚持开行三趟快车，为十年后的香港、澳门顺利回归祖国做准备，这具有极为重要的政治意义。可是，在当时的形势下，要继续坚持开行，确保对港澳鲜活商品的供应，客观上存在一定的困难或阻力：当时，我国正处于计划经济体制逐渐向市场经济体制过渡阶段，各行各业都在强调经济效益或经济核算，而要求铁路方面一如既往地坚持开行三趟快车，确实有点勉为其难。不仅有国内经济高速发展而导致的运力紧张的客观现实，而且还有如上所说的成本核算等因素。

在货运列车中，三趟快车的开行速度是最快的，仅次于普通旅客列车。据铁路方面专家介绍，每开行一列三趟快车，就要有3列普通货运列车为它让道。就是说，坚持开行三趟快车，就意味着铁路方面要有经济损失。不过，在当年的政治气氛中，铁路方面也无法公开提出上述问题，我们是心中有数的，从内心里也感激铁道部门同志顾全大局的精神。

但是，在那样的形势和历史条件下，我们只能强调坚持开行三趟快车的政治意义。当年人们私下里流传这样的话：香港回归祖国后，若天空中飘扬的是社会主义的旗帜，商场里卖的是资本主义的猪肉，那就糟糕了。是啊，当年香港有 500 多万人，每天吃掉 6000 头活猪，三趟快车是停不得的，坚持开行三趟快车是何等重要。在参加联合调查组之前，这一点体会不深。

为此，作为大会筹备处的秘书组主要工作人员，我们在会议主要文件中，特别是两部的联合发言等文稿中，着重强调坚持开行三趟快车的重要意义并加大了宣传力度。虽然我们没有提政治挂帅那样的口号，但我们的口气或宣传口径中，政治空气相当浓烈。最值得记忆的是，我们做了如下三方面工作。

一是注意在大会主要文件特别是两部联合发言稿中强调继续开行三趟快车的重要性。鲜明地反复强调坚持开行的重大意义，强调三个"继续存在"："供应港澳的政治意义继续存在""供应港澳的经济意义继续存在""供应港澳市场的特殊要求继续存在"。这里所说的政治意义，就是争取香港、澳门顺利回归祖国，增强港澳居民对祖国的认同感，对社会主义祖国的向心力。

二是请李先念主席为大会题词。李先念主席欣然提笔，用毛笔写下："做好对港澳鲜活商品的供应，开行三趟快运列车是长久之计，应进一步办好！"上述题词在大会上和在会期间的新闻媒体上曾做过广泛宣传，产生过深远的影响。这里还有点小小的内幕，请李先念主席为三趟快车题词，不仅非常必要，而且名正言顺。李先念同志担任副总理时，就鼓励和支持过三趟快车事业的发展。但 1987 年时，他已经当选国家主席，而且年事已高，怎么可以随便去打扰他老人家。正在为难之际，我们突然想到，将在大会上作两部联合发言的外贸部运输局焦局长，早年当过李先念主席的秘书，请她去求李先念主席肯定有门。于是我们起草了三个题词稿（方案）形成一个文件，由我出面送到焦局长手里。由我出面是因为外贸运输局与外运公司本来就是两块牌子一套人马，我是筹备处秘书组的人，而且还是外运公司的"老人"。焦局长愉快地接受了这个任务，不久，我们就拿到主席的题词，真是喜出望外。

这里还有段小插曲，当初我们草拟三个方案，都是我与郭永基等同志想的，最后李先念主席挑中我起草的那个方案，而且他老人家将我们写的句号改为感叹号，由此加重了语气。后来我曾在人前夸口道："我这一辈子为领导起草过不少文稿，但为国家主席起草题词，还是头一回！"

三是利用相关新闻媒体开展宣传。如我们积极支持并安排《国际商报》记者谢海仁同志到运送活猪的列车上体验押运员生活，安排他从长沙上车，路途短点，少受点累。谢记者工作很认真、投入，回来后写了长篇报道，上述大会开幕前夕在《国际商报》刊登，为继续坚持开好三趟快车，做了舆论宣传工作。在大会开幕当天，《国际商报》还配发了社论《贵在坚持》。

关于这篇社论，还有点幕后故事：为了烘托大会的气氛，希望在外贸系统自己的报纸上，在大会开幕当天或次日配发一篇社论。但我们考虑到报社方面（包括谢记者）对大会的精神不一定完全了解，所以我提出事先为《国际商报》起草好一篇社论稿子，通过谢记者的关系去做报社的工作，结果是在三趟快车开行25周年经验交流会开幕当天——1987年3月21日该社论被发表。题目是《贵在坚持》，不过原稿的标题中，还有"长久之计"一语，报社将其简化了，局外人当然不知就里。

三趟快车开行25周年经验交流会于1987年3月21日在武汉市隆重举行，这是一次继往开来的大会，为此后十年的相关工作定了调子。

三

上述大会闭幕后，按有关领导意见，我们将大会文件资料汇编成《三趟快运货物列车开行二十五周年经验交流会文件汇编》，并附有此前历次重要会议的资料。进而以《继往开来》为书名，以铁道部和外贸部的名义，由郑州铁路局建华印刷厂印制成书，广为散发。为此，我与另一位同志还专程去郑州做付印前的校对工作。

此后，我被调往与运输毫无关系的工作岗位。但在此后的许多年里，有关领导仍邀请我参加若干会议的筹备工作，甚至出席相关的会议或相关活动。特记录如下，以资纪念，从中也可看到中粮总公司在三趟快车开行工作上的善始善终。

1987 年 12 月 31 日，中粮总公司与绝大部分省市分公司脱钩。但中粮总公司顾全大局，在相当长的时间内仍以贸方牵头人的身份开展组织工作和联络工作。

1992 年，距香港回归还有五年时间，是三趟快车开行 30 周年，有关方面决定于这年 8 月召开三趟快车开行 30 周年纪念表彰会。中粮总公司仍是大会的发起者和组织者之一，公司有关领导还特意安排我进入大会筹备班子。最难忘的是 4 月 11 日，正是召开第一次筹备会议的日子，但当天早上，老家侄子来电话，我的老母亲病故。于是我上午赶赴筹备会现场，经与郭永基同志商量，我马上订次日飞机票回老家奔丧，还好没有耽误筹备工作的进程。

1996 年 2 月 15 日，两部联合在中粮总公司办公地——京信大厦举行三趟快车新老同志座谈会，中粮总公司仍是积极的组织者和资助者之一，我与许多老同志应邀出席了会议。

1997 年 5 月，在香港回归祖国前夕，两部在北京京西宾馆召开供应港澳三趟快车开行 35 周年纪念表彰大会，中粮总公司仍是筹备小组的成员单位和积极参与者，为大会顺利召开积极地做工作。我有幸应邀出席了大会，并与大会代表一道到中南海，接受了党和国家领导人罗干等同志的接见。这是我有生以来第一次进入中南海。大会之后，《中粮报》还特地对我公司受大会表彰的新老同志悉数进行报道。

2013 年某月，描写三趟快车的电影在门头沟的中粮集团培训中心礼堂举行首映式。中粮集团领导和电影编导者在电影放映前分别讲话，特别邀请郭永基同志作为三趟快车创始工作参与者的代表在首映式上发言，我作为特邀代表观看了这部电影。会后郭永基和我们这些中粮老人在一起议论过影片的内容，总的感觉是编导者有点外行。

2018 年某月，老同志们到门头沟中粮培训中心参观，在中粮博物馆的陈列品中，见到了《继往开来》一书，遗憾的是，馆长没有找到原件，说是在淘宝网上淘来的复制品，但放在展览柜中，大家都没有认出那是一本复制品。但总算在中粮史陈列馆中，三趟快车有其一席之地，与此有渊源的老同志们见了，甚感欣慰！

我与绿色农业

绿色农业研究与示范，是我退休后所从事的工作，也是我职业生涯中担任的最后一项公职。但正当我们为示范区建设工作开展验收准备的时候，却被上级叫停了，这是起草《我也在补课》之时所没有料到的。如今我已年届八旬，即使不叫停，我也不可能再为此效力了。不过，曾为此效过绵薄之力的我，想在自选文集中留下点记录，特撰写如下文字，聊以自慰！

一、长垣会议与绿色农业

所谓长垣会议，全称是"亚太地区绿色食品与有机农业市场通道建设国际研讨会"，于2003年10月末在河南省长垣县举行。这个会议由联合国亚太经社理事会主持，中国绿色食品协会和中国绿色食品发展中心等我国绿色食品界诸多单位是会议的参与者，我作为协会工作人员出席了这一重要的会议。会议期间，中国绿色食品协会会长刘连馥先生代表中方提出开展绿色农业研究与探索工作的议题。经过我方代表与大会主办方的几次磋商与沟通，大会接受了我方建议，将绿色农业的研究与探索工作写进了会议最后文件的"后续行动"之中。而且在上述后续行动中甚至提出了筹建亚太地区绿色农业国际联盟的目标。

2004年初，中国绿色食品协会新一届理事会决定，将绿色农业研究与探索列入协会的重要议事日程。随后，有计划、有组织地开展了绿色农业的基础理论研究和示范区建设的探索工作，主要有三大方面的工作：

一是开展基础理论研究，即开展了对绿色农业的理念、目标和应遵循的原则等基本问题的研究，称其为初探阶段。这一阶段所取得的成果是《绿色农业初探》一书的出版，其核心内容是由中国绿色食品协会牵头组建的课题组所撰写的研究报告——《绿色农业基本理论的研究与探讨》，书中还收录了十多位专家和研究者的文章，而这是绿色农业自提出以来所出版的第一部专著。

二是在财政部支持并拨款的国家社会公益项目——绿色农业科学研究与示范项目下的专题科学研究，简称专题研究，主要是在各地农业科学研究机构参与下分别完成的，其研究成果汇编已于 2011 年 5 月出版。

三是对绿色农业示范区建设单位的创建开展研究与探索工作。这是继初探阶段后延续时间最长、投入精力最多的一项研究与实践工作，而且取得了诸多有价值和具有实践意义的研究成果。

作为长垣会议的亲历者，协会开展基础理论初探和示范区创建工作以后，我一直是基础理论研究与示范创建活动的积极分子。除了积极开展初探阶段的研究工作，特别是在绿色农业示范区建设单位的设立和建设工作中，我与葛祥书等诸多老同志一道，做了一系列具有开创性的或者说具有创意的探索或尝试，得到了同行们的赞许和农业第一线干部与群众的积极响应。我们在示范区建设单位创建与管理方面所创立的一整套规范、程序、组织架构和建设单位成立后的管理模式等，不仅极具创意，而且开了类似示范区（单位）设立与管理方面的风气之先，也就是说，我们这里所称的绿色农业建设单位的创建与管理，以及验收标准制定和验收程序的设计等，不仅具有实践意义和可操作性，而且完全可以防止示范区建设等方面的走过场或形式主义现象的发生，在理论上和实践上都有重大贡献！

二、初探阶段的工作

应当说长垣会议只是提出了要开展绿色农业的研究与探索，甚至提出过要组建亚太地区绿色农业国际联盟。但那只是一个命题。在会议最后文件中，有关工作方法、步骤等都是空白。

研究工作正式启动后，研究方向和目标在哪里，从哪里下手，我们是摸着石头过河，但这倒给了我想象和充分发挥的空间。

（一）找到了研究与探索的切入点

为筹备长垣会议，我们曾到各地调查研究，已经发现在绿色食品等的发展中，市场销售环节不畅，会反过来影响产品数量规模和产地规模。而长垣会议的会议名称中强调了"市场通道建设"一语，即希望通过市场环节来拉动或促进绿色食品（有机农产品）继续向前发展。

但我们很清楚，绿色食品等在市场销售上出现的问题，不仅仅出在市场环节上，品种单一或分布不均也是原因之一，如茶叶等比较多，而肉类、水产品较少等。所以想买的买不到，想卖的又卖不出去，这些现象同时存在。于是认证积极性下降或到期不续展等也时有发生。因此，我国有关方面提出了集中连片开发绿色食品，扩大绿色食品的产地规模和数量规模的建议，以此来满足人们（市场）对绿色食品等日益增长的消费需求。这就是我们研究工作的切入点。

（二）草拟了研究报告初稿

起初，协会领导曾要我提出一个绿色农业的研究方案，以便有组织地开展研究工作。根据长垣会议前后的思考，我充分利用在《对外经贸与环境保护》编写过程中积累的有关环境、生态和食品安全的形势和发展趋势等材料，用将近两个月时间，写出《绿色农业的研究报告》（初稿），共8万多字，其中还提出了建设实验示范区的构想。

（三）参与了课题组文章的编撰工作

后来，协会组建起绿色农业基本理论进行探索与研究的课题组，我本人成为课题组主要成员之一，继续开展上述研究工作。课题组在《绿色农业的研究报告》（讨论稿　初稿）及其简写本的基础上，经过多次讨论、补充和修改，最后，经过协会讨论和专家组会议的审定程序，形成了以课题组名义发表的研究文章——《绿色农业基本理论的研究与探讨》。这是基础理论委员会成立后取得的最重大的研究成果，成为绿色农业研究成果中的经典之作。此后，在上述研究报告的基础上，收录了诸多研究者的文章，形成了《绿色农业初探》一书。该书于2005年5月正式出版。这本著作的出版，在记述绿色农业研究与探索成果方面，具有里程碑意义。

（四）对课题组文章之目标的理解

在《绿色农业初探》一书收录的文章中，有一篇是我对绿色农业定义中的探索目标的阐释。

所谓绿色农业，是指充分运用先进科学技术、先进工业装备和先进管理理念，以促进农产品安全、生态安全、资源安全和提高农业综合经济效益的协调统一为目标，以倡导农产品标准化为手段，推动人类社会和经济全面、协调、可持续发展的农业发展模式。

我将上述目标分解成两个层次：

一是农业生产本身所要达到的目标，即"三个确保"和"一个提高"。

二是模式目标，即研究探索出一整套推动人类社会和经济全面、协调、可持续发展的农业生产发展新模式。

这里，我们所关注的是新模式，就是要创立一整套适合在不同农业区域和产业类别中推广应用的、可复制的农业发展生产模式。在许多场合，我曾多次强调，就是说这里的模式是复数。

三、示范区创建工作

初探阶段告一段落后，便开始了绿色农业示范区建设单位的创建工作。在绿色农业示范区建设单位创建过程中，特别是在全国第一个绿色农业示范区建设单位创建过程中，我们摸索出一整套务实且具有创新意义的程序性的建设经验。其中主要的和最有价值之处有：确立了与地方政府的共建关系；将示范区建设规划的制定及论证作为创建工作最重要的前提条件和关键步骤；示范区建设单位成立后的管理，主要是针对上述规划中确定的建设目标等付诸实施，主要措施有动态管理、年度经验总结和平时的经验交流等。

在长达七年多的示范区建设及管理工作中，倡导者团队制定并实施了一系列规章和程序性的规定，保障示范区建设与管理有序、有效地开展，而没有以往某些示范活动中常见的"走过场"现象。这正是一些老同志和我引以为荣的事，值得记忆的主要成就或工作有以下几件。

（一）创立并实施了共建关系

创建绿色农业示范区建设单位的相关主体或当事人之间，不是上下级关系，也不是受经济利益为驱动的企业行为，更不以市场利益或价值作为驱动力。故称发起和推动绿色农业示范区建设的代表团队中国绿色食品协会为倡导者。本文中经常使用的"倡导者团队"一词，就是这样形成的。而积极、主动响应上述倡议的政府和企业等，称为建设单位，双方是为了一个共同的目标——农业生产及产品质量安全而走到一起来的，都是在履行一项保障农业生产环境安全和最终产品质量安全的社会责任。

倡导者团队与建设单位是自觉自愿走到一起的。在某一行政区域里组建绿色农业示范区建设单位，可以说是一种契约行为。地方政府给倡导者团队行文，要求或请求（批准）在所在行政区域内创建绿色农业示范区，但作为倡导者团队，是不能给地方政府行文的，而只能要求建设单位以制定《绿色农业示范区建设规划》的形式表达共建的意愿。倡导者团队则聘请和组织专家组对上述规划进行论证。规划一旦通过专家组认可，则表明双方共建关系的正式确立。

（二）提出并强调了建设规划制定与论证的重要性与严肃性

一个真正意义上的绿色农业示范区的建成，要经过一个相当长的建设过程，首先是要制定出建设规划。

倡导者团队在上述工作中，特别强调规划制定的重要性与严肃性，并将一份经过倡导者团队聘任的专家组论证的文件，作为确认建设单位成立的要件。这是又一个具有创新意义的规范，也是倡导者团队的具体工作，需要强调如下几点。

1. 强调规划论证程序是共建关系确立的要件

制定规划在相关工作中是常见的程序，可以说任何一项工作都有规划。而《绿色农业示范区建设规划》，是建设单位对与倡导者团队共建的意愿的正式表达，规划只有通过了由倡导者聘请的专家组的论证，才表明共建关系的正式确立，足见规划制定及其论证程序的极端重要性。

2. 明确提出规划中必须包括的建设内容

在诸多宣传活动和专门为规划工作召开的会议上，倡导者对如何制定规划，以及应当包括的建设与管理内容等，都提出过详细和严格的要求，也曾向建设单位推荐过比较成功的规划范本。倡导者团队曾制定出《绿色农业示范区建设五年规划指导意见》等文件，要求有意愿开展创建活动的建设单位，必须参照上述文件有关要求，认真编制规划。

3. 强调规划中的保障措施

在上述规定或要求中，倡导者在文件中或口头上特别强调或重视如下环节或内容，特别是要求建设单位制定出相应的、为实现绿色农业建设目标的保障措施，主要有：一是加强组织领导；二是做好宣传和培训，加强环境整治和保护；三是切实做好投入品管理；四是充分发挥科技支撑体系的作用；五是注重农业产业化建设工作。

（三）强调了示范区的建设与管理

倡导者团队曾提出过如下要求。

1. 使规划成为具有法律效力的文件

经过修改或补充后的规划正式文本，除要递交给倡导者团队外，还要报请建设单位所在地同级人民代表大会批准，并列入当地国民经济和社会发展的中长期规划，使《绿色农业示范区建设规划》成为具有法律效力的文件，从而使实施规划和开展绿色农业示范区建设成为政府行为，不因党政领导换届或人事变动而影响规划的执行和实施。

2. 要求制定与实施规划实施细则

《绿色农业示范区建设规划》通过论证、修订并形成正式文本后，建设单位还要编制出相应的实施细则，将建设目标、建设项目、建设任务和相关措施等加以细分，明确各相关职能部门和各乡、镇干部的职责，分别组织实施，使之具有更强的可操作性，同时可作为考核各部门工作进度和建设成果的依据。

（四）要求建设单位开展年度工作总结

建设单位每年都要进行年度工作总结，这是建设单位的责任和义务，是建设单位实施规划、开展各项建设与管理工作正常运行的重要标志，也是阶段性建设成果的检阅。

（1）年度工作总结要对以往工作进行自查，总结经验，找出差距，提出下一年工作的改进要点。上述总结以及能反映示范区变化情况的相关材料，应及时送交倡导者和省、市级绿办。

（2）倡导者对建设单位的年度总结要进行抽查，审核、分析和评价其工作，对于有价值的成就和经验，可向其他建设单位推荐和介绍，以互相学习，取长补短，促进示范区建设。对总结中反映出来的各种问题，提出整改意见或建议，并通知建设单位。

（3）倡导者发现各建设单位年度总结中有价值的总结或其他有意义的材料，应及时以简报或网络传输方式散发，供各地建设单位参考和借鉴。

（4）建设单位无故不做年度总结，或敷衍了事，倡导者将予以批评或其他处分，其情况同样要以某种形式在一定的范围内公布，以示批评。

（五）开展了经验总结与交流

倡导者团队在搜集、整理建设经验的过程中，做了许多工作，主要有如下几方面。

1. 年度工作总结与简报

为总结与交流经验，倡导者团队按照建设规划和示范区建设与管理的指导意见等文件精神，要求绿色农业示范区建设单位注意建设工作与管理经验的总结，与倡导者交流，并以某种方式开展横向的沟通与交流。倡导者团队要求建设单位每年都开展年度工作总结，并将年度总结报送倡导者团队。

平时，倡导者团队以编发简报或网络方式开展交流，进行横向交流。发现工作中有不足之处，就向建设单位提出改进意见和建议。

2. 召开经验交流大会

随着示范区建设工作的推进，示范区建设单位不断增多，开展有组织的交流或与现场参观相结合的经验交流，既有利于已有经济的交流与推广，便于兄弟建设单位之间的学习和交流，又加强了建设单位与倡导者团队之间的密切联系与沟通，进一步促进示范区建设工作的发展！其协会曾组织召开过三次大型活动。

3. 将建设经验结集成书

协会秘书处将在上述三次经验交流会上特别是第三次会议上产生的材料，以及各建设单位撰写的建设经验的文章，汇集成册，取名《绿色农业的初步实践》，于2009年底正式出版。这是绿色农业探索研究成果在示范区建设单位开的花，结的果。

四、示范区建设成果的验收

验收工作是在 2010 年 12 月的某个大会上正式部署的，但其准备工作早就开始了。在葛祥书等老同志的共同努力下，在验收程序、标准、方法、步骤等方面，下了很大的功夫，可以说做足了功课。曾形成了一系列文件（文稿），内容包括验收的程序，验收的组织领导，验收的标准、方法、步骤等，以及验收结果的处理，等等，有详尽的方案，也形成了相应的文件。在 2008 年到 2011 年的三年间，拟定并不断完善的与验收有关的文件中，所记录的程序、标准、方法、步骤等，是极具价值的。我在葛祥书副会长的领导下，参与过上述程序、标准、方法、步骤等文件（文稿）的研究、构建（起草）或制定过程，认为其内容相当详尽，极具理论价值，而且具有可操作性，极其珍贵，凝聚着葛祥书等老同志为此付出的辛勤的智慧与劳动。有鉴于此，特作如下记述。

根据手头所能找到的文字资料，我认为 2011 年 7 月 3 日在昌平中石化会议中心举行的绿色农业主任办公会议是倡导者团队研究验收工作的最后一次会议。会上所散发的经多次修订的关于验收（评估）工作的文稿——《关于开展绿色农业示范区建设成果评估的意见》和《关于绿色农业示范区建设成果评估工作的通知》，也是最后一次在讨论会上散发但没有真正进行过讨论的稿子。尽管如此，葛祥书等同志还是将其修订、整理成一本关于绿色农业示范区建设成果验收工作的文件汇编。遗憾的是，这份汇编再也没有被讨论和使用过。其精彩之处，也许再不会有人读到了。

第六辑 / 习作选辑

小　引

　　在业余时间，我总爱写点什么，就如张中行老先生所说的"涂涂抹抹"。或触景生情，或有感而发，多少年来，也积累了不少勉强可以称为作品的文稿，有些还在家乡的报纸、杂志上发表过，更多的则被束之高阁。为保存资料或留个纪念，选取某些文稿，录于本辑之中。

故乡的小河

　　江南水乡，房屋乃至村庄一定与某条河相依。为汲水和洗刷方便，房子大都建于河岸上，离河几丈远的人家极少。村子往往呈条状，走向完全与河流一致。所以在我们家乡的口语中，往往以"条"这个量词来表示村落，而不用"个"或"座"。

　　我家的老宅和村里所有人家的房子一样紧贴着一条小河，我至今还不知道这条小河叫什么名字，于是我只得把它定义成标题中的"故乡的小河"。

　　我故乡的小河确实很小，小到在地图上找不到它的名字。最深处也不过两三米，狭窄处两只农家小船仅能擦身而过。它的长度虽然只有约500米，但它可以通往在县级地图上有名字的葛家塘。坐船从家乡的小河出发，进入葛家塘，往南可达海宁、杭州；往北可到达县城，再往北可达上海。

　　记得在我很小的时候，我还不曾去过海边，但已经听说过潮水。河里的水位往往依雨水大小而升降，但秋天即使没有下雨河水也会定时涨、落，大人们便说"涨潮了"。虽然，对于潮汐、江河湖海之类的地理概念是后来读书时学到的，但对于这些地理概念的理解却是从故乡这条小河开始的，是从这条小河里乘船到外地的经历中开始的。

　　大约11岁时我第一次乘船出远门。二哥他们摇一只农家小船，到嘉善去卖自家种的胡葱，让我随船同去。到了嘉善，二哥他们挑着葱去集市上卖，我则留在船上当看守，这叫"望船"。当时离开家乡和回来的情景已经没有印象了，留下深刻印象的是我乘坐家里的小船离开家乡，到杭州上学，后来到北京工作。时间正好相隔四年，但细节几乎一样：从我家老屋东侧的河边上船，大哥在船上撑篙，二哥摇橹，三哥吊缆。由于我不会摇船，只是坐在船舱里，目的地是县城的汽车站。

　　无论是从北京还是从上海回来，我都是在平湖坐家里摇来的小船回家的。

　　如今，无论是回家探亲还是离开家乡，都已经弃船登车，但那条小河仍在我的脑海中占据着重要的位置。

月下西瓜田

每当看到西瓜，常想起儿时"望瓜"的种种乐趣和月下西瓜田里的景色。

家在瓜乡，家家种瓜。每当西瓜长到茶杯那么大，种瓜人家便在地头以竹木和稻草搭起瓜棚，支张小床，挂顶蚊帐，晚上有人住在棚里，叫"望瓜"。其实在人口稠密、民风淳朴的繁华之地，到处有瓜，不用防人偷，最多只防防鸟兽，所以"望瓜"完全是一种风俗，对男孩子们来说是一种"美差"。我长到十来岁，每年都要跟哥哥去"望瓜"，直到外出求学止。

西天晚霞还未褪去，小伙伴们就早早地来到了瓜田，在地头或渠道上玩耍、嬉戏，或坐在水渠闸门的石头上谈天说地，或到渠道里洗澡、游泳，清凉的渠水驱除了身上的暑气，从水里出来，往往一丝不挂，在渠道上来回奔跑，跑热了再跳进水里去泡个够。

微风从田野上吹来，夹带着禾稻间散发出来的那种特有芳香，沁人心脾，蚊子也只好躲开我们。

一轮明月从东方升起，起初像一只大大的红脚盆，爬上了东村的竹梢。渐渐升高，渐渐地明亮起来，将整个世界照得如同白昼，把稻田、瓜田、芋芳田、姜田照得泾渭分明。田野尽头的村庄就像镶嵌在墨绿色海洋上的一座座小岛。竹林和树丛簇拥着灰顶白墙的农舍，错落有致。那种江南特有的宫殿式大屋顶农舍，在月光下线条分明，尤其是屋脊上的那种高高耸起的屋角直插天空，更显得富有生气，在青黛色的星空的衬托下，带有几分威严和神气。几座水车棚像大斗笠似的默默地守候在村边的小河旁。青黛色天空下的村庄、水车棚与眼前的这片墨绿的大地，交织成一幅美丽的田园风光水墨画。此时眺望我们的那个村庄，比白天更加秀丽。

入夜，蚂蚱们开始忙碌起来：它们在豆架上、灌木丛中或草窠中纷纷演奏起来，把田野变成了一个音乐的殿堂。人们按照它们的叫声特点，分别叫它们"织布娘""打纱娘"等，这些小精灵把农家布机间发出的各种声音模仿得惟妙惟肖。最有趣的是织布娘，它开始叫的时候总要先来个前奏，好像要先把小纱锭装进梭子里，再抽出线头，然后慢慢地一梭一梭地织起布来。经过那一步一步的启动后，叫声的节奏就加快了。它"织"累了就歇一会儿，然后重新启动。一个夜晚，如此反复不知有多少次，直到天明它才歇息。我最喜欢这种蚂蚱。

捉蚂蚱是儿时的趣事。当织布娘们起劲演唱的时候，我们到瓜棚里拿出早已准备好的、用麦秸编织的笼子，拿着手电筒，循声在豆架上或灌木丛里搜索。手电光里出现了背脊上张开一个小天窗、翅膀振动的小家伙，我们屏住呼吸，轻轻地从它的背后包抄过去，抓住它的两条强壮的后腿和翅膀，或者两手一捧，它就成了我们的掌中之宝了。放进笼子，它很不情愿地成了我们的俘虏。

蚂蚱也有蚂蚱的脾气，刚刚被捕时一般很生气，光吃不叫。但两三天后，若挂到能听到同伴叫声的地方，引逗之后，它也就乖乖地唱起歌来。不过，在捕捉蚂蚱的时候要小心，不能碰断它那两条强壮的后腿，否则它会永远不再唱歌。

萤火虫是儿时见到的最神奇的虫子，它有一种银白色的物质，藏在腹部可以像眼睛那样开合的外皮内。它起飞后在外皮一开一闭之间会发出一闪一闪的绿光。若在月黑风清之夜，成群的萤火虫或在田野里飞舞，或停歇在稻叶上，闪闪发光，就像天河降落人间。

逮萤火虫是望瓜孩子们必不可少的节目。那些发着奇异光亮的小虫子,也像蚂蚱那样成为我们的掌中之物。在没有电灯的年代,捉几只萤火虫,装在玻璃瓶里,挂在瓜棚的蚊帐里,像一盏烛火。

月亮越升越高,越来越明亮。近处瓜田里的一切都看得清清楚楚,瓜蔓爬满瓜田,爬过水沟,越过田埂,银灰色的瓜叶上挂满露珠,瓜蔓的顶芽长满了银白色的茸毛,高高地昂着头,显得那样生机勃勃,就像一群昂着头的蛇,注视着人们。黑油油、圆溜溜的西瓜静静地躺在瓜蔓之中,有的西瓜边上,插着油菜秸,这是西瓜已经成熟、可以采摘的标志。

田野上越来越宁静,除了像蟋蟀、蚂蚱一类夜鸣的虫子的叫声外,有时还隐约听到小火轮的汽笛声和抽水机的马达声。然而,月下的西瓜田里并不寂寞,二胡、洞箫、笛子的声音从各个方位的瓜棚里传出来,此起彼伏,回荡在田野上,传得很远,格外悠扬。

几十年过去了,家乡的西瓜田还有,瓜棚、水车棚却难觅踪迹。村里和镇里的电灯光落在越来越小的田野上,月光甘拜下风。水墨画似的月下瓜田景色不再,不知蚂蚱和萤火虫安否。

2000 年 6 月 7 日

陌生的故乡，旧时的桥

在外求学、谋生几十年，每当探亲回乡小住，总要到村外田野上走走，看看家乡美丽的田园景色，呼吸带有稼禾清香的空气，追寻童年的梦境。上次回乡我在村外田野上待了许久，萌生出缕缕遐思。

那是一个风和日丽的午后，盛开的油菜花金黄金黄的，有的高出我的肩头。田野上是那样的宁静，只有蜜蜂的嗡嗡声，微风拂面，带来沁人心脾的花香。已经抽穗的麦子齐刷刷的，远远望去就像一块草绿色的地毯，找不到红花草。

红花草，学名叫紫云英，叶色墨绿，开着紫红色的小花。儿时常与小伙伴们仰天躺在红花草田里，躺一小会儿起来，田里便出现一个"大"字。有时在红花草地里一躺，顺手摘朵紫花送到嘴里一嚼，甜丝丝的。儿时的回忆和潮润润、暖洋洋的空气驱散了多年都市生活的疲惫。一路沉思，不知不觉地上了界泾桥。界泾是条河，也是两县的分界河，那桥便叫界泾桥。

我已经有二十多年没到此地来了，从桥东上桥，站在桥顶上，转身朝东眺望。展开在我眼前的景致完全是陌生的，要不是我刚从村里出来，要不是站在这旧时的桥上，我肯定不会相信不远处的村庄就是我的故乡。离家几十年，没有一次回家是从界泾桥"入境"的，也没有从这个视角去端详过自己的家乡，当然再也找不到我家当年的老屋了。

大嫂娘家在界泾桥之西。听母亲讲，当年我大哥定亲时，大嫂娘家人曾站在桥上端详过我家那幢又低又矮的老房子，并做出这样的评语："只要从桥头往东南面紧跑几步，便可跃上陆家的屋檐。"

这话虽然有点夸张，但不能算挖苦。如今我家的老房子早已被子侄们盖的小楼所取代，村里也几乎找不到平房了。此刻我往东南方向看去，近处是黄绿相间的田园，远处是一排排农家小楼，青灰瓦顶白色的墙，在夕阳下显得格外动人。还有几处工地，人们正趁农闲之际搞施工，起吊架和那些室外电视天线相映成趣。有几幢楼已用瓷砖或琉璃瓦作为外装饰，而内装饰据说有的已使用铝合金、马赛克、大理石等。家乡每年都有新变化，每年都有新设计，我那些侄子性子急，那小楼盖早了，看上去已明显落伍了，正盘算着如何推倒重盖……

我童年时代曾向往过的"楼上楼下、电灯电话"的期盼早已成了现实。

此时见到这一切，我的内心却掠过一丝秋日才会有的愁思。我作为农民的儿子，深知土地的珍贵，多少家乡父老曾为家里地少而愁苦过。土改那年我已经会写毛笔字，协助工作队把田亩数和户主名字写上竹片、插到田头。那一年，村里平均每人拥有二亩三分地。时过境迁，如今村里平均每人拥有多少可耕地？据说公社解散那一年是人均九分（不足一亩），如今恐怕只有六七分吧，再往后呢？也许界泾桥与我们村之间黄绿相间的那片空地也不复存在了，也许会成为一块新的停车场，也许……

我没有从原路返回，而是沿一条较大的田间路往村北走去，来到村北名叫乌家荡的湖边。乌家荡是我们村边最大一处水面，湖中心还有一个小岛，湖东岸原来有座学校，那是我的母校。

我在湖边逗留片刻，此处原先有几株柳树，柳枝垂到水面，与岛上的树丛和芦苇遥遥相对，这是我们村最美的景致。乌家荡是我们村第一大湖，在我儿时的心目中它很大，很宽阔；如今再看到它，显得比以前小多了，变成了小池塘，没有了昔日碧波荡漾的情景，也许是四周的楼房太多的缘故吧。

　　乌家荡的一条支流向南一直延伸到我们村的中心，我想沿着河岸走，河边却无法通过，只能站在一座无名小桥上往南张望。这桥原先只有宽不足一尺、长不过两丈的一块木板，若船只从桥下通过，一个人就可以把桥板的一头举起来。如今这桥换成水泥板，桥下的水却不堪入目。

　　早先河西岸只有一户人家，河东也只有三五家，两岸有竹园、树木和灌木丛，是一个幽静的去处。我与小伙伴常来这里玩，真称得上水草丰美、鸟语花香。如今这河岸上已没有什么树木、竹子，除了那些在房檐下筑巢的麻雀之外别无其他鸟类，河面上漂浮着肮脏的生活垃圾。农村正在城市化，乡亲们的生活正走向现代化，河岸上的居民正在成倍地增加，村里虽然还没有所谓的工业废水，但生活污水、生活垃圾则"理所当然"地排入河里，甚至建筑垃圾也往本来就不宽不深的河里倾倒，河道一天天在缩小。水质如何，乡亲们似乎不关心，反正村里已经有自来水了。

　　西天泛起红色的晚霞时，我往南朝我家的方向走去，在村里的楼群之间转来转去，此刻便产生了这样的心境，"少小离家老大回，乡音无改鬓毛衰，儿童相见不相识，笑问客从何处来"，但又似乎不是这样的心境。

曾在 2000 年某月《平湖日报》刊载

我家的黄牛

在我上小学的时候，我家养了一头黄牛。

黄牛是分类学概念，不是指牛的毛色。而我家那头黄牛，是名副其实的黄牛。我记得它从哪里买来的，但不知道它最终到了哪里。

记得在我很小的时候，家里有过一头黑色的黄牛，因为我还小，不敢牵着牛到有草的地方去放牛，让它去吃草、喝水，家乡话叫"看牛"。那时，"看牛"是我三哥的活，所以我对黑牛的印象不深。但有一件事记得清楚：黑牛在我家养了许多年之后，实在老了，耕地、车水都力不从心了，若是夏秋季遇上天旱，老黑牛拉不动水车了，要靠人力帮忙推车，或者干脆把牛解放了，全靠人力推水车，当然这是大人们干的活，我太小，还不能加入这推车的队伍。那年的秋天，新稻登场之后，家里决定将老黑牛卖掉，积累资金，准备来年开春买头新牛。老黑牛终于被卖掉了，卖到离我家很远的一个地方，买主当然不是为了使役，而是为了杀牛卖肉。我们农家，对耕牛是很有感情的，那生意人来我家牵牛那天下午，我家煮了一锅新米饭，先给老黑牛盛上满满的一大碗，喂给它吃了，才叫人牵走。这是老家的风俗，别人家若是卖掉老牛也是这么做的。

那时我还不懂得大人们这样做背后隐藏的浓厚感情。听哥哥们讲，我家老黑牛吃过新米饭被牵走时还流了眼泪。在这之后很久，我才明白，家里人之所以把老牛卖到很远的地方，只是不忍心听到自家老牛被杀的消息，更不愿意看到老牛被杀的场景。

老黑牛卖掉了，家里的牛栏空了一冬一春。次年春末夏初，眼看春熟作物就要登场，用牛犁田、车水的日子快来了，可是我家牛栏里仍没有牛，母亲和大哥着急了，四处奔走，我和三哥也想早点有头牛，以便像小伙伴那样去看牛。

过了些日子，我家又有了牛，那是一头大黄牛。那天放学回家，我没有放下书包就到桃树底下去端详这头新牛：只见它全身棕黄，肚皮下的毛色稍浅，淡黄或白色，四条腿粗壮有力，它非常高大，稳稳当当地站在那里，也许是来到这个新家感到陌生，所以一动也不动，也不吃青草，我弯着腰从它的肚子下钻过去，它也若无其事。原来它很疲惫，虽然它额头系着红、绿绸带（表示新牛），但鼻孔里带着血丝，此时我有点痛心。负责买牛的堂兄似乎看出我的心思，便对我说：这新牛是从对港（即杭州湾南岸）用海船运来的，牛拴在船上，牛绳太紧，鼻子勒出血来了；到了码头，又把牛推到水里，让它们自己游到岸边来，确实很累了。

我家又有新牛了，每天放学回家或不用上学的日子，看牛就成了我的任务，我与大黄牛也成了好伙伴。

牛是高等动物，很聪明，通人性，能听懂人们的许多口令。不过黄牛不如水牛，我舅舅家有一头大水牛，很聪明、听话，特别是在我的两位表兄的调教、训练下，那水牛出奇地灵，它能听懂东南西北等词。起初我不信，表兄说给我试试，他把系牛的棕绳往水牛脖子上一撩，说了一声："到东塘上去！"那大水牛立即掉头径直向东面走去，我和表兄便跟在它后面，看它走到哪里去。果然，它走到了位于舅舅家东南面叫作东塘上的那块田里。

骑在牛背上，对于孩童来说是极富诗情画意的事。表兄经常骑水牛，我却不敢。一天表兄教我骑水牛，他在牛角上拍了几下，大水牛便温顺地低下头，侧过脸，把一只牛角低到几乎贴着地面，表兄便坐到那又粗又大的水牛角上，水牛缓缓地抬起头来，脖子往后一扭，便把表兄"挑"到牛背上，表兄便稳稳地坐在了牛背上。然后，表兄跳下来，再次拍拍水牛角，示意我坐上去，我不敢，表兄只好作罢。我非常羡慕表兄有骑牛的本事，但我家的黄牛没有这种技能。于是我将我家的黄牛牵到一条沟里，我从沟沿上爬上牛背，过了一回骑牛的瘾。

我家黄牛也有自己的脾性，干犁田的活，它只听我大哥的口令，别人使不动它，连我二哥也奈何不得它。而车水的活，二哥三哥的口令它也都听从。而我呢，只有牵着它去吃草、喝水，我也最爱干这种轻松、具体的活（看牛）；有时还可以带本书看看，只要它不糟蹋庄稼就行。久而久之，我家黄牛也知道，只要是我去牵它，总是有吃有喝，或者就是牵它回家，因此它对我也特别温顺。

家乡实行农业合作化之后，我家黄牛也作价"入股"，成了农业社的集体资产，但它仍由我们家喂养，拴在我家牛棚里，要是犁田，也就是我大哥使它，别的社员的话它不会听的。正因为如此，我大哥也就成了社里的犁田专家，而看牛也仍是我的业余工作。不过，到我家那头黄牛那个年代，向水稻田里灌水已经有了抽水机，牛也解放了。

儿时，与小伙伴们一起看牛是件乐事。但老在村边几处可以放牛的老地方，草已经不新鲜，也不好玩。牛呢，别的牛刚啃过的草，它们也不爱吃，于是我们总想牵着牛远行。那时我已经在县城里上学，知道城外、公路边草地多，草也好。春末夏初的一天，我约了五六个小伙伴，各自牵着牛，列队往县城进发。从我家到县城边要过三座大石桥，我牵着黄牛走在前头，到了第一座石桥，我家黄牛停住脚步，不肯上桥，牵它不动，看来它胆子太小。我舍不得打它，便叫走在后面的阿水把他的小牛牵到桥头，赶它上了桥。阿水家的牛很小，还不会干活，什么也不怕，乖乖地上了桥，向北走去。我家黄牛见前面有伙伴上了桥，它也就放心地上了桥，有了这次经验，再过桥也就不在话下了。就这样，我家黄牛总算有了一次"进城"的经历。

从初级社到高级社，经历了若干年时间，我家的黄牛虽已入社，但一直由我家喂养。此后，农业社规模扩大，小社并成大社，耕牛归大社统一调配，大概是我们家所在的生产队耕牛多，于是把我家黄牛调配出去，由别的生产队饲养和使役，这是在我见到它拴在别村之后才知道的。

那是一个星期六的中午，放学后我从县城回家，路过上文讲到的那座石桥南面的村子，突然看见我家黄牛被拴在村南一座小庙（我们称二老爷庙）外的一棵树上，呆呆地站在那里，脚下也没草料，它老远就望着我，它以为我是来牵它回家的。但见它身上和四蹄上都是烂泥，像是刚犁田回来的，屁股上和后背上还有许多道被抽打的鞭痕。此时我心里非常难过，我想，要是我大哥使它，它根本不会挨打。此时，我突然想起，如今已经是高级社了，它已经被调到邻村别队，换上一个陌生人使它，它不服，难免挨打。如今被打成这个样子，我怎能不心疼呢？

我家的黄牛仍呆呆地望着我，似乎在乞求我赶快牵它回家。我明白，它已经调往别队，我也没权利牵回家了。此时我发现老牛眼睛里流出了眼泪。见此情景，我鼻子一酸，差点哭出声来……

我在它身边站了一会儿，只好无可奈何地往南——朝我家的方向走去，几次回头望望老牛，老牛也一动不动地望着我……

自此之后，我再也没有见到我家那头黄牛。

起草于 2004 年

我家的鹩鸪

我们家曾养过一只小鹩鸪，而且还真的"养家"了，非常可爱，成为我们兄弟的宠物。

我家的那只鹩鸪，是我二哥捡来的。那是夏季的台风天，大风刮倒了有鸟窝的大树，小鸟掉在泥地上，被我二哥捡了回来。小鹩鸪浑身毛茸茸的，没有一根羽毛，但喂它小麦粒，它能自己啄食，就这样，小鹩鸪被我们养活了。

我二哥手巧，自己动手用竹子给小鹩鸪做了个笼子，笼内挂有盛水和麦子的竹杯，每天只要装点麦子和清水，小鹩鸪就能自己生活了。

小鹩鸪一天天地大了，到了那一年的秋末初冬时，它已经长成了与大鹩鸪一样大小了，而且它的脖子上长出一圈特殊毛色的羽毛，家乡话称"花馋衣"，意思是防止小孩子吃饭时弄脏衣服的围嘴儿，这是鹩鸪成熟的标志之一。

此时的小鹩鸪对我们家已经有一种认同感，它已经认为是我们家庭的成员了。我们将它放出笼子，它就在家里走来走去，绝不会飞走，晚上还会自己钻进笼子里过夜。再后来，它也会在我们家附近飞来飞去，但不会飞远。

就在这时，它会啼了，它伸长脖子，发出"鹩咕——咕"的鸣叫声，真好听。我们高兴极了，它真的长成了一只大鹩鸪了。不过刚开始时，它啼的时候还有点"害羞"，总是躲在某个角落里或床底下啼。再后来，它就大大方方地在我们面前高歌了。

再后来，我们白天就开着笼子的门，让它自由行动，它到处飞翔。它很聪明，有时候飞着飞着会落到我们的肩头来，还能看懂我们的手势（动作）：只要我们伸出食指，做出勾的姿态，它就会飞过来，停在我们的食指上。但它有时候很调皮，会停到人们的脑瓜上来。就为这个，差点惹出事来：有一次它落到我父亲的脑门上，父亲有点生气了，就把它捉在手里，说是要捏死它。此时，我大嫂正好在场，她出面求情，她对父亲说："他们弟兄几个都喜欢它，您就放了它吧。"见刚过门不久的儿媳妇求情，父亲的气也消了，把鹩鸪放了。

鹩鸪在我们家生活了很长时间，这在我们村里是家喻户晓的事。我们弟兄几个，都为有这只鹩鸪而感到自豪甚至荣幸，但到第二年秋天出事了。

事情是这样：我们的鹩鸪在村里到处飞，谁家门口都敢停，谁也不会伤害它的。谁知某日，它飞到村子中部（在我家北面）一户陈姓人家的廊下，停在他们家门口的草堆上，被那家的一个大约与我二哥差不多大小的叫来法的人捉住了，并把它捏死，拔掉了它的羽毛，当作野味烧来吃掉了。

当时正是傍晚，天快黑了，我们不见鹩鸪回家，就争着到处找。我已经不记得是谁将这个不幸的消息告诉我们的，只记得二哥与三哥到来法家理论，但是已经没有用了。

很多年之后，谈到我家的那只鹩鸪，年过七旬的大嫂仍记忆犹新，她说："得知鹩鸪被人家吃掉了，你们弟兄四人中有三个都哭了。"

鹩鸪虽然只活了那么长时间，但每当听到"鹩咕——咕"的鸣叫声时，仍然会想起我们家的鹩鸪。

我不吃胡萝卜

我种过胡萝卜，也在蔬菜栽培学课程里学过有关胡萝卜的知识。但很久以来，我却不吃胡萝卜。因为，见到这种东西，会想起我不愿意想起的辛酸往事。

在我的家乡，种胡萝卜是1952年之后的事。起初胡萝卜作为饲料喂猪，叶子用来喂牛、兔子和羊。所以，在我的词汇表里，它总是饲料。后来，粮食紧张起来，秋冬时节，人们不得不将胡萝卜与大米一起煮成胡萝卜粥。人们在地里劳作，休息时拔几个胡萝卜，洗泥、刮皮后，就像吃黄瓜那样，聊以充饥。在那个环境中，大家都如此，也不觉得如何。但后来发生的两件事，让我难以忘怀。

第一件事发生于1956年秋收时节，那时我刚满16岁，正失学在家，是一名小社员，在农业社里劳动。在一个新稻登场的夜晚，我跟三位哥哥一起到生产队的场院里，与社员们一起打稻（脱粒），挑灯夜战，一直干到深夜。收工时，白天挑到场上的稻子全部都已脱粒，扬净、过筛后的黄灿灿谷堆高得像座小山，我们带着丰收的喜悦将谷堆盖好，各自回家。

我们弟兄四人回到家里，母亲、嫂嫂和侄儿们都已入睡。劳累了大半夜的我们，个个饥肠辘辘。轻手轻脚洗去从打谷场上带回的满身灰尘，举着煤油灯来到灶边，想找点食物充饥，打开锅盖，空空如也，打开橱柜，也找不出任何可以充当食物的东西。这时，从隔壁屋里传来母亲低沉和无奈的声音："一点剩饭也没有了，你们就洗几根胡萝卜吃吧。"

就这样，我们洗了些胡萝卜，削了皮，大口啃着、嚼着。那时，我蹲在灶边的猪食桶边，用竹筷方的一端当刨子，把胡萝卜皮刨到桶里，免得扫地了。此时，我突然发现我嘴里嚼着的与猪食桶里准备第二天喂猪的竟是同一类东西。我的内心像是被什么东西刺了一下，不禁伤心起来。在夜深人静之时，怕吵醒已经入睡的家人，我们只是啃着胡萝卜，相对无语。

吃过这顿夜宵，我回到自己的房间里，躺在床上，尽管此时已经非常劳累，但没有一丝睡意。胡萝卜和猪食桶这两个东西仍留在我的脑海里，挥之不去。胡萝卜也开始在我的肚子里翻腾起来，咕噜咕噜作响，胡萝卜那种特殊的药辛味随着饱嗝从口腔和鼻孔里不断冒上来，一股难以名状的痛楚涌上心头。我想不明白，作为一个农民，小山似的谷堆近在咫尺，为这个谷堆忙碌了一天，不！忙碌了大半年的我们，在深夜收工时，为什么家里却没有与米相关的食物，只能以胡萝卜充饥？进而我又想到母亲，当她叫我们洗点胡萝卜吃，听着她的儿子们啃胡萝卜的声音时，也许比我们更伤心。

另一件事发生在 1961 年初，那时我已经结束了失学和当小社员的生涯，正在杭州上学。寒假期间，我回到地处鱼米之乡的家里，却见到母亲和家里人喝的是用胡萝卜叶子熬的糊糊。那时正值三年困难时期，家里的米太少了，已经不足以煮米粥，只能将仅有那一点点大米磨成米粉，在熬好的胡萝卜叶（或其他菜类）汤里掺上一点点米粉，显得稠糊一些。望着面带浮肿、满头白发的母亲喝着这样的东西，鼻子一酸，差点掉出泪来。

那时，我的兄嫂都已为人父母，我母亲已经是有六七个孙辈的祖母，我那些幼小的侄儿侄女，当然不愿意喝那种难以下咽的用胡萝卜叶子做的粥，总想喝真正的大米粥。他们不知道为什么家里没有白粥，为什么要让他们吃这样难吃的东西。我母亲作为祖母，她老人家最难受的莫过于小孙女们为吃不上白粥而啼哭。尤其是我二哥的大女儿，常常拉着长声哭喊："娘娘啊，我要吃白粥呀！"其实伤心的岂止我母亲一人，这也深深地刺痛了我二哥的心，连性格都变了：原先，他像普通的父亲那样，发脾气时也会打他的孩子。但自那以后，他再舍不得了。他曾说："我作为父亲，连给孩子们碗白米粥都办不到，还有什么资格打她们？"还有，我二哥本来不抽烟，但那年开始学会了抽烟，尽管只有一角钱一包的次等烟，他放下饭碗就点上一支，猛抽起来。他说，喝了胡萝卜叶熬的糊糊或其他菜粥，肚子是鼓鼓的，但总觉得没有饱，肚子里总像还缺少点什么，于是就想抽支烟，好像可以补充点什么，得到一丝满足。

每当我想起那种情景，总不免鼻子发酸，眼睛湿润。

四十多年过去了，我的母亲已经去世，我的兄嫂们也都年逾古稀，因喝不上白粥而啼哭的侄女们，如今也都为人祖母，她们再也不会听到孩子们喝不上白粥的啼哭声。尽管我也明白，那些辛酸事都不是胡萝卜的过错，我没有理由责怪或恨一种农作物。但一见到胡萝卜，上述那些不愉快的经历仍会像电影那样一幕幕映入我的脑海。

梦里依稀故乡路　水岸烟雨旧时桥

——由《水岸拂柳衍雨巷》引发的回忆

缘　起

今年7月1日《嘉兴日报（平湖版）》（以下简称《平湖报》）上刊登了《水岸拂柳衍雨巷——平湖弄堂地名文化解读》一文，笔者虽非文化学者，但也饶有兴趣地从头到尾读了一遍，思乡之情油然而生。笔者少小离家，但乡音未改，偶尔回乡探亲时，遇到某些地名，往往感到非常陌生。经亲友提醒，方才恍然大悟，甚至有妙趣横生之叹。于是，以老家和儿时上学或放学必经之路为线索，写了如下文字，以便与同样久居在外的老乡们交流。

曹兑吾乡

我家的祖居地称为三家村，在平湖城的小南门外、曹兑港西北面。清朝时属外永凝坊某都某圩；新中国成立前属汉塘镇某保某甲；公社化时属红旗大队、万斤大队和曹兑二大队；恢复乡、村建制后，称胜利乡曹兑二村，最后又划归曹兑港村。随着城市化进程的推进，曹兑港村的建制已经撤销，只能在县级交通图或公交路线图上，还能找到"曹兑"和"曹兑港"那样的地名。

有文章称，曹兑港之"曹"，原为"漕"，与漕运有关。漕运专指通过水路将粮食等运往北方的运输方式，而专事上述运输行业的人员称为漕帮，漕运所运送的粮食主要由农民上交的农业税组成，人称漕粮。旧时，农民向国家交农业税，俗称"解银漕"或"完银漕"；新中国成立后称为公粮，也称为"爱国粮"。说到"兑"字，还与下文将要说到的"酒甏弄"有点渊源。有资料称，当年可以用平湖出产的米酒，到曹兑港兑换成大米，以继续酿酒，故此处地名和桥名中出现了"漕兑"一词。不知从什么时候起，"漕"字被简化为"曹"；而"兑"字，在人们口语中，读成"代"或"蛋"音，从语音上看，"兑"的本义早已消失。

"曹兑"作为建制乡的名称，还与此地曾盛产西瓜有关，因为，曹兑港一带是著名的马铃瓜（西瓜）之乡。笔者到北京工作之后，认识或接触过不少上海人，每当说起我的原籍平湖时，上海人的第一反应是平湖西瓜，几乎无一例外。事实上，平湖西瓜最有名的是小南门外产的，城里人也曾用过"南门瓜"这一称呼。而小南门外那个区域出产的西瓜，最负盛名的是曹兑港及其周边地区的。笔者曾在浙江农业大学就读，园艺系的教授在课堂上也曾提到过平湖曹兑港西瓜；1964年园艺系应届毕业学生曾到曹兑港实习，科目也是西瓜。现在回想起来，在新中国成立初期，政府决定将盛产西瓜的小南门外的五个行政村，划为一个乡，并称其为曹兑乡，这对于西瓜产业的发展来说极有意义。足见当政者非常有远见。用今天的话来说，他们很有市场经济意识。

同样值得称道的还有摘西瓜时那个古老的习俗：西瓜采摘前一天，要由判断西瓜成熟度方面最有经验的瓜农，在每个能摘的西瓜上，打上"瓜印子"，印章上刻有瓜农姓名或村名等，就像在文件上加盖公章或私章那样，使用的也是公私印章用的朱红色印泥。合作化后，曾用社队名字做瓜印，往往有五六个字组成的长方形印章。儿时曾见过我家兄长做过打瓜印子的工作，后来为农业社瓜田里的西瓜打过印子。打过印子的瓜边上，还要插一支菜秸柴，以便于明日一早来摘瓜的社员寻找。但不管是村名或社队名，其中必定含有"曹兑"二字。

很多年之后，我在企业里从事商标管理工作，以上的儿时记忆，成了我学习研究商标起源和商标基本功能，以及农产品地理标志原始形态的重要的素材。而在本人编著和正式出版的相关著作中，都使用了上述西瓜打印子的例子。

如今"漕运"一词已经远离人们的生活，或进入历史。原曹兑乡范围内，已经没有了西瓜这一产业。但说来也巧，笔者现今在北京的住处是北京的明城墙的东便门附近，而东便门脚下，正是京杭大运河最北段（通汇河）的漕运码头旧址。最近，东便门遗址公园专门辟出一片展示当年漕运码头盛况的新景点。初次参观，便想起故乡地名中的"漕"字，而见到北京市面上大兴西瓜或庞各庄西瓜的瓜摊时，仍免不了会想起家乡的西瓜和夜晚在瓜棚里望瓜的情景，于是，写过《月下西瓜田》一文，曾在平湖某文化机构的刊物上登载。

三家吾村

我家的祖居地——三家村，村名前冠有小南门外一语，以区别于其他同样称三家村的自然村。最近的有图泽三家村，在我们村西北面有座小石桥称界泾桥，桥下的小河叫界泾塘。二十年前，笔者曾写过一篇思乡情怀的小文——《陌生的故乡，旧时的桥》，曾被当年的《平湖报》采用，文中那旧时的桥，就是界泾桥。如今河道已经拓宽许多，成了太湖水入海的一个通道，儿时常过的那座老桥也已经不复存在，代之以省道级的公路大桥，其引桥正好从三家村旧址上穿过，古老的村落已成公园（绿地），而建园时保留了一棵棕榈树，是我家宅基地上的旧物。而那块高耸在棕榈树附近的广告牌，是我们心目中老家遗址的"无字碑"。

进城之路

儿时进城读书，必经之路是小南门，其间必须经过三座石桥，依次为大葛家桥、小葛家桥、百步桥。这两座以葛氏命名的石桥，其附近却没听说有姓葛的人家，与城里葛家有何关系，就不得而知。但这条进城之路还颇有来历：它在古代有军事功能，老辈人称它"行军路"，故路上铺有石板，越近县城，所铺的石板越大越密，地面被全部覆盖，成为完整意义的上石板路；而越是远离县城，所用的石板越小、越少，不是覆盖整个路面，而是有间隔的，石头之间的距离，相当于普通人的一小步。大葛家桥往西南，直到界泾桥，还能见到行军路的某些石块，但已经断断续续。而大葛家桥往北，路上的石块还很多，行军路上的石块还是连续不断的，但有些路段已经像窄窄的田间小路——稻田岸，所铺的石块已经深埋在青草里，但作为石路的功能还在：下雨天，一般田岸上道路泥泞，但走到了行军路上，那些隐藏在青草丛中的石块，仍然起着防滑功能，我们再也用不着担心上课迟到了。

从小葛家桥往北，还有两个已经消失了的地名：一是"排庠"，这是很少见的地名，我不知其来历，记得那个地方有几户人家和一家小茶馆。二是"九间头"，是已经没有房子的旧宅基地，地势明显高于附近水田。再往北经过秋水浜（或许是叫"臭水浜"）就到百步桥。

百步桥是距平湖县城仅百步之遥之意，其实不止百步。桥下的那段河道，在这里有很大的弯度，呈U字形，桥下水流湍急，曾被行船者视为畏途，他们往往需要手握竹篙，严阵以待，防止撞上桥墩或河岸。为此，20世纪50年代中，人民政府顺应民意，将航道"裁弯取直"，即在原来的河道北面十多米处，新开一条河道，在新河道上造了新的百步桥。这样，来往船只过往百步桥时就安全多了，新桥仍称百步桥。桥北通往县城的路右边有一浜，也称秋水浜，与上文所说秋水浜是姐妹河，河东曾有一庙宇；河西岸的道路，完全是石块铺满路面，没有空隙，就是完整意义上的石板路面了。

外花街

在进入县城之前，穿过城南公路，就是小南门外的小市面，人称"外花街"。这里俨然像个小镇，有小商店、茶馆、供销社等，包括一个制作和出售棕绳的小作坊。那时进城办事的人们，往往把需要采购的菜油或酱油、煤油等瓶子先寄存在小店里，免去了拎进城里的麻烦。店家便在瓶子上写上主人姓氏，但字体很潦草，也许只有店家自己认得。等人们到城里办完事，出城来再采办油或酱油等。以上液态商品，都是以起量杯作用的提子来计量的，即店家从他们的大桶里"吊"上来，然后倒进买家的瓶子里。所以，这类商品的买字被"吊"字所取代。有时候，店家已经给你"吊"好了，付钱拎走就是。

外花街最热闹的在最南段，再往北道路两旁则是菜地，曾是某农业社蔬菜队的，经营菜地的有本地人，也有外地人，有称为"河南人"者，他们的住房（草棚）也与本地人有别，屋面很陡，被称为"河南厂"。

小南门与虎啸桥

进城，还要经过横跨在护城河上的一座石桥，名字起得有点恐怖——虎啸桥。而儿时的我和许多人都以为是"火烧桥"，很害怕。

很多年后，才知是口语之误。但是，平阳之地平湖，根本没有老虎，不知为何用"虎"做桥名。而在本县境内，还有黄姑镇那座虎啸桥，但人们也称其火烧桥。

过了虎啸桥，就进入小南门，那时的城墙和城门洞等还相当完好。进入城门洞后，正前方正好有一座庵堂，住着若干名尼姑。令人费解的是，那座庵堂与小南门"门当户对"。车马行人只能向东绕上几步，然后从庵堂的东南角拐过去，才能进入城内的第一条街道——花街（里花街）。现在想起来，当然有点别扭。也许是明朝修建平湖城城墙时，那座庵堂已经存在，遇到当今所称的拆迁难题，那庵堂成了"历经三朝"的"钉子户"也未可知。

日晖漾

由里花街往北不远的右侧，有日晖漾小学，说到日晖漾，本来是充满着诗情画意——在阳光照耀下，湖面上波光粼粼或碧波荡漾的意思，但一般人或不认字的人，都叫它"石灰漾"。这似乎就有点贬义，是叫别或读别了的缘故。其实"日"与"石"，在平湖方言中读音差别也是很明显的，但奇怪的是，就是识文断字的老平湖，也有将日晖漾叫作"石灰漾"的。

过了圻塘浜就是黄家弄了。说起那圻塘浜的"圻"字，我一直以为是"骑"，也是在最近看了《平湖报》才知道我错叫了它几十年。在我的印象中，圻塘浜两岸，曾有纽扣厂，即用海里的蚌壳加工出用在衬衫等服装上的小纽扣。当年，河浜边上还有厂家倒出来的下脚料，用今天的讲法，就是工业垃圾。

圻塘浜的"圻"字，又使我想起了鱼圻塘这个地名，这些年来它在平湖报上出现的频率很高，也许是与那里的一座大蜡烛庙有关。我没有去过，但几十年来，我一直误以为是"红旗塘"或"红旗堂"。

梯云桥

在黄家弄的北段，有一座教堂——福音堂，在它的北边，便是我的母校中心小学的分校。出黄家弄，进入西小街，往西走几步就是学校前面的梯云桥——当时是一座木桥，在小街与大街之间的河上。我以前也曾走过这座桥，但一直以为是"铁人桥"（"人"字音与"宁"或"凝"相近），我的学校也曾叫过梯云桥小学，在人们的口语中，被叫作铁人桥小学。据说那座桥原先也是石桥，因为被日本鬼子炸断，才用木板铺设成与街道几乎是平的木板桥。

望云桥

学校放学时要整队出发，按照我家的位置或寄宿地的地理方位，我被安排在西小街队，出了校门仍经梯云桥，上西小街往东走，或经原路返回老家，经黄家弄出小南门。但多数情况下，我到寄宿地南河头港南，这样要到望云桥桥堍转弯，往南走。

说到望云桥，人们称其"骂人桥"。在我的回程中，一般不过望云桥，而是到桥堍西后，沿着河岸往南走。首先要经过高家廊下。说到高家，自然要提到宝塔圩南面的高坟和那位高痴。听老辈人讲，高家祖上有人考上过状元，做过大官，故高家在平湖算得上名门望族。那位大官去世后，葬在后来称为高坟的地方。当年，在选择坟墓朝向问题上，主人家与风水先生产生了分歧。风水先生主张坐南朝北，面对着宝塔和东湖，宝塔象征一支笔，东湖象征一方砚台，风水极佳，文气十足，墓主人的后代可世代高中功名，代代为官。但主人家没有采纳风水先生的意见，决定坐北朝南。后来高家逐渐衰落，也没有人再做大官。在兵荒马乱年代，高坟被盗挖，也许是这个原因，高家后人中出了个被称为高痴的疯子。我上小学时，曾多次见到那高痴，身穿着黑色衣衫，胸前挂着"高坟惨剧"四个大字，在街道上来回走动，但他不是"武痴"，所以小孩子们也不回避他。

永凝桥

经过坏塘浜上的一座小石桥后，永凝桥就在眼前了。永凝桥是相当高大、美丽的大石桥，站在桥上，日晖漾在它的正南方，晴天会出现碧波荡漾的景象。记得在永凝桥附近，住着一些外地人，曾见他们在河里淘洗地栗（荸荠），然后到市面上去卖。

酒甏弄在永凝桥的西桥堍，据说，此弄还与曹兑港有某种历史渊源：早年，酒甏弄出产平湖米酒，要运到曹兑港去兑换成大米，然后再酿成米酒。当年，弄堂里的墙垣上满是酒甏或酒甏的碎陶片，是这条弄堂的特色，路牌上写有"酒甏弄"三字。

石元宝和无名小街

在永凝桥东桥堍的一块空地上，有几只很大的石元宝，据说是织布厂织出半成品（布匹）后，要用它碾轧：将布匹放置在石元宝下，工人站在石元宝上，让布匹在石头下接受碾轧，用现在的话来说，大概叫布匹的后处理，经过这样处理后，布匹显得柔软、光亮。我曾见过有人踩在石元宝上劳作的场景，但印象已经相当模糊。

离开石元宝，沿日晖漾东北岸边往南走不多远，就到了正对着南水门的一段沿河小街，很短，不知道它的名字，只记得此处有一位做柴禾生意的人，人称"柴三官"，在这条街面上经营。乡下人用船只运来的柴禾，如稻草、麦柴、菜秸柴等，由他收购，然后再卖给附近的居民，他往往是挑着，挨家挨户地送货上门。我曾见他挑着高大的柴禾担子在八字桥上吃力地行走的情景。这段小街的最东头就是八字桥。

仓弄和方桥

一中的学校正门是朝东开的，再往北就是和城门，学校操场的西面和北面就是老城墙。由于仅仅读了一个学期，我对学校和仓弄的景物，没有留下多少记忆。只记得路上必经之地是仓弄口，正对着弄口的是一家豆腐店。再往东走不多远，就到了方桥头。方桥是架在大街与小街之间那条市河（汉塘）上与街面等高的平桥，方方的，也很宽大，故称"方桥"。乡下人可以在此出售时鲜。方桥北大街上的市面很热闹，有茶馆等各种商铺。从小南门进城来的乡下人，都到此地茶馆喝茶或办事，平湖城里比较有名的茶馆——"一乐园"，就在它的东面。来得早的人可以占据"头台"（门口第一桌），以便边喝茶边出售他们的新鲜地货，喝茶和做生意两不误。茶馆西边有一出售油盐酱醋的店家（油撒店），我的启蒙老师的父亲是店里的账房先生，认识他的称他"方先生"；在它的对面有南货店——"陶盛隆"。与方桥正对面街北，有一条深深的弄堂，这条弄堂，只是居民出入的通道，与一般意义上的弄堂有所不同。我曾进去过，那里面很窄。方桥的北桥堍西侧，有一个羊肉摊，常年在此经营，羊肉和羊汤的香味扑鼻。有时店主还到乡下进货——采购活羊，由于他身上有浓重的羊膻味，活羊大概知道被他牵走，肯定不妙，往往不肯跟他走，于是免不了挨打。

官弄和观音浜

过了方桥，往东走几步就到了官弄口，官弄很窄，没有商户和门面，住户出入的墙门洞也不多，它似乎就是两所大宅子之间的通道。只记得弄堂里曾有职工夜校。官弄南端有一片水域，称为官弄浜。浜底再往东南走，要经过一座观音堂，我没有进去过，里面是什么样子的，不得而知。那时庙里住着几个乞丐，或者是流浪者，两个是成年男人，两个是十来岁的男孩，印象深者有二。一个大约四十来岁，坐在那里时，头发梳得很整齐，衣着也不算破烂，表情也不像是个讨饭的，我曾好奇，也许他颇有来历。另一个是个男孩，上身总是光着，晒得黝黑，天气已经很冷的季节，还在河里游泳，而且游得很远，站在八字桥上也能见到他在河里的样子。

那个男孩游泳的河道，就是观音浜，往南一直通到八字桥下，与南河头的河道相连。行人只能在河浜西岸通过，快到八字桥时，路旁有一座房子，外面被高高的戗篱包裹着，戗篱上爬满各种青藤，里面情景不得而知，很神秘。

八字桥

八字桥，由两座大小规模相同的桥组成。其中一座东西走向的，姑且称为东桥，其下面的河道是观音浜的南端。观音浜东岸，是一座高墙大宅，当时靠近桥堍的房子里设有血吸虫防治站，门口的大白墙上，有防治血吸虫的宣传画。而八字桥之"南桥"的南桥堍，就是一片白场，是粮食部门的晒谷场。

记得南桥一侧的石栏杆已经不在了，听沈家小哥讲，是他家老祖母出殡时，棺材太大，无法抬过桥去，只好拆下东面那条石栏杆。但不知为什么，这条石栏杆一直没有恢复原位。也许是那大石头被掀到河里，再也没有办法捞上来了。

南水门和南水门桥

当年，是伯父和两位兄长摇着田庄船送我到南河头去的。船从南水门进城，这是我平生第一次见到南水门和南水门桥。此后，每当周六或学校放假当天的午后，我总会经南水门桥回乡下的家。路上最壮观的景点莫过于南水门和南水门桥。

南水门桥，也是环洞桥，其圈洞与南水门的水城门洞的规模差不多，它与城墙走向平行，可能是同时代的产物。不过它比八字桥大些，好像比永凝桥规模小点，但由于它造在水城门洞旁边，成了与南水门城门洞的姐妹洞。从美感角度看，它胜过永凝桥或南河头一带任何一座桥，2014 年 10 月 13 日《平湖报》上，曾刊登了陈娴老师的《南水门旧事》一文，曾用"南水门城门洞下波光粼粼的秀丽画面"来描述南水门之美，可以说"前人之述备矣！"但后来我想，如果城门洞和桥洞都还在，那么在晴天的正午时分或明月当空之夜，站在它们的正北方，如上文所称的"柴三官"的经营点上望去，也许能看到两个圈洞的倒影，或出现西湖里三潭印月的效果，也未可知。如是，那么陈老师文章中写景部分，就得增加篇幅了。

可惜的是，水城门洞连同平湖城墙早已经远离我们，从地图上看，南水门桥还在，但是不是原来的模样，也未可知。

写到此处，我也该上回家的路了。过了南水门桥，再往西，是一条城脚边的小路。当年，经过此地的行人很少，路上杂草丛生，行人需要"踏青"而过。行不多远，就是小南门，出小南门，过了虎啸桥，一直往南，离家越来越近，虽然不是归心似箭，但心情总是特别轻松。

时过境迁。如今，从南河头到我的老家（祖居地），原先的路和桥，早就旧貌变新颜。儿时熟知的许多地名和景物，已经难觅踪影。若让我独自步行回家，真不知怎么走。不知这算不算乡愁，不过我已无"乡"可愁。

2015 年 10 月 15 日修订，
2016 年 11 月 23 日在《嘉兴日报（平湖版）》刊登

水岸街巷看旧照　弄堂深宅忆童年

——忆在南河头学习、生活的片段

　　在《嘉兴日报》（平湖版）的相关文章或报道中，经常提到南河头。特别是读了《此间南河头》，看了其所附的照片，我不禁想起儿时在南河头借宿、学习、生活的许多趣事和难忘之事。

　　1953 年春季开学起，直到 1955 年寒假为止，我在城里读书期间的大部分时间，都在南河头港南 11 号的沈家借宿。周日和学校假期，就回乡下家里。

深宅访师

　　动员家里送我进城就读的是两位恩师——启蒙老师许惠英和徐之棋老师，她们也住在南河头。

　　从水的走向来看，许老师住在江之尾——北台弄。几年前，平湖报上曾登有关北台弄的报道，并附有一张河边有船的照片，其背景——临河的河埠和窗户好像就是许老师当年的厨房的窗口。于是想起了儿时常去老师家的情景。当年，许老师还没有自己的子女，我就像她的孩子，进城上学后，也常去老师家里玩。记得有一次许老师要我从乡下带几枝青竹管，用来做治疗咳嗽的药。

此物曾先带到沈家，次日才送往老师家的，房东家昂哥以为是"火通"，于是，就给我取了外号——"火通"。

教师节成为节日后不久，我曾写过一篇回忆许老师抒发师生情谊的文章，其中最有趣的是从老师家捉小猫的故事，文章曾被当年的《平湖报》采用。

徐之棋老师虽说只教过一年，但我们师生情谊非同寻常。徐老师住在江之头——南河头港北最西端——八字桥塊的那座大宅中。记得这座宅院是徐家祖宅。我去过几次徐老师的家，她住在很靠里面的一处有廊的房子里。最后一次去探望她，是我要去北京工作前，去向她道别的。

我的另外一位老师沈志勤，是我1958年再次走进学校——农校的专业课老师，她后来也曾住在北台弄头一所住房内，我曾到那里拜访，这是后话。

街市忆旧

在平湖城里，南河头比起大街，只能算市梢头，用今天的话来说不是商业区。不过这一带是船来船往和人来人往之所，仍有"市"的味道，甚至可以想见昔日的繁华，可以说"桨橹声叫卖声"不绝于耳，做生产的人，提篮小卖者有，肩挑者有，摆摊者也有，特别是早晨，尤其热闹。

八字桥正西边有一个做柴禾买卖的人，叫"柴三官"。乡下用船只运来的柴禾，如稻草、麦秸、菜秸等，由他收购，然后再卖给附近的居民，他往往是挑着，挨家挨户地送货上门的。

还有挑水人，他们在河埠头上取水，挑起来往居民家里送。当年，居民区里很少有井，只有县前有一大型的公用水井，这大概是全县水井之最大者。当年，在那个井边吊水和挑水者很多。沈家大院里有一口水井，我们用铅桶自己吊水用；但多数人家，只能取用河水。而挑水似乎成了一个行业，我就认识两位挑水者：一是与我们住在同院的董大叔，但素无交往；而另一位是"挑水阿年"，他与我是同一行政村的，去城里读书的路上往往与我同路。他很乐观，也很风趣，挑着一副空水桶，走在路上有说有笑，爱讲点笑话，也很会讲故事，有一则"三八廿三"的故事，就是从他那里听来的。还有他的袜子很特别，是用头发丝编的。他说挑水时不小心把水溅到腿上，水会很快往下流，这样不会弄湿小腿，既保暖又防水，冬天特别管用。当年，他们挑一担水，好像只能得到一分钱或两分钱。不过当年买个烧饼或一根油条才两分钱，到城里的茶馆里吃壶茶是一角钱，最普通的香烟是九分或一角钱。所以阿年挑够一天的开销钱，就歇了，到茶馆吃茶并买点吃食，到傍晚就挑着空桶回乡下家里，几乎每天如此。听说他是单身汉，有道是："一人吃饱，全家不饿！"

在南河头港南 11 号临街的一所房子里，住着一对夫妇，他们就在那里做煎鱼的生意，记得有把马鲛鱼等切成片，加作料腌制后，再用油氽，做成"爆鱼"（或称熏鱼）等，拿到市面上去卖。经过他们的门口，常能闻到扑鼻的香味。不过，我钱少，从来没有买过他们的产品。

在南河头河畔，偶尔也有些"担子"经过此处（做生意），大概有如下几种：一是馄饨担子，往往在晚上，他们用敲击竹木的声音来代替"叫卖"；二是豆腐干的担子，"豆腐干担子——两脱"，就是指这个行业"家什"的特色；三是"剃头担子"，家乡也有"剃头担子——一头热"之语，指他们的担子的一头备有热水或烧热水的炉子。

在诸多行当中，有两样很特别。

一是卖泥丸子（泥卵子）的。那时的孩子都爱玩皮弹弓，记得我们房东家的孩子小哥生性好动，皮弹弓打得很准，有一次给他击中一只乌鸦。而"子弹"哪里来？用碎砖瓦自己砸，有点麻烦，效率不高。于是，有人想出了办法，把黏土搓成小圆球，比当年的玻璃球（弹珠）略小一点，搓好晒干后，就拿来卖钱。还真有人买，一角钱就能买几百粒。其实做这门生意的也是小孩子，隐约记得也是我的同学或校友。多少年以后，当我在营销学课听到市场需求和新产品开发时，曾想起当年的泥丸子。再后来，人们关注环保和低碳，我又想起了泥丸子用的黏土，俯拾皆是，太阳底下一晒，是碳的零排放。打出去后，黏土回归自然，是零污染。如果找到了当年泥丸子的发明人，应当给他颁发"创新奖"，起码也要登报表扬。

二是送乳油的。记得最清楚的是有一位中年人，每天一大早，拎着一只长方形的"灶篮"，乳油盛在小盅子里，盅子都倒扣在篮里面。他的货是需要预订的，按订单每天送货上门。记得沈家曾订过他的产品，我也尝过他送的乳油，呈凝固状态，也许就是今天所称的黄油或奶酪。他送的货物好像还有鲜牛奶。听说他家在吕公桥外，或者说他家的奶牛场就在那边。多少年以后，曾见到在城南公路北侧有一处养有荷兰（黑白花）奶牛，但不知道吕公桥外那家奶牛场里生产乳油的牛，到底是什么牛。是本地的黄牛？水牛？或者是荷兰的花白奶牛？在得到1993年版《平湖县志》后，曾翻阅过相关章节，想从中找找平湖奶业的发展历史，有没有那位送奶人的记载，但未能如愿。

河畔风光

如今，对于读书和做作业的经历，已经淡忘，但儿时在南河头生活，还有一些记忆的片段，现在想起来，仍感到很有趣。而且，有些是本来就住在城里的同学所无法体会的，更不用说今天的在校学生了。

在儿时的记忆中，南河头西起八字桥，东到马家桥，现在有人说东与甘河（儿时误以为是"干河"）交界，将北台弄一段河道也算在南河头范围内。

南河头那条河，是路经城区的重要航道。各式船舶，可从南水门进日晖漾，经八字桥往东航行，经甘河可直通东湖；相反，船只也可从东湖到达南河头，甚至出南水门，再向西可直达京杭大运河。别看南河头这一段不起眼的小河道，向东北方向，出东湖，经黄浦江，连着长江，直通东海。因此，在潮汐的影响下，南河头的水，一般情况下是自西向东流动的，而遇到涨潮时，特别是遇上大潮汐时，水就由东向西流动，而这种潮汐的影响还会牵动平湖许多比南河头更小的河道。

我家附近的河道极窄，没有见过大船。到了南河头眼界大开，经过或停泊在南河头的船舶，有运粮的，卖农产品的，交公粮的；不仅有本县的，还有桐乡、崇德、绍兴和崇明等地的船只；印象最深的是桐乡的船只，他们往往在此卖掉农产品后，装运垃圾回去做肥料。以上都是较大的船，而小船则更有趣，如有一种船，叫"划白船"，仅一人一桨，不能装篷，故称"白船"，好像只能乘两个人，但航速很快。而出现在南河头及平湖城里的小网船是用来载客的，相当于如今的出租车。记得房东家有客人从上海坐夜班轮船到达东湖的轮船码头，就是约了一只小网船，把客人接到南河头的。那天顺风顺水，船到得特别早。

平湖与江南的不少城市一样，河道纵横，水网密布，出门上路离不开船，真可谓司空见惯，而南河头可以说是这种景象的典范。写到此处，我想起了多年以前访问威尼斯时见到的情景。当然，那里的水道，比平湖城里的更多、更宽，并与大海相通。威尼斯不仅有"出租车"功能的小船，还有起"公共汽车"功能的大一点的船。接待我们的主人，租用一条船，载着我们游览水城，那种船称"扛度拉"，比较大，但也只有一个人摇橹。当年我曾想，国人里不乏将苏州比作"东方威尼斯"者，甚至有人借用马可·波罗的口气这么说。但凡到过威尼斯的人，则感到有点牵强。

如今的平湖城里，当年那种"桨声灯影"和"百舸争流"的情景，早已经远去，通往省内外和县内外的轮船航班也已销声匿迹。只剩下上海班轮船码头的系缆桩，默默地站立在湖水当中，诉说着当年水乡航运的繁华。

白场观晒粮

有学者从稻文化谈到平湖弄堂的形成与发展，说"稻米经济是弄堂的脉，米是弄堂的血"，笔者以为有道理。南河头那段河道，虽说是"市河"，从稻文化的意义上讲，比贯穿平湖东西向的"市河"——罗汉塘更为重要。首先城里的居民吃的粮食和军用的粮食，需要在城里储存、晾晒；再者，往外地运送的粮食也要从这里起运，可称为集散地。

当年，南河头两岸有许多政府管理的粮库，我们借宿的那座宅院里就有粮库，在粮库西边有一个很大的白场，是晒粮的场地，主要是晒稻谷。河道里常有运粮的大船出入，有时见工人将装有晒好稻谷的麻袋捅在肩上，往大船里送，也见到过工人从船里捅麻包上岸，往仓库里送。当年还有专门从事此类劳作的组织，叫作"脚班"。出入库的计数方法很原始：每扛起一袋管理人员就发给一支尺把长的竹签，叫作"筹"，到船边或仓库门前，就交给计数的管理人员，或直接扔进特殊的筐里。

以上称的白场，我记得在南河头最东部的港南——北台弄东边也有一块，当时由便桥与港北的街道相连。至于粮库，马家桥附近也有，还有粮管所在那边办公。

城头观景

沈家宅院很大，我们的灶就置在房东的厨房（灶间）的东头。

厨房的南面和北面各有一个天井，北边的称为"井园"，有一口井，水质很好，井边有一棵很大的桂花树。在厨房之南的天井，有许多竹子，故称竹园，竹园南墙很高大，有一大门，门外就是平湖县城的南城墙。

那时的平湖城，还是传统意义上的城，即由城墙圈起来的城市。那时，乡下人称城墙之内为"街浪（上）"，以区别于乡下——城外。住在城里的人，称为城里人，住在城外的是乡下人，也就是广义上的农民。

到城里的学校读书前，我也进过城，往往是来去匆匆，没有到过城墙上面，因而很想到城头上去看看。竹园通往城墙的大门往往是紧闭的。记得有一次，我们走出大门，爬过一次城墙。

那段城墙的东边是建国门（大南门），西边紧挨南水门。当年，紧挨我们住处的那段城墙，已经有点坍塌，解放军在那里搭起了大大的草棚，棚里养有一些军马。我们出去，先是到棚里看马。因为我们对牛习以为常，但很少见过马，更没有近距离看马的经历。看过马，又在城头上往南水门方向走了一段。那段城墙保存得比较完好，在城头上观看城外的景致，这是我平生第一次。到了城头上面，突然想到"城头浪撒屎——远兜"这样的歇后语，不过这里的"屎"，实际是指"尿"，但当时对这句话的寓意不甚了了。当年的我仍怀有一颗童心，认为"远兜"就是尿撒得远。于是，想试试，但碍于面子，怕有人看见，不敢造次。近日读《平湖方言汇编》，其中也收有"城头浪出棺材——远兜转"一语，但与儿时的想象有所不同。

在记忆中，城墙根近处的景物已经相当模糊，只记得城墙外护城河的城河滩，港南有一大片菜地，那段河滩也很平坦，菜农挑着空水桶，直接从河里汲水，汲满水后，挑起来就走，然后挑到地里去浇菜。那天，天气晴朗，在夕阳西下的时分，我居高临下，看菜农这样劳作。这是平生难得的经历，印象极为深刻。

现在想来，如果当年平湖的城墙不拆掉，都保护起来的话，那就是有五百多年的历史文物，起码可以挂上省级文物保护单位的牌子。在旅游业者眼里，真可谓价值连城。当然，这只是三十多年前游览西安古城和荆州古城时的遐想，并非儿时意识。

城洞捉鱼

南水门就在八字桥南面那块白场的西南面不远处，也是日晖漾的最南端。南水门桥，紧挨着水城门洞，是一座有美丽圈洞的大石桥。当年，南水门及其附近的城墙还相当完好，我们进入水城门洞时，还能隐约见到沉在水下的木栅栏——阻挡船只进出的防御工事，在桥洞水面以上尺把高的地方，还有供人行走的两尺来宽的石板路，当年在那里玩过，还用我们在乡下捉鲈鱼的办法：捡两片瓦，做成"瓦夜壶"，底部垫上旧草鞋，中间拴上草绳，沉到水面以下某种深度。一般是傍晚放下去，清早去拎起来，说不定"瓦夜壶"里有鱼。在乡下时曾有过收获，不过我在南水门城门洞里玩过几次这种把戏，但不记得有过任何收获。现在想来，这只是一种童趣。

鱼水之情

南河头一带也驻扎着解放军部队，上文所说的军马和城头上的马棚，就是这支部队的。记得沈家不是营房，但有个大厅，是解放军开会和上课的地方，有时也在这里吃饭。有一次中午，我们正在厨房外的弄堂里吃饭，解放军已经吃过午饭，伙房派来回收餐具的军人正好挑着饭桶等从弄堂里经过，我们见到他的桶里有剩下的面食，并有一股从前没闻到过的香味，我们表现出好奇的神情。于是那位军人就用饭勺给我们每人往饭碗盛了一点。这时，他示意我们赶快离开——进我们的厨房去。这是我第一次吃到由北方人做的面条，感到与自家的面食味道完全不同，也是我们从来没尝过的味道。后来得知，那位解放军将该送回伙房的食物送给我们，纪律是不允许的，所以，他示意我们赶快离开，怕别人看见。

因为那时我们的食物匮乏，味道单一，所以，那勺面条的味道，永远留在我脑海里。很久以后，读到"得人以滴水之恩，当以涌泉相报"时，我再次想起那位解放军和那一勺面条，我无以报答，但心里会永远记着。

与我们搞得很熟的是这支部队的一名文化教员，只知道他姓金，上海人，白白胖胖的，是位读书人。他给战士上课，出操或劳动等都不需要参加，所以与我们这些学生搞得很熟。再说平湖人与上海人的口音接近，与我们很谈得来，与我们的接触机会很多，也常常与我们说说笑笑的。我们背后称他"金胖子"，当面怎么称呼他，已经不记得了。但他叫我"老寿星"，这个外号我还记得。那时，粮食紧张，大家营养不良，我的身体瘦小，所以脑袋就显得大一点，再加上我的前额上从小就长着三四道抬头纹，非常明显，到如今还是如此。

下河捞鞋

南河头这段河道，平时河水缓缓地向东流动，水面偶尔能见到旋涡，有道是"流水不腐"，因此河水清澈，居民用它洗衣、洗菜。由于南河头的水清，夏秋季节，我们也曾下河去游水。想当年，在乡下的小伙伴中，我自认为水性不错，尤其会"打水没头"（北方人称"扎猛子"）和"爬沫星"，即潜入水底用手抓着河底的河泥，前行好几米远再钻出水面，也由此引出水中摸鞋的"壮举"。

某个夏日的下午放学时分，南河头一带下了一场雷阵雨，狂风大作。我刚回到 11 号门口，天气已经恢复平静，但见一老母亲在河边哭，并朝河里指指点点。我近前一打听才知道，她晾晒衣物的竹架子被刚才的一阵大风吹倒了，有衣物掉进了河里，其他东西都捞上来了，但有一双布底鞋沉到水里，还没有捞上来。原来，这位邻居老母亲平时以替人家洗洗刷刷为业，她的未成年女儿是"提篮小卖"——做点小生意，或在河边摆摊，卖点瓜果之类养家糊口。母女俩替人洗一件衣物，得几分钱报酬，而那双布鞋真要丢了，若要赔钱，对这对母女来说，就不是个小数目，谁摊上这事都得哭。于是，我就自告奋勇，对老母亲说："让我下去摸摸看。"老母亲当然高兴。于是，我就从踏渡上游过去，到鞋子落水的大体位置后，一头扎向河底，来回摸索，仅几个上下就摸着了鞋子。我上得岸来，老母亲非常感激，连声道谢，亲切地叫"小弟弟"，并从她们的摊上取了两个甜瓜送给我，表示谢意；我也没有客气，接了甜瓜。这是我的好水性第一次派上用场。

马桥怪人

与八字桥遥遥相对的是马家桥，我曾以为这是南河头的终点，但有一点很明确，是南河头港南这一地名的终点。马家桥之南有一条小路通往荷花池头，小路旁边有一条不大的河浜。儿时没有到过荷花池头。在脑子里印象最深的是马家桥北桥堍的那面照墙，它高大，砖雕也很精美；印象最深的是照墙上有"鸿禧"两个大字。那时，我不知道这个词的含义，曾以为是"冲喜"。与照墙相对的是一个很大的门洞，门楣高大，门口地面也很宽敞、整洁。当年，门洞里经常能见到一个老人，不知道是何方人士，像流浪者，但也没有见过他乞讨的，常见他坐在门洞里，或蜷缩在那里，不跟人说话，也不向行人乞讨，不知道他晚上在何处安身，也不知道他靠什么生活。此人最特别之处有三：一是他的衣服和铺盖等非常干净（清爽），身上和脸部也很干净，与一般乞讨者不同；二是他的衣物包括铺盖等，都是用白线"绗"起来的，针脚很密，只比鞋底的针脚稍稀一点，非常整齐；三是他的眉宇间，有一种说不出来的神情，也许可以用不卑不亢来形容，神情严肃，但也不是愁苦的表情，也不猥琐，更没有乞讨人故意装出的那种可怜相，而是神情中隐约一丝坚毅。当时我曾想，此人一定颇有来历，或非同一般乞丐。

后来得知，此人为北方人，在战争年代与儿子失散，是为找儿子而流落到平湖的。后来他儿子在平湖找到了老人，给他买了新衣裳，上路前让他更衣，不知什么原因，那老人不愿意穿新衣裳。还听说，老人的儿子是个干部或军官，带着老人坐轮船往北方去的。

多少年后，我在《东周列国志》故事里读到晋公子重耳流落他乡等故事时，想到了马家桥塊的那位老人，想到了"落难公子不可欺"的寓意。

渐行渐远

因家境实在困难，我只上了一个学期的初中，1956年春季开学时，我被迫辍学，成了农业社的小社员。从那时起，我与南河头及南河头的人们渐行渐远。

因家贫而辍学，进而流落乡间，倒也没有什么见不得人的。但同学和玩伴们都在学校读书，而我呢？起初总有一种自卑感，也怕见到他们。可是无巧不成书，就在辍学那年的秋收时节，有一队初中学生来我们的生产队帮助秋收，将捆好了的稻子往场上搬。老远地，我一眼就认出了我所熟悉的同学。于是，我只好躲了起来，避开了他们的目光。

一年多之后，我的心态逐步调整过来，逐渐"融入"村里同龄人的群体之中，并逐渐成长为小青年，在社里已经有点用场，因此有两次到南河头公出的机会：一次是社里派我们一些青年人到区里参加一个培训班，那时的城郊区政府设在荷花池头，这是我第一次到荷花池头这个地方；还有一次，跟着社员们到南河头（马家桥）送公粮。

在失学两年半之后，1958 年 5 月我又成了设在（高桥）县农场的平湖县第一农业技术学校的学生，在那个年代，到南河头的机会就更少了，只记得我曾为借煤油炉的事到沈家。1959 年底至1960 年初，学校老师派我与一位姓程的同学去养虫——饲养金小蜂蜂种。于是，我自己动手设计了用煤油炉作为热源的土温箱，为解决热源问题，我曾到沈家借用可以调节火苗大小的煤油炉。

别南河头

1964 年 8 月，我毕业并被分配到北京工作。为换全国粮票的事，我去了南河头的粮管所，这是离开北京前最后一次去南河头。

听到我被分配到北京工作的消息，我母亲和大姨妈都担心我到北京后没有大米吃，并且想当然地认为用全国粮票在全国各地都能买到大米。因此，母亲要我带点全国粮票在身边。于是，我哥哥他们准备了浙江省粮票和农民的周转粮票，总共有一百多斤，到公社里开了证明，叫我到粮管所换成全国粮票。于是，我拿着公社里开出来的证明，到马家桥附近的粮管所办理兑换手续。我来到粮管所办公室的一个窗口，把证明和一沓本省粮票递给窗口的一位年轻的女同志。她接过我递上的证明，抬起头来，打量我一番，然后问我："你要这么多全国粮票做啥？"我说："我要去北京工作。"听到此话，她有点惊讶，或者有点怀疑我的身份，问："你怎么会到北京工作？"于是我说出大学毕业统一分配的缘由。就这样，她如数给我换了全国粮票；不过，这位同志此时显得有点感慨，于是与我攀谈了几句，其中说道（大意是）："哎！我只比你少读了四年书呀，因为高中毕业没有考上大学，就只好参加工作了。"

换粮票是我离开平湖赴京前最后一次到南河头。

后　话

时隔四十多年后的某天，在文化馆工作的侄子陪我去参观莫氏庄院。早就知道此地有莫家，但此前从未进去过。参观结束后，想到南河头港南走走，也算是旧地重游，也想找一找儿时的熟人。走不多远，来到一个墙门口，见门槛上坐着一位老者，当我问及沈家及其后人的住址时，他认出了我，并直呼我的小名。啊！他是小时候的玩伴、同学和大学的校友——海明！不过，他没有站起来，也没有回答我的问话，只是默默地坐在那里，神情有点呆滞，门框上和门楣上刻着一些描述他遭遇的词句。此前，我曾听说他的病情和起因，但语焉不详。此时，我觉得此地不可久留，于是我只向他摆了摆手，表示再见后，就匆匆离开了。他没有站起来，我也没有察觉到他当时的反应。

走了几步之后，在我的脑海里突然冒出"西出阳关无故人"这句诗，又觉得它不是表达故地重游后的惆怅和沧桑感的，但又想不出更贴切的语言表达此时的心境。

2016年5月6日载于《嘉兴日报（平湖版）》，刊出时略有删节

李叔同（弘一法师）与平湖

我是前些年在一部电视剧里得知李叔同其人其事的。此后又在 1993 年版《平湖县志》读到李叔同的事迹，但也没有太多注意。事也凑巧，在得知家乡有关人士发起在平湖城里筹建弘一法师纪念馆消息不久，有位朋友送给我一本林子青编写的《弘一法师年谱》（宗教文化出版社 1995 年版，以下简称《年谱》），不过他送我的目的似乎与我的原籍无关，但我如获至宝。细细读过之后，我遂对李叔同先生有了初步的了解，但有一点，我发现他没有到过平湖，现将有关心得陈述于后。

李叔同生平和成就、贡献简述

李叔同（1880—1942），清光绪六年出生于天津。早年在天津读书，在书法、诗词、金石、篆刻、英语等方面已经初露头角。十九岁到上海，就读于南洋公学，师从蔡元培先生。后任上海圣约翰大学国文教授，从事外国法律著作的翻译工作，并参加当地的诗社南社活动，发表过惊动上海文坛的作品。1905 年，李母去世后，李叔同赴日本留学，入东京美术学校，学习油画，又从师研习钢琴音乐，同时又在东京创办"春柳社"，饰演过话剧《茶花女》中的女主角等角色。后来此剧社迁回国内，当时国内还没有话剧，李叔同先生便成了中国话剧的创始人。1911 年回国，李叔同先在天津，后来先后在上海、杭州、南京等地的学校教美术图画、音乐，课余常作书法，擅长魏碑、篆文、隶书等。1918 年 7 月，39 岁的李叔同在杭州虎跑寺出家当了和尚，直到 1942 年 10 月在福建泉州圆寂，一直致力于佛教活动，功力卓著，很快成为高僧，被奉为大师或法师。

李叔同先生确实是我国 20 世纪前期出现的先儒后佛、学贯中西之奇才。李叔同的学生丰子恺先生在 1956 年写的《中国话剧首创者李叔同先生》一文中曾这样评价他的老师："五十年前，欧化东渐的时候，第一个出国去研习油画、西洋音乐和话剧的，是李叔同先生。第一个把油画、西洋音乐和话剧介绍到中国来的，是李叔同先生。"在另一题为《拜观弘一法师摄影集后记》一文中，丰子恺先生还写道："世间多数人的生活是平凡的，……我们的法师的一生，花样繁多：起初做公子哥儿，后来做文人，做美术家，做音乐家，做戏剧家，做编辑者，做书画家，做教师，做道家，最后做和尚。浅见的人，以为这人'好变'，'没长心'。所以我乡某亲友说，'他做和尚不久还要还俗的'。我的感想，他的'好变'是真的：他具有多方面的天才……而为文艺教育界作不少的榜样，增不少的光彩。然而他变到了和尚，竟从此不变了。……可见在他看来，做和尚比做其他一切更有意思。换言之，佛法比文艺教育更有意思，最崇高，最能满足他的'人生欲'。所以他碰到佛法便叹为观止了。"

李叔同祖籍浙江平湖

《年谱》开头有一篇《大师姓名、别号及其家世概略》，第一句便提到："大师俗姓李，祖籍浙江平湖，世居天津，遂为津人。"此后又写道："大师在俗世系，其远祖已难详考。原籍为浙江平湖。一说原籍山西。一九六四年余在京曾亲问其侄甥章麟玉，亦云有此一说，但未知确为何处。又谓大师二十三岁在沪时，为应浙江乡试，便于报考，乃予纳监生浙江省嘉兴府平湖县籍。"

在上述开篇的注释中有一条前清进士名单档案里关于李叔同父亲李世珍籍贯的记述："李世珍，直隶天津府天津县。"

在《年谱》正文内，初步查到17处涉及李叔同出生地或籍贯的记载，其中，列明是"平湖"或"当湖"者9处，写成"燕人或曰当湖人"者1处，"山西"1处，章武1处，"天津人"3处，"出生天津"1处，"天津"1处。

在上述17处中，具体情况来说还可以分两类。

一是自称，即李叔同本人为其作品署名所加的籍贯或自报家门者，计有7处，其中署"当湖某某"者5处（如"当湖李成蹊""当湖息霜老人"等），"天津"1处，"章武"1处。（天津古称章武，为汉时天津县名。李叔同原文为"生于章武李善人家"）。

二是"他称"，即《年谱》作者在原文、注释或引文中出现的、由他人描述李叔同籍贯者，计有10处，其中"浙江平湖人"1处，"当湖名士"1处，"原籍浙江平湖"1处，"嘉兴府平湖县"1处，"出生于天津"1处，"天津人"3处，"燕人或曰当湖人"1处，山西1处。

从上面的资料来看，在这提到籍贯的17处文字中，若将"燕人或曰当湖人"这一条一半算"平湖"，属于平湖者应当是9.5处，平湖略占优势，而且从李叔同自署的籍贯来看，也明显倾向"当湖"者。所以说李叔同（弘一法师）祖籍为浙江平湖较为恰当。

李叔同没有到过平湖

无论在俗时，还是出家后，李叔同虽然多次称自己是"当湖"人，并于1902年（清光绪二十八年）以"浙江省嘉兴府平湖县监生"的名义参加过浙江的乡试，但从《年谱》上所记录的行踪来看，他只到过嘉兴，没有来过平湖。

李叔同自从离开天津后，便在上海上学和工作。李叔同的生母去世后，他曾扶柩回天津办理丧事，此后不久，就去日本留学，学成回国后先在天津教书，后来到上海教书和从事艺术活动，不久（1912年，33岁），便到杭州教书，直到1918年7月，39岁时到虎跑寺出家当了和尚。

做了和尚的弘一法师，很快成了一名高僧，他到处讲经、弘法，其间去过上海、青岛及浙江各地和福建各地，最后圆寂于泉州。从《年谱》上看他到过嘉兴，《年谱》记载：1918年10月，出家不久弘一（演音）到嘉兴精严寺，阅该寺所藏经卷，住在嘉兴佛学会，直到11月离开嘉兴到杭州海潮寺。

平湖人设馆纪念这位没有来过平湖的法师，也许有点令人遗憾。不过，也许林子青老先生还没有考证：当年李叔同为了参加浙江的乡试，为此"予纳"了平湖县监生。那么，人们有理由提出这样的问题——他总得到平湖县的有关部门办理捐纳手续吧？用今天的话来说，总得来办个准考证。这有待人们进一步考证。

2001年4月13日初稿，2004年6月25日修订

由拆迁引发的乡愁

自从中央电视台的《记住乡愁》节目播放之后，我几乎每期必看。从严格意义上讲，我也弄不清"乡愁"的词义。由于久居他乡，看此类节目时，往往会勾起我对家乡的思念之情。

其实看上述节目时，我们家祖居地那个村庄早已经被城市化，不存在了。正像我在一篇文稿中所写，我已"无乡可愁"！但闭上眼睛，家乡的村容村貌，乃至我家几十年前的老屋的面貌，仍会浮现在脑际。

我离开家乡到外地工作已经半个多世纪了。《记住乡愁》的某期开篇说："年深外境犹吾境，日久他乡即故乡。"这有一定的道理。但是，从某种意义上讲，我并不认同以上说法。世界上的事情往往是这样：凡是已经消失了的东西，就感觉特别珍贵。如我老家那个村庄，在还没有被拆迁时，我们觉得它平平常常，无非是小小的乡村，即使久居他乡的人也不觉得它金贵。但真的要拆了，一下子就感到有点舍不得。祖祖辈辈居住的村庄，我出生的那幢老宅，早已经不在了，但我认同在老宅基上新建的那幢楼房，我母亲生前也曾在那里住过，那就是我的老家。因为母亲住的地方，就是我的家。

再后来，我们陆家老宅基上建起来的那幢房子也真的被推倒了，老宅基地旧址上已经建成绿地。可能是绿化队手下留情，把我们家门前那株棕榈树保留了下来，与新栽的其他树木为伍，虽然不如新栽的树木那样高大，但能见到棕榈树，还是要站在它跟前留个影。最令人欣慰的是大约在我家老宅基的位置上，建造起了一座巨大的广告牌。

久居他乡的游子，与长年居住于此的人们（包括我的亲人），在对待那些旧物的感情或感受上，存在某种程度的落差。当我见到拆迁——撤建制的文件时，正好回乡探亲，在老家小住，见到家里人和邻居们，都在议论和准备拆迁，心里有一股难以名状的情绪，或感到遗憾：想到若下次回乡，也许就见不到我家世世代代居住的小村庄，而且三家村这个古老的村名，也要从地图上消失了。内心里涌上一股深深的失落感，于是采取了两项措施：

一是请我擅长摄影的侄子玉林，用相机将村容村貌，从不同的角度拍摄下来，留作资料或纪念。也曾考虑过有空时写点东西，为祖居地留下点文字资料。当时，曾拟了个提纲，取名《将要消失的村庄》，我的那位侄子说"消失"一词有点悲，建议我改成《远去的村庄》，我觉得很有道理。当然，到如今，照片只存在电脑中，而文字资料，也仅仅是个拟稿计划或提纲而已。

二是或出于故土难离的情结，或出于对我的出生地和母亲度过最后时光的那座房子的眷恋，在搬迁前最后一次探亲时，我决意到那房子里住一夜。那座楼房，正是我在《陌生的故乡，旧时的桥》一文中提到的那座住宅。

事实上，我怀恋故乡的情愫，由来已久。不要说老家被拆迁，就是听说嘉兴市有将平湖这一县级行政区划归嘉兴市，作为一个区的动

母亲在老宅前与玉兰合影

议，这就意味着那个富有诗情画意的县名——平湖要从地图上消失，作为远在他乡的游子，都感到难以接受，勾起我的思乡之情。于是就写了一封信，说了自己的意见，当时还引用了张中行先生散文中关于家乡的观念，进而引用了"狐死首丘"这一成语。

后来，县里领导还专门接见了我，并说明撤平湖这个动议已经搁置起来了，我也就释然了。

但搬迁总归成了事实，2005年8月23—30日之间，我的各位侄子先后搬出老宅，我家祖祖辈辈居住的村庄由此正式消失。我家大哥和他小儿子尚未搬走，在老宅里多住了一阵子。此时，我大哥曾对负责拆迁的干部说："必须等我们这几家全部搬走后，才能拆旧房上的门窗等。"他表面的道理是我们还要住一段时间，那些旧房子，若拆掉门窗等，实在有点难看。大哥的真实意思还有不愿意看到自己亲手建造起来的楼房（包括我家大侄子的那所楼房）在他眼皮底下被拆掉，这是他奋斗了一辈子所创下的家业。

拆迁后，我们陆家人大多搬到老村子北面大约一公里处葛家塘河北岸一个叫吉祥的小区里，有几套新房子靠近河边，站在楼上，向南望去，仍能看到那块巨大的广告牌。

自搬迁后这么多年来，每次回乡探亲，总要到老家那块绿地上走走看看。是思乡还是怀旧，我说不清。记得有一次是我大哥提议的，在一个风和日丽的午后，大哥对我说："去，到老家看看。"记得那次，我们还叫上二哥一道去的，当然还要去看看那棵棕榈树和河边的那几块石头。

随着我大哥和二哥的先后离世，我也多年没有去看"老家"，听侄子们说，那巨大的广告牌也已经拆掉了。不过，小区的河对岸那些空地，已经盖起一排排二十层的高楼，即使广告牌还在，站在新家的楼房里，也看不到"老家"了。

2019年2月26日

可悲如此父母心

——由街头卖花小姑娘想到的

　　我曾在深圳街头遇到一名卖鲜花的小姑娘，在被她一番纠缠之后，我感慨万千，于是勾起了我在北京街头被要饭的母子纠缠之后所产生的思绪。每当想起此事，总想写点什么。

　　那是一个黄昏，我和几位同事在回旅店的路上，正行走间，从暮色里走来一个六七岁的小姑娘，她手里握有包扎讲究的三束鲜花，身着淡色运动衣裤，梳两支小辫，五官端正，满脸稚气里透出几分胆怯和求助的神情。她走到我的跟前，马上抓住我的衣襟，一定要我买她的一束鲜花。我说，我们是去开会的，不需要花，请她松手，到别处去卖。但是，她抓住我的衣襟不放，并随我一同往前走，走出几步，我想分散她的注意力，就问她是哪里人，她只说了"河南"两个字。以后我又问她别的，她除了说让我买花之外，再也不说别的，甚至不说普通话。这使我和我的同事相当为难，对这么小的孩子，尽管她做得无礼，但我们作为长者，不忍采取强硬措施，例如用力将她推开，或用力将她的小手掰开，以求脱身；我们也不忍心用语言伤害无知的孩子。如果给她点钱，买她一束鲜花，打发她离开吧，也觉得不妥。就这样拉拉扯扯、好说歹说好一阵子，逐渐走近灯火较明亮的旅店门外，行人也多起来了。这时我的一位同事想出了一个点子，对小姑娘说：

"我们有要紧的事，马上要去开会，你再不放手，我们就带你去见警察。"另一位同事则顺手一指旅店大门，说："那边有警察，走吧！"这么一说还真灵，她马上松开了小手，急忙走开，朝我们相反的方向走去。我回过头，注意了她的下一步的举动。她头也不回地往前走去，只是没有走出多远，又和另一个行人纠缠起来。

我脱身了，一时间虽有一种如释重负之感，但我很快又感到有一种难言的滋味涌上心头，在北京街头被要饭的母子纠缠的场面又浮现在我的脑海里。那时，我正步行在上班的路上，遇到一个牵着一个孩子的母亲。她对我说："向你打听点事。"于是我只好站住。等我站定，她却说要点钱，给孩子买点吃的。原来她不是问路，她身边的孩子只是道具，孩子当然也知道他们在干什么。

按理说，一是卖东西，一是乞讨，这两种孩子不能相提并论，而且这两种孩子是以两种完全不同的面目出现，但就对孩子心灵造成的消极影响而言，他们是一样可怜的。因为像卖花小姑娘那样的孩子，拉住行人强卖她手中的鲜花，使人气不得，急不得，或为脱身，或是发善心买她一束花，也就过去了。但细想起来，他们实际上是一种乞讨行径。是吾乡方言中说的"恶讨饭"，起码可以说这是一种不正当的谋生手段，在他们的后面，是可悲的、无知的、对孩子完全不负责任的父母。这些父母根本不考虑把孩子推到街头卖花（或乞讨）等对孩子心灵造成的损伤，或者他们根本不知道这样做的严重后果。

儿童是祖国的花朵，是人类的未来。儿童时代应当是人们一生中的黄金时代，每一个孩子都应当有一个金色的童年。儿童时代是孩子们长身体、长知识和人生观、世界观形成的重要时期，是人的心理发展、性格形成的重要阶段。这一时期的各种刺激和各种经历都会对孩子的性格、气质产生深远的影响。儿时随父母在街头乞讨或在父母唆使下卖花（变相乞讨）等经历，会在他们的心灵上留下不可磨灭的烙印，对这些人的成长肯定会产生消极的影响。也许有人会说："儿时卖过花、要过饭的人，长大成人之后也有成为革命者的,例如朝鲜歌剧《卖花姑娘》中的主人翁那样。在我国的老一辈革命者中,儿时要过饭的也不乏其人。"但时代不同了,今天的卖花小姑娘或被推上街头乞讨的小孩子,断乎成不了革命者,甚至很难成为国家的有用之材。

在我们这样的社会主义国家里,真正丧失生计、需要社会救济和援助的孩子或家庭是极少数,而且也用不着他们到街头来争取施舍。那些脸色红润、衣衫并不褴褛的要饭妇女及其年幼的孩子,尽管装出一副可怜相,但并不是真正需要救助者。她们把年幼的子女推到前台,只是为了博得路人多一层同情,是这些大人的乞丐心理的流露。而卖花小姑娘的强卖勾当是在她的父母唆使下干的,从表面看她比要饭体面些,也用不着装出一副寒酸相,甚至可以衣着入时。然而她不露面的父母同样有一种乞丐心理,从对小姑娘心灵损伤的角度而言,卖花小姑娘的父母更可悲。从这种意义上讲,卖花小姑娘比跟父母上街要饭的孩子更可怜。

童心本是纯洁的、天真的,但是上述两类孩子被父母推到街头,这是一种摧残儿童的行为,使童心扭曲。孩子本来已经吃饱,他的母亲还要向行人说:"可怜可怜,给几个钱买个馍给小弟弟吃。"或者唆使孩子去揪住行人的衣袖……再如那个小姑娘,她的心灵也早已扭曲,她已经知道小孩子在街上卖东西是不对的,而且她也一定知道卖东西的时候不可勉强人家。正因为如此,我们一说"找警察"她就跑了。既知道不对,却在父母唆使下出来强卖,久而久之,这孩子的性格将会怎样呢?

卖花小姑娘和随父母沿街乞讨的孩子,他们也在观察这个世界,观察着他们的父母和行人,他们也会遇到同龄人……由于他们装作可怜,或者强卖时与行人拉拉扯扯,势必会遭到路人呵斥,或投以鄙视的目光(白眼),或者路人掰开他的小手,或者推搡,甚至会遭到打骂,或者需躲避警察或身着制服的人……这些都会给幼稚的心灵带来伤害。即使碰上一些好心人,给点钱物,或者买她一束花,使他们暂时得到一点满足,但这种一时的满足同样是对他们心灵的一种刺激，对他们的心理发展和性格形成起到不良的影响。他们或许会沾染上好逸恶劳的恶习，或者会养成说谎、骗人的恶习，或者会形成憎恶一切有钱人的变态心理，甚至形成憎恶整个社会的心理……如果这些人形成了诸如此类的变态心理，那么对他们本人和我们这个社会都是一种不幸。

中央电视台的"广而告之"节目中，曾多次播放一个十二岁辍学儿童卖烧鸡，令一位长者叹息的镜头，节目末尾映出"救救孩子"四个字，这是一种多么深沉的呼声啊。那么，对于那些被父母推上街头讨饭和卖花的孩子，我们更有理由喊一声："救救孩子！"

1989 年冬

路遇打工老人

某天晚上，我散步路经新开通的北京站南街（后改为花市中街），在平安证券门前见到一位老农，他肩上背负一只大大的、鼓鼓的编织袋，手里提着一只小点的袋子，正在四下张望，看起来很吃力的样子。有两位路人经过，他向他们望了望，似乎不敢打听。我走近他时，他脸上流露出一种无助的神情，也向我看看，像是想打听点什么。于是我就特意走近他。

他问我："哪儿有车站？"

我往北一指："那边就是北京站，你想到哪儿去？"

"不，是汽车站，这儿有汽车站吗？"

"这条街上没有车站。你要到哪里去？"

"我是来找活儿的。刚从天津坐汽车来的，好像是在这儿下车的。"

"你是哪儿的人？"

"山东清 ×"（听不懂他的口音）。

"你怎么来的，坐火车吗？"

"不，是坐汽车来的，好像就是在这个地方下的车。"

"天津来的汽车，可能不会停在这儿吧，不过我也不清楚，但是这并不重要，问题是你打算到哪里去？"

"你知道哪儿能找到活儿吗？"

"我不知道。这么晚了，你得先找个地方住下来，明天再出来找工作呀。附近有旅馆，我先陪你去住下，行吗？"

此时他似乎有点为难的样子，没有回答。

"你是一个人来的吗？"

"是的。"

"在北京有亲戚朋友吗？"

"没有。"

"你认字吗？"

"不认得。"

"你不认字，又没有熟人，一个人出来找工作，很不方便啊，你应当先找个地方住下来。而且，天已经黑了，找活儿也得到明天再说。"

"住旅馆要很多钱吧？"

"去打听一下再说吧。"

于是，我与他一问一答的同时，我们往北走了起来，然后拐弯，到达崇东旅馆门口，我对他说："你在外面等一会儿，我进去给你打听一下价钱。"

我进去一问，知道每晚（每人）起码要 75 元。我问还有更便宜点的吗。服务员说，大楼后面有个地下室里的旅馆，可能更便宜，好像每天只要 15 元。

我从旅馆出来，我先对他说："这里每晚要 75 元。"他直摇头，说："太贵了！"于是我说："那边有便宜些的，我带你去看看？"他没有表示反对。于是，我们拐到大楼后面，在昏暗的大楼后面走着，他大概是很疲惫了，而且背着沉重的行李，走得很慢。我按旅馆服务员的说法，找到了一家叫富康的旅馆。那是设在地下室的旅馆，我知道这种旅馆的内部格局和设施，但对于这样一位外地来京打工而又没有找到工作的老农来说，有个抵御寒风的地方过夜，也是一个明智的选择，如果他能进去住下，对我也是一种慰藉。于是，我高兴地对他说："喏，这里就是旅馆，你进去住一个晚上再说。"

此时，这位山东老汉却止步不前，似乎很为难，他说："我是刚从这里出来的！"

"那你为什么不住下呐？"

"他们每天要15块，还要5块钱押金。"

此时我才明白：这位山东老人，已经来过这家每天只收15元的旅馆，只是嫌贵，才背着沉重的行李独自离开旅馆，来到人地两生的街道上，也不知他徘徊了多久。我想，他似乎想直接找个有工作又有住处的单位，免得再花钱住旅馆。或者他想起了什么，或者想回到刚才下车的地方，再到别处去碰碰运气。见他如此踌躇，站在夜色里不动，我只好以"老"这个概念来开导他："你今年多大了？"

"58了。"

"是啊，你这么大年纪了，天又已经晚了（当时大约八点半过了），而且很冷，你最好住下来，明天再出去找工作。否则，今天晚上你怎么办？"

他还在犹豫，站在旅馆门前不动。此时我想，虽然我比他大几岁，但对于一位外来的打工者，他确实也算得上"高龄"了。于是我劝他："押金5块钱是会退给你的，就是说他们只收你15元钱，总比在外面强吧？要是今天晚上冻病了，你明天又怎么找活儿干？"

于是，这位老汉背着行李，慢慢地挪动脚步，往旅馆门里走。当他的背影从我的视线里消失后，如释重负的我，也离开了那座楼房，继续散步。但那位老人的言谈举止，在我的脑海里萦绕，突然想起了"老吾老以及人之老"那样的词句，步履不再像往常那样轻松。那老汉虽比我小几岁，但毕竟已经58岁了，在农村，这样年纪的老人，早已儿孙绕膝，但他为何只身来到北京，为节省5元钱而在寒夜里踌躇再三？在现代都市人的眼里，5元钱大概不算什么，但一位进城打工的老农，却为5元钱的旅馆押金而在寒夜里徘徊良久。

老人的形象老在我的脑海里翻腾，挥之不去。

次日晚上，我散步时特地拐到富康旅馆，经向服务员打听，知道那位老农确实在那里住了一夜，天亮后就走了。听到这番话，心情似乎轻松了些，但仍不能说释然。

2004 年 10 月 12 日《山西日报》副刊上发表

关于读书的一组文稿

一、还是多读点书好

多读点书之类的议论似乎太空泛，然而在今天，特别是对于中青年群体来说，这个问题仍有强调之必要！

记得在我公司共青团组织的刊物《春晓》创刊之初，笔者曾写过一篇短文，建议青年朋友们读读《触龙说赵太后》这篇古文，这是一个读书的动议。之后，《春晓》全文转载了上述古文。再后来，笔者又写了一篇东西，阐明我向青年朋友推荐这篇古文的意图。中心意思是青年朋友应当有忧患意识，要有强烈的使命感和紧迫感。不久，公司某内部刊物刊登了阿豪的《随侃录》，我有同感，于是我想把阿豪的话语引到读书问题上来。

对有事业心、使命感，想在公司里有所作为的青年人来讲，有计划地多读点书是必需的。如今业余生活丰富多彩，电视机、录像机、卡拉 OK 机相当普及，八小时之外，有的是可以玩的。于是看电视、录像、跳舞、打牌等占去许多业余时间。按笔者主观臆断，青年朋友们的业余时间中，用来念外语、看书学习的时间不会很多。依我看，青年朋友应当早上早起，念一阵外语，晚上应安排一点看书的时间。如果不是这样，将成为时代的落伍者。

由于年龄的关系，我对流行歌曲不熟悉，但有一首流行歌曲中的一句歌词我很感兴趣。那歌中唱道："我的未来不是梦，我认真地过每一分钟。"我不知道这首歌的主题思想是什么，但"认真地过每一分钟"的提法是很积极的，也是值得青年朋友们学习的。我们当然不能要求青年人每一分钟都用来看书学习，但我们完全有理由要求青年朋友们安排一定的时间用来看书、学习。

1992 年 12 月 13 日

二、知识更新与读书

人类社会已经进入了信息时代，或者被称为知识大爆炸时代。新的知识层出不穷，每天都有新知识、新发现，出现新的学科和边缘学科，原有的或旧有的知识又在不断地成为过时的东西，知识更新的周期越来越短。据介绍，目前仅自然科学和技术方面的学科就有两千多种，人类知识翻番的周期也越来越短：19 世纪是每五十年翻一番；20 世纪初是每隔十年翻一番；到了 20 世纪 70 年代已经缩短为五年翻一番；到了今天则是三年翻一番。知识的增长就像炸弹爆炸时产生的气体那样迅速膨胀，称为"知识大爆炸"时代，这就是现实。因此，当今的知识分子，只要他一天不读书、不看报就可能落后，这么说一点也不夸张。

澳大利亚一位科学家在 20 世纪 70 年代就说过，一个大学毕业生，如果他不能在走出校门的头十年里出成果的话，那么他在他所在的那个行业里再也不可能有所作为，该淘汰了。这是有道理的，用我们中国人的话说，他的老本早就吃光了。到了 90 年代的今天，大学毕业生出了校门，一两年之后，他在学校期间学到的那点知识，有三分之一到半数已经过时。所以，如果一位大学生以"有知识"自居，出了校门不再发奋读书，求知进取，那么混上三五年也就没有什么老本可用了。在现实生活中不乏这种例子。

也许有人会说，为什么一些老教授、老专家在七十多岁时还能上台讲课、主持科研？这个问题提得真好。前几年我国一位著名学者在电视台向观众解答了这个问题。他大概是这样讲的："我们这些四五十年前的大学生，今天之所以还能上台讲课，全靠天天读书、看报、看学术刊物，不断以新的理论、知识充实自己的头脑，更新自己的知识。"这是千真万确的。我们的老祖宗尚且说过"活到老，学到老"那样的话，那么对于生活在 90 年代的青年来讲，读书求新知就显得更加迫切。这里我想说一个浅近的例子：1989 年以前离开外经贸院校的毕业生，他们在学校里学的价格术语，1990 年就有一部分过时了，必须重新阅读《INCOTERMS1990》，否则就会出问题。

三、再谈知识更新与读书

在翻办公桌上的台历时，偶然看到这样一句话："人的差异产生在业余时间。"我觉得它言之有理，于是就把它摘录下来。

但这里所指的"差异"到底是什么？我想是指人们对社会的贡献或者事业上的成就吧。如果是这样，那么我认为一个人能不能很好地利用业余时间来读书、钻研学问是产生这种差异的关键。

脑力劳动者，尤其是公司的职员等，读书学习主要靠八小时之外。所以对于我们的同事来讲，此话尤其贴切。

我们常常看到这样的现象，同一学校同一年级出来的毕业生，在校学习成绩也许差不多，但走上工作岗位之后的若干年里，他们之间的差异就相当明显。有的人业绩显著，有的人则平平淡淡，无所建树，究其原因可能有很多方面，但我认为个人能否在业余时间读书学习、不断进取是关键所在。

一个人在学生时代的主要任务是读书、学习、掌握知识和技能，而到了工作岗位之上，情况就大不相同，主要任务是运用已有的知识和技能去做好本职工作。然而要做好工作，并且使自己的工作有所前进、有所创新，还得不断地学习和钻研在学校里从未学过的知识和技能，以更新自己的知识，这个道理大家是清楚的。人们到了工作岗位上，读书学习主要在业余时间进行，这与做学生时有课程表和导师管着大不一样，要全靠自觉，要挤出点时间来读书，而且要有计划、有目的地多读点书。

一个人大学毕业，不是读书生涯的结束，而是新的读书生活的开始。古人说："读万卷书，行万里路。"愿青年朋友树立这样的志向。

向青年朋友推荐一篇古文

齐国要赵太后的小儿子长安君做人质，赵太后不许。众大臣强谏，请赵太后答应齐国的条件，此议激怒了这位太后，说："谁再提人质的事，老娘一定啐谁的脸。"于是没人再敢强谏。后来，一位叫触龙的老臣求见太后，从足病、喝粥、给小儿子"找工作"谈起，最后说通了太后，将长安君作为人质送到齐国，齐国出兵，解了赵国之围。

司马光的《资治通鉴》中收录了这个故事。大家知道，司马光是封建政治家和史学家，他的书是供帝王参考的，为的是维护和巩固帝王的封建统治。然而在《触龙说赵太后》故事中，左师公触龙提出让年轻的王子长安君及时为国立功，以便使长安君在太后死后有个立足之地的想法，对于我们今天的年轻人仍有借鉴的价值。那就是趁年轻及时为国家和人民建功立业。

我作为一名老团员，想与青年朋友们说的话不少。应公司团委负责人之约，写了上面那段文字，望青年朋友们找《触龙说赵太后》来读一读，也希望青年朋友们养成有计划地读点书的习惯。如有机会，我也愿意与青年朋友们就此话题谈谈心。

建议《春晓》将《触龙说赵太后》全文刊出，以便青年朋友们阅读。

读太史公语有感

我起初是从毛主席《为人民服务》这篇著作中知道司马迁和他关于死有"或重于泰山，或轻于鸿毛"这一宏论的。此后，在我刚上班时，有位老处长借给我一本载有毛主席《在七千人大会上的讲话》文章的文件，他的意思是要我注意多读书。我从这个文件中，第一次读到司马迁那段宏论的全貌，读后非常激动，随即抄录下来，爱不释手。为说明写本文的用意，先抄录如下：

"古者富贵而名磨灭，不可胜记，唯倜傥非常之人称焉。盖文王拘而演《周易》；仲尼厄而作《春秋》；屈原放逐，乃赋《离骚》；左丘失明，厥有《国语》；孙子膑脚，《兵法》修列；不韦迁蜀，世传《吕览》；韩非囚秦，《说难》《孤愤》；《诗》三百篇，大抵贤圣发愤之所为作也。"

从文件上看，毛主席在讲话中引用司马迁的那段话，有两层意思：一是当权者要避免错误地处理犯有错误的干部，不要用刓掉孙膑的膝盖那样去处理犯有错误的人；二是人如果被做了错误的处理，也不要消沉，应当重新振作起来，要像古代贤圣那样在逆境中奋发进取。在历史上，毛泽东本人也被排挤过，所以他引用这段话更显得语重心长。

第一次读到并摘录这段话时，我正以"早晨八九点钟的太阳"

而自居，以国家的主人翁自居，虽不操"生死予夺大权"，但手中也曾有过那么一点小小的权力，根本不知道逆境为何物。所以，曾告诫自己要注意第一层意思，而对第二层意思略有所悟，最多是用来自勉罢了，根本没有想到本人会与逆境相联系。

但时隔不久，从"文革"中期开始，本人陷入逆境。到了这个时候，上述第一层意思，我已经无力顾及，只得想想第二层意思，并常常以此来勉励自己，绝不能消沉下去。也正是这个缘故，我是认同"家贫出孝子、乱世出英雄、逆境出人才"那种道理的，尤其是后者。当然人才并非只有逆境才出，但逆境中的确出过不少人才，甚至是大才。

所谓逆境，情形各不相同。就太史公所说的那七位有名有姓的古人就可分成三种情形：左丘明是因为眼睛出了毛病，属生理上的原因；孔夫子是由于他的政治主张得不到鲁国和各诸侯国的重视，周游列国而无所获，故退而讲学、著书；其余几位都是属于当权者对他们做了不当处罚，关押、流放、肉刑等。但这些人都活下来了，或活了一段时间，又被处死的，如吕不韦。不管处分他们对不对，也不管他们够不够死罪，所幸的是他们都留下了著作。正因为如此，太史公佩服他们，才下决心忍受腐刑之苦，隐忍苟活，坚持把他的鸿篇巨制《史记》写完。

司马迁的"鸿毛""泰山"的生死观和所举周文王、孔夫子、屈原等一连串古人例子的那段文字，是在给他的好朋友任安（少卿）写的信中提出来的，他向任少卿解释选择不死，选择受腐刑，以便活下来写史书的缘由。那段文字是何其悲壮、凄婉。从这些文字里，我们可以想见那"逆境"二字的分量。

说到逆境之"境"，包括客观的和主观的两种情况。前者为"处境"，如被判刑、开除、降职、流放等有形的、外人看得见的遭遇；后者是指"心境"，因受某种挫折（包括生理上的疾病等）而灰心丧气，或过于自责而心境不佳，如西汉那位太子太傅贾谊，因他的当皇太子的学生骑马不小心摔死了，皇上没有处分他，他自己觉得罪孽深重，过意不去，整天郁郁寡欢、闷闷不乐，导致这位才子英年早逝。但在现代社会里（或者在政治生活中）还有一种使人陷于逆境之中者，如明升暗降、以工作需要为名不合理调动，使你失去为原先熟悉而钟爱的工作（指专业意义上的工种）效力的机会，处于"欲干不能，欲罢不忍"的痛苦境地，但明面上让你一点脾气也没有。

在以往的岁月里，我曾多次诵读、抄录上面那些文字，多次回忆起太史公本人和他讲的那些人的事迹，每每给我以前进的力量或坚定将某件事做下去的决心。

人生在世，不可能老是一帆风顺，不可能总是顺境，也说不定你会误将顺境当逆境，像贾谊那样自己跟自己过不去。我以为，对于个人来说，不管遇到什么样的境遇，都要正确对待，树立起在逆境中奋发的决心，争取有所作为，即使是遇到上述所谓"欲干不能，欲罢不忍"的境遇，也应另辟蹊径，"为有所为而有所不为"。人不用我，我自用之，最终实现"有所作为"的目标。有人说："人们的经历就是一种财富。"我同意这个说法，而且我认为，人若遇到逆境，这种经历更具价值。

人们在不同的处境下读太史公那些文字，注意点不尽相同，收获也不一样。就像同一群人同时登上岳阳楼，面对楼外景色，心情各不相同，在范仲淹的《岳阳楼记》中讲得很分明。其实他的这篇文章正是身处逆境之时写的。这里谨借用他的两个短句，作为本文的结尾："居庙堂之高"者和"处江湖之远"者，都可以读一读太史公语，愿诸君各有所得。

2000 年 4 月 13 日

读《唐雎说信陵君》有感

《古文观止》中有《唐雎说信陵君》一文，其中有些道理非常深刻，我读过后，曾做过摘录。

信陵君杀晋鄙，救邯郸，破秦人，存赵国，赵王自郊迎。唐雎谓信陵君曰："臣闻之曰：事有不可知者，有不可不知者；有不可忘者，有不可不忘者。"信陵君曰："何谓也？"对曰："人之憎我也，不可不知也；我憎人也，不可得而知也。人之有德于我也，不可忘也；吾有德于人也，不可不忘也。今君杀晋鄙，救邯郸，破秦人，存赵国，此大德也。今赵王自郊迎，卒然见赵王，愿君之忘之也。"信陵君曰："无忌谨受教。"

这个故事的背景是：

在战国时代，秦国攻打赵国，邯郸被秦军围困，赵国公子平原君通过魏国公子信陵君（无忌）的关系，请魏国解救。魏王派大将晋鄙率师出战，准备由背后攻打秦军。由于晋鄙畏惧秦军，到汤阴后，便止步不前。信陵君通过魏王的一个妃子的关系，盗取调兵的虎符，杀掉了晋鄙，亲自带领魏国军队去袭击秦军，迫使秦军撤退，解了邯郸之围，救了赵国。曾有一部叫《绝代佳人》的电影，就取材于这个故事。为表示感激，赵王亲自到边界上，以迎接国君的礼节来迎接魏国公子信陵君。这在信陵君看来，似乎理所当然。但唐雎认为不可，于是才有了上述那段对话"不可"和"不可不"等高深的对话（白话大意是）：

信陵君问："此话怎么讲？"唐雎答："人家憎恶我，不可不知道；我若憎恶人家，人家就不得而知；人家有恩德于我，是不可忘却的；我有恩德于人家，是不可不忘却的。此前，你杀了晋鄙，救了邯郸，打败了秦军，保全了赵国，这是很大的恩德。如今，赵王亲自出城迎接你，你很快就会见到赵王，请你把施恩德的心忘掉吧。"信陵君说道："无忌谨遵你的教诲。"

《史记》上的记载比《唐雎说信陵君》详细：当时，赵王和平原君（赵国公子赵胜）亲自到赵国边界上迎接信陵君一行，平原君还为信陵君背着箭囊，为其引路。赵王向信陵君下拜施礼，说道："自古以来，没有任何贤人比得上公子。"平原君在旁听见，也感到自愧不如。

赵王非常感激信陵君，打算将五座城池赠（封）给无忌。此时，这位公子脸上表露出骄傲的神色。于是身边那位叫唐雎的门客，就说出了"不可"和"不可不"那番话（大意）：您盗符、劫杀晋鄙、夺取兵权、击退秦军，对赵国来说是大功劳，对魏国来说，就不算是忠臣。如果公子因此而感到骄傲，而自鸣得意的话，就不对了。我以为公子不应接受赵王的封赠。信陵君听了，感到惭愧，表示愿意接受这位门客的意见。

后来，信陵君到达赵国都城邯郸，进宫晋见赵王，赵王亲自走下台阶迎接，行主宾之礼。赵王请信陵君从西边台阶上殿，但此时的公子，已经接受了唐雎的意见，表现出很有礼貌的样子，从东边台阶，跟在赵王身后上殿。当晚赵王宴请公子，由于信陵君的谦让，故赵王也就不再坚持封赠五座城池之事。

魏国的国王得知信陵君不仅盗走了兵符，而且杀了他的爱将晋鄙，非常震怒。信陵君也知道不该如此，只好将军队由别人率领回了魏国，自己和身边食客暂时留住在赵国，一住就是十年。

职业　事业　岗位　舞台

　　有位模范教师曾撰文说，从就业角度讲，教师是一种职业；但只有教师将教书育人当作自己的事业的时候，才可能成为一个称职的教师。我非常赞同这个说法，即将自己的职业作为事业。我在不少场合推崇过上述道理，在自己的工作生涯中也有些体会。

　　我们每个人，不管从事何种职业，都会在某个组织或机构中做一份工作，也不论人们如何看待各自的工作，肯定都有各自的岗位。只有当一个人像那位老师那样，以事业心对待自己的岗位时，才能真正做好本职工作，并对自己钟爱的事业尽心尽力，贡献力量，实现自己的人生价值。然而，仅仅将岗位视为事业还不够，只有将岗位变成本文标题里的那个"舞台"的时候，才能把自己的工作拓展为事业。

　　这里以戏剧为例，在一个剧组中，演员扮演什么角色（如主角、配角）和戏的多少，都是由导演定的。但是，上了舞台，即使当个配角甚至是个跑龙套的，只要基本功扎实，进入角色认真地、有声有色去演，就不失为一名优秀演员，就有可能成为最佳配角奖的得主。人们所在的工作单位，也像一个舞台，单位的每一个成员也都好比是演员，不管大小，都拥有舞台的一角。人们的岗位有所不同，职位也有高低，可以供每个人活动的舞台和施展才艺的领域有所不同，这是个客观存在。但从主观上讲，这个舞台一角的大小是可变的，可以创造的，甚至可以扩建或另行搭建，进而，可以在自己扩建或搭建的舞台上施展才能，开拓一个崭新的工作局面或新的领域。此处，讲一点自己的切身体会。

　　1989 年初，我的工作岗位变动，调到公司的另一个综合职能部门分管商标工作，是部门副总经理。在当时，那个部门叫商情宣展部或称信息部，商标工作只是极小的一部分，当时只有一名工作人员，加上我就是两人，如果说这个部门是个舞台的话，商标工作仅仅是小小的一角。由于我和同事们对商标工作相当投入，商标工作的活动空间得以不断拓展，从事商标工作的人员也不断增加。在我们的努力下商标工作不断得到发展，并占据了这个部门的半壁江山，在公司机构正式编制中第一次出现了商标二字，即宣展商标部，而且还挂起了中粮集团绿色食品发展办公室的牌子。我作为商标管理部门的主要负责人，成了绿色食品发展办公室主任。应当说有点偶然，同时也是必然。

　　在我进入商标管理部门工作的第三个年头，即 1991 年，绿色食品标志作为商标注册成功后不久，当时在商标局工作的一位朋友和外经贸部商标处某处长几乎同时告诉我这个消息，并提醒我注意这个动向，并指出了这个标志注册的重要意义。绿色食品这一新生事物就这样进入我的视线，闯进了我的工作生涯。从 1992 年初开始，我开始在公司里宣传绿色食品，后来又开展申报绿色商标的发动和试点工作，在公司那个具有悠久历史的职能部门里，为这一新的工作搭建了一个小小的舞台。

　　首先，尽我所知，多写文章，在公司内部报刊上发表宣传绿色食品方面的文章，增强公司上下对此事的认识。此外，又利用我在外经贸界一些刊物任特约记者或特约通讯员的身份，发表不少文章宣传绿色食品，不断扩大绿色食品在外经贸界的影响。

　　其次，在公司内开展实质性工作。1992 年 2 月，公司召开科技发展会议，我在会上提出开发"绿色食品"的建议，当时这个概念还相当新，没有展开讨论。此后不久，我和几名同事到当时设在农垦局内的绿色食品发展办公室登门求教，与他们建立了联系。回来后，联合几个业务部门，联名向公司打报告，要求召开绿色食品座谈会，得到公司领导的首肯。会议于 5 月 15 日举行，绿色食品先驱者刘连馥等一行四人出席会议，与公司领导和有关部门的负责人进行座谈。5 月 21 日，绿办的同志又应邀来我公司座谈讨论进一步合作事项。

至此，绿色食品工作已经打开了局面。我认识到，在那个阶段，宣传发动是工作的重中之重，所以，在此后的几年当中，我以商标工作为载体，在力所能及的范围内，不断开展宣传和发动工作，如在总公司举行的全国性或地区性商标管理会议议程中，加上绿色食品的内容，并请绿色食品界的权威人士到场讲话，中粮总公司老总也到场，声势不断壮大。

1994 年 6 月，我们积极支持并提供资助，与当时的绿色食品发展中心以及经贸大学合作，促成举办了环境保护与对外经贸的国际研讨会，把曲格平、郑斯林及绿办主任刘连馥和我们的老总一起推上了同一个讲台。

上述有点"挟天子以令诸侯"意味的手段，我用了多次，不管方法是否恰当，但在争取领导重视和支持方面取得了相当好的效果。在进行了一系列活动后，我公司终于在 1994 年 4 月正式发文，开展绿色食品开发工作，并决定在两个葡萄酒企业里开展申报试点工作。同年 11 月，上述两个葡萄酒企业的产品获得了绿色食品标志，这是中粮集团获得的第一批绿色食品证书，具有里程碑意义。此后不久，公司成立绿色食品发展办公室，与宣展商标部是两块牌子，一套人马。这样我也就有了只有省市一级绿色食品领导人才有的称呼——绿办主任。在这以后，中国绿色食品协会成立，我们公司成了副会长单位，中粮集团的老总成了副会长，对我们的工作能不重视吗？

前不久，电视里有一则广告，其中有这样的广告语："心有多大，舞台就有多大！"我还不太清楚这句话的真正含义，但起码这里所说的"舞台"是广义的。如果这与我的这段经历和经验有点联系的话，愿以此与年轻的同志共勉！

以上文稿曾被年轻同志传阅过，2005 年 1 月 10 日重新整理

关于非权力性影响力

　　企业中层干部是指企业中的科室或部门的负责人。从管理学上讲，企业中层干部属于一级管理者，直接组织和指挥本部门或本科室的群众开展各项工作，完成本部门的目标、任务，就像部队中的一个班长，是直接与战士打交道的，要对群众实现面对面的领导。因此，要当好这一层干部，当好一个部门的经理，除了上级领导的关心和支持外，最重要的是要依靠本部门的员工，发挥本部门骨干员工的积极性和主动性，而要达到这一目的，形成这样一个局面，则主要取决于管理者的非权力性影响力。

　　作为一名部门经理，一名中层干部，一名基层管理者，他之所以能在这个部门中开展工作，对所属员工进行领导，对这个群体产生一定的影响，靠的是两种力量：一是管理者的法定地位所赋予的权力，这叫作权力性影响力；二是来自管理者、干部个人的特质的影响力，即非权力性影响力。前者源于职务的或法定的权力，如上级任命你为这个部门的经理，那么这个部门的员工就得听你指挥，这一群人就归你管，你就有权命令属下去做某种事，或禁止属下做某种事。后者则源于领导者、管理者的个人素质、人格等，是一种非权力性的影响力，是由管理者本人的素质、气质、风度和行为造就的，与上述权力性的影响力没有必然联系。但非权力性影响力产生的基础往往比权力性影响力广泛得多。有学者认为，非权力影响力虽然不具有对属下的法定权力那种正式的、明显的约束力，但实际上它不仅具有法定权力的性质，而且往往有法定权力所达不到的巨大作用。

正如前面所述，非权力性影响力来源于领导者、管理者个人素质和行为。因此，部门经理要在自身的岗位职务上充分发挥非权力性影响力的作用，要加强自身的修养，提高自身的综合素质，以自己的学识、才能、品格和情感等因素去增强非权力性影响力的作用，做好自己肩负的工作。有鉴于此，作为一名中层干部，在本专业知识和理论方面应当是个学者，在本部门同事或员工中，应当做个长者，在日常生活和工作中，应当像个战士。

在专业知识上应当是个学者

专业知识和理论素养是干部的基本素养，也是实际工作技能的基础，作为20世纪90年代的外贸企业的中层干部，客观形势要求他具有扎实的政治理论基础、娴熟的管理专业知识、广博的科学文化知识、深厚的社会生活常识和语言文字功底。我们当然不能要求每一位部门经理都成为上知天文、下知地理、博古通今的全才，但我们的管理人员应当是个通才、杂家，起码要求他在本专业领域内是个学者、专家。当今是信息时代、知识大爆炸时代，作为一名中层干部，不仅要学有所长，而且知识面要广博。因此学文科的应当学点自然科学知识，学理科的应当学点社会科学知识，例如学点历史、社会学、心理学、管理学等，要有广泛的兴趣和爱好。如果一位中层干部成了才华横溢的学者，说话、处事上处处体现出一种与众不同的学者风度，那么属下便会对其产生一种发自内心的敬佩感和信赖感，这样在群体中就会产生很强的非权力性影响力。

心理健康的人，总是敬佩、信服那些知识广博、才能超群、治学严谨的人，这种敬佩感就是一种心理磁力，会使属下自觉地接受其领导和影响。同样的道理，如果属下承认某位领导是本专业领域内的专家或理论知识上的权威，那么，他们对于那位领导提出的观点、意见、方案等就有一种信赖感，这就能加强这位领导人在这个群体或这项工作中的影响力。这种影响力称为"专长权力"，也是一种非权力性影响力。一位领导者或管理者若既有权力性影响力，同时又具有专长权力和其他非权力性影响力，那他的领导效能就会大大提高。相反，如果他在领导岗位上只有法定的权力性影响力，那么他的法定的权力也会（或往往会）旁落到有专长权力的下级手里。在今天这样的时代，一位中层干部要是没有专长权力是不可想象的，就是高级领导干部，拥有专长权力也是相当重要的。

在本部门员工中应当做个长者

就年龄而言，许多领导者或管理干部，往往是高于本部门员工的平均年龄，所以从某种意义上讲，属下可以说是你的弟弟、妹妹，甚至是你的晚辈。就职务而言，中层干部是部门的负责人，是领导，肩负着领导和组织本部门员工的责任。这样，作为一个部门经理，应当以长者的身份，工作、生活、学习在这个群体之中，事事处处起模范、带头作用，起码要像兄长那样关心和爱护属下，在行为上要处处树立长者形象，为人师表。

作为一名领导者、管理者，在日常工作中应当坚持原则，办事公道，平等待人，赏罚分明，同时要尊重员工的人格，在必要时还应当勇于承担责任，保护属下的合法权益。这方面要做的工作很多，这里仅就属下出现问题、需要处理的情况下应当注意的问题来说一说。

作为一名负有一定领导责任的中层干部，在批评和处罚一名犯有错误的属下时，必须注意掌握分寸。这里最重要的是要与人为善，治病救人，适当顾及当事人的面子。假如，你的属下经常迟到，但时间又不是很长，但在员工中已经产生了不良反应。对于这样的事，可以采取两种方法：一是当众批评，让他下不来台；二是个别谈话。本人对于此类事情的处理往往用后一种方法，以设身处地的口气。跟他谈谈，甚至可以用"群众有反映"那样的话来教育对方，使人家心悦诚服。

假如你的属下在业务上有了失误，上级领导批评了此事，你作为部门的领导，首先要承担领导责任，要有这样的风格。不能把责任推给属下，更不应在受到上级批评后迁怒于下级，回到部门后向属下发脾气。正确的办法是与属下一起分析失误的原因，总结经验，以便改进。这样做，既保护了属下，而属下也会心悦诚服，接受你的批评，因为他会感到你是真心爱护他，在你的手下工作有一种安全感。这里有这样一个例子：

某部门曾发现某人放在大衣口袋里的钱被人拿走了。部门经理经过明察暗访，肯定了这钱是某甲拿的。经过个别谈话，某甲承认了错误，不仅如数将钱退还失主，愿意向失主当面赔礼道歉。但某甲向部门经理提出一个特别的要求：不要在群众中公布此事的始末，以便她痛改前非，抬起头来重新做人，以加倍努力工作的汗水来洗刷上述污垢。这位部门经理答应了某甲提出的保密要求，没有在群众中张扬此事，也要求失主和已经知道此事的同志不要张扬。总之，他们没有采取"批倒、批臭"某甲的做法。而是采取了既批评又保护的办法，给了她一个改过自新的机会。结果，这个同志不仅真正改正了错误，而且加倍努力工作，两年后还被评为先进工作者。

这里还有一个可资借鉴的例子。某分公司的某部门经理决定派某乙参加一个展览团出国访问，各种报批手续都已办妥，不仅通知了本人，也通知了上级组团单位。就在此时，公司的政工部门根据某个人反映，要求取消某乙的出国资格。这给负责组团的部门经理出了个难题。部门经理分析了上述所谓的反映，认为毫无依据，于是向政工部门说明情况，据理力争。结果，政工部门收回成命，让这位同志如期出国。也许这位某乙根本不知道上面那段故事，但作为这个部门的经理，这样做是完全对的，非常重要的：不仅维护了属下的合法权益，更重要的是还维护了这个同志的声誉。也许后者更为重要，因为这个故事发生在十多年前，那个时候，若是一个人没有资格出国，也许在众人面前抬不起头来。而且在我的亲身经历中，确实有临出国前，派出单位要求取消某人的出国资格，发电报来要我将某人的护照退回的事例，这对被取消出国资格的那位同志的刺激是可想而知的。

在日常工作和生活中像个战士

在社会主义社会中，在国有企业中，无论职位高低都是同志、同事，都是企业的主人。在政治上或从人格上讲，大家都是平等的。部门经理与其说是这个部门的领导，倒不如把自己看作普通一兵，像是部队中的一名班长，置身于群众之中。在部队建制中，班长虽然是个领导，但班长不是军官。在企业中中层干部、部门经理相当于一名班长，是"兵头官尾"一类角色。所以，部门经理应当将自己看成是一名战士，只有这样才能尊重战士，与战士打成一片。

事实上，在一个部门之中，真正握有实权的是那些有经验、有实力、精通业务、办事老练、实际操作技能娴熟的业务骨干。在一二十人的部门中，有三四名这样的业务尖子或业务骨干，这个部门的业务工作就会活起来。在这样一个部门中当部门经理的管理者，就要真心地尊重这批业务骨干的意见，有事多与他们商量，善于倾听他们的呼声，要有与他们共事的心态，与他们搞好关系。在这一段文字的小标题中我用了个"像"字，意思是作为部门经理要身先士卒，就像班长带领一群战士到工地上去劳动一样，作为班长你所干的工作量应在全班工作量的平均数之上，否则就带不好一个班。当然在企业里或在机关单位里，部门经理的地位或职能与班长在班里是不尽相同的，但道理却是相同的。这里从三

个方面来讲:

在业务活动中,部门经理的主要任务是提出目标、方案,就是出点子,然后吩咐属下去分头执行或操作。作为部门经理,不能大包大揽,当大办事员。但有些事情必须自己动手做,特别是一些重要的文稿,必须自己动手起草。即使有时用不着你自己动手做,但你必须会做这些事,在一些特殊情况下又必须自己做。例如有一位科长刚调到一个新的科室去工作,刚上任正好有一份外文资料急需译成中文,于是这位新来的科长就把材料交给某丁去做,结果三天后还没有交稿。这位科长看出某丁有拿架子的意思,于是他就加了个夜班,亲自译了出来。第二天一早他把这份译稿交给某丁,并心平气和地说:"我试着译了一下稿子,请你校对一下。如没有什么意见,送去打字室打出来。"就这样,某丁就知道这位新科长的功底,再也不敢拿架子了。

在平时的政治、时事学习中,部门经理是学习活动的组织者和领导者,本身应当积极参加,认真地学习,珍惜时间,力争多学点东西,做群众的榜样,不能给人家布置学习,自己却马马虎虎。

在实际生活中,在一些企业中也难免有些带有体力劳动性质的工作,或临时有些需要搬搬运运的事,在这种场合,作为部门经理,除了组织、发动员工、属下去做外,自己也应在体力允许的情况下参加工作,与战士一道去做。此时,你的行动,就是无声的命令。可以想象,如果年长的领导都在动手搬东西,那些年轻人还会袖手旁观吗?

此文为1992年秋参加外经贸大学经理厂长培训班时写的结业论文之一,作为学习领导科学的体会而作;1993年元月3日修订;曾在年轻部下中传阅与谈论过。

退场的身段

——有感于某团体换届选举过程

　　社会像一个大舞台，每一个社会成员，都是一个演员，都有上场和退场的时候。大到一个国家、政党，小到一个企业或一个部门，甚至某些民间团体，概莫能外。即使是卓越的政治领袖，也总是要退场的，这不仅是自然规律，也是社会或政治上的规律。但是，有些老者"恋战"，退场的身段显得有点"扭捏"，笔者以为大可不必。

　　二十多年前，笔者最后一次参加广州交易会（即上文提到的87届交易会），其间奉命劝一位香港老商人退出某项业务代理身份。这位老先生是香港商界名人，自1957年交易会创办以来，是少数几位连续八十多次（一次不落）出席交易会的著名商人，被交易会组织者奉为上宾。但此时他年事已高，北京总公司实在不想将某项代理业务交给他了，于是请我出面去劝他退出。我岁数比他小得多，有点勉为其难。一开头，我谈了体操王子李宁在悉尼失败的一跳：李宁如果不参加那场比赛，在世界冠军之位上退役多好，并用了"见好就收"这一俗语。由于那位老者也是运动员出身，是香港某体育协会的成员，对于我的那番议论颇有同感，而且还补充了我所不知道的细节。就这样，我的游说成功了。

　　其实，我在当时也面临退场身段选择的问题，领导已经决定

笔者与香港商人李老先生在他下榻的宾馆交流

让我离开商标管理岗位，做中粮发展史编修工作。当然在开展上述游说之时，我没有透露本人当时的际遇和心境，连在广州的诸多至交都没有告诉。但上述说辞，可谓"夫子自道"。

2000年3月台湾地区领导人选举后，笔者常常收看有关台湾政局的新闻，海峡对岸的政治风云变幻和政治人物的荣枯升沉，可以说尽收眼底，对于那边政治人物退场身段及其社会观感也有许多感慨。这里面，我赞赏连战先生和吴伯雄先生退场时机的把握和姿态。

千里搭长棚，没有不散的宴席。即使是再隆重、盛大的演出，也有曲终、谢幕、散场之时。我不懂音乐，但我喜欢一首乐曲结束在高音区，就像《义勇军进行曲》那样，结尾在"前进！进！"这个强音上，而不喜欢那些让人听不清结尾音符的曲子。

言归正传，本文标题中所称的换届选举的某公，事实上早已经"有闻于当时"，而且也肯定会"有传于后世"。但他退场的身段有点"拖泥带水"，观感不佳，岂不悲哉！

2010年3月8日

见好就收，适可而止

在历史上，写劝进表易，写劝退表难。在前往广州前，我为做好这次工作，颇费心思。在考虑如何启齿时，想到了题目中的那两个短语。现在想来，当时想到的和准备的一些话，不仅对此次游说起了作用，而且觉得颇有道理，值得记述下来。

关于见好就收这个意思，我是在许多年前悟到的。那时，我们一位在军队里服役的亲戚得了重病，据介绍是血液病，在天津某部队医院就医，经过一个疗程，表面上恢复了，当时气色也很好，甚至红光满面。此时，医院方面劝病人回家休养。但回家不久，他的血色素很快下降，不久就去世了。此时，我才想到，当初医院方面急于劝他回家休养，是因为知道这是不治之症，在表面上看来气色不错之时，推出院门了之；如果那时不送走，恐怕就没有机会送走了。这就叫见好就收，尽管这对病人是不人道的，但对医院方面来说，不失为明智之举。

对于一个人的一生来说，特别是一个人到临近退休和晚年时，在对待事业上，更应当见好就收，适可而止。

话又回到我与那老先生交谈的问题上。这位先生已经七十有四，在家庭方面，已是四世同堂，在身体方面，才思敏捷，精力充沛。他不仅做许多方面的生意，而且兼任不少社会职务，如商会理事等等，名片上印得满满的，应当说是事业有成，可此时他的雄心不减当年。我作为一个比他小十多岁的晚生，劝他退出某项业务，确实难以启齿，而且他的身份与国有企业的老总有所不同。因此，见面之初，只能绕圈子。我说先生如今功成名就，往后应当淡出市场，著书立说，以传后世，并希望在不久之后——我也退休之后，与他在著书方面进行合作。为引起他的兴趣，我拿出事先准备好的一段摘自王安石祭欧阳修的那篇文章开头的一段话。

接着，又举了邓亚萍的例子，她是在冠军位置上退出体坛的。由于老先生熟悉体育界，别的例子就不便再举。

这也是见好就收，收在当收之时，最理想的是收在事业上的巅峰之时。

无巧不成书！在那次广州游说的若干年前，也是在广州交易会期间，我为劝说一位新加坡王姓老客户退出某项业务，曾请李老先生做过我的说客。我说，这次轮到我做说客，来做你的工作了。经过我的这番游说，他同意逐渐退出这项业务。最终出现的结果虽然不一定完全取决于我那舌头上的功夫，但我认为那些道理是有用的。

　　　　　　　　　　　　　　　　　　写于 1998 年深秋

狮城话狮

新加坡又名"狮城"，早有耳闻，但不知这狮城美名的来历。去年冬天访问新加坡，方知这"狮"的出处。

新加坡是一个面积不大的城市国家，首都也叫新加坡，居民中百分之八十左右是华人，市标是一座狮子的雕像。与中国的石狮子或动物园的狮子不同，这狮子的形象是一头鱼身狮头的狮子，嘴里会喷水。它出自当地土著居民马来人的民间传说，"新加坡"一词与马来语中的"狮子"有关，于是这片土地就叫作新加坡。可见这狮子是土产，不是华人带去的。

自然界中的狮子是一种猛兽，但对华人来说它是吉祥物，也是民间文化生活中最常见的东西。在南洋华人聚居的地区，看门用石狮子，举办喜庆活动时舞狮表演也相当普遍，这一点在新加坡尤为突出，当地人尤为重视。

在异国他乡看到舞龙、舞狮等，我们感到特别亲切。新加坡是一个以华人为主的多民族国家，新加坡国民把城市名称、城市标志、华人文化中的狮和马来人文化中的狮熔为一炉。尽管华人的狮和马来人的狮子的下半身是有所不同的，但是它们的主体——头部和上身则是相同的，自然被两个民族认同，因此狮子成为两个民族共同尊崇的偶像。细想起来，这两种狮子的配合正是民族团结、共同繁荣的象征。

新加坡是多民族聚居的城市国家，其文化传统自然有其多元性，各民族都有自己的文化背景和生活习俗，又都有各自心目中的宠物或吉祥物等。在新加坡，人民把华人的石狮子、舞狮活动与马来人尊崇的下半身为鱼的狮子和狮城如此紧密地结合在一起，实在令外人叹服。狮子是兽中之王，是力量和威严的象征，新加坡人民崇尚狮子，喜欢舞狮，正是他们积极进取、奋发向上精神面貌的一种外在表现。世人都说新加坡经济发展快，称其为亚洲四小龙之一。独立三十年来，经济建设成就确实令人赞叹。这与几十年间政通人和有关，然而这"人和"之中，就有"狮子"的两大功劳：一是各民族紧密团结在"狮城"之中，二是人民像雄狮那样奋发图强。

新加坡人民喜爱舞狮活动。据介绍，许多学校和单位里都有舞狮队那样的团体，经常开展舞狮表演，而且是作为一项提高国民身体素质的体育活动来搞的。这与我国大不相同。这里我想到，一个国家要发展，需要资源，资源有许多种，从发展文化事业，提高国民文化素质而言，同样需要发掘和使用自己的文化资源（包括文化遗产）。新加坡人民在发掘"狮子"这种文化资源上，值得每个多民族国家学习。

此文写于 1992 年访问新加坡后，

曾在 1994 年 12 月 31 日《人民日报》（海外版）上发表

直立行走之思

某年冬天，我随一个考察组访问南亚四国，在卡拉奇遇见一个用四肢行走的人，其形象和"行状"长久地留在我的脑海里，并且引起了我的深思。

那天中午，我们一行人路过一个乡间小镇，到镇上的一家饮食店里歇歇脚，买些汽水解渴。正在这时，从店门外进来一个"怪物"，一名胆小的女同胞吓得直躲。我定神一看，原来是一个用四肢行走、行动姿态极像猿猴的人。他衣衫褴褛，短裤筒下露出两条纤细而微微向后弯曲的腿。进入店堂之后，他朝装有自来水龙头的水池方向走（爬）去。到了水池边，他用手扒着水泥砌的洗手池，洗了洗手，撩了点水在脸上，抹了抹脸和嘴，就像平常人们进餐前做的那样。在这之后，他又继续以原先的姿态爬行起来，来到店堂内侧一位堂倌跟前，那堂倌俯身摸了摸或轻轻地拍了拍他的脑瓜，好像是说了句什么。然后他来到离我三四米远的一张桌子边坐了下来，把双手放到桌子上，就像一般就餐者那样坐定，等候侍者来点菜。这时，我们的出发时间到了，我也随队上了车，继续赶路去了。

在车上，我和同伴们也谈论到那个人，各自回忆着所看到的那个人的行状。对此，我想了许多，倒不是因为他形容古怪，而是这里蕴含着某种哲理。

人类从四肢行走的远祖——猿猴，进化到直立行走的人，经历了非常漫长的岁月。人们用后肢站立、行走，解放了前肢，用前肢制造工具，开展劳动……前肢才进化成现在意义上的双手。由此可见，人类的直立行走在进化史上有着极其伟大的意义。然而，像这种用四肢爬行的人，也许是因为一点残疾就放弃了直立行走的方式，回到人类的远祖那里去，岂不悲哉？

据当时看到的情形分析，那人若有站立起来的决心或动机，只要借助一条或一副拐杖就能站立起来走路，只要他站立起来，下肢（两条腿）获得更多的重力和锻炼机会，那么他的腿也许不至于那样纤细。事实上，从他用手扒着水池洗手的情况看，他完全可以借助双拐走路，可是为什么他偏偏要在大庭广众之下爬行呢？他又是什么人呢？这又引起我的种种猜测：

第一种，他是乞丐，他到店里来是寻求施舍，吃点残羹剩饭；

第二种，他本可以拄着拐杖走路，但为了博得路人的可怜和同情，干脆爬行；

第三种，他的双手是健全的，本可以用自己的双手做点力所能及的活计，可以维持比做叫花子好一点也体面一点的生活，然而他懒得做事，宁愿爬行，沿街乞讨……

总之，他已经没有站立起来的动机或决心。因此，我断言他永远也站不起来了。是啊，在那个国度里，不少五官四肢健全的人尚且在沿街乞讨，甚至是面色红润的年轻人和怀抱孩童的年轻母亲，那么身患残疾、丧失体力劳动能力的人不更有理由乞讨吗？这是一种乞丐心理或叫作乞丐哲学。

访问回国之后，每当在街头碰上我们同胞中的沿街乞讨者，尤其是被他（她）们扯住衣角纠缠的时候，不免要想起在异国他乡见到的那个爬行的人，也总不免要思索直立和爬行之间的哲理和心理。然而这里又多了一层愁思：那些年轻力壮的妇女带着年幼无知的孩子在沿街乞讨，她们往往这样说，请可怜可怜，给小弟弟小妹妹几个钱买个馍吃……是啊，幼小的孩童，吃食无着，流落街头，自然更容易引起路人的同情和哀怜，也就容易求得施舍，这也是乞丐哲学或乞丐心理。然而，作为这些孩子的家长根本没有考虑到她们这样做，会给孩子的心灵造成怎样的伤害，会对儿童性格的形成和发展造成怎样的负面影响。这是一个令人担心的问题：这些幼小的孩子，被称为祖国的花朵的儿童，他们跟着大人沿街乞讨，大人的乞丐心理、自甘卑残的意识、低三下四的习气、当面撒谎的作风等，都会对儿童造成消极影响。在乞讨过程中，或获得施舍时的欣喜，或遇到冷遇、白眼时的沮丧和屈辱感等，又会给那些孩子的心灵留下严重的创伤，对这些孩子的未来将会产生难以预料的后果。

童年时代随父母沿街乞讨的经历，对一个人来讲是极为难忘的，哪怕就讨过一天饭，也会在他们的心灵上留下不可磨灭的烙印。我不知道这些孩子今天是怎样看待我们这个世界的，也不知道他们长大成人之后怎样看待童年的这段经历，更不知道他们会不会重复他们父辈的这种经历。这些疑问就是我们的忧虑——为孩子们的未来而忧虑。我们没有办法给这些孩子的父母讲孟母三迁的故事及其意义，也没有办法阻止他们带孩子出来乞讨。

1991 年 3 月 5 日

伦敦归来话"雾都"

我是从电影《雾都孤儿》中得知伦敦被称为"雾都"的。后来，为编著环境保护方面的书，曾搜集和阅读了一些有关"伦敦烟雾事件"的材料（数据），但访问伦敦之前，不识"雾都"真面目。

我曾到重庆出席某个会议，住在一家名叫"雾都"的宾馆里。自从关注起环境保护议题后，对于"雾"有了新的认知。重庆有"雾都"之称，那重庆人是否以"雾都"为荣？我没有问过，也许只是一种雅号吧。但在工业化条件下，雾多已经不是幸事！

事也凑巧，在住雾都宾馆之后不久，1997年12月，我访问伦敦。12月，当地人称为"雾月"，但在伦敦没有见到大雾，于是我又想到重庆，想到我们国家的环境。

云、雨、雾、露都是空气中的水汽遇冷而凝结成的小水点，飘在高空者称云，降至地面者为雨，悬浮在近地空间者为雾。水分子在空中形成小水点的重要条件除了遇冷之外，还必须有一个重要条件——尘埃（微粒），气象学上称"凝结核"。由此可知，在相同的气象条件下，近地空间的尘埃越多，雾天越多。所以，从环境学上讲，空气污染越重，雾也就越多，被称为"雾都"的城市，是环境状况恶化之结果，起码不是一种荣耀。

"雾"作为一种自然现象或天气现象古而有之，诸葛亮借东风就是根据长江流域冬至前后多雾这一自然规律谋划的。一般意义上的雾天，往往清晨有雾，日高三丈即散。大雾终日不散，或几天或几星期不散者，则是工业革命之后，人类大量燃烧煤炭、石油，向大气中排放大量烟尘所致。伦敦是欧洲工业革命的中心，半个世纪前曾经发生过震惊世界的"伦敦烟雾事件"。有资料介绍：1952 年 12 月 5—8 日，伦敦连日大雾不散，浓雾笼罩下的伦敦城里，许多人突然患呼吸道疾病，伦敦各区医院爆满，4 天中死亡人数比常年同期增加 4000 多人。这些已载入伦敦和全世界的环保史册，而伦敦作为"雾都"也早已成为历史。

早些年我也曾听说，泰晤士河的伦敦河段，鱼虾已经绝迹，当然，这也已经成为历史。

泰晤士河是英国的大河，从伦敦市区穿过，就像黄浦江穿过上海市那样，而且也是一个海轮出入的港口，同样有潮涨潮落，我的两次伦敦之行都住在泰晤士河畔的一座公寓里，窗外便是泰晤士河。但见那天空是蓝天白云，空气清新潮润。再看河面之上，野鸭与海船争流，飞鸟和汽笛齐鸣！这种景象与如今我们在黄浦江、珠江或长江重庆段上看到的迥然不同。水里要是没有了鱼虾，哪儿来的水鸟？

当我为此感叹之时，我公司常驻伦敦的朋友给我放了一段他花了个把月时间摄制的有关泰晤士河上"野鸭一家的故事"：我们的住处（公寓）原是伦敦港务局的一段码头岸线，那公寓群就是在码头仓库上翻建的。因此岸边仍有许多码头的遗物，其中河面上还有一个系船用的浮筒。春天，一对野鸭在那浮筒上筑巢、产蛋……母鸭落孵，小鸭破壳而出，母鸭带领小鸭们下水游泳、觅食……小鸭虽小，但动作特别敏捷，始终不离其父母左右，数不清到底有多少只。小家伙游得真快，不断变换位置，一时无法数出准确的数，从画面上看大约有八只，此时录像机里出现了"一、二、三、四、五、六……"的数数声。看这录像已一年多了，但小野鸭在河上自由欢畅生活的画面一直留在我的脑海里。

1998 年 1 月 29 日誊清

访莫斯科随想录

1993年12月，我随一个展览团去莫斯科参加一个展销会，这是我第一次来到这个熟悉和陌生的世界大都会。我带着许多难以名状的心情，冷静地观察和思索着我所见到的一切。感触之深实难忘怀，现根据当时的笔记整理成文。电视剧《渴望》主题歌中的一句歌词："谁能告诉我，是对还是错？"我整理这点文字，也是出于这种心情。

初到莫斯科

12月1日，我们来到位于莫斯科市郊的全俄展览中心——苏联的国民经济成就展览馆。这是一个比北京西郊展览馆大许多倍的展览中心，是由几十个场馆组成的展览馆群落，规模之大，是吾辈从未见过的。

这个展馆群之所在地称为"温得汗"，离莫斯科电视塔、宇宙饭店、宇航纪念塔不远。这天上午，雪后初晴，几朵白云在湛蓝的天空里飘动，据说这是莫斯科冬天难得的好天气。我们在白雪覆盖的展馆广场上漫步，有的同志拿出相机抢拍雪景，留影。

我被那异国他乡的景色迷住了，顾不得北极圈的寒气，尽情地眺望着广场四周的景物。不知是寒带的白云太低，还是莫斯科的建筑物太高，许多建筑物的顶部出没在云雾里。建筑物高大、雄伟，广场、空地、林地的开阔，是我对莫斯科的第一印象。电视塔高耸入云自不待言，那宇航纪念塔——一枚"腾空而起"姿态的登月火箭，其奇特的造型和气势，真是鹤立鸡群，就连展馆广场上的一座装饰性的拱门也造得那样高大，简直有巴黎凯旋门那样的雄姿。在我们看来，这似乎有点奢侈和浪费，然而这却从另一方面反映了俄罗斯民族的性格，也使我们领略到昔日超级大国的雄姿。

我想，大家都知道其中的缘由，昔日奔腾怒吼的雄狮如今沉睡了，然而它一旦苏醒过来，抖擞一下精神，继续奔跑的时候，就一定会再次令世人瞩目。

列宁山

莫斯科市内有座列宁山，不过它并不高，在我们看来只不过是一座不高的土丘，其高度不见得比北京的景山高，也许是因为有莫斯科大学在那里，或者因为它以列宁的名字来命名，才使其成为名山。然而对于初到此山的我，印象最深的莫过于莫大主楼的高大，校园及其广场的气派，这也是我前所未见的高等学府。主楼的尖顶常在云雾之中，大门正上方镌刻着"1949—1953"的字样，我在那校门前留过影之后，脑海里浮现出"斯大林时代"这个词，勾起了我儿时的记忆。

在我的儿童时代，苏联和苏联人，以及苏联的文学作品对我的影响再深刻不过了。

打我有记忆能力起，对于外国或外国人这个概念，首先是由"东洋"或"东洋人"那里来的，就是说除了我们自己是中国人之外，还有外国人。再大一点，大概是上小学开始，便知道有苏联和苏联人。同时，进一步知道，日本是坏的外国，苏联是好的外国，是朋友，是老大哥。

1953 年，是莫斯科大学那座大楼竣工之年，那时我在县城里上学，是一名五年级学生，"苏联老大哥""苏联的今天，就是我们的明天""伟大的友谊，兄弟般的心"之类的话语和歌词可以说如雷贯耳，保尔、卓雅和舒拉、小侦察兵凡尼亚、米丘林等苏联人的名字和事迹，深深地印在我的脑海中。这些人名及其形象在我心目中的存在，不仅影响了我的政治思想倾向的形成，而且影响着我的志向、事业和人生道路，即米丘林学说引导我走进农业大学的大门。当然我已不知道俄国的学术界现在对米丘林的评价，不过一点可以肯定：莫斯科的米丘林大街——与中国使馆所在的友谊大街相交的那条街还存在，俄罗斯人爱改街名、城市名等，如果人家不喜欢那个人了，就把以那个人命名的街名、市名改掉……斯大林格勒的名字不复存在，列宁格勒恢复了圣彼得堡的旧称……倒是咱中国人有"气量"，在东北许多城市里还有斯大林路。

在莫斯科，米丘林大街还存在，我曾从这条街上走过，懂俄语的同志指着路牌给我讲的，这让我感到一丝宽慰。

当得知红场一边的列宁博物馆已经关闭，俄国议会正讨论将列宁遗体"请出"红场的消息时，我再度陷入沉思。

想当年，我们时时处处以苏联为榜样，"苏联的今天就是我们的明天"这句话在我幼年的心灵中留下深刻的记忆。那时的苏联和苏联领导人，在我们的心目中是那样的神圣。1953年3月，斯大林逝世，作为一名小学生的我，牢记老师训示，在城内警报声响起之时，我像大人们一样，认真地在街头站立默哀三分钟。据老师讲，那个时刻（下午5点整）是莫斯科为斯大林举行葬礼——默哀的时刻，我们县城的最高建筑物之顶部有一个消防警报装置，大概是汽笛之类设备，平时每天下午7点钟响30秒，是给市民报平安、报时和校对钟表用的；若城内发生火灾，警报声是报火警的。据介绍，消防队能从警报声的长短、次数判定火灾发生的方位。所以警报是不能随便启动的。在我们那种小地方，为斯大林葬礼而动用警报，县里还召开了大会，可见隆重至极。40年之后的今天，县城内每天 7 点钟拉警报的习俗已不复存在，小学生活的许多往事都已忘却，甚至有些老师的名字都不记得了，但为斯大林默哀这件事仍记得清清楚楚。

正如前面说过的，苏联的米丘林学说促使我跨进农业大学的大门，然而在我进入大学那一年——1960 年，中苏争论已经公开化，在老百姓当中，"苏联老大哥"这种称谓渐渐减少。当我学遗传学（育种）的时候，"摩尔根学派"和"米丘林学派"的老师已经可以平起平坐了。

随着"勒紧裤腰带"时代的到来，"苏修"这个称呼取代了"老大哥"，再稍后，"九评"系列的文章学了几年，赫鲁晓夫成了"野心家"的代名词。

到了 1969 年，珍宝岛事件发生，中苏关系到了剑拔弩张的境地，一边是陈兵百万，一边是深挖洞、广积粮，加紧备战。往事如烟，许多事仍历历在目。

经过了漫长岁月，到了 1989 年 5 月，戈尔巴乔夫访华，与邓小平共同宣布中苏关系正常化。戈氏因此也享受到了"同志"的称呼。

再过了两年半时间，这位被我们称为"同志"的戈尔巴乔夫，把苏共解散了，把苏联土地上飘扬了近 70 年的镰刀斧头旗降了下来……

惜乎？悲乎？喜乎？谁能说个究竟。

正当中国大地上再度出现毛泽东热——纪念毛泽东诞生一百周年的时候，我们造访莫斯科，在风雪交加的日子里，我两次来到红场，参观克里姆林宫，列宁墓前冷冷清清，昔日守卫列宁墓的卫兵岗已不复存在，尽管仍有人去拜谒这位苏维埃政权之父，但是克里姆林宫顶上飘扬的不再是象征工农政权的镰刀斧头旗。

"红场"所见所想

我和我的同事们在红场上见上述情景，叹息之余，不禁又想起了斯大林……

斯大林的遗体早已被赫鲁晓夫"鞭尸"后火化，葬在宫墙之下，赫鲁晓夫把他骂得也太离谱了，结果赫鲁晓夫的下场又如何呢？

我想，政治斗争毕竟是政治，人家人都死了，何苦要如此折腾？清朝统治者入主中原，灭了明朝，他们也没有把明朝皇陵毁掉，也没有拿十三陵中的皇帝尸骨出气吧。如此看来，戈氏也好，叶氏也好，终究都不会有好下场。

1990 年 10 月，我随一个展览团去了一趟统一不久的德国，参观了坐落于利特尔镇的马克思故里，那个地方原来属于西德的地盘，可是马克思故居保存得相当完好，我们去参观时，曾得到热情的接待。他们备有中文小册子，又请了懂中文的讲解员为我们讲解。在资本主义的土地上，供奉着共产党的开创者，这确实令吾辈赞叹不已。

马克思和恩格斯都是德国人，在离开马克思故居之后的第三天，我们曾去柏林参观，先到达西柏林，然后越过已经拆除的柏林墙到达原民主德国的首都（东）柏林。我在墙址所在的街上逗留片刻，见到难以想象的一幕：许多人向游客兜售柏林墙的残片（水泥片），这些残片上还盖有印鉴，相当于我国有关部门使用的文物鉴定书，我至今弄不明白卖者和买者（收藏者）是怀着什么样的心情，有一点可以肯定这是文物。不过在柏林最令人难忘的是，在东柏林市中心某广场上所见到的惨象：马克思和恩格斯的铜像被人用油漆涂得面目全非。最令人气愤的是，两位伟人的眼角下被涂了红油漆，形成"两眼流血"的景象……同样在德意志的土地上，马恩的待遇竟如此不同，这究竟让游客做何感想呢？

一些资产阶级学者曾这样说，他们虽然不信仰共产主义，但他们把马克思和恩格斯当作学者和哲人来尊敬。例如，在英国伦敦，有马克思墓，也有铜像，已经存在多少年了，我也去参观过，也没有见到谁去破坏它。可见，那些向马恩雕像泼污垢的人，实在太渺小了，太下流了。

娜达莎长大了

我们的公司在莫斯科设有一个代表处，雇有一名俄籍女职员。那天我到代表处办事，得知她的名字叫"娜达莎"，于是开玩笑说："哦，你长大了，长高了，在《列宁在十月》的电影里，你还没有桌子那么高。"我用手势比画了一下。她略微懂点汉语，因为她的父亲是汉学家，但不能听懂我那一番话的全部意思，我的同事就翻译了我的话意，她会意地笑了，并说："我确实长大了。"

当时，我说"娜达莎长大了"，纯属戏言，娜达莎大概也会这么认为。然而，在这一阵欢声笑语之后，我便陷入了沉思，特别是当我们驱车路过莫斯科河畔那座前不久遭到炮轰的"白宫"时想得更多：俄国十月革命七十年后的今天，怎么连共产主义的踪迹也难找了呢？

列宁不在了，瓦西里他们也不在了，要是推算起来，娜达莎如果还健在，该有八十多岁了，也许是上文讲到的那位娜达莎的祖母。据导游介绍：当俄军坦克向白宫开炮的时候，附近的车辆不准通行，也不敢通过那个地区，但小商小贩们却在硝烟弥漫之处大做生意，炮声不会吓跑他们，利润更吸引人！

我们在莫斯科逗留期间的 12 月 12 日，正是俄罗斯的某个选举日，多数莫斯科人对此毫无热情。据介绍，当局规定，只要登记选民的 51% 参加投票，就算选举达到法定的有效票数；赞成票数超过票数的 50%，就算通过。12 月 12 日的投票结果是勉强达到上述要求，就是说只要 25% 的选民赞成，那部新宪法就算通过。

鲁迅有诗云："梦里依稀慈母泪，城头变幻大王旗。"这大概也可以用来描绘俄罗斯普通百姓的心情。

12 月 12 日下午，有人告诉我们：街上用卢布兑换美元的人大增，卢布可能因选举结果而大幅度贬值，故望我们赶快将展销会上收进的卢布出手……于是我们立即行动。果不出所料，次日卢布大幅度贬值。

在我的记忆中，"卢布"这个词比"美元"知道得早些，卢布曾经是一种很值钱的货币单位，比美元还值钱。早先，0.9卢布就可以换1美元，而选举的次日，卢布已经变得"太小"了，1300卢布换1美元，而且银行职员嫌数票子太费工夫，干脆宣布面值600卢布以下的票子不收，真令我的朋友们冒了一身汗。

由此我想到了国民党溃逃前夕的中国，钞票不是论张，而是论捆（一百张一扎）。有一次我大哥去打酱油，掌柜找给他好多钞票，他觉得去点它们没有意思，于是用手一撸，把那些摊在柜台上的票子撸进放着酱油瓶子的篮子里，拎到家里才数了数。那时候买一刀手纸需付的钞票，其重量可能超过手纸。见到俄罗斯的现状，实在令人不寒而栗。

在20世纪50年代，我们曾有一句口号"苏联的今天就是我们的明天"，这句口号的提出是为了宣传社会主义和共产主义，人们接受这种口号则出于对社会主义社会生活的向往和对共产主义的憧憬，如果今天再有人说苏联的今天就是我们的明天，中国人一定会说他"有病"。

奇特的蜡像和有趣的纪念品

到莫斯科的一些旅游点去参观，那里兜售纪念品的小贩就会招手，这就和国内通常看到的景象差不多，大概他们是向"中国同志"学的吧。不过那些纪念品有的很奇特，例如苏联红军的帽徽、领章等，最有趣的是一种木雕多层套娃，最外层是叶利钦的漫画像，再往里依次为戈尔巴乔夫、赫鲁晓夫、斯大林、列宁，列宁在最里层，只有大拇指那么大。我不懂，他们制作这玩艺儿是什么意思，我所感兴趣的是这些东西显然是厂家批量生产的，而叶利钦却没有下令制止这种产品的制造和销售。

此后，我们参观了一处蜡像馆，塑的是一些历史人物，包括列宁、斯大林……直到叶利钦的苏联领导人，还有沙皇和成吉思汗等。我不明白这个馆的主题和褒贬倾向，但有一点是看明白了：对斯大林是贬的，而对叶利钦就很难解释，陪同我们参观的人也没有说明白。叶利钦站在一位病人跟前，病人躺着，盖着俄罗斯的三色国旗，只有头和脚露在外，叶利钦两眼注视着病人，两手像在为病人做按摩或诊断……陪同人员解释说："叶利钦正为患病的俄罗斯治病。"看到这里，我所感兴趣的倒是，叶利钦也许知道这个作品，然而他没有下命令关闭这个蜡像馆。

于是我想一个社会的民主、自由程度，不仅取决于当权者的开明程度，而且最重要的是取决于人民群众的素质和对于民主、自由概念的正确理解。自 1990 年以来，如果从报纸、电台、电视的报道来看，苏联、俄国、莫斯科够乱的了，甚至在几个月前还发生了炮轰白宫事件（十月事件），然而从整个莫斯科来看，其社会生活显然相当正常，甚至看来很平静。

排　队

在莫斯科排队现象是到处可见的，即使是进入为数不多的超级市场，顾客也是排队，一小批一小批进入开架售货的店堂。但最令我惊叹的是在普希金博物馆门外碰到的一幕：那是一个寒风凛冽、雪花飞舞的下午，我们展览团乘车来到这座博物馆门外，只见那门外的售票处排起了长队，队伍大约有 200 米，秩序井然，没有人拥挤，更没有人加塞。

我们作为外国人，而且持有几天前订购的团体预售票，所以被准许从一个旁门进入。进去之后，我对在寒风中静静排队的俄罗斯人产生了一种钦佩之情的同时，又产生了一种难以名状的思绪。

这座博物馆虽然是以普希金的名字命名，但陈列品的内容与普希金的生平、事迹、作品没有任何联系。就我看到的陈列品而言，它是一个艺术品或出土文物的陈列馆，更多的展品是雕塑、油画。

油画作品又大多与耶稣和圣经故事有关。在那样的天气条件下，前来鉴赏的观众之盛，令人吃惊。从中我们也可以看出俄罗斯普通老百姓文化水平之高。

我不懂雕塑和油画艺术，也不知道圣经和耶稣，到那里去参观，就像"刘姥姥进大观园"，但可以从俄国观众的神态和一些学生拿纸笔临摹的认真劲中，看出他们对这些展品的态度。于是我想起在国内看到的一些情况：我们一些纯文化性的纪念馆、博物馆往往门庭冷落。如有一次我带女儿去参观郭沫若故居，几乎没有发现别的参观者；随后又到坐落于积水潭北岸的郭守敬纪念馆，参观者也是偶尔有之。相反那些纯娱乐性的人造景观却门庭若市，例如西游记宫之类，这类场馆，造价极高，营造者商业性动机很明显，而对于提高人民群众特别是青少年的文化艺术素养而言，又有多少益处呢？

我们有些纪念馆，设立的本意是为了教育人民，然而管理却是商业化了，教育职能被淡化了，甚至让人扫兴而归。某年夏天，我有幸到丹东参观抗美援朝纪念馆，到了大门外广场上，我怀着崇敬的心情请同伴给我照张相片，这时有一个专营照相的人出来阻止，说要交十元取景费，要么开票让他照……我很不解，与那人争吵起来。他还说是上级规定的。当地陪同人员见势，采取了一点措施，相是照了，但我心中仍气愤难平……进入展览大厅，迎面是毛主席和彭德怀将军的塑像，背景的浮雕相当壮观，我赶紧站到有利位置，准备叫同伴拍摄，此时馆员又出面阻止，无非是要收钱，这时我又怒不可遏："谁敢阻止我与毛主席照相！"当地陪同人员把馆员围了起来，我的相也照了。

事情过去了多时，每当想起此事，心里仍会升起怒火，搞市场经济，不是什么都要收钱。俄罗斯人也在搞市场经济，但在红场上列宁墓前照相，在克里姆林宫里照相还是"免费"的。

如果把丹东的那个纪念馆搬到北京，在大雪纷飞、北风凛冽的日子，再加上10元门票，拍一张照片收取景费10元，那么还能出现参观者排队的场景吗?

参观奥斯特洛夫斯基纪念馆

在莫斯科有许多历史人物、文化名人的纪念馆或旧居之类的场所供人们参观。近年来,因当局者的关系而关闭的不少,例如契诃夫旧居已经变成商业场所。然而《钢铁是怎样炼成的》的作者奥斯特洛夫斯基的旧居仍保存完好,仍接待游人。像我们这一代人,对奥氏笔下保尔的故事太熟悉了,在我们的青少年时代,保尔甚至成了中国那一代的青年楷模,中国的英雄人物吴运铎不是被称为"中国的保尔"吗?

奥氏的纪念馆在一幢楼房的二楼,有四大间房子,是奥氏晚年的居所,他的卧室和客厅的陈设仍按他生前的样子布置,另两间是陈列室。然而最令我感动的不是奥氏的经历或文学上的成就,也不是奥氏的革命精神,而是陈列室那位讲解员。

讲解员是一位六十开外的男子,头发、胡子都已花白,他用俄语如数家珍般向我讲解每件展品,讲得那样的认真、细致。语气是那样的亲切,他似乎不是在背诵讲解词,而是在向我们这群中国人讲他最熟悉的故事,我感觉他不是一名职业讲解员,好像是奥斯特洛夫斯基的同学、朋友,或者是他的长辈。我虽不懂俄语,但通过翻译,即使翻译过来的不足十之七八,但也能体会这位讲解员对奥氏及其精神的敬仰之情。

快结束参观时,我们在奥氏卧室门外逗留片刻,和那位热情的讲解员攀谈起来,我们表示中国的许多人都知道奥斯特洛夫斯基的名字和他的那部名作,更熟悉保尔的形象。我们读过《钢铁是怎样炼成的》这本书,也看过根据这部书改编的电影,还对他说起中国的保尔——吴运铎……听到这番话,讲解员激动不已,并和我们一一握手,将我们送到展室门口。

我在莫斯科半个月,这位讲解员则是我唯一与之进行了直接交流的俄罗斯人。我想这大概就是"苏联人"的形象吧，他们敬仰奥斯特洛夫斯基，就是说他们仍热爱保尔，希望他们的身边有保尔这样的人。

观　剧

我们的展览团在莫斯科期间，接待单位为我们安排了一些文娱活动，我们有幸观看了芭蕾舞《天鹅湖》和著名的马戏团表演，这实在是千载难逢。因为我以前只是在电影或电视上看到过这类演出，不过令我赞叹的倒不是那些表演技艺，而是俄罗斯观众在公共场所表现出来的社会公德、纪律和文化素养。

由于天气寒冷，人们穿戴极厚，所以那边的公共场所如剧场的休息大厅里都设有很大的存衣处，有许多人在那里工作，入场时并不忙乱，因为人们到达总是有先有后的；而退场时，观众总是同时往外涌，都想早点取回所存的衣物，早点离开。但俄罗斯人都自觉排队，不会有插队、加塞现象；可是我们的个别同胞则不太自觉，拼命往前挤，令俄罗斯观众不快。

芭蕾舞是一种古老的艺术，也是一种高雅的艺术，像《天鹅湖》这样的芭蕾舞剧，在俄罗斯已经演了上百年，直到今天仍场场爆满，要不是提前买票，也许我们还不一定能看上，实在令人惊叹，而且许多人是拉家带口去看的，因此剧场里有不少小观众。

演出的时候，场内极为安静，演到精彩之处或名角出场，观众总是报以热烈的掌声。幕间休息，演员也出来谢幕，此时掌声经久不息，那些芭蕾舞名演员的崇拜者更是欢呼、雀跃。演出结束后，全体演员和乐队指挥上台谢幕，这时全场观众起立、鼓掌、久久不愿离去……此情此景，引起我的无限遐想：在我们国内，不论是看演出或电影，只要台上（银幕上）出现将要结束的征兆，场内总有不少人站起来，椅子噼里啪啦响起来了，使想看完结尾的人也无法如愿，就像我们在飞机上看到的，飞机一降落，还没有停稳时，人们就站立起来，打开行李厢取行李，不管航空小姐一再劝阻，"请大家坐好！"都无济于事。这么一比，反差实在太大了。这种反差还表现在别的方面。

在剧场（包括马戏剧场）里，俄罗斯观众特别是小观众也有边看边吃零食的现象，可是在幕间休息和散场时，我没看到地上有果皮、纸屑、烟头之类。说来也惭愧，我的同伴中却有把口香糖的包装纸随手扔在脚下的。

俄罗斯人吸烟的也不算少，但在剧场内绝无抽烟者，想过烟瘾的人只能躲到洗手间去。不独剧场，就是我们举办展览的场馆里也是如此：抽烟者总是躲到洗手间或其他允许抽烟之处。我佩服人家的自觉性。

官员索要展品

我们不远万里，将精选的展品运到莫斯科参加在俄罗斯举办的展览会，等运到展馆附近仓库时，已丢失几十箱……说是在中俄边境车站换装时以及货车到莫斯科车站时丢失的，就说是运输环节上的货损、货差吧。但是令人气愤的是，展品运到展馆之后，海关官员要到馆内检查，说是核对申报单与实物是否相符。事实是见他们需要的就要拿，毫不客气，也不加遮掩。据统计，海关官员拿走了茶具、茶叶、巧克力、服装、鸭绒被等高档展品，展品值上千美元。从这一点上已经看出俄罗斯海关官员的腐败。不过要说腐败，拿点、要点还算不了什么，更为吃惊的是他们以免税、减税为条件索要好处。展品当中有些需要上税，通过做工作或活动，送给海关官员和税务官员一些钱、物，使上述展品的税率降低到应缴税率的50%，后来又做工作，又跟官员们交涉，要求把海关官员在馆内拿走的展品价值折合的钱数充抵我们应缴的税金，于是官方同意交40%的税。

这笔账说来绕嘴，其实官员们心里明白：国家少收60%的税金，他们自己却捞足了实惠，而我们作为参展的外国人，只能任人宰割，没有办法。然而我们设法买通关节，以少量"支出"，得到了少缴60%的税，说起来也合算。倒霉的是俄罗斯的国库。我们当然不必关心这一点，也许在那些占了点小便宜的官员看来，这也不必关心！国家、国库与我何干？

类似的现象可以说比比皆是，俄罗斯人对本国人态度与我们中国人不同，我们对外资、外商、外国人免税多、优惠多，政策倾斜多，而俄罗斯人则相反。例如买一张戏票，外国人要十美元，而本国人不到1000卢布，就是说不到1美元。所以作为外国人，你可以想办法跟人家商量，你交给他们3美元，他们便可以给一张1000卢布的本国票，你可以少付7美元，他可以额外得到2美元，实在是"两全其美"。至于剧场收入下降之类的事，看戏的外国人和作为售票员的俄罗斯人都没有关心的必要。

看大门的警卫人员似乎没有多大的权力，比起海关官员和税务官员那当然不可同日而语，然而他们也有"高招"。展馆的大门，每天进出的车辆不少，每辆车进一次都要交费，大点的车进去一次要付8000卢布，只要给门卫手里塞点东西，8000卢布也就免了，进多少车，谁知道？诸如此类的损公肥私的事司空见惯，比比皆是。

这些年来，俄罗斯社会腐败现象发展之快令人吃惊，社会治安状况很糟，抢劫、偷盗问题很严重，人们总是告诫初到莫斯科的我们：千万不可一人在夜间外出。许多常在莫斯科的同胞也向我们讲述他们的"历险记"。有人告诉我，在莫斯科的中资机构已丢失18辆汽车……

列宁的故乡竟到了这般田地！苏联共产党在那块土地上经营了七十年，宣传了七十年的共产主义，用共产主义和社会主义道德和理想教育培养了几代人，社会主义的文明为什么消失得如此快？痕迹也见不到，这又是值得深思的问题。

在20世纪50年代，有一个称谓叫"斯大林时代的人"或者叫"斯大林时代的青年"，即具有共产主义理想和社会主义道德风尚的新的一代人，这种人曾是我们这一代人年轻时候的楷模……

苏联解体，苏联共产党丧失政权仅几年，社会风气腐败得如此迅速，旧社会所特有的丑恶现象死灰复燃得如此迅猛，这是很难想象的。按照我们以前学的经济基础和上层建筑相关的学说，上层建筑一旦建立就具有相对的独立性，反过来又作用于经济基础，俄罗斯现在的经济基础正从公有制向私有制过渡，按理讲，无论从数量上讲或是从质量上讲，私有制正在建立，但还没有达到私有化的程度，然而它的社会风气、官僚主义和官员腐化程度却比资本主义国家严重。

搞了几十年的共产主义宣传教育，旧社会遗留下来的道德标准和行为规范已经被破除，共产主义和社会主义道德标准和行为规范从表面上看已建立起来，也曾在苏联社会中存在，并且涌现出了一大批具有共产主义和社会主义道德及良好社会行为规范的人，他们那里确实有过像保尔那样的共产主义战士，卓娅和舒拉那样的英雄，起码是不断地宣传过这些具有楷模意义的人物。然而他（她）们的实际存在是一回事，这种共产主义的精神、道德、行为规范真正深入社会绝大部分成员心目中又是另一回事。

宣传、教育、培养一代共产主义新人是不容易的，如果坚持不懈地进行下去，认认真真地、真心实意地做下去是有可能成功的。从"人之初，性本善"的观点看，一代一代做下去，那么共产主义的新人是可以培养起来的，而政通人和，当官者勤政为民，为民者安居乐业，"夜不闭户，道不拾遗"那样的社会是完全可以建立起来的。在我国20世纪50年代和60年代前期，当时人民的生活虽然很清贫，但民风淳朴，社会安定，几乎达到了夜不闭户、道不拾遗的境界。我想在苏联社会里也曾出现过那样的大好时光的，这正是我国人民曾经向往的。

今天俄罗斯的状况是令人痛心的：苏联和东欧一些国家，搞了几十年的社会主义，也可以说经过了几代人的努力，然而垮台得如此迅速，就像大地震中心的一堵土坯墙，一摇晃就倒塌了，一点韧性也没有。像齐奥塞斯库那样的共产党领袖，平时在群众中演讲时，总是被长时间热烈的掌声所打断，而一旦失势，连个藏身之处都找不到，就连当初被齐氏提拔、培养的积极分子们，也不给齐氏提供庇护之所，这难道仅仅归罪于帝国主义的和平演变吗？

一个政权之所以被推翻，肯定是因为它失去了存在下去的基础，人民已经不拥护这个政权。当苏联解体、苏联共产党丢失政权之后，我问一位常驻莫斯科的同事有什么想法，他答道："对苏联老百姓来说这未必是坏事。"三年以后我去莫斯科，如果有人也用这样的话来问我，我将无言以对。

老服务员

在我们举办展销会的馆内和下榻的旅馆内，我们发现，许多服务人员，如清扫工，往往是年老的妇女，有的看上去超过七十岁，她们往往老态龙钟，步履艰难，但她们仍在那里吃力地劳作。起初我们有些不解，为什么服务人员都是些年老的妇女。

后来才知道，她们都已经退休，由于物价飞涨，领取那点退休金实在难以维持生活，因此出来干点活，挣点钱，聊补食用之不足。在俄罗斯举办展销会的我们，在那些俄罗斯老太太们看来，也许是阔佬、阔少，所以她们一再向我们表明她们为展览会服务的艰辛，并且经常向我们要些展品。尽管她们不是我们直接雇用的，但她们确实在为我们清扫和维持展馆内的清洁，我们当然也客气地给她们一些东西（展品）。但看到这些老太太的辛劳和乞求之状，却勾起我的遐想。

在我上小学的时候，语文课中有一篇课文《女拖拉机手》，主人翁是苏联劳动英雄。那时除了电影或画上之外，我没有见过真正的拖拉机，但我的志向是当一名拖拉机手，那时我觉得：只要在我们家乡的田地里有了拖拉机，我驾驶着"铁牛"在田里奔跑，那么就到了社会主义了！

　　记得上初中时，有一堂作文课，语文老师在黑板上贴了一张宣传画，画面上有一位中国北方年轻妇女（头上系白毛巾），她正在写信，背景是北方农村打场——驴拉石碾子轧场，农民用木锨"扬场"的场面。这个场面上方，画的是苏联集体农庄田野上，庄员用联合收割机（康拜因）收割小麦的场面……老师贴好画，说今天的作文没有题目，大家看着这张画，自己取个题目，自己去写，体裁不做规定。

　　我喜欢作文课，看到这幅画，我心情很激动，文思泉涌，以书信体的形式写了一篇作文，即以一名中国农村青年的身份给苏联集体农庄的庄员写了一封信，写了我对苏联社会主义和农业机械化的向往之情。这篇作文获得成功，语文老师在作文讲评时，将我的上述作文当作范文在课堂上念了。事情过去了将近四十年，我具体写了些什么，已记不清了，但那张画仍记得很清楚。如今我看到那些俄国老太太，她们也许就是当年的女拖拉机手或劳动英雄，但她们的晚景是那么凄凉，这是怎么也想不到的，更是当初我写那篇作文时不会想到的。

水生他爹今安在？

2000 年 3 月 18 日台湾地区选举揭晓后，台湾岛内民众抗议李登辉怂恿台独势力搞台独，导致国民党败选，从而引发民众抗议浪潮……在抗议人群中最引人注目的是那些去台老兵。当看到有老兵往李登辉身上泼墨水的镜头时，我突然想到了当年卖壮丁出去的二表兄。

那位表兄姓张，名二官（或二观），是我姑奶奶的孙子，当兵前已经成家，表嫂是城里一家纺织厂的工人，生有一个儿子，名水生，当时约 5 岁。他当兵前后两次。第一次去当兵是 1948 年，怎么去的，我并不清楚，但不久他就开小差逃了回来。结果，部队对他做了罚款处理，致使张家卖掉两间房屋，以缴罚金。第二次是在被罚后不久，再度出去当兵，是卖壮丁出去的。

这里说的卖壮丁与电影《抓壮丁》里所写的抓壮丁有所不同：大约是 1948 年到 1949 年春，驻扎在我们家乡（浙江平湖县）的国民党军队就地招兵买马。在那兵荒马乱的年代，一般家庭都不愿儿子去当兵。于是当局就查户口、搞摊派，符合年龄条件的都有可能被抽去当兵。如果被抽到者不愿意去当兵，那么出钱（出米）也行，叫作交"壮丁米"，就像收捐税那样。没抽到而又愿意去服役者，他的家庭则可以得到 20 多石大米（每石合 150 市斤）或相应的钱，故将得了钱或米而去当兵的称为卖壮丁。

就这样，我那二表兄以卖壮丁的方式再度去当了兵。也许是觉得上次逃得容易，有了侥幸心理，所以出去当兵不久，他又开了小差，而且还真让他跑回了家。可不久，部队派兵来捉，他便往村外逃，逃不多远，就被捉住了，押回了部队。从此，人们再也没有见过他。

因为这位表兄不认字，自己不会写信，他的部队番号等家里人都一无所知；他的部队到底到了哪里，也不太清楚，一直音信全无。家人从上海吴淞口逃回来的壮丁兵口中得知一些消息，觉得他可能随国民党部队到台湾或别的尚未解放的海岛去了。

随着时间的流逝，家里人和村里人包括我们这些亲戚，或以为他死了，或者认为他即使活着，一旦出了海就再也回不来了。就这样，大约两年后，我的二表嫂改嫁了，成了一位本家男子的妻子，我们就改称她为"二姐"。水生由其祖父母养大，也许是因为家庭的不幸和祖辈教育的不得法，学业和事业上无所成就。如今，他的祖父母早已去世，水生一直没有成家，长期孤身一人生活。

1991年春，我回乡探亲，某日午后，到村外的田野上散步（即《陌生的故乡，旧时的桥》提到的那次），回到村子里时，遇到了水生。那时他也已年近五十，我们已经很久没见面了。当时他正在一块菜地里劳作。我们攀谈几句，当然不会谈及他的父亲和他的现况。他没有停下手里的活，也没有说让我到家坐坐。看样子身体还结实，尽管嘴角和鼻翼上还能看出他儿时的顽皮相，但黝黑的脸上透出一股苍老，神情里总能隐约看出他内心的凄楚。正在此时，水生的母亲也来到地头。我忙向水生示意（不要说出我的名字），然后我问："二姐，你还认识我吗？"她拍拍脑门，怎么也认不出来，于是我说出我的小名，她才恍然大悟！

这位二姐改嫁后又生了两个儿子，如今，她的第二任丈夫也已去世了，她显得非常苍老，随便说了几句话，我就离开那里往南走，遇到了我表兄的姑妈，当然我也称姑妈，她见到我时，显得很高兴，说了几句，话锋一转就说到了水生的境况，大意是你读书出去，在外面做事，真好，可是我们的水生……在她的神情里同样浮现出一种凄楚,我不知道她当时想到了谁或想到了什么。此时在我的脑海里浮现出"世事茫茫"这样的词。在我起草此稿时,老家传来消息,水生已经到邻乡与一位寡妇组成家庭,总算在晚年有个归宿。

在相隔几十年后,台湾当局允许去台老兵中的退伍者每年回原籍探亲一次。1994年,我舅舅家的一位邻居回来探亲,他也是那个年代卖壮丁出去的。从他那里得知,凡在台湾无家小的退伍老兵,都按其原籍编排住在一起,同为浙江平湖籍的老兵他都认得,但从他那里没有得到任何有关张二官的消息。

像二表兄那样活不见人、死不见尸、妻离子散者,绝非只此一家。此时,我想说这样一句话,希望台湾的一切有识之士以民族大义为重,为两岸同胞的大团圆多做点事,争取祖国的早日统一,以结束上述种种不幸,进而告慰长眠于地下的先人。

2000年8月15日

为幸存去台老兵作传

　　一年多以前，我在浙江电视台上看到过一个讲述去台老兵在台湾生活的情景，以及那些老兵们的思乡情绪，不禁使我想起了我舅舅的一位邻居杨祥和，他现在仍生活在台湾地区。他是我舅舅的邻居和朋友，所以我们叫他"祥和舅"。

　　1949 年春，解放军渡江后，对上海形成了一个包围圈，我的家乡平湖也在那个包围圈内。那时，国民党从平湖抽了（或"买了"）不少壮丁，祥和舅就是在那时去当兵的。那些壮丁兵大多随所在的部队撤到上海吴淞口一带。解放军进攻上海后，国民党眼看上海不保，准备将驻扎在吴淞口的军队用兵船或民用船只运往台湾或其他岛屿。杨祥和就是在那样的情况下从吴淞口入海去台湾的。这是后来才知道的。

　　当时，祥和与另一位同乡壮丁兵朱付昌在一个部队里，他们常在一起。在即将上船撤离的前夜，他们坐在茫茫苍苍的吴淞口的江岸上，面前是停泊在吴淞口水面上的军舰和民船，背后是隐隐约约的解放军进攻上海的隆隆炮声，他们知道，一旦上了船，出了海就不可能再回来了。朱付昌悄悄地对祥和说，快逃吧，再不逃，一上船，再也逃不脱了。祥和对当时的处境和上船后的严重后果似乎还不大清楚，也许他根本不知道吴淞口外面是什么地方。于是他满不在乎地说，你想逃就逃吧，我不怕，我家里已经有了两个儿子。就这样，朱付昌乘人不备，钻进庄稼地里，爬了几天几夜，总算捡了条命，逃了回来。

与我那位表兄相比，上面说到的杨祥和则幸运得多。他有两个儿子，长子比我大点，次子比我小点。他们都是我小时候在外公家的玩伴。杨祥和是1948年卖壮丁出去当兵的，后来也杳无音信，他的妻子也像我那位表嫂一样改嫁了，离开杨家远走他乡，组成新的家庭。杨家的长子在原籍娶妻成家，次子做了入赘女婿。

杨祥和到了台湾，一直孤身一人，但总算万幸，起码还活着，而且从1994年开始，台湾当局每年还允许他们回来探亲一次。他与那已经改嫁远走的妻子也曾见过几次面，后来因什么事，两位老人吵了嘴，所以后来几次回来探亲时不再见面。他的两个儿子的情况比水生强。据我大哥说，祥和舅最后一次回来大约是1998年，但他表示，年岁大了，行动不便，以后不再回来了。我想，他的内心一定有一种有家不能回的凄楚，如果祖国不能早日统一，祥和舅他们也许只能客死他乡了。

我的台湾同胞朋友和他们的企业

对在大陆经商办企业的台湾人士，我们总爱称之为"台湾同胞"，总有一种特有的亲切感和认同感。对于我本人来说，以前这种情感多半是理念上的。直到前不久在深圳参加一个有关名牌发展战略的讲座，结识了在深圳办厂的台湾同胞蔡正富先生，与台湾同胞才有了近距离的接触，有了一种新的体验，有了一种新的感受，特别是他们在重视企业文化建设、坚持以人为本的管理理念以及自创品牌等方面，有许多值得我们学习的地方，于是写下这段文字。

事情是这样开始的。

那天下午大会安排我上台演讲。台下的听众有五六十人，坐在第二排的听众中，有一位温文尔雅、衣衫整洁、携带胸卡的中年人。他全神贯注地听着，不时地做着记录，每当我抬头注意一下台下的情形时，从他眼镜片后面就投射出一股赞许的目光。当时我还以为他是大陆某企业注意学习和钻研商标知识的人员，因为我根本不知道会场里还有台湾同胞。直到散会后，经大会组委会工作人员介绍，才知道他是深圳台商协会的常务副会长、艾美特电器（深圳）有限公司的执行副总经理蔡正富先生。他不仅邀请我共进晚餐，而且还邀请我参观了他们的公司办公室和生产车间，与我就如何创立和保护名牌商标问题进行了交流，我们很快就成了好朋友。虽然只是短暂的交往，蔡先生和他的同事们在企业文化建设和名牌培育方面给我留下了极为深刻的印象，真有点相见恨晚的感觉。

蔡先生虽为深圳台商界名流，事业有成，但在言谈举止中，他没有"成功人士"那种趾高气扬或高深莫测的所谓"气度"，而是相当谦逊和儒雅，在企业的管理上有一种无为而治的洒脱。那天上午，我们如约在他的办公室见面，我看到其他员工和他们领导班子的成员都穿着厂服（企业制服），但蔡先生却西装革履。当我问他缘故时，他说，今天是接待重要客人，所以这个打扮。由此我想到蔡先生为人处世的严谨和细致。还好，那天我也特地穿着西装，否则就有点尴尬。

经过几句寒暄，蔡先生把我领到他们的总经理和另一位副总的办公室，与艾美特公司的杨复浴总经理和郑立平副董事长见面。这虽然是一个小小的礼节，但足见蔡先生他们对商标工作的重视。我想，我作为一名退休的商标工作者，充其量在企业只是一名中层干部，按我们国企领导干部的思维习惯，接待我等人物，企业主管副总就是最高规格了，哪用得着领导班子全班人马出面。我们一见如故，即刻切入正题，就商标战略和策略问题聊了起来，谈得投机，而且他们都相当谦虚，而且他们确实把商标事务作为企业的重要事项，非常熟悉公司的商标工作。如当谈到某件商标注册被"驳回"的问题时，他们对"驳回"理由和时间这样的细节都了如指掌。

蔡先生办事很注意效率，说干就干。我离开总经理办公室后，蔡先生带我到艾美特产品陈列室，让我与三位与负责知识产权相关工作的中层干部见面，并进行座谈。据蔡先生说，这三位干部分别属于三个部门，但这将是艾美特公司知识产权部的雏形。

到了艾美特公司，让人感受到一种浓重的企业文化氛围。我看到蔡先生与属下或中层干部接触的情形，他对他们亲如兄弟姐妹。蔡先生作为企业最高领导，他在企业的员工中，倒像一名国有企业里的优秀政工干部，与员工亲如兄弟姐妹。为蔡先生开车的司机小吴，很腼腆，话不多。蔡先生说，他在他们这里工作已经 11 年了，是个老同志，说他来的时候，还是单身，也没有搞对象，现在已经做了父亲了。据蔡先生说，这样的老同志在艾美特的员工和中层干部中占有相当高的比例。这说明这个企业有相当强的凝聚力。有感于此，我说，蔡先生对待员工很民主，也很平等。蔡先生说："众生平等。"这句来自佛教教义中的话，用在这里太好了。这正是艾美特企业成功的一个重要的因素。我想，中华民族的文化遗产博大精深，但总离不开佛、道、儒三家，蔡先生一句"众生平等"，更加深了我对这位台湾同胞的了解，看来，我在某次交谈中使用了"无为而治"这个词，有点"班门弄斧"了。

艾美特公司现有 4000 多名员工，其中多数是车间工人，是典型的打工族聚集的场所，从他们的内部刊物《艾美特之友》上得知，他们的企业文化活动相当丰富多彩，在深圳市也小有名气，许多项目还在市里比赛时得过奖。当说到企业文化这个题目时，我无意中谈到我在家乡亲属中组织"读书会"的事情，也提出了在企业中组织类似活动的想法。没有想到，此言一出立即得到蔡先生的赞同。当时，我们正在餐厅用餐，蔡先生立即打电话找新任工会主席张敏，请她来研究落实在集体宿舍单身员工中组织"读书会"的工作。当张敏来到餐桌上时，蔡先生一本正经地说，我是没有权力命令工会主席的，刚才的电话只是与你商量，来见一位客人，听听陆老师关于组织员工读书会的建议。我对坐在我身边的张敏说，你们艾美特公司的领导真好，如此尊重企业员工，如此关心工会工作。我提到听说过关于外商老板罚工人下跪的恶劣行径。蔡先生风趣地说："在我们这里，是我向他们下跪。"在座的各位都会心地笑了。此时我再次想到，艾美特企业有如此骄人的业绩，与员工和企业领导之间人际关系上水乳交融，工作上同心协力密不可分。

在即将离开艾美特公司时，蔡先生又陪我到即将竣工投产的新厂区看了看。那个新厂区的规模比老厂区更大，更雄伟。在那里往老厂区方向看去，在老厂区的主建筑物上，高耸的"艾美特"牌子格外醒目，我想这就是艾美特公司的目标之所在，也是公司无形资产的有形载体，更是凝聚4000多名员工的核心。

蔡先生和他的同事们，经过17年的奋斗，由做定牌（OEM）生意起家，逐渐走上自创品牌（OBM）的道路，成功地创立并在出口和内销业务中使用"艾美特"（Airmate）牌，在中华民族名牌的名单中，又多了一个重要而且充满希望的新成员——"艾美特"电器。据介绍，艾美特公司今年的内外销加起来，其产值将超过9亿元人民币。在不久的将来，当新厂区建成、投产后，艾美特的员工总数将超过6000人，年产值将达到30亿元。到了那一天，"艾美特"作为一个民族名牌，一定会出现在中国驰名商标的名单中。

最后，让我以一名商标工作者的名义，祝"艾美特"的朋友们成功！作为中华商标协会会员的我，与艾美特公司的朋友是同事，更希望与他们一起进一步学习和交流有关创立和使用民族名牌方面的经验，以便与有志于此道的企业界的朋友们共勉。

2003 年 12 月 7 日

营造退休生活的最佳状态

据说在欧洲某些国家，退休人员往往自称养鸟者，意即什么事也不做了，就去养鸟、钓鱼等，颐享天年，优哉游哉。

毋庸讳言，对于人生旅程的最后一个阶段，有人用"安度晚年"来表示这一段生活的总体目标，我认为是对的。怎么"度"，又如何做到"安"，这里大有文章。窃以为保持身体健康是要务，其他都在其次，故需为晚年生活设计个方案，以营造出退休生活的最佳状态。

除了强身健体，不设任何目标

退休后，闲暇时间多了，但除设法保持身体健康之外，别的事不要安排。当然，如有兴趣，可制订一些读书、看报、收听、收看新闻的计划，除此之外，不要设定任何目标。

古语有"退思"一词，退下来了，想想往事，净化一下心灵，以适应退休生活环境，这是有益的。可以这么说，不管你是从政还是从商，或从事别的什么职业，在岗位上时，难免有争名于朝或争利于市的经历，用当今最通俗的话讲是竞争，恐怕谁也不能免俗。有人说"人到中年万事休"，这当然有消极的成分。但既然到了退休年龄，让你休息时，那就应当休息了。不仅要休息，而且更要淡泊名利,过宁静的生活。要忘掉在位时的什么级别和待遇，即使不顺心，也切不可牢骚满腹。

"退休"一词的要义在"休"。有的人提出"退而不休"的建议，这个说法，从健体强身角度讲是对的。如果退休后无所事事，百无聊赖，连活动筋骨这样的事都不做，连动动脑子的阅读、书写等活动也不参加，恐也无益于健康。所以，原先不善书画的人，进老年大学深造，学些书画，这也是值得的，这是有利于强身健体的好"项目"。专家们说，练书画类似练气功，可以达到修身养性之目标，我相信这个道理。但如果为名利角度而去活动，那就不可取。当然，有些人身体条件允许而家庭经济上需要，退休后出去谋个差事，挣包烟钱，这叫不得已。

不要设定期望值

有一些高寿的学者、专家、教授等，他们才高八斗，学富五车，年届耄耋，仍笔耕不辍，整理他们的学问，继续为人民、为社会、为文化事业做着贡献。但即使是这样的学者和长者，他们也谦虚地说："不为无益之事，何以遣有生之涯。"并且说他们做那些事，"既无关于国计民生，又无关于己身名利"。诚能如此，起码是有益于身心健康的。

对于一般的退休者而言，做点"既无关于国计民生，又无关于己身名利"之事，目的是避免"发福"和脑筋退化。

人老了，从某种意义上讲，心理的承受能力会下降。心理上容易受某些小利、小害所刺激，常因此而受伤害，或感到愤愤不平，或情绪低落，这是所谓的"悲"，这不利于健康，应当避免。但"喜"也未必就好，有的事使人大喜过望，于是兴奋、激动，也不利于健康，也在避免之列。

写到这里，想起北宋名臣范仲淹的名言："不以物喜，不以己悲。"这是很高的精神境界，平常人不易达到，但总该学习这个古训，要有一颗平静的心，即如上文所说的淡泊名利，以平常的心态对待身边的人和事。

无心插柳，别有意栽花

退休之人，总要做点事，做事的目的就是活动。成也罢，不成也罢，皆大欢喜。如你去学书画，不是为了作品能获奖，如你去学游泳，也不是为了去拿冠军，如此等等，成与不成都乐在其中，绝对不会有失败后的大悲或成功后的大喜。

再如，你可能会种点花草或瓜豆之类于庭前屋后，长成开花也好，中途枯死也好，皆视之为身外之物。一切都任其自然，花开了，又被顽童摘去了，就当是送给他们的。或者被小动物啃掉了，反正是物质不灭，就当是你为保护生物多样性所做的贡献，反正你又不指望它们什么，又不是等着它们下锅。写到这里，想起在五七干校期间，我搞起了嫁接试验，将甜瓜蔓接到了西瓜秧上，不仅成活了，而且结了好几个甜瓜。等到那些甜瓜长到茶杯那么大，连周围村的小孩都慕名前来观看，我当然也常为此喜上眉梢。但是不久，悲从喜来：那些长在西瓜蔓上的被认为有点特别的甜瓜，还未成熟，就让村里来的小孩子摘光了。当时我不在场，所以连颗成熟的种子也没有留下。我当时感到相当沮丧。那时我还年轻，遭此"打击"，总算没有气出病来。

像上面那样的事，如发生在今天，那么我们更应当豁达大度，就像上文提到的参加老年大学书画班的学员那样，从根本上讲不为当书法家或画家，学好学不好都可以。没有了抱负，也不制订目标，也没有什么期望值，没有了包袱，也无所谓成，无所谓败，无所谓得，无所谓失，一切都置之度外，永远心平气和，或许有一天，"无心插柳"者获得一个"柳成荫"的欣喜，就算是天从人愿吧，但也不必欣喜若狂。

约作于 2003 年

回母校

母校，总像故乡那样令人魂牵梦绕，让人思恋，自从毕业离校到北京工作，我总想找个机会到母校走走看看。由于所用非所学，所以也就没有因业务或专业上的需要而回母校求教老师或留校的同学，也就没有机会回学校。虽多次到过或路过杭州，也只是坐在火车上，远远地眺望一下母校那富有特色的标志性建筑——东、西大楼。后来，由于城市建筑的发展，坐在火车上再也看不到学校了。一次，我从杭州城站下车，侄子接我回平湖老家。我要侄子将车子绕到华家池去"弯"一下，想近距离看一眼母校。可是那时的道路与我上学时的情形完全不同，没有找到出口处，也只好作罢，留下一个遗憾。直到毕业离校37年后的2001年3月11日，我才独自一人回母校，从东门进去，由西门离开，那是一次短暂而难忘的经历，圆了回母校的梦。

那是一个春天的午后，阳光明媚，气候宜人。我出庆春门，向东北方向，即母校的方向步行，但此时的庆春门外，已经没有一点旧日的踪迹，凭着记忆，往东北方向走了很长时间，怎么也找不到华家池畔的那两座曾是本地最醒目的东、西大楼，也没有找到通行5路和12路汽车的那条马路。

我凭着对方位判断能力的自信，继续往前走。在春日的阳光下，加上有点累，把外衣挽在手臂上，身上还是汗流浃背。那时，我走在一条商业繁华的大街上，向几处店家打听："农大怎么走？"

但没有一个人能讲出个究竟，也许那些经商者都不是本地人。走着走着，我已经不辨东南西北了，但我想，这个地方应当还在学校附近吧。正在踌躇和有点懊恼之时，突然发现前面的大路边有一座大门，像是某个大单位的传达室。于是，我紧走几步，走到门前，见门上没有挂任何牌子。但当我朝门里一望，眼前的景物简直使我惊叫起来，门里一片农田，不远处的那座熟识的高大建筑，不正是我们的东大楼吗？棕红色的砖墙，宫殿式屋顶上的琉璃瓦在春日的阳光下熠熠生辉！

啊！我怎么来到学校的东边？在我上学时，学校的东边是篱笆，没有门。此时，我迫不及待地与门卫商量："我是1964年农大的毕业生，毕业后从来没有回来过，能不能让我进去看看母校？"门卫也是一位上了年纪的人，他打量我一下，大概是看在我那花白头发的面上，爽快地同意我进去了，连登记手续也免了。

我边道谢，边急速往东大楼方向走去。此时的我，就像久居他乡的游子回到了家乡，见到自家的老屋，心情非常激动。

来到阔别三十多年的母校内，学校里那些旧日的景物把我的记忆激活了，学校里的一草一木，都使人感到亲切。即使用"心潮澎湃"这个词，也不足以形容此时内心的感受。

我先来到东大楼的门厅里，逗留片刻，然后到位于东西大楼之间的中心大楼前的广场上，记得当年那是农田，还种着甘蔗等，但听老师说，将来要盖中心大楼。此时，中心大楼已经建起来，但没有占据那片空地的全部，我远远地望了望中心大楼，穿过草坪，经九曲桥，走到华家池的和平岛上的亭子里，那座桥和岛上的亭子，在我们上学时是没有的。那天是星期天，校园里行人不多，湖面上有人划船，亭子里有几位学生在说笑，我主动与他们搭话，对他们今天的学习条件表示羡慕。在母校里逗留的几个小时中，这是我唯一与人说几句话的时刻。

此后，我便沿华家池东岸往南走，来到当年我们班住的学生宿舍华六斋外，看了看，然后经华家池南草坪向西校门方向走，在体育场等处转了转，看时间还早，就到曾被称为"小苏堤"的地方走了走，最后来到学校的西门。

那座西门，原来是农大真正的校门，1960年入学时，我们就是从这里跨进学校的。记得1964年夏天，在毕业前夕，我怀着对母校的依恋之情，从同学手里借了辆自行车，在校门口拍了一张照片。

难得回一次母校，来去匆匆，又要离开了，所以在校门口原来拍照的地方多站了一阵子，回头再看看校门，建筑已经有所改变，牌子也已经换成"浙江大学华家池校区"。

在夕阳的余晖里，我依依不舍地离开了母校。

2001年3月12日起草，
曾在《浙江大学北京校友会会刊》上刊登过

我们都是中粮人

——《中粮志》发行座谈会侧记

十月的北京，金秋送爽，阳光明媚。新中国成立 50 周年大庆的余音未消，10 月 15 日，中粮公司在凯风饭店举行发行座谈会，欢庆《中粮志》出版、发行。这是几代中粮人欢聚一堂的特殊的会议；会内会外，欢声笑语；台上台下，情景交融。会场气氛之热烈，场面之生动，为一般座谈会所少见，用一两句话难以形容，其效果也远远超出组织者之预想。因为这会场里还有九位早已调离公司而又是专程从外地赶来的老同志。正如王书记在讲话中所说的，他们的到来，为这次聚会增添了光彩。这里先用这样两句话来描述：

白发人黑发人南人北人满堂中粮人，
怀旧情感奋情亲情友情一片同志情。

缘 起

一年多前，公司领导决定编写出版中粮史、中粮人回忆录，摄制纪念中粮公司创立 47 周年的录像片和筹备一个中粮发展史展览室。后来这被人们称为"四个一工程"。此消息不胫而走，老同志们闻风而动，稿子、老照片、奖状等纷纷寄到司史办。有的老同志已经八十多岁了，例如，老经理张平，写了一万多字的稿子。

有许多老同志抱病写来稿件，像吉鹤年同志，虽步履艰难，但他先后写了四篇稿子，并寄来了珍藏几十年的照片。又如吉祥同志病魔缠身已经不能动笔写字，就口述，请家属为其代笔，先后写了两篇，为我们整理货源基地建设这个专题提供了重要材料。更令人感动的是，一些已经调离公司几十年的老同志，他们为我们写来稿子，寄来了许多宝贵的史料：如吴成章同志寄来了他1958年出席外贸部先进工作者会议的全套文件，连文件袋在内厚厚的一大包，还写了回忆录。又如肖朝庆同志，现为首都经贸大学的教授，他以回忆录的方式，系统地写了我国罐头出口的历史和现状，其他如曹早、陈长阳、何连辉等写来了很有价值的文稿，尤其值得一提的是于舵夫同志，这位调走近四十年，现住江西上饶，现年七十二岁的老同志，为我们写了几千字文稿，有的收进了《中粮志》的业务专题之中，还有的收进"回忆录"，丰富了中粮发展史的内容。这些老同志、老前辈的行动和蕴含于这种行动中的深情，深深地打动了我们这些编写司史的专职人员，这就是一股无形的

在《中粮志》发行座谈会上讲话，讲台上礼品为于舵夫等老同志所赠

力量，将我们的编写工作推向前进。

有感于以上情形，我们才想到要在《中粮志》出版之际召开这样一个座谈会，其初衷是感谢这些老同志的扶持和帮助。而会议的结果和效果，也远远超出我们原先的预料。

情　深

家住江西上饶的于舵夫同志是这次来参加座谈会的外地同志里最热情的联络员，是他把天各一方的老同志串联起来、发动起来为我们写稿，是他把我们的简报传播开去。为此，他不知打了多少电话。而在北京总公司的联络员则是司史办顾问李希俊同志。他们都是几十年前的同事，到如今仍保持着如此密切的联系，足见"中粮人"同志之间的感情之深。

当总公司决定邀请外地老同志参加《中粮志》发行座谈会的消息一传开，当他们得知有机会"回娘家"看看，能够会会阔别几十年的老同志、老战友了，远在广西、江苏的老同志和江西的于舵夫夫妇同样欣喜万分，百感交集。

此时，这些同志家里的电话又忙起来了。要回娘家来，要到熟悉而又陌生的"中粮广场"来，总不能空着手来。于是，于舵夫出了个主意，并到景德镇定制了两件精美瓷器，其中一件上专门印上中粮的 COFCO 标志和"1952—1999"等字，还有他们九位同志的名字。另一件是双体龙船，帆上有"一帆风顺"四字。七十二岁的于舵夫同志，将它们从景德镇运到上饶，从上饶带到北京，一路上都小心翼翼，生怕那代表九位老人之心的礼物有什么闪失。

10 月 15 日上午，作为外地来京老同志代表于舵夫同志发言结束时，他代表九位老同志将这两件礼品端上讲台，王书记代表公司全体同志接过这两件礼物时，照相机、摄像机记录下了这个激动人心而又有纪念意义的场面，会场内响起经久不息的掌声，王书记的答谢词则完全淹没在掌声之中。事实上，此时此刻，仅仅用"谢谢"二字已经不能包含那份几代中粮人之间的情感。何况，那九位老同志说，我们都是中粮人，用不着谢！

思　源

一本书出版了，举行一个首发式，办个座谈会，本来是顺理成章、水到渠成的事。然而，这个座谈会又非同一般之首发式之类的会议。筹备和组织者确实下了一定的功夫，单是王书记的那篇讲话，就三易其稿，讲出了举办这个会议的目的。除了对老同志们的感谢之外，主要强调的是饮水思源。

在这个座谈会上发言和自由发言的，除了职工代表和共青团代表外，都是白发苍苍的老人，上面一再提到的那九位同志，他们的平均年龄是七十岁，最年长的是八十四岁的张平老人。这里我们记下几位最有特色的发言者的名字。

七十二岁的曹早同志，曾是罐头出口业务的一员干将，1965年调离公司。他如今已是满头华发，但发言时却声情并茂，所以在他几分钟的发言最后，即兴赋五言诗一首。他的发言和那首画龙点睛式的诗，把在座的老同志，特别是把已经调离公司的老同志们的心声、情感刻画得淋漓尽致。老同志们百感交集，所要表达的情感尽在其中，引起全场的共鸣。

是啊，他们是早期的中粮人，是在胡同里开始创业的一代，是中粮从胡同里走出来，逐渐成为国际性大公司的参与者和见证人。如今说起那段难忘的经历，他们仍是喜形于色，感奋之情溢于言表。是他们把青春年华贡献给了中粮事业，然而，可以说有的同志是壮志未酬就因种种情况调离了公司。多少年来他们和留在公司的同志天各一方，但他们始终眷恋着曾经工作过的地方，为公司的兴旺而高兴。如今他们有幸来到这样一个场合，看到今日中粮蒸蒸日上，看到他们曾经为之奋斗的公司发展到了今天这样的规模，取得了如此辉煌的成就，并有幸回来看看，当然会无比欣慰和自豪。在外几十年，或许有点难言的委屈和心酸，而今回到了娘家，无论在会内会外、台上台下，他们笑得那么甜，那样开心，或许用得着这样一句话："相逢一笑泯恩仇。"

"乡音无改鬓毛衰"

"他们回来了"的消息不胫而走。14日下午，当我们的会务接待人员到达凯风饭店时，公司的一些老同志已经来到了外地来京人员下榻的房间，欢声笑语传遍了楼道。他们相见时的情景实在生动、感人。他们就像少小离家老大归的游子，如今回到了阔别多年的家乡，别说是"儿童相见不相识"，就是当年朝夕相处的同志，几十年不见，相逢时都要考一考对方的记忆力。啊！想起来了，"你是小吴！""那是小赵！"然后，就是打打闹闹，指指点点，评头论足，大家都庆幸身体还很硬朗。

的确，他们正像少小离家的游子，一回到家就要找少时的玩伴。会务接待人员早就为他们准备了公司全体退休老同志的住宅电话，人手一份，还为他们买了北京交通图，也是人手一份。我们的同志也称得上"善解人意"。你看，有的老同志一进房间，行李没有就位就拨起了电话，寻找着多年不曾见面的同事。接到电话者当然也不敢耽搁，连夜造访，有的则第二天一早就赶来会面。他们之间相见的情景实在是生动、感人，这里想用这样一副对子来形容：

> 指指点点握手言欢忘了均是古稀人，
> 拉拉扯扯互道小名说的不外当年事。

不是亲眼所见，真不敢相信他们只是共同工作过的同事。

本文曾在《中粮报》上刊登

图书在版编目(CIP)数据

耄耋寄情往事新：陆穗峰自选文集 / 陆穗峰著 . ——
杭州：浙江工商大学出版社，2020.8
　　ISBN 978-7-5178-3837-1

　　Ⅰ . ①耄… Ⅱ . ①陆… Ⅲ . ①散文集—中国—当代
Ⅳ . ①I267

中国版本图书馆 CIP 数据核字（2020）第 079896 号

耄耋寄情往事新——陆穗峰自选文集
MAODIE JIQING WANGSHI XIN——LUSUIFENG ZIXUAN WENJI
陆穗峰　著

责任编辑	沈明珠
封面设计	天　昊
责任印制	包建辉
出版发行	浙江工商大学出版社
	（杭州市教工路 198 号　邮政编码 310012）
	（E-mail：zjgsupress@163.com）
	（网址：http://www.zjgsupress.com）
	电话：0571-88904980，88831806（传真）
排　版	杭州天昊文化艺术有限公司
印　刷	杭州良诸印刷有限公司
开　本	889mm×1194mm　1/32
印　张	14.125
字　数	378 千
版 印 次	2020 年 8 月第 1 版　2020 年 8 月第 1 次印刷
书　号	ISBN 978-7-5178-3837-1
定　价	58.00 元